古典文獻研究輯刊

二八編

第 5 冊

詩國之城：漢唐長安空間與文學關係之演變

徐 邁 著

國家圖書館出版品預行編目資料

詩國之城：漢唐長安空間與文學關係之演變／徐邁 著 -- 初
版 -- 新北市：花木蘭文化事業有限公司，2023〔民112〕
目 4+228 面；19×26 公分
（古典文學研究輯刊 二八編；第 5 冊）
ISBN 978-626-344-449-2（精裝）
1.CST：中國文學 2.CST：文學評論 3.CST：古城 4.CST：漢代
5.CST：唐代
820.8   112010486

古典文學研究輯刊
二八編 第 五 冊   ISBN：978-626-344-449-2

詩國之城：漢唐長安空間與文學關係之演變

作　　者　徐邁
總 編 輯　杜潔祥
副總編輯　楊嘉樂
編輯主任　許郁翎
編　　輯　張雅淋、潘玟靜　美術編輯　陳逸婷
出　　版　花木蘭文化事業有限公司
發 行 人　高小娟
聯絡地址　235 新北市中和區中安街七二號十三樓
　　　　　電話：02-2923-1455／傳真：02-2923-1452
網　　址　http://www.huamulan.tw 信箱 service@huamulans.com
印　　刷　普羅文化出版廣告事業
初　　版　2023 年 9 月
定　　價　二八編 18 冊（精裝）新台幣 47,000 元

詩國之城：漢唐長安空間與文學關係之演變

徐邁 著

作者簡介

徐邁，1984 年生，江蘇邳州人，浙江大學文學博士，副編審。現為北京大學出版社編輯。著有《歐陽修詞校注》（與胡可先教授合著），發表論文《杜甫詩歌自注略論》《杜詩自注與詩歌境域的開拓》等。

提　　要

　　唐長安文學創作所處的環境正是在都城空間變革與帝京文學轉型的交結處，漢、唐長安城特殊的空間關係為詩歌注入了多層次的時空內涵，而都城文學演變至六朝也給唐詩留下深刻影響，最終在唐人有關帝京題材的詩歌創作中完成了帝京文學形象的空間轉向和文體轉向。本書以漢、唐長安城的空間關係影響下的長安文學為研究對象，選取具有典型意義的都城空間形態與文學塑造的空間意象進行歷時性考察，進而揭示都城文學空間傳承與演變的歷史。

致 謝

　　充溢著理想與欲望的唐長安，如磁石一般吸引著四方文人。唐人文學中的長安展現出帝都繁華，也蘊藏著縈繞千古的長安迷夢。唐長安的瑰瑋奇麗，對研究唐代文人的人來說，又何嘗不是難以抗拒的呢？

　　我對於唐長安文學空間的研究興趣源自我的導師胡可先教授。讀博的第一個學期，胡老師的專著《唐詩發展的地域因緣和空間形態》出版，不管是課上討論還是課下閒談，老師的話題總離不開他對這一領域研究的關注，他覺得這一路徑可供開掘的研究空間還很廣闊，也很鼓勵我進入這一領域去選擇博士論文的題目。我的碩士論文是基於杜甫詩集的考索探討杜詩自注的文體問題，我最初的學術訓練就是在這個大詩人的小題目中摸索完成的，碩士論文後來整理發表出兩篇期刊論文，自己是很滿意的。由個案研究到整體研究，對研究者的能力提出升級迭代的要求，是一項結果未知的挑戰。面對長安這座寶山，時而興奮，時而忐忑。本研究能從構想走向成型，首先要感謝胡老師。只是我的興趣發展的結果並未能達到老師預想之格局，以及後半程力有未逮的遺憾，都是學生深感愧疚的部分。此番研究中的舛誤和種種不成熟，我自當承擔全部責任。

　　感謝林家驪、肖瑞峰、沈松勤、周明初、王德華諸位教授在我的博士論文開題報告及後來的寫作過程中給予中肯的評鑒，尤其要感謝陶然老師，他多次耐心地閱讀了我的半成品文章並提出修改意見。

　　還要感謝浙江大學歷史系的盧向前教授以及密歇根大學歷史系的熊存瑞教授，在我冒昧寫信向他們請教問題時，他們給了我熱情的幫助和建議。

　　感謝我的父母一直以來的愛與支持。

　　謹以此獻給生活在不同時空中想念著長安的人。

二〇一三年夏　西溪

目次

引言　日邊——從城外看城內

《世說新語》「夙惠」篇記載了一段有關長安與日孰遠的非常著名的問答：

> 晉明帝數歲，坐元帝膝上。有人從長安來，元帝問洛下消息，潸然流涕。明帝問何以致泣？具以東渡意告之。因問明帝：「汝意謂長安何如日遠？」答曰：「日遠。不聞人從日邊來，居然可知。」元帝異之。明日，集群臣宴會，告以此意，更重問之。乃答曰：「日近。」元帝失色，曰：「爾何故異昨日之言邪？」答曰：「舉目見日，不見長安。」〔註1〕

司馬睿在向年幼的司馬紹提出「長安何如日遠」的問題時，將故都長安與可望卻不可即的太陽並舉，本身就帶有傷逝的意味。在內憂外患的困擾下，西晉王朝一度將國都從洛陽遷至長安，但遷都並沒有挽救搖搖欲墜的政權。隨著長安淪陷、晉愍帝被俘，外族政權相繼入主中原、巴蜀之地，西晉皇族司馬睿則在江南建立了偏安的東晉王朝。

此間割據政權各有興衰更替，南北分裂的局面一直延續到隋唐才始告終結。西晉的滅亡是自秦漢以來中原王朝第一次喪失對北中國的控制，長安、洛陽及其他北部傳統政權中心首次脫離了中原王朝的統治，成為非漢族政權的統治據點。作為故都的長安和洛陽無不勾起晉室遺民們痛苦的回憶和家國淪喪的恥辱，這樣的政治局勢和心理背景，促使東晉皇帝司馬睿提出了長安與日孰遠的歎問。

建康至長安的實際距離是可以計算的。在車馬代步的時代，本欲死守長

〔註1〕〔南朝宋〕劉義慶撰，余嘉錫箋疏：《世說新語箋疏》，中華書局，1983 年 8 月，第 590 頁。

安的西晉平東將軍宋哲輾轉了一個多月才逃奔至建康，向司馬睿宣告西晉末帝的遺詔。﹝註2﹞長安城距建康城二千餘里，﹝註3﹞急行仍需一個多月的時間，對東晉的人來說，長安的遙遠意義體現在空間和時間兩個向度上的漫長體驗。更為重要的是，偏居江左的晉室與盤根錯節在北中國的胡族割據政權形成了對峙的局面，政權空間的退縮造就了東晉士人心理上對北方故都的阻滯感。

司馬紹第一次的機智回答，日遠長安近，意在安慰其父長安雖遠但並非不可以至。而他第二次在群臣面前回答日近長安遠，則道出了當日皇帝垂淚問長安的痛苦心理，南北分裂使建康至長安之間的有限距離無限延長了。《世說新語》沒有敘說聽聞司馬紹對答的東晉群臣們作何反響，不過孩童尚且能如此體察帝王興歇，更何況司馬睿身邊那些志在中興的臣子們。這段看似矛盾的問答，一方面生動刻畫幼年司馬紹的聰穎，另一方面則著力表現東晉皇帝心中與長安之間難以測量的心理距離以及寄寓其中的殷切鄉愁。

值得注意的是，晉明帝辨長安與日遠近的典故所包含的幽深思致和複雜情感，在此後南朝文人的創作中少有發揮，直到一統時期的唐人詩歌中才產生了強烈迴響，成為一個慣用事類，並在多個層面上抒寫著唐人對京城長安的情感體驗，為後世文人的帝京想像提供了一個經典的情感符號——長安與日的意象。這個典故在唐詩中由辭對事類發展成文學意象的過程，解釋了唐代文人是如何通過長安與日的意象構造來維繫個人與帝京的關係。

東晉以後的南朝士人長期偏安江南，沒有了遺民哀思，對長安再無切身之感。文人的長安想像多是來自對傳統文學形象的沿襲，如沈約的《擬輕薄篇》、《白馬篇》、《登高望春》，如果拋開語言技巧審視這些詩歌，詩的情調與意象構造基本上是漢魏樂府一貫的程式。同時，遙遠的長安意象不再實指地理意義上的長安，而是被挪用借指詩人所屬政權的南朝國都，「長安」成了代言國都的一種修辭，如「君望長安城，予悲獨不見」（何遜《臨別聯句》）；「長安遠如此，無緣得報君」（吳均《至湘州望南嶽》）；「遙分承露掌，遠見長安城」（劉

────────────────

﹝註2﹞ 〔宋〕袁樞《通鑑紀事本末》卷一二載：「元帝建武元年春正月，宋哲奔江東，二月辛巳，宋哲至建康。」（中華書局，1964年10月，第3冊，第88頁）另可參《晉書》卷五孝愍帝紀。

﹝註3﹞ 《元和郡縣圖志》卷二六載：「（潤州）西北至上都二千六百七十里。」（中華書局，1983年6月，第590頁）建康故城在唐潤州上元縣，長安故城在唐長安城西北十三里，則據此可推測東晉時長安至建康的大致距離。

孝威《出新林》）皆為借用〔註4〕。

　　由於政權空間的長期割裂、對立，南朝文人對於遙遠長安的想像發生了轉移，像東晉皇帝那種對長安的鄉關意識和歸屬感已日漸淡去。真正來到長安的南朝文人毫不掩飾其內心懷有的陌生感，庾信《怨歌行》云：「家住金陵縣前，嫁得長安少年。回頭望鄉淚落，不知何處天邊。胡塵幾日應盡，漢月何時更圓。為君能歌此曲，不覺心隨斷弦。」〔註5〕詩人借遠嫁的怨婦自況羇旅西魏、北周的愁苦，長安已經完全脫離了那個充滿家國哀思的意象，成了陌生的他鄉。

　　南朝陳周弘正在出使北周時作《答林法師》，詩云：「客行七十歲，歲暮遠徂征。塞雲凝不解，隴水凍無聲。君看日遠近，為忖長安城。」〔註6〕詩人在詩末化用了東晉皇帝談論長安何如日遠的典故，只是他在前往遙遠長安的路途中感慨的是客行的辛苦以及對北方氣候的種種不適，詩人流露出的情感和他所運用典故的情感基調並不是非常吻合。晉明帝辨長安與日遠近這一典故未能在文學史中形成連貫延續的意象傳統，南朝文人在政治立場和文化認同上缺乏對長安的理解，此為客觀因素之外的主觀原因。

　　到了隋唐，南北對壘的局面被打破，多個散在且對立的政權不復存在，人們對地域及其文化的理解也不再受分裂政權割據的影響。李唐王朝以漢長安城東南之隋大興城為國都，並易名長安，同漢長安以及西晉長安一樣，唐長安是一統王朝的國都。長安復歸全國政治、文化、商業、交通的中心地位，這座充滿了功名、富貴與各種理想的國際性都會吸引著來自四面八方的人才。不管身處長安城中，還是長安城外，都有許多唐代文人吟詠過他們眼前的、曾經經歷的甚或是想像的長安。唐詩中具體運用到晉明帝典故的情況主要體現在以下三個方面：

（一）太子輓歌的固定事類

　　現存的幾部重要的唐代類書都收錄有晉明帝辨長安與日遠近的典故，《北堂書鈔》卷七「帝王部」「幼知門」「答長安近日」條，卷二二「帝王部」「太子門」「顯宗對日」條；《藝文類聚》卷一六「儲宮部」；《初學記》卷一「天部」

〔註4〕　分別見於逯欽立輯校《先秦漢魏晉南北朝詩》，《梁詩》卷九，中華書局，1983
　　　　年，第 1712 頁；《梁詩》卷一一，第 1744 頁；《梁詩》卷一八，第 1877 頁。
〔註5〕　《先秦漢魏晉南北朝詩》，《北周詩》卷二，第 2351 頁。
〔註6〕　《先秦漢魏晉南北朝詩》，《陳詩》卷二，第 2461 頁。

「日門」的「事對」中的「長安近，車輪遠」條；《白氏六帖》卷六「幼敏門」「長安遠於日」條，卷一一「太子門」「惠對日」條，皆引晉明帝事。

從典故所歸屬的門類看，唐代文臣們大多從太子幼年聰敏的角度來組織事類，這種歸類方法與《世說新語》將其歸入「夙惠」一門是相通的。唐代類書從晉明帝典故中提煉出的有關太子幼敏的事類要素豐富了當時的文學修辭，在太子輓歌這類特定題材中尤為典型。

由於悼亡對象的特殊性，太子輓歌中譬喻連類的典故也都是富有針對性、符合太子身份的。如王維《恭懿太子輓歌》（其一）云：

> 何悟藏環早，才知拜璧年。翀天王子去，對日聖君憐。樹轉宮
> 猶出，笳悲馬不前。雖蒙絕馳道，京兆別開阡。〔註7〕

唐肅宗第十二子李侶，素受寵愛，八歲即歿，後冊恭懿皇太子。王維在詩中排比了羊祜得金環、楚共王幼子拜璧、王子喬登仙、晉明帝辨日遠近等一系列典故，渲染恭懿太子的幼敏及離世。「對日聖君憐」一句，詩人借晉明帝事表現了肅宗父子間的深情，聖君對日卻物是人非，其中的哀惋情緒是非常沉痛的。

這個典故的運用已超越了事類的對舉，詩人對於典故內蘊情感的把握可謂畫龍點睛。王維在《恭懿太子輓歌》這組詩作的第四篇再次用到了晉明帝的典故，詩末云：「若道長安近，何為更不來？」〔註8〕詩人將太子少年聰敏的可愛形象和悼念者無盡的悲傷寄寓在這得不到回音的召喚中，此處反用典故情意真切又非常富有文學創造。

又如權德輿《惠昭皇太子輓歌詞》（其二）云：

> 東朝聞楚挽，羽翿依稀轉。天歸京兆新，日與長安遠。蘭芳落
> 故殿，桂影銷空苑。騎吹咽不前，風悲九旗卷。〔註9〕

惠昭太子李寧是唐憲宗的長子，十九歲薨。「天歸京兆新，日與長安遠」兩句是事類的對舉，借王矩俊美為天上京兆所召而亡命和晉明帝辨日與長安遠近兩個典故，表現了惠昭太子的俊秀聰穎及早逝。「日與長安遠」同時也喻示了生死長別的景象。由於事類所涉及的長安與日的元素本身就是意義完整的地理空間和自然物，所以在發揮譬喻連類的功能同時，構成事類的元素

〔註7〕〔唐〕王維撰，〔清〕趙殿成箋注：《王右丞集箋注》，上海古籍出版社，1961
　　　年8月，第168頁。
〔註8〕《王右丞集箋注》，第170頁。
〔註9〕〔唐〕權德輿：《權德輿詩文集》，上海古籍出版社，2008年10月，第133頁。

「日」「長安」一對語素也能以獨立的意象參與營造詩境，這是這則典故在詩歌用字方面較為靈活的優勢。

不過，形容太子幼年聰敏的事類畢竟適用範圍狹窄，如果僅以唐代類書從晉明帝典故中提煉的事類進行創作，那麼這則典故所能參與的詩歌題材以及情感表達的內容都將非常有限。

（二）君與國形象的外化

晉明帝的典故由兩條線索貫穿：太子辨長安與日遠近──讚譽少年聰慧；皇帝問長安與日孰遠──寄託家國哀思。唐代文臣們編纂的事類大多從第一條線索，即典故的基本情節裏提煉。相較於第一條線索，第二條線索是隱線，皇帝問話中蘊含的對故國帝京的眷戀要比太子聰慧的線索具有更豐富、也更複雜的政治和文化含義。

實際的詩歌創作不是機械的資料彙編，優秀的詩人總能夠敏銳覺察到交織在典故、事類中的意義和情感，進而實現對過去敘述的藝術重構，在達到情韻雋永的抒情效果同時激發出文學意象延伸不斷的感發力量。如李嶠隨武則天從長安返洛陽時作《扈從還洛呈侍從群官》詩，有「將交洛城雨，稍遠長安日」〔註10〕句，即是從晉明帝的典故中截取了關鍵性的形象要素，將對京城長安的表述具象為「長安日」的形象，與另一化用的典故「洛陽雨」構成工穩的對仗，同時典故的運用也增加了詩的典雅風采。又如杜審言在洛陽作《泛舟送鄭卿入京》詩送給將赴長安任要職的鄭惜，詩言：「長安遙向日，宗伯正乘春」〔註11〕，借晉明帝的典故指鄭惜入京之事，詩人重組了一個長安與日的意象以更切合他所要敘述的事件。這兩例詩作雖然對典故進行了提煉和改造，不過仍然只是屬於借典故狀物敘事的鋪陳。

直到駱賓王在《從軍中行路難》詩的結尾發出「行路難，行路難，歧路幾千端。無復歸雲憑短翰，空餘望日想長安」〔註12〕的感歎，唐詩對晉明帝典故的運用終於突破了事類的階段。司馬睿那無以慰藉的故國眷戀（典故的第二條線索）引起了詩人的情感共鳴，對帝京長安懷有的被壓抑的渴望正是當時沉俊下僚的駱賓王所要抒發的苦悶。

〔註10〕〔唐〕李嶠撰，徐定祥注：《李嶠詩注》，上海古籍出版社，1995 年 6 月，第 32 頁。

〔註11〕〔唐〕杜審言撰，徐定祥注：《杜審言詩注》，上海古籍出版社，1982 年 5 月，第 32 頁。

〔註12〕《駱臨海集箋注》，中華書局，1962 年 10 月，第 140 頁。

　　李白的《登金陵鳳凰臺》詩從同樣的角度借古人酒杯自澆塊壘，詩末結句：「總為浮雲能蔽日，長安不見使人愁」〔註13〕，化用了晉明帝「舉目見日，不見長安」的言辭，詩人更添加了浮雲蔽日的轉折，極力渲染出自己對長安的嚮往和遭遇阻隔後的不平。借助於典故內涵的情感基調，通過對長安與日的聯想，駱賓王、李白將他們在京外世界體驗到的失落感都集中投射在了充滿誘惑與阻隔的帝京長安想像上。

　　另一方面，唐詩創作中對晉明帝典故的運用出現了意象融合的現象，即以「長安日」作為君主與國家形象的外化表現，把詩人對君主和國家的赤誠之心熔煉到這個富有戀京情結的典故中。

　　以光耀偉大的太陽比喻聖明君主是中國文學中長久以來固有的修辭傳統，《史記・五帝本紀》載：「帝堯者……就之如日，望之如雲。」司馬貞《索引》：「如日之照臨，人咸依就之，若葵霍傾心以向日也。」〔註14〕而《世說新語》中除了載有東晉皇帝所云「日邊」這一故都形象，還記載了西晉時人稱京城作「日下」的文學比喻〔註15〕，耀日如君，日光照臨的地域空間自然成為人們對君王所居之京城的一種空間想像。

　　「日邊」意在個人與京城之間的距離感，是來自於京外世界的體驗；「日下」則著重個人之於京城的歸屬感，往往體現了京內世界的身份認同。王勃《秋日登洪府滕王閣餞別序》云「望長安於日下，目吳會於雲間」〔註16〕；錢起《送陳供奉恩敕放歸觀省》詩曰「臣心堯日下，鄉思楚雲間」〔註17〕；李商隱《楊本勝說於長安見小男阿袞》詩曰「聞君來日下，見我最嬌兒」〔註18〕，這些唐人詩賦對「日下」的借用無不揭示出唐人心中京內人士的處境。唐詩

〔註13〕〔唐〕李白撰，〔清〕王琦注：《李太白全集》，中華書局，1977年9月，第986頁。

〔註14〕〔漢〕司馬遷撰：《史記》，中華書局，1959年9月，第15～16頁。

〔註15〕《世說新語・排調》：「荀鳴鶴、陸士龍二人未相識，俱會張茂先坐。張令共語。以其並有大才，可勿作常語。陸舉手曰：『雲間陸士龍。』荀答曰：『日下荀鳴鶴。』……」（〔南朝宋〕劉義慶撰，〔清〕余嘉錫箋疏：《世說新語箋疏》中華書局，2007年10月，第789頁）荀隱以「日下」謂西晉京城洛陽，正是君與國形象的文學呈現。

〔註16〕〔唐〕王勃撰，〔清〕蔣清翊注：《王子安集注》，上海古籍出版社，1995年11月，第232頁。

〔註17〕《全唐詩》卷二三七，中華書局，1960年4月，第2635頁。

〔註18〕〔唐〕李商隱撰，〔清〕馮浩箋注：《玉谿生詩集箋注》，上海古籍出版社，1998年2月，第492頁。

中的「長安日」意象與「日」及「日下」的君國象徵皆具有意義上的關聯，不同的是，從京外世界的視角構建出的「長安日」意象強調一種由空間隔閡激發的思念情感，所以此一意象的表達往往帶有個人際遇的波折和情感上的矛盾。

如張說以右羽林將軍兼檢校幽州都督時所作的《幽州新歲作》：

去歲荊南梅似雪，今年薊北雪如梅。共知人事何常定，且喜年華去復來。邊鎮戍歌連夜動，京城燎火徹明開。遙遙西向長安日，願上南山壽一杯。〔註19〕

唐朝前期的政治社會向有重京官、輕外任的風習，開元三年（715）張九齡就曾上書針砭此種時弊：「今朝卿士，入而不出，於其私情，遂自得計。何則？京華之地，衣冠所聚，子弟之間，身名所出，從容附會，不勞而成。一出外藩，有異於此。」〔註20〕如此社會現實尤其加深了唐代文人官員對於就職京內和京外的心理落差。張說以京官兼任外州都督，雖然位高勢重，但仍然難免遠離帝京的落寞。詩人逢新歲作此詩以樂觀向上之意自勉，只是在今昔易地而處的對比中不禁流露出人事無常的感慨。這種複雜的矛盾心理更加強化了詩人對帝京的憧憬。詩的結句以「長安日」的意象傳達了對君王的拳拳衷心，同時也寄託了詩人自己的仕途願景。

令人傷感的典故被賦予了積極昂揚的情調，這是唐詩中「長安日」意象的顯著特色。作為君與國形象外化表現的「長安日」，成為京外世界的精神慰藉。唐代文人寄寓其中的對社稷前途連同己任的理想化期待，正反應出氣象蓬勃的時代風貌。又如岑參《憶長安曲二章寄龐溥》其一云：「東望望長安，正值日初出。長安不可見，喜見長安日。」〔註21〕戀京的愁緒最終被詩人強健的信念所激勵。

時局的改變在意象的情感表達中有所反映，王朝命運安危面臨緊急的時候，「長安日」的意象大多激蕩著忠君報國的熱情和對王朝振興的企盼，典故運用中常有的個人身世感傷則被弱化。李白在安史之亂爆發後追隨永王出師，為實現報效皇室、平定天下的雄雄壯志而高呼：「南風一掃胡塵靜，西入長安

〔註19〕《全唐詩》卷八七，第962頁。
〔註20〕《上封事書》，《張九齡集校注》卷一六，中華書局，2008年11月，第847頁。
〔註21〕〔唐〕岑參撰，陳鐵民、侯忠義校注：《岑參集校注》，上海古籍出版社，2004年7月，第113頁。

到日邊」（《永王東巡歌》其十一）〔註22〕；劉長卿得知兩京收復後的讚頌：
「小苑春猶在，長安日更明」（《至德三年春正月，時謬蒙差攝海鹽令，聞王師
收二京，因書事寄上浙西節度李侍郎中丞行營五十韻》）〔註23〕；杜甫以關中
多難、蒼生未蘇而對肅宗及其朝廷發出的呼喚：「顧枉長安日，光輝照北原」
（《建都十二韻》）〔註24〕，都體現了衰亂時期「長安日」意象所散發出的濃厚
的政治象徵意味。

（三）京外世界的距離想像

「長安何如日遠」的問題，在唐代京外文人眼中，答案似乎是一致的：沒
有什麼能比遙遠的長安更遠。京外文人對長安產生的無限距離感多由個人際
遇所致，距離感也使文人們對帝京長安的印象發生著改變。

李白送其族弟歸返長安時有詩云：「遙望長安日，不見長安人。」曾經九
天宮闕中的近臣如今卻只是望日遙想，無法在現實中接觸帝京的真實世界，原
因在詩末被點出：「聖朝久棄青雲士，他日誰憐張長公？」〔註25〕詩人的反問
暗示了他與帝京世界的格格不入，失望、不滿和憤懣令他決然告別曾經熱愛、
憧憬的長安。

又如顧況貶饒州時作《送韋秀才應舉》詩云：

> 鄱陽中酒地，楚老獨醒年。芳桂君應折，沉灰我不然。洛橋浮
> 逆水，關樹接非煙。唯有殘生夢，猶能到日邊。〔註26〕

顧況以外貶之身與入京追求仕進的韋秀才對舉，他想像了韋秀才取道洛
陽入長安的沿途景致。詩人認為自己已無意仕進，心同死灰。不過詩末夢中重
回長安的意象一方面直言與長安的距離無法跨越，另一方面也隱隱透露出詩
人內心深處無法釋懷的眷戀。

面對政治上的打擊，也有些文人沒有放棄仕途，在自嗟身世、感慨流離的
同時，仍然懷有對重返長安的殷切期待。如劉禹錫謫居朗州時為悼念亡妻作
《謫居悼往》其二云：

〔註22〕《李太白全集》，第433～434頁。

〔註23〕《劉長卿詩編年箋注》，中華書局，1996年7月，第154頁。

〔註24〕〔唐〕杜甫撰，〔清〕仇兆鰲注：《杜詩詳注》，中華書局，1979年10月，第
777頁。

〔註25〕《單府東樓秋夜送族弟沈之秦》，《李太白全集》，第787頁。

〔註26〕〔唐〕顧況撰，王啟興、張虹注：《顧況詩注》，上海古籍出版社，1994年6
月，第168頁。

鬱鬱何鬱鬱，長安遠於日。終日念鄉關，燕來鴻復還。潘岳歲
寒思，屈平顦顇顏。殷勤望歸路，無雨即登山。〔註27〕

又如元稹在流貶中作《酬李浙西先因從事見寄之作》云：

近日金鑾直，親於漢珥貂。內人傳帝命，丞相讓吾僚。浙郡懸
旌遠，長安論日遙。因君蕊珠贈，還一夢煙霄。〔註28〕

元稹此時自同州刺史遷越州刺史、浙東觀察使，而酬答的對象李德裕則
由御史中丞出為浙西觀察使。〔註29〕詩歌重現了二人往昔供職朝廷時的意氣
風發，以及今時外貶的失意。詩人回憶中的長安充溢著政治生活帶來的精神
上的滿足，儘管長安已遠如日邊，詩人貶謫中的愁夢卻依然牽連著對京城的
期許。

隨著詩人身處時空的遷轉，詩歌所呈現的距離感受和情感抒發也在不同
的作品中發生了微妙的變化。通過對遙遙長安的距離想像，詩人的孤寂被京外
世界蔓延無邊卻又非常隔絕的地理空間形象深深渲染，這種被擴大了的距離感
與京內世界的體驗形成了鮮明的對比。上元二年（675），王勃以死罪之身遇赦
免官後南下交趾省親，途經江寧作《白下驛餞唐少府》與友人送別，詩云：

下驛窮交日，昌亭旅食年。相知何用早，懷抱即依然。浦樓低
晚照，鄉路隔風煙。去去如何道，長安在日邊。〔註30〕

據詩意唐少府將赴京城，王勃的餞別詩前半部分直抒對友人的激賞以及
對其前程的期待，詩的後半部分寫送別則顯得情緒複雜，由「浦樓」、「鄉路」、
「長安」、「日邊」構成的遠近層疊、虛實交錯的情境傳達出詩人天涯淪落的自
傷。猶可對比的是，王勃早前在長安寫下的另一首餞別名篇《送杜少府之任蜀
州》，那時同是宦遊人的王勃對將赴蜀州的友人尚能灑脫自在地勸慰：「海內存
知己，天涯若比鄰。」〔註31〕從京內看京外，距離被縮短了，天涯亦非遠隔；
而從京外看京內，距離是被無限延長的，總是可望卻不可即。

城外的任何地點距離京城都是遙遙的，這種感覺與實際的空間距離無關，
劉禹錫有詩云：「莫道兩京非遠別，春明門外即天涯」，〔註32〕即揭示了唐人心

〔註27〕〔唐〕劉禹錫：《劉禹錫集》，中華書局，1990 年 3 月，第 408 頁。
〔註28〕〔唐〕元稹：《元稹集》，中華書局，1982 年 8 月，第 178 頁。
〔註29〕參見卞孝萱《元稹年譜》，齊魯書社，1980 年 6 月，第 430 頁。
〔註30〕《王子安集注》，第 83 頁。
〔註31〕《王子安集注》，第 84 頁。
〔註32〕《和令狐相公別牡丹》，《劉禹錫集》，第 465 頁。

中京外世界遠若天涯的真實感受。就是住在長安城附近的人，也會產生長安是遙遠的、難以到達的感覺。王建《寄廣文張博士》一詩非常典型地表現了近畿普通官員對京城長安遙不可及的心理距離感，詩云：

> 春明門外作卑官，病友經年不得看。莫道長安近於日，昇天卻易到城難。〔註33〕

王建時任昭應縣丞，長安城以東即昭應縣，縣有華清池，唐朝皇帝常至此處消夏避冬。站在長安城高處眺望就能見到昭應縣中的驪山宮闕，杜牧《過華清宮》詩即云：「長安回望繡成堆，山頂千門次第開。」〔註34〕兩地相距很近，但為什麼王建一年都無緣進城訪友呢？

《唐律疏議·職制》載：「諸刺史、縣令、折衝、果毅，私自出界者，杖一百。經宿乃坐。疏議曰：州、縣有境界，折衝府有地團。不因公事，私自出境界者，杖一百。注云『經宿乃坐』，既不云『經日』，即非百刻之限。但是經宿，即合此坐。」〔註35〕作為縣丞的王建是不能隨便因私離開縣境的，根據「經宿乃坐」的限制條件，昭應縣丞王建想要至長安訪友就必須在當日白天裏來回。

嚴耕望《唐代交通圖考》謂昭應縣距長安城五十里，經滋水、長樂、都亭三驛，〔註36〕而唐人行旅一般日行兩驛至三驛，王建想要當日來回也是不可能的事。昭應縣與長安城空間上的距離是極為有限的、近鄰的，由於官卑位淺，身處京縣的王建仍難有機會到長安探望病友，只能通過寄信的方式傳達問候。人死昇天或可接近於日，然而沒有權勢地位的城外官員想要到長安卻絕非易事，到長安真是比去死還要難，王建以一種特有的體驗刻畫了道路近卻阻、日近長安遠的抑鬱和不平。

唐人詩歌的創作借助晉明帝辨長安與日遠近的典故，將個人仕途和君國理想寄寓在對帝京的眷戀中，並通過距離感引發的愁緒，形象揭示出京外世界與長安之間阻隔疏離卻又難以割捨的情感聯繫，而唐人的詩歌也從多個層面開拓了長安與日意象的文學表現力。「長安日」的意象將個人命運與君國理想連結，在唐以後的詞、曲創作中仍然不斷被沿用發揮。從唐初類書中歸納的

〔註33〕〔唐〕王建撰，尹占華校注：《王建集校注》，巴蜀書社，2006年6月，第400頁。
〔註34〕〔唐〕杜牧撰，〔清〕馮集梧注：《樊川詩集注》，上海古籍出版社，1962年9月，第138頁。
〔註35〕〔唐〕長孫無忌等撰，劉俊文點校：《唐律疏議》，中華書局，1983年11月，第185頁。
〔註36〕嚴耕望：《唐代交通圖考》，上海古籍出版社，2007年3月，第22～24頁。

單一事類，到清代《佩文韻府》中集結的「日邊來」、「迎新」、「日邊」、「日近」、「長安遠」等繁多辭對和意象，這中間的積累與創造是由唐代文人奠定並發揚的。

中國的王朝歷史上有一個偉大的長安，漢、唐盛世的長安，是漢、唐帝國的首都，也是王朝強大和興盛的象徵。然而，在都城制度史上，構築中古社會文明極峰的漢、唐長安城卻是兩個各自獨立的都城空間。近鄰但仍存在諸多不同的地理環境、對比強烈的城市格局以及都城制度影響下不同的城市生活方式，造就了漢、唐長安城並不相同的帝京面貌。異地同名的兩個長安在空間上，既各自獨立，又保持著關聯。隋開皇三年（583），隋文帝將都城從漢長安城遷往新建的大興城──隋大興城即後來的唐長安城，漢長安城作為都城生命終結的同時，也開啟了另一個長安城蛻變的過程。漢長安故城位於唐長安城北的唐禁苑中，而唐長安城則處在距漢長安城東南十三里的漢朝墓葬、林苑交匯區，於是便形成了漢、唐長安城彼此關聯又各具面貌的空間關係。

關注都城空間及其與文學的關係，前賢早已開示的門徑。清人徐松最先提出詩文與空間互證的觀念，他曾取長安地志文獻與《舊唐書》及唐人詩文小說對照參訂，撰成《唐兩京城坊考》一書，「以為吟詠唐賢篇什之助」〔註37〕。當然，此書最為深刻的價值，還是在於揭示了一種文學與空間互證的新的學術理路。近代史家陳寅恪在其詩史互證的典範之作《元白詩箋證稿》（1950年初刊）《長恨歌》一章中亦曾指出過：「苟今世之編著文學史者，能盡取當時諸文人之作品，考定時間先後，空間離合，而總匯於一書，如史家長編之所為，則期間必有啟發，而得以知當時諸文士之各竭其才智，競造勝境，為不可及也。」〔註38〕陳寅恪認為文學史應該是呈現出時間與空間動態變化過程中文人的創作狀態，並且是在作品創造的文學世界與現實世界的時空對比中實現對文學創作的評估。對文人、作品和時空之間兩兩關係的把握，構成了文學史研究的根基，陳寅恪所設想的這一文史研究思路是極富學術視野的。1957年夏承燾發表《據〈白氏長慶集〉考唐代長安曲江池》一文，文後附有其自繪的《唐代詩人長安事蹟圖初稿》〔註39〕，圖稿上標識有長安城中宮苑、寺觀名勝以及詩人宅邸、交遊行跡等信息，夏承燾此舉是對徐松《唐兩京城坊考》著述志趣的

〔註37〕〔清〕徐松：《唐兩京城坊考》，中華書局，1985年8月，第1頁。
〔註38〕陳寅恪：《元白詩箋證稿》，上海古籍出版社，1978年3月，第9頁。
〔註39〕夏承燾：《月輪山詞論集》，《夏承燾集》第二冊，浙江古籍出版社、浙江教育出版社，1997年1月，第503頁。

延續，而他將文學的考察反諸地理空間的研究方法，又是與陳寅恪設想的文史研究思路不謀而合的。1957 年起，中國科學院考古研究所開展了針對唐長安城的系統勘測、試掘工作，考古成果的不斷披露，或證實或修正了地志文獻記載的唐長安城地理空間情況〔註40〕。遺址考古與史地文獻研究的互動，極大促進了 20 世紀八九十年代有關唐長安城的歷史地貌、都城制度、都城建築、城市生活等方面的研究。不過，與唐長安歷史地理研究的活躍局面形成對照的是，唐長安文學與空間的研究依舊少有推進，並未能與唐長安的歷史考古研究所取得的進展保持同步。本世紀初唐長安的歷史、文學、空間研究的不平衡狀態就如榮新江所總結的：「相對於長安的重要性來說，我們對於它的研究還是非常不夠的，涉及的方面也不夠廣泛。特別是多年來的長安研究，主要侷限在歷史地理、考古、都城建築等學科範圍，而沒有和長安豐富的人文歷史內涵結合起來。」〔註41〕與敦煌學研究相比，「長安是興盛的大唐帝國的首都，敦煌是唐朝絲綢之路上的邊陲重鎮，由於特殊的原因，敦煌藏經洞和敦煌石窟保留了豐富的文獻和圖像資料，引發了一個多世紀以來的研究熱潮；相反，雖然有關長安的資料不少於敦煌，但因為材料分散，又不是集中被發現，所以有關長安的研究，遠不如敦煌的研究那樣豐富多彩，甚至也沒有建立起像『敦煌學』那樣的『長安學』來」〔註42〕。從陳寅恪提出考訂「空間離合」的文學史構想，到以榮新江為代表的當代歷史學者倡導唐長安研究實現學科間融合的研究前瞻，都表明不管是唐長安文學的研究還是唐長安歷史的研究，歷史、文學、空間相互協作的研究訴求依然是非常強烈的。

近些年來唐代文學研究對於地域空間的關注持續升溫〔註43〕，加之空間

〔註40〕唐長安城遺址的考古發掘成果可參見中國科學院考古研究所資料室《中國科學院考古研究所 1960 年田野工作的主要收穫》(《考古》，1961 年第 4 期，第 214～218 頁)；中國科學院考古研究所資料室《中國科學院考古研究所一九六一年田野工作的主要收穫》(《考古》，1962 年第 5 期，第 272～274 頁)；中國科學院考古研究所西安唐城發掘隊《唐代長安城考古紀略》(《考古》，1963 年第 11 期，第 599～603 頁) 等。

〔註41〕榮新江：《關於隋唐長安研究的幾點思考》，《唐研究》第九卷，北京大學出版社，2003 年 12 月，第 2 頁。

〔註42〕榮新江：《關於隋唐長安研究的幾點思考》，《唐研究》第九卷，第 2～3 頁。

〔註43〕戴偉華《地域文化與唐代詩歌》(中華書局，2006 年 2 月) 和李浩《唐代三大地域文學士族研究》(中華書局，2008 年 5 月) 可謂唐代文學地域研究的引領風氣之作，而碩博學位論文中關於「地域文化」、「地域文學」的選題層出不窮，更反映出近年來唐代文學史研究的學術志趣所向。

史學研究的滲透，唐長安城城市空間與文學的研究，也開始逐漸融入多學科融合的「長安學」研究格局中〔註44〕，從文學視角研究唐長安的城市空間的成果，如朱玉麒《隋唐文學人物與長安坊里空間》〔註45〕，妹尾達彥《唐代後期的長安與傳奇小說——以〈李娃傳〉的分析為中心》〔註46〕及《9世紀的轉型——以白居易為例》〔註47〕，寧欣《詩與街——從白居易「歌鐘十二街」談起》〔註48〕及《文本的闡釋與城市的舞臺——唐宋筆記小說中的城市商業與商人》〔註49〕，辛德勇《〈冥報記〉報應故事中的隋唐西京影像》〔註50〕，榮新江《高樓對紫陌——唐長安城的甲第及其象徵意義》〔註51〕，林曉潔《中唐文人官員的「長安印象」及其塑造》〔註52〕等，這些將都城制度史、空間環境史與唐代文學研究結合較為深入的成果，多集中在以中唐時段的小說為對象的考察中，這種現象與唐史學界研究傾向的影響不無關係。20世紀50年代以加藤繁為代表的日本學者將中國古代城市史的變遷與「唐宋變革論」結合〔註53〕，把唐代坊制的崩潰視作中國城市史的分水嶺，形成了現代日本學界中

〔註44〕參見榮新江《關於隋唐長安研究的幾點思考》，《唐研究》第九卷「長安：社會生活空間與制度運作舞臺」研究專輯，北京大學出版社，2003年12月，第1～8頁。

〔註45〕朱玉麒：《隋唐文學人物與長安坊里空間》，《唐研究》第九卷，北京大學出版社，2003年12月，第85～128頁。

〔註46〕〔日〕妹尾達彥：《唐代後期的長安與傳奇小說——以〈李娃傳〉的分析為中心》，《日本中青年學者論中國史·六朝隋唐卷》，上海古籍出版社，1995年12月，第509～553頁。

〔註47〕〔日〕妹尾達彥：《9世紀的轉型——以白居易為例》，《唐研究》第十一卷，北京大學出版社，2005年12月，第485～524頁。

〔註48〕寧欣：《詩與街——從白居易「歌鐘十二街」談起》，《中國歷史文物》，2005年第5期，第73～79頁。

〔註49〕寧欣：《文本的闡釋與城市的舞臺——唐宋筆記小說中的城市商業與商人》，《唐研究》第十五卷，北京大學出版社，2009年12月，第75～90頁。

〔註50〕辛德勇：《〈冥報記〉報應故事中的隋唐西京影像》，《清華大學學報》，2007年第3期，第29～41頁。

〔註51〕榮新江：《高樓對紫陌——唐長安城的甲第及其象徵意義》，《中華文史論叢》，2009年第4期，第1～39頁。

〔註52〕林曉潔：《中唐文人官員的「長安印象」及其塑造》，《唐研究》第十五卷，北京大學出版社，2009年12月，第267～360頁。

〔註53〕參見宮崎市定《漢代の里制と唐代の坊制》，《東洋史研究》，1962年第21卷，第271～294頁；加藤繁《中國經濟史考證》第一卷《唐宋時代的市》、《唐宋時代的草市及其發展》，加藤繁撰，吳傑譯：《中國經濟史考證》（全三卷），商務印書館，1959年，第278～303、310～336頁。

國城市史研究的基本框架。這一思路在80年代以後基本為中國古代城市史研究所吸收，也影響著國內唐代都市空間與文化研究的視角。從上述所舉近些年來唐長安城都城制度與城市史的研究側重情況中，仍能發現其與長安文學空間研究之間的某種必然關聯。

從文學的角度研究唐長安城市空間的學者，多數具有史學、地理學、建築學的專業背景，而從空間的角度研究唐長安文學的學者，則基本在文學研究領域，研究內容往往集中在最能體現時代風貌特徵的唐詩。小說、筆記中的空間形象多為實景描寫，而詩歌、賦文中的空間形象常常經過藝術變形而呈現虛境，因此對於唐長安的空間研究來說，詩文中的空間意象就顯得比較難以把握，研究對象的選取反映了文史學者在「長安學」研究中的不同立場。針對唐長安文學尤其是唐詩的系統研究專著，如閻琦《唐詩與長安》〔註54〕，魏景波《唐代長安與文學》〔註55〕，楊為剛《唐代長安——洛陽文學地理與文學空間研究》〔註56〕，胡可先《唐詩發展的地域因緣和空間形態》〔註57〕等，皆對唐長安空間與文學的研究有所探索與開拓。

唐人詩歌中的空間形象受到歷史記憶的、文學傳統的以及個人情緒上的多重因素影響，而帶有虛實相生的藝術特質，因此本書將唐人詩歌所提及的唐長安城的地理環境、城市格局、帝京形象視為一種感覺空間的呈現。感覺空間並不能準確表現出現實空間的面貌，但是卻能夠真切透徹地展現空間給人帶來的感覺與印象，在此意義上，詩歌製造的感覺空間虛境亦具有實體空間不可替代的文化意義。

針對唐長安的現實空間環境以及文學中常見以漢喻唐的現象，本書針對唐長安帝京文學形象中出現的種種漢長安影像以空間與文學相互關照的模式進行分析闡釋。本書所謂的「漢唐長安空間與文學的關係」主要包括三個層次的內涵：

首先是唐人空間觀念上漢、唐長安城的空間對應關係。現實中兩個長安城同名異地的共存關係往往被理解為同名同地的代換關係，在漢、唐長安城之間

〔註54〕閻琦：《唐詩與長安》，西安出版社，2003年12月。
〔註55〕魏景波：《唐代長安與文學》，復旦大學博士學位論文，2003年4月。
〔註56〕楊為剛：《唐代長安——洛陽文學地理與文學空間研究》，復旦大學博士學位論文，2009年3月。
〔註57〕胡可先：《唐詩發展的地域因緣和空間形態》，中國社會科學出版社，2010年6月。

產生了一種時間與空間的連貫性，空間錯覺的產生有著複雜的政治、歷史和地理背景。後續兩層內涵皆以此為邏輯前提。

其次是漢、唐長安的空間書寫在文學中的反映。唐人詩文在塑造唐長安的帝京形象和空間形態時則出現了意此而言彼的互指手法，往往經由對漢長安城的想像和描繪完成當下帝京生活狀態的文學表現，即有意或無意地「以漢代唐」。同一作品中有關漢、唐長安城整體或局部的空間意象構成了相互闡發補充的關係。

再次是自漢至唐的長安文學形象中，唐人作品與此前文學作品之間發生的互文。唐人通過對京都賦和都城題材的樂府詩等帝京文學創作中已經定型的漢長安形象進行模仿、剪裁、拼接，以實現對帝京文學寫作傳統的回應和改變。帝京文學系統內部發生的互文同樣受到了現實空間的影響。這裡文本互文與前一層文學空間的互補是交織重合的。

在梳理唐時長安與歷史空間之間關係的基礎上，本書試圖從漢、唐長安城獨特的城市淵源和位置關係的角度，來理解帝京文學創作，以及唐長安城空間格局影響下的帝京生活，又是如何催生了獨具時代特質的帝京文學形象。

對於本書所使用的文獻材料簡要說明如下：

（一）長安地志

《三輔黃圖》，成書於東漢末曹魏初的《三輔黃圖》記載了秦咸陽、漢長安的行政區劃沿革，對秦漢都城的城門、宮殿、宗廟、社稷、陵邑、苑囿、臺閣、池沼、樓觀、府庫等進行分類考述。該書是目前最為接近漢長安城建造時代的地志專書，對於研究漢長安城都城制度源流、都城格局及都城建築等問題尤有參考價值，故何清谷稱其「是研究古代都城，特別是漢都長安最重要的歷史文獻」〔註58〕。《三輔黃圖》在宋時仍有多種寫本存世，今本《三輔黃圖》一般被認為是唐人增續而成〔註59〕，其間多有唐時地理名稱出現。如卷四：「宜春下院，在京城東南隅。」〔註60〕這裡的京城並非漢長安城而是指唐長安城，此類以唐人語氣描述漢長安城地理空間情況，反映了唐人對於漢、唐長安城空間關係的認知，是非常有意義的文獻留存。

〔註58〕何清谷：《三輔黃圖校釋》前言，中華書局，2005年6月，第1頁。
〔註59〕宋人程大昌云：「今圖則唐人增續成之。」清人畢沅云：「蓋唐世好事者所輯。」《四庫全書總目》云：「為唐肅宗以後人作。」陳直云：「今本為中唐以後人所作。」（《三輔黃圖校釋》前言，第3頁）
〔註60〕《三輔黃圖校釋》卷四，第247頁。

　　《括地志》，反映唐高祖、太宗時代王朝行政區劃的地理書，此書以「貞觀十三大簿」〔註61〕記載的當時全國政區情況為藍本，是瞭解唐初地理非常珍貴的文獻資料。此書南宋時已亡佚，清人孫星衍曾從唐、宋人著述中輯引《括地志》八卷列入《岱南閣叢書》中，今人賀次君在此基礎上調整體例重新搜集整理而成《括地志輯校》一書。《括地志輯校》卷一《雍州》之「萬年縣」和「長安縣」部分記載了唐長安城內以及周邊留存的周、秦、漢朝都邑遺跡，是瞭解唐時漢長安城遺跡分布和留存情況的最直接的文獻。

　　《元和郡縣圖志》，唐憲宗元和八年（813）李吉甫沿襲《括地志》的編排體例，以貞觀十道為綱並以元和四十七鎮為框架，對唐初至憲宗朝的王朝版圖地理做出了全備的考述。《元和郡縣圖志》圖的部分至北宋已不存，志的部分尚存三十四卷，現有賀次君校訂整理的《元和郡縣圖志》通行於世。《元和郡縣圖志》卷一《關內道》之「京兆府」部分考述唐長安置都淵源及政區情況，其中「萬年縣」與「長安縣」的部分尤其注意記述唐長安城周邊的前朝遺跡和當朝宮室建置情況，其標記的相距里程，清晰反映了唐長安城與漢長安故城及其他相關遺跡之間的空間關係，可與《括地志》相互參證。

　　《兩京新記》，出身京兆萬年縣的麗正殿學士韋述於開元二十年（732）撰成《兩京新記》五卷，記載了隋唐兩京都城內部的建築格局和史事。北宋時宋敏求續此書作《長安志》和《河南志》，《兩京新記》漸被取代直至亡佚，關於此書的成書、流傳、輯佚情況可參見福山敏男《兩京新記》解說一文〔註62〕。今有辛德勇輯校所得三卷，雖為殘卷，卻仍是研究唐長安城最為重要的原始文獻，《兩京新記》所提供的信息往往有其他地志文獻所未記之處，如卷一開篇云：「西京俗曰長安城，亦曰京城。」〔註63〕此條記載皆不見於史書和地志，然而卻對於解決唐長安城稱謂的來源問題至關重要。

　　《長安志》，宋神宗時龍圖閣直學士宋敏求據《兩京新記》的記述思路搜羅眾書、網羅關於兩京的史事舊聞而撰成《長安志》二十卷。此書資料詳贍，尤其擅長考訂周、秦、漢、唐都邑的地理空間源流變遷，但徵引典籍時舛誤較多，未為精審。此書宋刻本已佚，現存明成化、嘉靖兩種刻本。與《長安志》

〔註61〕〔唐〕李泰撰，賀次君輯校：《括地志輯校》卷首，中華書局，1980 年 2 月，第 2 頁。

〔註62〕〔唐〕韋述撰，辛德勇輯校：《兩京新記輯校》，三秦出版社，2006 年 1 月，第 1～22 頁。

〔註63〕《兩京新記輯校》卷一，第 1 頁。

同類的文獻，尚有《類編長安志》，元人駱天驤將宋敏求的《長安志》分類編輯，又添補了金、元時期的長安及其周邊地理情況。《類編長安志》尚存明清傳抄本，又有今人黃永年點校本。

　　《唐兩京城坊考》，清人徐松奉詔輯纂《全唐文》之暇，據歷代《長安志》等稀見原始材料考訂補正而成《唐兩京城坊考》五卷，此書揭示了唐兩京都城的建置、格局、制度，其所記唐長安城宮室府署、街道坊市、苑囿渠道的情況，在歷代地志文獻中最為詳備。今人李建超在張穆、程鴻詔校補的基礎上，參合了近年來唐長安城考古發掘的研究成果而撰成《增訂唐兩京城坊考》，反映了現階段唐長安城復原研究的水平。

（二）考古報告

　　1956 年起中國科學院考古研究所對漢長安城展開了系統考古發掘工作，漢長安城的考古工作歷經半個多世紀，有條不紊地揭開這座古城封塵的面貌：城門與城牆的位置和形制現已究明，漢長安城的主體建築未央宮、桂宮、長樂宮以及城外的建章宮進行了較全面的發掘，城內坊市和手工業作坊遺址上也發現了大量城市生活的遺跡，近年來漢長安城的考古工作還擴展到了上林苑的勘測試掘。考古發掘報告如王仲殊《漢長安城考古工作的初步收穫》〔註64〕、《漢長安城考古工作收穫續記——宣平城門的發掘》〔註65〕、中國社會科學院考古研究所編《漢長安城未央宮——1980～1989 年考古發掘報告》〔註66〕等。

　　1957 年起陝西省文物管理委員會及中國科學院考古研究所展開了對唐長安城的考古試掘工作，實地探測到了外郭城的城門和城牆、皇城城門、大明宮、興慶宮、水渠、個別坊內寺院、曲江和芙蓉園。考古發掘報告如陝西省文物管理委員會《唐長安城地基初步探測》〔註67〕、中國科學院考古研究所西安唐城發掘隊《唐代長安城考古紀略》〔註68〕、馬得志《唐長安城發掘新收

〔註64〕王仲殊：《漢長安城考古工作的初步收穫》，《考古通訊》，1957 年第 5 期，第 102～110 頁。

〔註65〕王仲殊：《漢長安城考古工作收穫續記——宣平城門的發掘》，《考古通訊》，1958 年第 4 期，第 23～32 頁。

〔註66〕中國社會科學院考古研究所編：《漢長安城未央宮——1980～1989 年考古發掘報告》，中國大百科全書出版社，1996 年 11 月。

〔註67〕陝西省文物管理委員會：《唐長安城地基初步探測》，《考古學報》，1958 年第 3 期，第 79～93 頁。

〔註68〕中國科學院考古研究所西安唐城發掘隊：《唐代長安城考古紀略》，《考古》，1963 年第 11 期，第 595～611 頁。

穫》〔註69〕等。由於唐長安城的宮城和皇城部分基本被現在的西安市所壓蓋，因此相對於漢長安城的系統全面發掘工作，唐長安城的考古工作存在著許多客觀因素的限制。

（三）圖像文獻

《雍錄》，南宋初學者程大昌以《三輔黃圖》、《唐六典》、《長安志》、《長安圖記》以及秘書省藏書相互參證撰成《雍錄》十卷，程氏此書尤其注重考察歷史空間衍變原委、疏通源流、辯證舊說。此書有明嘉靖刻本，又有今人黃永年點校本。《雍錄》附圖偏重歷史空間離合是其一大特色，如《五代都雍總圖》、《漢唐宮苑城闕圖》、《漢唐要地參出圖》、《漢長安城圖》、《漢宮及離宮圖》、《隋大興宮為唐太極宮圖》、《唐宮苑包漢都城圖》、《唐都城內坊里古要跡圖》、《漢唐用兵攻取守避要地圖》、《漢唐都城要水圖》等，程大昌以繪圖的方式呈現出其對關中周、秦、漢、唐都邑沿革的考辨成果。

《長安志圖》，元人李好文在宋呂大防的《長安圖記》基礎上撰成《長安志圖》三卷，敘述漢唐長安、宋金京兆和元奉元的地理古蹟，此書最重要的價值在於附圖，如《漢故長安城圖》、《唐禁苑圖》、《唐大明宮圖》、《唐宮城圖》、《唐城市制度圖》、《城南名勝古蹟圖》、《唐驪山宮圖》等。程大昌謂呂大防《長安圖記》「檢案長安都邑城市宮殿故基，立為之圖。……特其山水地望，悉是親見。」〔註70〕呂圖據其實地考察所繪，在唐時地志無圖傳世的情況下呂圖的意義自然非凡，惜今已亡佚。李好文據《長安圖記》為藍本作《長安志圖》，則其所繪是在呂圖基礎上的增補，亦屬珍貴。此書有明嘉靖與《長安志》合刻的翻刻本。

《西安歷史地圖集》，史念海主編的《西安歷史地圖集》主要反映西安歷史時期的地理環境變化和都邑制度演進，此圖集的漢、唐部分包括《西漢長安城圖》（考古）、《西漢長安城圖》（文獻）、《西漢未央宮圖》、《西漢建章宮圖》、《西漢諸帝陵分布圖》、《唐長安縣、萬年縣鄉里分布圖》、《唐長安城南圖》、《唐大明宮圖》（考古）、《唐大明宮圖》（文獻）、《唐長安城住宅圖》、《唐長安城商業及娛樂場所圖》、《唐長安城寺觀圖》、《唐長安城園林、池沼、井泉分布圖》等。這些圖像資料復原了漢、唐時期長安城的壯觀景象。另外，以圖像的形式呈現出文獻記載和考古發掘中都城、宮室的不同面貌，對於研究唐人的空

〔註69〕 馬得志：《唐長安城發掘新收穫》，《考古》，1987 年第 4 期，第 329～310 頁。
〔註70〕 〔宋〕程大昌撰，黃永年點校：《雍錄》卷一，中華書局，2002 年 6 月，第 8 頁。

間感知尤有參考價值。

（四）文學作品

漢至唐的文學作品，尤其是唐代的詩文作品，涉及漢、唐長安城地理空間的描寫既是作為研究歷史空間的徵引材料，又是作為本書研究文學空間的主要對象。在京都賦文學傳統和空間觀念的影響下，唐人詩歌煥發出熱衷傳承同時又企圖擺脫束縛的青春氣息，在唐長安以前的帝京並不曾有過如此風格多變、佳構競出的創作局面，這又是引人深思的文學議題。

本書討論的內容將涉及以下三個方面：

其一，漢、唐長安的空間演變經過及其地名源流。關於漢、唐長安城的歷史地理沿革，《三輔黃圖》、《長安志》、《類編長安志》等古代地志文獻已有較多考述。漢、唐長安城現代考古研究工作的推進更為研究漢、唐長安的空間關係提供了實測數據的印證。本書的重點在於概述漢、唐長安城的選址因素、規劃理念、城市格局演變過程的同時，對一些唐長安城考古、歷史、地理研究未有涉及或尚存疑義的問題，如隋文帝營造新都的動因、隋唐新都佔地來源情況、李唐王朝改大興城為長安城的時間、唐時的「長安」與其他稱謂的關係等試做探討。更重要的是，透過對這些問題的發掘，描繪出生活在漢長安城和唐長安城當下的人們對於帝京長安所懷有的地理空間認知，這將是進一步研究文學中的帝京形象的前提基礎。

其二，漢、唐長安帝京文學與都城空間的關係。漢、唐長安城都城格局最為直觀的差異，在於佔據漢長安城近 2／3 空間的多個宮殿區形成一種不對稱的城市結構，而坊里空間比重過半的唐長安城，卻是嚴格均勻對稱的三重城（宮城─皇城─外郭城）結構。從漢長安城到唐長安城，在都城制度與都城形態的緩慢進化過程中，帝京文學也呈現出不同的文體特徵和內容傾向。漢、唐帝京文學的演變，如由宮廷範圍的創作擴展至京城範圍的創作，帝京寫作的視角由單一走向多元，帝京形象也隨之呈現多種風格，這些文學中的變化都與都城制度以及空間格局的變革有著或多或少的關聯。

其三，空間變遷與文學傳統相互作用下的唐長安文學形象。以京都賦為代表的傳統帝京文學形象中的漢長安城形象，對唐人詩歌塑造的唐長安帝京形象產生了直接的影響。唐人的地理空間概念中對於漢長安故城又有著強烈的空間歸屬感，漢、唐長安城互為表裏的現實空間關係提供了發生文學空間借喻的可能條件。通過漢、唐長安的時空交疊，唐詩中的長安形象，從城市的宏觀

全景到深入都城內部的細緻街景，正是在對文學中漢長安城的追述、回應和重構中顯現其自具個性的一面。而空間疊合的修辭手法亦成為唐長安帝京文學的表徵之一。

第一章　時間下的空間──漢唐都城的位移、繼承與更替

第一節　從長城到都城：大一統王朝「築城」演變

一、「長安，故咸陽」

　　沒有不亡的王朝，卻有重現的帝都。綿延歲月循環往復，燦爛文明賡續不斷，這是中國歷史文化最值得自豪、也是最值得深思的部分。理解唐長安的輝煌，需要看清它的前世，瞭解促其變貌的承繼與革除，由此才具備了領會盛唐長安精神之胸臆。

　　長安，本是秦的鄉聚，其建置、轄境史已失載，1991 年西安市北郊漢城磚廠一戰國末期土坑墓內出土「長安、文信」圜錢各一枚，據推測長安圜錢應為秦始皇弟長安君成蟜謀反前所鑄造〔註 1〕，秦地行政區劃有長安之名大致無疑。

　　由鄉聚之名而躍為國都之名絕非偶然。漢高祖劉邦得天下後，都周還是都秦的問題一度引起朝堂爭議。高祖及其山東群臣依戀洛陽中原腹地的豐饒富足，更有「欲與周室比隆」的粉飾心理〔註 2〕，但建都洛陽對於兵事未絕的

〔註 1〕 党順民：《西安同墓出土長安、文信錢》，《中國錢幣》，1994 年第 2 期，第 37 頁。又陳直《三輔黃圖校證序》云：「咸陽一帶嘗出土有『長安』圜錢，當為秦物，足證長安之名始於始皇初期。」（《三輔黃圖校證》，陝西人民出版社，1980 年 5 月，第 5 頁）
〔註 2〕 〔漢〕司馬遷：《史記》卷九九《劉敬列傳》，中華書局，1982 年 11 月，第 2715 頁。

新王權來說不算極選。婁敬、張良先後向高祖直陳，洛陽四面受敵非「用武之國」，秦故地「金城千里、天府之國」，「阻三面而守，獨以一面東制諸侯」〔註3〕，據其形勝足以保百年山河，才是定都的長久之計。

劉邦聽從了移都關中的諫言，這是被以後史家反覆考究議論的歷史轉折，也是長安登上歷史舞臺的起點。後事證明在高祖翦除關東諸王，武帝收服匈奴等重大問題上，長安盡顯其作為帝國心臟制內禦外的優勢，西漢國祚二百年的壯闊恢弘全由此一轉折揭開。

關於漢都長安之名，約漢魏間成書的《三輔黃圖》其序文如此解釋：「漢高祖有天下，始都長安，寔曰西京，欲其子孫長安都於此也。」〔註4〕宋程大昌的《雍錄》從地理沿革的角度描述了長安的演變：「長安也者，因其縣有長安鄉而取之以名也。地有秦興樂宮（程注：亦名長樂），高帝改修而居之，即長樂宮也。」〔註5〕宋敏求《長安志》亦曰：「漢長安城，本秦離宮也。」〔註6〕可知漢長安城址在秦離宮的位置，其名是沿用還是借用秦朝鄉聚長安已不可考。

司馬遷《史記》卷八《高祖本紀》載：「（高祖七年）二月，高祖自平城過趙、洛陽，至長安，長樂宮成。丞相已下徙治長安。」司馬貞《索隱》引《漢儀注》云：「高祖六年，更名咸陽曰長安。」〔註7〕《史記》卷二二《漢興以來將相名臣年表》亦載咸陽更名長安事〔註8〕。又《史記》卷九三《盧綰列傳》載：「綰封為長安侯，長安，故咸陽也。」〔註9〕《漢書》亦有同樣記載。這些記載說明漢朝人的空間意識裏，漢都長安乃秦都所在，相對於地志文獻對於地理位置和空間範圍的細緻記載，司馬遷的歷史敘述中秦咸陽、漢長安在時間和空間上的繼承關係更為直接對應。

東漢初同樣面臨都洛陽還是長安的選擇，杜篤作《論都賦》進言「咸陽守國利器，不可久虛」〔註10〕，即以咸陽指西漢的長安城。張衡《二京賦》如此描述西京長安：「漢氏初都，在渭之涘。秦里其朔，實為咸陽。」〔註11〕咸陽

〔註3〕 《史記》卷五五《留侯世家》，第 2044 頁。
〔註4〕 何清谷：《三輔黃圖校釋》，中華書局，2005 年，第 3 頁。
〔註5〕 〔宋〕程大昌：《雍錄》卷二，中華書局，2002 年 5 月，第 22 頁。
〔註6〕 〔宋〕宋敏求：《長安志》卷五，中華書局，1990 年 5 月，第 99 頁。
〔註7〕 《史記》卷八《高祖本紀》，第 385 頁。
〔註8〕 《史記》卷二二《漢興以來將相名臣年表》，第 1120 頁。
〔註9〕 《史記》卷九三《盧綰列傳》，第 2637 頁。
〔註10〕 《全上古三代秦漢三國六朝文》，《全後漢文》卷二八，第 626 頁。
〔註11〕 《全上古三代秦漢三國六朝文》，《全後漢文》卷五二，第 761 頁。

與長安前後相繼的關係與《史記》的表述是一致的。文學中的咸陽與長安在此後講求整飭、忌避重複的詩歌體裁中形成了更為緊密的互文關係，李白的詩「客自長安來，還歸長安去。狂風吹我心，西掛咸陽樹」〔註12〕，明白揭示了兩個地理空間的互文關係。唐詩中的《咸陽二三月》《咸陽城東樓》都屬於以秦都咸陽之名代指漢長安城的用例，「鳥下綠蕪秦苑夕，蟬鳴黃葉漢宮秋」〔註13〕，工穩的對仗借由一種時間的（春季與秋季、傍晚與初秋）和空間的（秦苑與漢宮）修辭彌合無跡，無分彼此，時間與空間在對仗的一聯之中形成迴環往復的效果，營造著懷古與傷逝的情調。隨著時間的推移，長安亦經歷了數朝更替，咸陽與長安這一對互文的空間修辭在時間的延長線上也不斷擴容其盛世興衰的內涵，為詩歌簡短的字句注入層累的歷史意涵。比如杜甫以詩送唐宗室李卿曄還京的詩句「王子思歸日，長安已亂兵」〔註14〕，則是逆時向使用了這一對互文的空間修辭，化用庾信《哀江南賦》的結句「咸陽布衣，非獨思歸王子」〔註15〕，將楚太子質於秦、南朝梁國子孫滯留長安的雙重古典與唐宗室李卿曄歸長安的今典融為一聯，極大延展了詩歌語言的厚度。

「長安，故咸陽」，從文化認同、空間感知上當然可以這麼認為，甚至在文學中空間的對應可以是泛泛的、粗略的，文學修辭同樣強化著文化認同，驅使這對互文關係的空間修辭走向定型甚至經典化。但如果仔細辨認兩座國都的空間位置和範圍，秦漢兩都城址的實際地理關係和空間格局又是怎樣的呢？二者差異相當明顯。拋開時空上的黏連，深入都城內部這是兩座截然不同的國都，彼此差異的部分有許多代表了各自劃時代的特色，都城生活投射在各自時代的文學中構造出不一樣的都城文學風貌，反映著都城給進入其中的個人所帶來的影響，有欲望的滿足，也有欲望的摧毀。

（一）咸陽，一座沒有城牆的都城

秦孝公十三年（前349）孝公遷都咸陽，營建工程由商鞅主持，在渭北咸陽原上「大築冀闕，營如魯衛」〔註16〕。商鞅出於改變秦國「戎翟之教」的陋俗考慮，在秦咸陽城的規劃布局上參考吸納了戰國時代東方列國——尤其是

〔註12〕　《全唐詩》卷一七五，第 1793 頁。
〔註13〕　《全唐詩》卷五三三，第 6085 頁。
〔註14〕　《全唐詩》卷二二七，第 2470 頁。
〔註15〕　《全上古三代秦漢三國六朝文》，《全後周文》卷八，第 3924 頁。
〔註16〕　《史記》卷六八《商君列傳》，第 2234 頁。

魯國和衛國的建造風格，而沒有完全照搬此前秦都雍城和櫟陽城的布局方式，目前考古發掘的勘察結果也基本印證了《史記》記載的咸陽城的這種結構特徵〔註17〕，此城一直沿用至秦始皇統一六國的帝國時代。商鞅以遷都作為變法的配合舉措，對秦國的戰略布局產生了極為積極的影響。司馬遷讀秦史時對秦最終取得統一事業的原因有如此結論：「作事者必於東南，收功實者常於西北。」〔註18〕秦以咸陽為立足點征服六國正體現了空間政治的規律性所在，這種規律性幾乎貫穿了整個中古時期的中國歷史。

隨著秦國領土的不斷擴張，秦咸陽的宮殿區也幾經擴建，呈現出分散佈局的特徵。自秦昭王起，秦咸陽的宮室就呈現出向渭水南岸發展的趨勢，開始在渭南營建宗廟、章臺、興樂宮、上林苑等重要建築。進入統一王朝以後，秦始皇又下令在咸陽北阪營造六國宮室，在咸陽城東建蘭池、蘭池宮，在渭南區域進行大規模地擴建。秦始皇三十五年（前212），「始皇以為咸陽人多，先王之宮廷小。……乃營作朝宮渭南上林苑中」。〔註19〕在渭南開始興修的阿房宮前殿本是秦始皇欲作朝宮之所，只是秦帝國的迅速滅亡終止了秦的政權中心由渭北向渭南擴張的動勢。中國歷史上首次實現大一統的王朝，其國都以宮殿、林苑的數量與體量超越此前的任何國都，創造新的紀錄，蓋世稱雄。但有的考古學家從都城發展的歷史回顧去評價秦都咸陽這種數量與體量上的巨大創造時，認為一統王朝在都城營造上的形式擴張體現了文化的「滯後性」，其空間構造大體延續了六國時期的營造觀念而成幾何級倍增的放大態勢，這是一座寫滿秦始皇個人野心與欲望的都城。

對於在渭南增修的宮室的性質，參加並主持了秦咸陽城遺址和漢長安城遺址發掘工作的劉慶柱認為：「終秦一代，南宮（指渭南宮室）還是秦統治者的『暫宿』之宮，也就是離宮。這種離宮並非一般意義上的行宮，它們實際上被秦統治者視為都城南移後的新的政治活動中心的一部分，因此當時就有不少重要國事活動在此舉行。」〔註20〕他以此將南宮的諸宮建築歸作「亞宮

〔註17〕 參見陝西省社會科學院考古研究所渭水隊《秦都咸陽故城遺址的調查和試掘》，《考古》，1962 年第 6 期，第 281～289 頁；劉慶柱《秦咸陽城布局形制及其相關問題》，《文博》，1990 年第 5 期，第 200～211 頁；陝西省考古研究所編著《秦都咸陽考古報告》，科學出版社，2004 年 3 月。

〔註18〕 《史記》卷一五《六國表第三》，第 687 頁。

〔註19〕 《史記》卷六《秦始皇本紀》，第 256 頁。

〔註20〕 劉慶柱：《秦咸陽城布局形制及其相關問題》，《文博》，1990 年第 5 期，第 206 頁。

城」，即從屬宮城且地位僅次於宮城的重要宮廟建築構成的一類「城」。劉慶柱進而將這種宮城與「亞宮城」並存的現象視作商周至秦漢時期古代都城多宮城制的一種反映〔註21〕，他認為：「作為從王國發展為帝國的同一都城──秦咸陽城，其布局形制基本保持著戰國時代的特點，並未發生重大變化，它與當時社會形態的變化顯現出都城建築作為『文化』變化上的『滯後性』。」〔註22〕同樣較早開始從事秦咸陽城遺址考古工作的王學理則明確主張將渭北、渭南的宮殿區直接納入咸陽城的範圍，他認為：「隨著秦君朝會地點的變化，不但渭南原有宮殿的性質功能發生了變化，或不再具備離宮的性質，而且整個都城也在發生變化。只有從地跨河兩岸、時越世紀半的『統一後大咸陽』範圍內，包羅了七大宮廷建築群、手工業生產區、商業市場、居民區、陵墓區及交通道路等內容，進而來談秦都咸陽的布局，才稱得上周全妥當。」〔註23〕咸陽城的邊界和範圍是開放性的議題，相對於劉慶柱強調秦咸陽城向渭南發展的動勢，將咸陽城的城址作階段性區分，王學理更注重從渭南宮室擴建的結果上認定秦咸陽城的覆蓋範圍，並在「大咸陽」的前提下考慮秦都的結構特徵。以上關於秦咸陽城結構、性質的認識分歧在考古學界具有相當代表性。

　　秦帝國只維持了十五年，擴建秦都的浩大工程因帝國驟亡被迫中斷，營建工程有始無終，因此，想要從秦都已有的規模和布局中完整把握帝國時代秦都的空間結構與運轉方式還頗具難度。秦都的未完成狀態，加之後世文獻記載的匱乏，還有考古踏查的未有殆盡之處都使得學界在對秦咸陽城的認識上存在諸多懸而未決的疑問和爭議〔註24〕。以現有的認知，對這座未完成的國都可做一暫時性的描述：

〔註21〕劉慶柱：《中國古代宮城考古學研究的幾個問題》，《文物》，1998 年第 3 期，第 50～51 頁。

〔註22〕劉慶柱：《中國古代都城遺址布局形制的考古發現所反映的社會形態變化研究》，《考古學報》，2006 年第 3 期，第 298 頁。

〔註23〕王學理：《秦都咸陽考古的回顧與研究述略》，《秦都咸陽與秦文化研究──秦文化研究會論文集》，2001 年 10 月，第 30～31 頁。另可參見王學理著《咸陽帝都記》，三秦出版社，1999 年 8 月。

〔註24〕新中國成立以來針對秦咸陽城的考古工作一直未能發掘到城郭遺跡，帝國時代的秦咸陽城是否拋棄了王國時代傳統都邑的城郭概念仍是困擾學界的難題。另外，咸陽宮遺址在咸陽原上還是已被北移的渭水沖毀，也是考古界爭議頗多的問題。秦朝作為中國歷史上首個大一統帝國，對這些問題的認識將深刻影響到我們對漢長安城及以後王朝都邑制度的理解和評價。

秦始皇創建了中國歷史上首個大一統帝國，其在戰國時代秦都的基礎上擴建的咸陽城，雖然規模宏大前所未有，但短命王朝尚未能來得及發展出帝國時代都邑的嶄新風貌。處在轉型期中的秦咸陽城，既保留了戰國時代秦雍城的某些形制特點，又在向渭南宮殿區的擴建過程中呈現出的象天設都構想，將有限的都城空間直接對應無限蒼穹的中心，只是許多已經開始施工的宮室林苑並沒有最終落成，帝國時代的秦咸陽城終究是未能完成的半成品，皇家林苑和宮殿是這座國都最耀眼的標誌，也是佔據都城空間的核心元素。

秦始皇的咸陽是一座沒有城牆的國都，可能尚未來得及修築，也可能並未有此規劃。相較於修築國都的城牆，這個大一統王朝更迫切的是傾盡全力修築抵禦外敵、護衛王朝之「城」——長城。在王朝的一統格局內部秦始皇迫切地要打破舊的國都的邊界壁壘，通過修築馳道、鑿通水系以連貫四方交通，實現空間的一統，如李斯《獄中上書》所言：「治馳道，興遊觀，以見主之得意。」〔註25〕

國祚短命是一方面，為國都築城自守劃清邊界在當時的國家方略中也顯然是次要的，甚至是不合時宜的。秦始皇三十二年《碣石門刻石》謂：「初一泰平，墮壞城郭，決通川防，夷去險阻。地執既定，黎庶無繇⋯⋯」〔註26〕毀壞城郭，消解舊有的各自為政的「城」，實現空間政權的統一管理，正是秦始皇控制中央集權的措施。也正因此，秦朝存世的有限幾篇文書、石刻文獻中頌美的文字往往不涉及國都的描寫而更關注一統空間的敘述，秦朝統治時期「馳道」的意義是要消解「城郭」的區隔，帶有封閉性的居住的「城」的空間概念在秦朝內部格局中是受抑制與排斥的。

修築長城對民力的苛酷驅役作為秦始皇的反人類暴政之一與帝國一朝傾覆的結局在後人眼中形成巨大的諷刺。帝國速亡留下萬里長城、嵯峨宮闕如紀念碑一般警示後世。唐朝詩人王翰在《飲馬長城窟行》中就將長城與咸陽對照，揭示秦朝覆亡的自身根由：

秦王築城何太愚，天實亡秦非北胡。一朝禍起蕭牆內，渭水咸陽不復都。〔註27〕

〔註25〕嚴可均輯：《全上古三代秦漢三國六朝文》，《全秦文》卷一，北京：中華書局，1958年，第120頁。

〔註26〕《全上古三代秦漢三國六朝文》，《全秦文》卷一，第122頁。

〔註27〕《全唐詩》卷一五六，第1603頁。

圖 1-1　西安地區古都分布圖

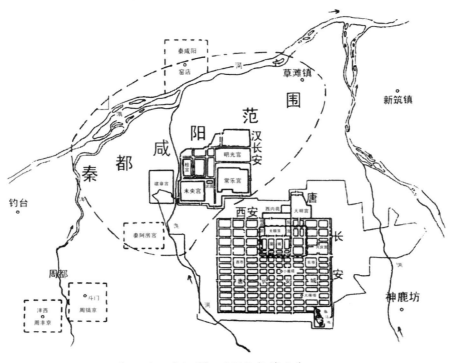

王學理繪，《文博》，2007 年第 5 期〔註28〕

（二）營造長安

　　中國社會科學院考古研究所自 1956 年起開展的漢長安城遺址考古工作和陝西省考古研究所自 1959 年起開展的秦咸陽城遺址考古工作，在半個多世紀中取得了許多重大成就〔註 29〕，為歷史研究者們深化認識秦咸陽和漢長安的空間關係奠定了考古學上的事實基礎。通過考古實測與歷史文獻的互證研究，今時學者對秦咸陽與漢長安的空間關係多加檢討，基本形成共識，認為「實質上漢長安城就是在秦咸陽渭南宮殿群基礎上營建的」〔註 30〕，「構成西

〔註28〕王學理：《從秦咸陽到漢長安的城制重疊（下）》，《文博》，2007 年第 5 期，第4 頁。

〔註29〕參見劉慶柱《秦漢考古學五十年》，《考古》，1999 年第 9 期，第 35～46 頁。王學理《秦都咸陽考古的回顧與研究述略》，《秦都咸陽與秦文化研究——秦文化研究會論文集》，2001 年 10 月，第 15～35 頁；陝西省考古研究院秦漢考古研究部《陝西秦漢考古五十年綜述》，《考古與文物》，2008 年第 6 期，第 96～160 頁等。

〔註30〕徐衛民：《論秦都咸陽和漢都長安的關係》，《秦文化論叢》第 8 輯，陝西人民出版社，2001 年 8 月，第 96 頁。

漢長安城南部基本格局的東西二宮以及南郊社稷等禮制建築都是利用秦的建築改建而成，秦在『渭南』宮廟建築的分布對漢都長安形制布局的影響是直接而巨大的」〔註31〕，「漢長安城，是在秦都咸陽南區奠定的基礎上發展起來的城市。反過來看，秦咸陽故城的北區成了漢長安的郊區」〔註32〕。基於文獻與考古認為漢長安城仍在秦咸陽區域內的結論與漢朝人「長安，故咸陽」的空間觀念大體上是相通的。秦咸陽城與漢長安城兩代帝都在地理空間上確有疊累層出之淵源，漢長安城的選址順勢利用了秦咸陽城的擴張走向。而且比起渭北的咸陽城，長安城在交通上更便於實現對中原腹地的控制，更具地緣政治的優勢，此乃秦漢在都城選址策略上的延續。

史籍記載漢長安城的營建大體上分為三個階段，高祖定都長安時，初以秦興樂宮改建長樂宮，又命蕭何在秦章臺的基礎上興建未央宮，「立東闕、北闕、前殿、武庫、太倉」〔註33〕。漢惠帝時，數次發動長安城民修築城牆，建西市和東市〔註34〕。《三輔黃圖》「漢長安故城」條記：「漢之故城，高祖七年方修長安宮城，自櫟陽徙居此城，本秦離宮也。初置長安城，本狹小，至惠帝更築之。」〔註35〕漢武帝時，在長安城西作建章宮，在長樂宮北建明光宮，在未央宮北建桂宮並增修北宮〔註36〕。漢長安城由於先築宮室後築城牆，城牆的走向受到宮室的位置以及城北河道的限制而呈現出多處曲折，不是規整的方形，即《三輔黃圖》所謂「城南為南斗城，北為北斗城」〔註37〕。長安城這種「斗城」的外形特徵正是由先築宮城、後築城郭的營建程序和現實地形決

〔註31〕 劉振東：《西漢長安城的沿革與形制布局變化》，《漢代考古與漢文化國際學術研討會論文集》，齊魯書社，2006 年 1 月，第 51 頁。

〔註32〕 王學理：《從秦咸陽到漢長安的城制重疊》，《文博》，2007 年第 5 期，第 5 頁。

〔註33〕 〔漢〕班固：《漢書》卷一《高帝紀》，中華書局，1962 年 6 月，第 64 頁。

〔註34〕 《漢書・惠帝紀》：「元年春正月，城長安。……三年春，發長安六百里內男女十四萬六千人城長安，三十日罷。……六月，發諸侯王列侯徒隸二萬人城長安。……五年……春正月，復發長安六百里內男女十四萬五千人城長安，三十日罷。……九月，長安城成。……六年，……起長安西市。」（卷二，第 88～91 頁）

〔註35〕 《三輔黃圖校釋》卷一，第 63 頁。

〔註36〕 《漢書・武帝紀》：「太初元年，……二月，起建章宮」；「太初四年，……秋，起明光宮」（卷六，第 199、202 頁）；《三輔黃圖校釋》卷二：「（武）帝作建章宮，……宮在未央宮西長安城外」（第 122 頁）；「桂宮，漢武帝造」（第 133頁），「北宮，在長安城中，近桂宮，俱在未央宮北。周回十里，高帝時制度草創，孝武增修之。」（第 138 頁）

〔註37〕 《三輔黃圖校釋》卷一，第 63 頁。

定的。總之，漢長安城內的空間布局和城郭的輪廓並非出自建都時的整體規劃，而是伴隨帝國實力的增長分階段完成的。都城建設缺乏長期規劃，各階段的建設受到國力和皇帝個人意願的影響，這是帝制時代秦漢都城修建思路上的一貫性。

從高祖定都時宮城只以長樂、未央二宮為主體，至武帝時城內殿宇臺閣競相騈麗、城外離宮別苑千門萬戶，歷經半個多世紀的增飾修築，長安城巋然成為周秦以來規模最大的都城，其壯麗華美的程度不能不令漢代及以後的文人時常想起同樣耀眼卻很短暫的秦咸陽。但顯然漢長安的壯美與秦咸陽的壯美有著非常不同的表現。

1956 年起中國科學院考古研究所派出考古隊在漢長安城展開了長期系統的考古發掘工作，目前已基本查明了全城的結構形制：正南北向的都城平面近似一個正方形，西、南、北三面城牆呈現出曲折的走勢，城牆外側有壕溝環繞，城牆四面平均分布著十二座城門，每座城門又分三個門道，延伸出三股道路，城內道路規整將都城劃分出宮殿、官府、市場商業區、手工業區和民居坊里等區域，其中宮殿區佔據了全城三分之二以上的面積〔註38〕。除了都城整體輪廓的不規則之外，漢長安城結構布局所呈現出的規劃思想與《周禮・考工記》達到了高度的一致。《周禮・考工記》一般被認為是《周禮・冬官》亡佚後的補續之作，實為東周齊人所作，其中所反映的王城制度既非源自周代的原始記錄，又非西周王城結構的實際情況，然而，「正是由《考工記・匠人營國》這一章所說的營國規劃有根有據，又合於《周禮》，甚至還可以合於一般建城的原則，在《考工記》未列入《周禮》之中，以之以替代《冬官》之前，就已為後世設計都城者奉為圭臬，在其列入《周禮》之後，成為儒家經典的一部分，在以後的悠久時期中，論都城建置時都不能漠然視之」。〔註39〕事實上，西周至春秋時期如齊國臨淄城、魯國曲阜城這樣的大諸侯國的都城其結構布局皆不符合《考工記》中的王城制度。史念海根據考古發掘的兩周之間諸侯國

〔註38〕詳見王仲殊、劉慶柱等考古學者結合田野考古工作對漢長安城布局結構問題的研究。關於漢長安城考古研究的更多豐碩成果可參看中國社會科學院考古研究所漢長安城工作隊、西安市漢長安城遺址保管所編《漢長安城遺址研究》，科學出版社，2006 年 10 月；中國社會科學院考古研究所、陝西省考古研究院、西安市文物保護考古所編《漢長安城考古與漢文化：漢長安城與漢文化──紀念漢長安城考古五十週年國際學術研討會論文集》，科學出版社，2008 年 5 月。
〔註39〕史念海：《〈周禮・考工記・匠人營國〉的撰述淵源》，《傳統文化與現代化》，1998 年第 3 期，第 56 頁。

之都城得到的資料，比對後認為《考工記》中的經塗九軌以及宮殿居於城中的設計理念與楚國紀南城和魏國安邑城有著淵源關係。《考工記》所反映的是後人在對禮法社會都城模式的理想化概括。漢朝統治者積極蒐裒先秦舊書，最遲至景帝時河間獻王復得《周官》之書，後以《考工記》補足《冬官》。宣帝時劉向校訂《周禮》，《考工記》始有定本，其有關記載如下：

> 匠人營國，方九里，旁三門。國中九經九緯，經塗九軌。左祖右社，面朝後市，市朝一夫。〔註40〕

經考古發現漢長安城的城門和街道制度與《考工記》的記載類似，各城門分出三股道路，每條門道寬可容四個車軌〔註41〕。所記載的「左祖右社，面朝後市」的王城規制是「目前通過考古所知的時代最早的『面朝後市』、『左祖右社』都城布局的實例」〔註42〕。

圖 1-2　周秦洛陽城址沿革圖

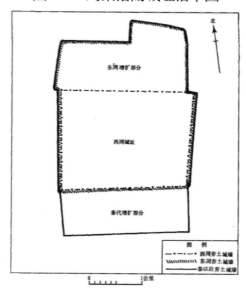

《考古學報》，1998 年第 3 期〔註43〕

〔註40〕〔清〕戴震：《考工記圖》卷下，商務印書館，1955 年 11 月初版，第 98～103 頁。

〔註41〕王仲殊：《漢長安城考古工作收穫續記——宣平城門的發掘》，《考古通訊》，1958 年第 4 期，第 24 頁。

〔註42〕劉慶柱：《中國古代都城遺址布局形制的考古發現所反映的社會形態變化研究》，《考古學報》，2006 年第 3 期，第 287 頁。

〔註43〕中國社會科學院考古研究所洛陽漢魏城隊：《漢魏洛陽故城城垣試掘》，《考古學報》，1998 年第 3 期，第 383 頁。

圖 1-3 《三禮圖》中的周代王城

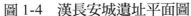

宋‧聶崇義《三禮圖集注》〔註44〕

圖 1-4 漢長安城遺址平面圖

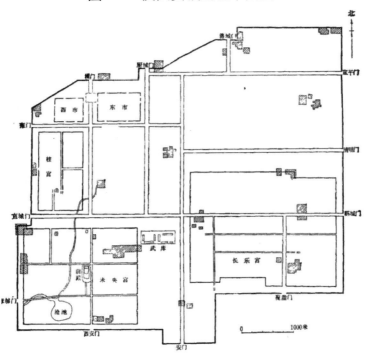

《考古》，1995 年第 12 期〔註45〕

〔註44〕〔宋〕張九成撰，聶崇義集注：《析城鄭氏家塾重校三禮圖》卷四，《四部叢刊三編》，商務印書館，1935 年 3 月，第 3 頁。

〔註45〕劉慶柱：《漢長安城未央宮布局形制初論》，《考古》，1995 年第 12 期，第 1116 頁。

二、可繼承的記憶與無法繼承的遺產

歷史中的一座都城多數擁有興盛與衰敗兩種記憶，相對於頌美盛世的主流書寫，都城文學中對荒涼故都的描寫往往屬於文學的少數派。斷壁殘垣、舊苑荒臺、野獸深木等可歎又可怖的衰敗景象營造出悲劇美學，黍離之悲融合對戰爭、對暴政割據的反思和當下的苦澀情緒，這一類帶有變體格調的文學寫作構成都城文化記憶中另類且必不可少的部分，悲切動人。

鄭振鐸早就敏銳覺察到鮑照的《蕪城賦》開都城文學的另類風氣之先：「別人都寫輝輝煌煌的《兩都》、《三京》（張衡作《東京》《西京》及《南都賦》），照獨憑弔『蕪城』；廢井頹垣，榛路荒基的寫照，或較離宮禁苑的鋪張揚厲的描狀，尤能打動人的情感吧。《連昌宮辭》（唐元稹作），《哀江南曲》（見孔尚任《桃花扇》），並此而三，難能有四！」〔註46〕對於生活在都城的人來說，都城衰敗牽連著個人與王朝的命運，傷悼都城，也是傷悼自我、傷悼時代。親歷者的災難書寫記錄下都城被毀壞、被摧殘的面貌，文學中的都城也如人一般有了自己的生命和情緒。王粲的《七哀詩》、杜甫的《春望》《哀江頭》、韋莊的《長安舊里》這一類「傷時傷事更傷心」〔註47〕的詩作，隨著居住生活在都城的人群越來越擴大而成為他們各自時代文學書寫中風格鮮明的主題。「輝輝煌煌」與「廢井頹垣」是都城的一體兩面，都城有時興盛有時衰亡，有關都城的記憶卻可以層累疊加，綿延不絕。接續的王朝歷史顯現在都城空間上則是斷續、移動的樣貌，長安作為兩千年歷史中的十三朝古都其延續性和變動性都是格外地突出，對於文學的影響也是格外地深遠。

秦咸陽之於漢長安，漢長安之於唐長安，無論文化認同是如何的一脈相承，前者對於後者都是難以直接繼承的物質遺產。項羽入關，原本就無意定都咸陽，於是一把火燒了三個月，渭北之咸陽化為廢墟。雖然少有王朝像暴虐的秦朝這樣激起顛覆者發洩無盡的仇恨，屠城的悲劇也不是每一座都城的必然終點，但朝代更替中都城的劫難總是在所難免。朝代更替意味著新陳代謝，都城作為前朝的政權象徵和物質遺產，很難保存完好直接繼承，特別是政權不穩的後繼者可能很快給都城引來再一次的洗劫和衝擊。就長安來說，漢唐兩座盛世的高峰之間也有漫長的低谷。

西漢一統帝國之後的五百多年，政權分合遷滅，國都屢東屢西。破壞與修

〔註46〕鄭振鐸：《插圖本中國文學史》，嶽麓書社，2013 年 11 月，第 221 頁。
〔註47〕《全唐詩》卷 699，第 8042 頁。

繕往復交錯，長安城劫難不斷，但也間歇呈現繁榮局面。概括言之，西漢之後迄隋唐以前，長安城歷經有五次變貌：

第一次變貌：淪陷的帝都

王莽新朝末年綠林、赤眉圍攻常安（王莽改「長安」作「常安」），此為長安城之首次大劫難。綠林軍北上拔城時，長安城中少年朱弟、張漁等人惟恐起義軍擄掠城池，便主動放火燒宮門，引領起義軍捕殺王莽。其時，「火及掖庭承明，黃皇室主所居。……莽避火宣室前殿，火輒隨之」〔註48〕。由於起義軍的矛頭直指王莽，故只在捕殺中燒毀了未央宮，其餘宮館一無所毀。更始二年（24）劉玄都長安，「居長樂宮。府藏完具，獨未央宮燒攻莽三日，死則案堵復故」。〔註49〕反莽起義深得民意並顧及長安百姓護城心切，長安城在較少折損的情況下被新政權接管。可這並不是一個強勁且富有創建的新政權，更始政權內有各懷私欲的君臣將相，外有步步緊逼的赤眉軍。

赤眉攻長安前夕，更始將領張卬意圖自保，謂諸將曰：「赤眉近在鄭、華陰間，旦暮且至。今獨有長安，見滅不久，不如勒兵掠城中以自富，轉攻所在。」〔註50〕此時的長安城只能如俎上魚肉待人宰割而已，繼之而起的權利爭搶和盲目混戰徹底將其推向了災難。

更始三年（25）起義軍們在長安城中火並數月後，劉玄投降，「赤眉遂燒長安宮室市里，害更始。民飢餓相食，死者數十萬，長安為虛，城中無行人。宗廟園陵皆發掘，唯霸陵、杜陵完」。〔註51〕短短不到三年的時間，長安城兩次淪陷，在起義軍盲目的自相殘殺中走進衰運。

第二次變貌：修復的陪都

自東漢建武元年（25）光武帝定都洛陽至董卓火焚洛陽、脅迫漢獻帝遷都長安的165年，是長安城的修復緩和期。光武帝定都洛陽，長安城失去了二百年來天下中心的地位，但漢宗正統的象徵作用以及固有的戰略意義使其成為在東漢王朝地位舉足輕重的「西都」，東漢諸帝多次巡幸長安祭祖、謁陵。

史籍記載光武帝時對長安城進行了兩次較大規模的修復，建武十八年

〔註48〕〔宋〕司馬光：《資治通鑑》卷三九，中華書局，1956年6月，第1150頁。
〔註49〕《漢書》卷九九《王莽傳下》，第4190、4193頁。
〔註50〕〔南朝宋〕范曄撰，李賢等注：《後漢書》卷一一《劉玄列傳》，中華書局，1965年5月，第473～474頁。
〔註51〕《後漢書》卷九九《王莽傳》，第4193頁。

（42）三月光武「行至長安，經營宮室」，「明年，有詔覆函谷關，作大駕宮、六王邸、高車廄於長安。修理東都城門，橋涇、渭，往往繕離觀，東臨霸、滻，西望昆明，北登長平，規龍首，撫未央，覓長平，儀建章」〔註52〕。光武巡幸長安，既而大加興修，以致山東臣民犯起狐疑，猜測國都將遷。

建武二十年杜篤趁勢奏文勸諫稱：「咸陽守國利器，不可久虛，而國家亦不可忘乎西都，何必去洛邑之淳灣與。」〔註53〕杜篤的諫言代表了當時在朝關中士人對於遷都的訴求，只是新起的東漢皇族及其揭竿擁護者根本無意回遷，配合著讖緯的造勢，反對遷都的賦文接連問世，如班固的《兩都賦》，傅毅的《反都賦》、《洛都賦》，崔駰的《反都賦》、《武都賦》，王景的《金人論》、張衡的《二京賦》等等。這些言詞生動的文賦大都把高祖捨洛陽而置長安解釋為不得已之計，而今朝「守位以仁，不恃隘害」〔註54〕，遷都「偏據」之地實屬不必要的舉措。

周之洛邑、漢之長安皆自視為天下中心，所謂中心對各自版圖規模而言的確發揮了制衡四方的威力。東漢政權認定洛陽為天下的中心，比附「即土之中，有周成隆平之制」〔註55〕，意圖絕王霸而行仁聖，借由都城選址順勢宣揚政治意圖。

第三次變貌：劫後空城

東漢初平三年（192）四月，漢獻帝於未央宮設宴群臣，董卓行至北掖門時遇刺，未久獲知消息的董卓餘部攻入長安復仇。興平二年（195）春，董卓餘部內訌相攻，「亂兵入殿，掠宮人什物，傕又徙御府金帛乘輿器服，而放火燒宮殿官府居人悉盡」〔註56〕。

興平元年（194）王粲因長安擾亂避走荊州時，痛心於眼前亂象：「出門無所見，白骨蔽平原。路有饑婦人，抱子棄草間。」（《七哀詩》其一）初平元年（190）漢獻帝入關時，「三輔戶口尚數十萬，自傕汜相攻，天子東歸後，長安城空四十餘日，強者四散，羸者相食，二三年間，關中無復人跡」〔註57〕，環繞在末世王朝周身的是一群覬覦權位之徒，長安城的帝都身份不過是野心家

〔註52〕《後漢書》卷八〇上《杜篤傳》，第2596～2597頁。
〔註53〕《後漢書》卷八〇上《杜篤傳》，第2609頁。
〔註54〕〔漢〕張衡：《二京賦》，《文選》卷一，上海古籍出版社，1986年8月，第98頁。
〔註55〕《後漢書》卷四〇下《班固列傳》，第1361頁。
〔註56〕《後漢書》卷七二《董卓列傳》，第2337頁。
〔註57〕《後漢書》卷七二《董卓列傳》，第2341頁。

劫持與瘋搶的暫時道具。

第四次變貌：荒涼故都

　　自東漢建安元年（196）曹操奉漢獻帝都許至西晉建興四年（316）晉愍帝在長安出降，這百餘年是長安的沒落期。從分裂的三國到統一的西晉，中國都城的營建格局呈現出諸多新意，長安卻還處在地方性城市的地位，最多在魏時作為五都之一的陪都，甚少修復翻新，似乎被遺忘在了遙遠的過去。

　　晉惠帝元康二年（292）夏潘岳出為長安令，從當時的都城洛陽出發赴任長安，這位博學的讀書人一路感慨眼前西秦的破敗，追念過往波雲詭譎的王朝興衰，到了長安城中，故都的荒廢使他的悲哀蔓延至深，他如此描述眼前的長安城：

　　　　街里蕭條，邑居散逸，營宇寺署，肆廛管庫，蓁芮於城隅者，

　　百不處一。……皆夷漫滌蕩，無其處而有其名。〔註58〕

在他所著的另一部地理書《關中記》中，亦云及長安現貌的荒蕪：

　　　　長安城形似北斗，其土本皆黑壤，今城赤如火，堅如金。……

　　漢築長安城及營宮殿，咸以堙平。〔註59〕

　　長期從事秦漢考古研究的考古學者劉慶柱認為：「『金』應為『石』，以形容經大火焚燒後的都城遺址所存土牆、土坯及其相關建築遺跡、遺物之堅硬。這是指其所見到被戰火焚毀後的都城長安。漢長安城未央宮、長樂宮、桂宮、武庫遺址的考古發掘，已發現大量被火焚的建築遺跡和建築材料，為都城長安曾被大火所燒提供了重要佐證。」〔註60〕西晉的長安已然成了斷壁殘垣、蔓草叢生的沒落故都。

　　「永嘉之亂」中秦王司馬鄴奔赴長安，設行臺、建宗廟社稷，以圖復晉。建興元年（313）司馬鄴即位於長安，是為晉愍帝。此時的長安城依舊破敗不堪，「城中戶不盈百，牆宇頹毀，高棘成林」。〔註61〕永嘉五年（311）起漢將劉曜多次試圖攻克長安，長年的拉鋸戰造成嚴重的城市損毀以及大量流民。終於在建興四年（316），劉曜率軍層層包圍長安，走投無路的晉愍帝出降，統一政權再次中斷，長安進入非漢族割據政權統治時期。

〔註58〕〔晉〕潘岳：《西征賦》，《文選》卷一○，上海古籍出版社，1986 年 8 月，第439 頁。

〔註59〕劉慶柱輯注：《關中記輯注》，三秦出版社，2006 年 1 月，第 18 頁。

〔註60〕《關中記輯注》，第 22 頁。

〔註61〕〔唐〕房玄齡：《晉書》卷五《孝愍帝紀》，中華書局，1974 年 11 月，第 132 頁。

第五次變貌：北方崛起的據點

自前趙光初元年（318）劉曜遷都長安，至隋開皇元年（581）楊堅廢北周靜帝建隋的整個十六國與北朝期間，是長安的重振期。這一時期北方部族吞併更替頻繁，非漢族政權滲入黃河流域實現了中原與其部族領地不同程度的統合，客觀上北方政權的北界基本又回到了秦漢時期的狀況。

同時期北中國的都城還有鄴、統萬、洛陽、姑臧、平城、泥城等，由於割據政權林立，北方邊遠地區誕生了不少在小城鎮基礎上發展起來的都城，然而長安卻是十六國至北朝時期建都歷時最長的、也是最具建都傳統的大都市。北方非漢族勢力多看重長安的地理戰略意義，十六國的前趙、前秦、後秦，北朝的西魏、北周都先後定都在長安，在漢長安城的基礎上多番興修。但戰亂也一次次製造著廢都，這一時期長安的重振實質上呈現斷裂的迂迴。

劉曜率匈奴人遷都長安後即開始修繕宗廟、社稷，興建宮殿，甚至「欲擬阿房而建西宮」〔註62〕，終因資費甚巨無力承擔而放棄。後趙雖以長安為陪都，但北下的羯人仍對長安宮室城池的興修表現出了極大興趣，投入驚人。後趙建武八年（342）「兼盛興宮室於鄴，起臺觀四十餘所，營長安、洛陽二宮，作者四十餘萬」〔註63〕。建武十一年（345），「（石虎）以石苞代鎮長安。發雍、洛、秦、并州十六萬人城長安未央宮」〔註64〕。

前秦苻堅統治的二十餘年中長安逐漸崛起為北方政權的中心，並經歷了少有的安定，呈現出難得的興盛景象。當時的長安城中流行歌謠云：

> 長安大街，夾樹楊槐。下走朱輪，上有鸞棲。〔註65〕

一派和諧富足景象。建元十二年（376）前秦實現了西晉滅亡以來北中國最大的統一，與東晉形成南北對峙的局面。但在著名的淝水之戰後，敗退長安的苻堅又與慕容沖遭遇慘烈激戰。戰事在長安持續了一年，城中一度空虛，前秦經營的長安迅速毀匿了，北方政權分崩離析，重又陷入分裂。慕容沖意欲久據長安，為此引發了一場部族內的血腥廝殺，結果是後燕建興元年（386）鮮卑人率領四十餘萬人棄長安而去。就在當年，姚萇率羌人圍攻了剛剛進駐長安的四千盧水胡人，建立後秦，並將長安改名為常安。

〔註62〕《晉書》卷一〇三《劉曜載記》，中華書局，1974年，第2689頁；《資治通鑑》卷九一《晉紀》一三，第2881頁。
〔註63〕《晉書》卷一〇六《石季龍載記》，第2772頁。
〔註64〕《晉書》卷一〇六《石季龍載記》，第2772、2777頁。
〔註65〕《晉書》卷一一三《苻堅載記上》，第2895頁。

　　後秦雖然力圖治國，但無休止的領土爭搶也很快促其走向了覆滅。後秦永和二年（417），奪回長安的北伐晉軍親見「長安豐全，幣藏盈積」〔註66〕，不過劉裕此時無心於南北中國的統一，只安置其幼子在長安鎮守，便匆匆席捲後秦府庫中的禮器、珠玉珍寶以及圖籍四千卷返回了建康。這次北伐對長安並無建設，只有損失。直到次年晉軍潰敗，夏主赫連勃勃稱帝於灞上，於長安設南臺（陪都），長安又回到非漢族政權的控制下，但此後的相當長時間長安都不再是北方政權的中心。十六國時期的政權建立大多短暫，人口遷移不定，長安的興建往往未及完善就已毀於戰亂，種族分治政策更是嚴重束縛了都城文化的活力。

　　北魏永熙三年（534）宇文泰迎孝武帝自洛陽入關，在長安建立西魏政權，與遷都鄴城的東魏政權形成對峙局面。西魏至北周間長安宮室修繕的記載甚少，統治者忙於征伐，大致順承前朝國都的規模格局，但京畿地區的行政區劃建置經常調整變化也影響到了都城的格局。宋敏求《長安志》載：「周《地圖記》曰：後周明帝二年分長安、霸城及姚興所置山北三縣於長安城中。別置萬年縣，屬京兆尹，取漢縣舊名也。」〔註67〕又《周書・明帝本紀》載：「（明帝二年六月）分長安為萬年縣，並治京城。」〔註68〕周明帝朝取長安、霸城以及姚興統治時期所置的山北三縣的部分地區分置萬年縣，與長安縣並治長安城中，成為都城的雙附郭縣，就此改變了自漢以來只以長安縣單縣附郭的傳統，這是意義深遠的調整，直接影響了以後隋唐都城中的京縣建置。

　　北周建德六年（577）滅北齊，隋開皇九年（589）滅陳，自北魏以來堅持漢化改革、推行民族融合政策的北方政權最終完成了南北統一的大業，北齊和陳的宮廷文人、學者從鄴城及建康被集中到長安，都城長安開始回復政治中心和文化中心的角色。以受遺輔政借機取代北周的隋文帝楊堅，即位後下令創建一座新都，並在盡可能短的時間裏搬離了北周遺留下的國都長安城。新都宏偉的城市格局以及城市規劃體現出的皇權思想，預示了一統王朝的來臨，同時新都的營建也徹底終結了漢長安城作為一座城池、一個王朝中心的使命。

　　在中原王朝由統一走向紛亂，再由紛亂漸趨統一的坎坷歷史中，長安的地位或隱或顯，不斷變換角色，陪都（如東漢）、瀕臨分裂的統一政權的都城（如

〔註66〕〔梁〕沈約：《宋書》卷二《武帝本紀中》，中華書局，1974年，第42頁。

〔註67〕《長安志》卷一一，第131頁。

〔註68〕〔唐〕令狐德棻等：《周書》卷四《明帝本紀》，中華書局，1971年，第55頁。

新莽、西晉）、割據政權的都城（如前趙、前秦、後秦、西魏、北周）、割據政權的陪都（如曹魏、夏）以及在統一或割據政權統治下的地方性城市（如西晉），在承載這些不同歷史使命的同時，也積累著屬於自己的都城史。西漢帝國結束後，長安的命運亦如變幻的王朝史，榮耀有時，沈寂有時，數次增飾興修，也數次燒掠焚毀。十六國至北朝期間長安有過幾次宮室興建，但政權更迭頻繁造成了建都的時間割裂且短暫，加之在長安已有宮室城池基礎上的修建多賴於當權者崇麗還是尚儉的個人意願，城市的發展既帶有偶然因素，又難免迂迴重複。

第二節　再造一座新長安

一、劃時代的新都

隋開皇元年（581）二月，隋文帝楊堅身著常服自相府入北周長安宮城的臨光殿受禪即位。

楊堅代北周建隋後即有統一之志，開皇元年三月曾委韓擒虎、賀若弼鎮江北要地，以待滅陳。但適逢北方突厥頻擾邊境，隋朝被迫分道迎擊，平陳之策只得暫且擱置。開皇三年（583）春由於突厥內亂，隋軍擊敗突厥，解除了北部邊患。其後，隋文帝專意於強化集權和壯大國力，在中央官制、賦役、稅法、刑律等政治經濟制度方面銳意改革、掃除積弊。隋文帝一直以結束自晉以降南北分裂之局面為己任，其立國資本即在鬥爭與變革中扎根生長。

開皇八年（588）十二月，隋文帝部署停當後詔告天下，發兵討陳，至次年二月江南諸州悉為隋地，隋文帝統一南北的大業始告完成。在實現南北統一的使命之前，性尚節儉的隋文帝做出了一項耗費甚巨的驚人之舉——下令創建新都——一座屬於未來一統王朝的都城。

北周時期的長安城維持著漢長安城原有的基本格局，公元前 200 年在秦章臺基礎上興建的古老的未央宮依然在作為皇宮使用，但與南北朝時期的其他都城相比較後會發現，北魏的洛陽、東魏的鄴城、六朝的建康等都城建置格局都早已超越了傳統都城的宮市布局結構，其中北魏時期的洛陽城更是極為壯觀，面積達到長安城的兩倍。講求對稱布局且注重實用的空間設計思維令七個多世紀以來沿襲舊制的長安城黯然失色，城市面貌難掩其古舊與過時。

隋初建都有著內外環境的客觀現實原因，不過營建新都的決策過程卻是

相當迂迴。宰相蘇威、主掌天文曆法的太史官庾季才、太師李穆等人都曾從各自的立場出發進言遷都。與北周宇文氏同出於關隴軍事貴族集團的隋文帝並未考慮過將國都遷往關中以外的地區，隋文帝也沒有打算像漢高祖那樣利用前朝已有的宮殿建築進行擴建。勸諫隋文帝遷都的大臣們應該很清楚這一點，因為在他們勸言遷都的奏議書表中均只說應該遷都而不提何地適宜建都，尤可對比的是婁敬、張良勸漢高祖定都關中的諫言。婁敬、張良在勸諫時，明確表達了應以當時的形勢考慮國定在哪個區域。

　　隋初大臣們的勸諫內容，說明存在這樣一個討論的前提：遷都但不應離開關中本土。李穆上表時稱：「帝室天居，未議經創，非所謂發明大造，光贊維新。……竊以神州之廣，福地之多，將為皇家興廟建寢，上玄之意，當別有之。」〔註69〕李穆點出了遷都的實質：一旦遷都即意味著將重新選址，建造新的都城。隋初文帝和大臣們討論的遷都議題，更準確地說是在關中重新建都的議題，這是極為重要的一點，如此才可引出隋文帝詔令創建新都之前的決策經過，此亦是瞭解大興城選址、規劃的關鍵。

　　開國之初，政權剛剛建立，且尚有統一大業等待完成的時期，興建一座「發明大造，光贊維新」的都城似乎有些不合時宜，正史的記載中隋文帝對此事深懷顧慮。《隋書‧李穆傳》記載了文帝決定遷都（建都）的原委：

> 時太史奏云，當有移都之事。上以初受命，甚難之。……上素嫌臺城制度迮小，又宮內多鬼妖，蘇威嘗勸遷，上不納。遇太史奏狀，意乃惑之。至是，省穆表，上曰：「天道聰明，已有徵應，太師民望，復抗此請，則可矣。」遂從之。〔註70〕

與上段陳述略有差異的是，《隋書‧庾季才傳》謂：

> 高祖將遷都，夜與高熲、蘇威二人定議，季才旦而奏曰：「臣仰觀玄象……必有遷都。……帝王居止，世代不同。且漢營此城，經今將八百歲，水皆鹹鹵，不甚宜人。願陛下協天人之心，為遷徙之計。」高祖愕然，謂熲等曰：「是何神也。」遂發詔施行。〔註71〕

　　李穆和庾季才二人的傳記皆謂其乃最終促成文帝下定決心遷都的關鍵性人物，同時二人的傳記也都提到，由隋文帝發端的遷都議題早已存在，文帝從

〔註69〕〔唐〕魏徵、令狐德棻：《隋書》卷三七《李穆傳》，中華書局，1973年，第1117頁。

〔註70〕《隋書》卷三七《李穆傳》，第1118頁。

〔註71〕《隋書》卷七八《庾季才傳》，第1766頁。

未掩飾過他對長安城的不滿。《隋書》自武德四年（621）起修纂，主要參與者令狐德棻、魏徵、顏師古、孔穎達、許敬宗等人，均生於隋初開皇間（文帝建隋時孔穎達已八歲，為最長者），《隋書》所記多有依據。李、庾二人列傳部分的記事齟齬，未必不是現實的真切記載。文帝對勸諫者的回應確實使李穆、庾季才或其他的支持者們相信，他（他們）才是說服皇帝下令創建新都的人。

　　這恰恰也是隋文帝需要的結果，文帝心中早有遷都之念，他的顧慮主要來自能否獲得輿情支持。決策的正當與合理一般體現在兩方面，既要順應天道，得到星象龜筮的指引；又要合乎人心，為統治集團內部的貴族、官僚所支持，也為貢獻勞力和財產的民眾所擁護，這些在李穆和庾季才的上書中都得到了肯定。楊堅於北周攝政時，李穆曾密表勸其即位，入隋以後，他作為元勳老將以及文帝的心腹而煊赫一時，史稱「穆之貴盛，當時無比」〔註72〕，他對遷都、建都的支持足以代表上層貴族的意願。精於天文曆算的占星術士庾季才，歷任梁、西魏、北周三朝太史令，隋文帝代北周時因勸進有功授通直散騎常侍領太史令〔註73〕，他所代表的溝通天人的神秘力量也保障了文帝遷都的決定將受到天意的庇佑。至此創建新都已基本不存在可能來自王朝內部的阻力了。

　　經過醞釀、討論、統一立場，開皇二年（582）六月丙申，文帝詔令在漢長安城東南約二十一里地的龍首原創造新都，詔曰：

> 朕祗奉上玄，君臨萬國，屬生人之敝（弊），處前代之宮。常（無「常」字）以為作之者勞，居之者易，改創之事，心未遑也。而王公大臣陳謀獻策，咸云羲、農以降，至於姬、劉，有當代（世）而屢遷，無革命而不徙。曹、馬之後，時見因循，乃末代之宴安，非往聖之宏義。此城從漢，彫殘日久，屢為戰場，舊經喪亂。今之宮室，事近（近代）權宜，又非謀筮從龜，瞻星揆日，不足建皇王之邑，合大眾所聚。論變通之數，具幽顯之情，同心固請，詞情深切。然則京師百官之府，四海歸向，非朕一人之所獨有。苟利於物，其可違乎！且殷之五遷，恐人盡死（怨），是則以吉凶之土，制長短之命。謀新去故，如農望秋，雖暫（則）劬勞，其究安宅。今區宇寧一，陰陽順序，安安以遷，勿懷胥怨。龍首山川原秀麗，卉物滋阜，卜食

〔註72〕《隋書》卷三七《李穆傳》，第1117頁。

〔註73〕《隋書》卷七八《庾季才傳》，第1766頁；《隋書》卷一七《曆律中》，第434頁。

相土，宜建都邑，定鼎之基永固，無窮之業在斯。公私府宅，規模遠近，營構資費（須），隨事條奏（修葺）。〔註74〕（括號中注為《北史》所錄詔令異文）

文帝的詔書總結了在之前的討論中已經提及的遷都原因，並以一個好皇帝慣有的邏輯呈現出來：

一、自知興造之事勞頓百姓，因此在遷都一事上未敢輕舉妄動，但群臣固請才有決心；

二、易代遷都乃變革之理，魏、晉以後都城多有因循不改者，實為貪圖一時安逸之末世窮相；

三、長安城久經戰亂，城池凋敝；

四、隋都直承北周長安城，未曾謀卜從龜，難合聖王規制，不足定都；

五、都城作為百官之府、四海歸向的王朝中央，非皇帝一人獨有，創建新都將會是惠澤京師臣民的事；

六、殷商尚且五番遷都，只為使民生安泰，要知道土地吉凶直接影響到國祚長短；

七、如今天下安定統一，創建時宜，劬勞辛苦都將是暫時的，安宅龍首原必將使國基永固、功業無窮。

文帝詔書所列舉的幾點，第一、五、七條反覆申述了建都並非出自皇帝個人的私念，實乃順應時變、利國利民之工程；第二條借鑒歷史經驗，指出建都的必然性，隋朝以革除積弊自立，在都城建制上當然也應有所新變；第三條指出長安城不宜居住的現實原因，城市古舊衰敗；第四、六條指出長安城不宜為都的先天因素，未經占卜凶吉。

《藝文類聚》引《關中記輯注》云：「龍首山，長六十里，頭入渭水，尾達樊川，頭高二十丈，尾漸下，高五六丈。云：昔有黑龍從山南出，飲渭水，其行道成土山，故因以為名。」〔註75〕龍首山又稱作龍首原。《類編長安志》卷七引《三秦記》云：「龍首原，起自南山東義谷潏水西岸，至長樂坡西北，屈曲至長安故城，六七十里，皆龍首原。」〔註76〕蕭何據龍首山北向折東高處建未央宮，龍首山北向延伸的終點即為長安城。隋文帝劃定的建都區域則在龍

〔註74〕　《隋書》卷一《高祖本紀上》，第 17～18 頁。〔唐〕李延壽：《北史》卷一一《隋本紀上》，中華書局，1974 年 10 月，第 407 頁。

〔註75〕　〔唐〕歐陽詢：《藝文類聚》卷九六，中華書局，1965 年 11 月，第 1663 頁。

〔註76〕　〔元〕駱天驤：《類編長安志》，三秦出版社，2006 年 1 月，第 197 頁。

首山南端自樊川向北而未及東折處的平原上，這塊地方漢時屬杜縣，北周時屬京兆郡萬年縣，久為京縣轄境。自隋建新都大興約一個半世紀之後，身處此城的唐朝學者韋述在《兩京新記》中記下了一段故事：

> 朝堂即舊楊興村，村門大樹今見在。初，周代有異僧，號為棖公，言辭恍惚，後多有驗。時村人於此樹下集有言議，棖公忽來逐之曰：「此天子坐處，汝等何故居此。」及隋文帝即位，便有遷都意，果移都於此。〔註77〕

《朝野僉載》及《舊唐書·五行志》又謂「楊興村」作「唐興村」，「楊」乃隋帝家姓，「唐」乃唐朝國號，「唐興村」似有後世附會的可能，其村落本名未必真如此。而韋述亦曰：「宮之太極殿本大興村。」〔註78〕唐太極殿即隋大興殿，位處宮城的最南端，與南面皇城最北端的朝堂相隔一街，「大興村」、「楊興村」和「唐興村」名字或有異同，但所指示的空間範圍大致相當，或因後人記述立場的不同而衍生出的不同稱謂。

更為重要的是，以上記載揭示了大興城宮城、皇城的部分基址在遷都之前本為村落。新都在龍首原佔據的區域，除了村落、耕田、山野以外，還有相當一部分地界可能是自漢以來聚集在山原的墓葬地。《西京雜記》中已有漢人喪葬於龍首山南的記載〔註79〕，《初學記》「葬」條「事對」部分亦列有「北邙南嶺」〔註80〕，即謂漢長安城北之北邙阪與龍首山南的幕嶺。1975～1989年中國社會科學院考古所唐城隊在發掘龍首山北麓的唐大明宮遺址時清理出了大批漢代墓葬〔註81〕，近年在曲江池附近被陸續發現的曲江池西漢壁畫墓和曲江翠竹園西漢壁畫墓〔註82〕，都說明了漢長安城東面和東南面即大興城建造區域內原本有多處墓群集中地。

《北史·隋本紀上》又載：「（開皇二年）秋七月癸巳，詔新置都處墳墓，

〔註77〕 韋述撰，辛德勇輯校：《兩京新記輯校》，三秦出版社，2006年1月，第2頁。
〔註78〕 參見〔宋〕程大昌《雍錄》卷三，第49～50頁。
〔註79〕 〔晉〕葛洪：《西京雜記》卷三「曹敞收葬吳章」條，三秦出版社，2005年12月，第130～131頁。
〔註80〕 〔唐〕徐堅：《初學記》卷一四，中華書局，1962年1月，第360頁。
〔註81〕 古方、丁曉雷：《西安北郊漢墓發掘報告》，《考古學報》，1991年第2期，第240～264頁。
〔註82〕 徐進、張蘊：《西安南郊曲江池墓葬清理簡報》，《考古與文物》，1987年第6期。西安市文物保護考古所：《西安曲江翠竹園西漢壁畫墓發掘簡報》，《文物》，2010年第2期。

令悉遷葬設祭，仍給人功，無主者，命官為殯葬。」〔註83〕更證實了隋朝為興建大興城對所選城址區域內的墳墓進行了統一清理。白居易的《琵琶行》提到琵琶女「自言本是京城女，家在蝦蟆陵下住」〔註84〕，另長安城中留有的蕭望之墓、王陵母墓、蝦蟆陵等漢墓遺跡也說明了隋唐都城的一部分城址佔據了漢長安城外的墓區。侯寧彬《西安地區漢代墓葬的分布》一文在對漢長安城周圍的黃土臺原地區的漢墓考古發掘資料進行研究後認為：「今西安市城區一帶漢時也應該有大量的墓葬分布，只是在隋、唐大興城、長安城的建設過程中多數已被破壞殆盡。……這一帶在兩漢時期也應呈坡隰相間的狀態，而那些高高隆起的原坡自然成為理想的喪葬之地。」〔註85〕

圖 1-5　西安地區漢代墓葬分布圖

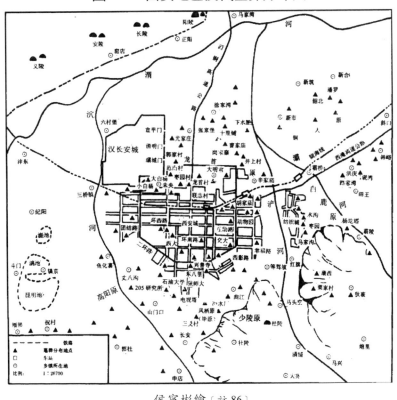

侯寧彬繪〔註86〕

〔註83〕《北史》卷一一《隋本紀上》，第 407 頁。

〔註84〕〔唐〕白居易著，朱金城箋校：《白居易集箋校》，上海古籍出版社，1988 年 12 月，第 685 頁。

〔註85〕侯寧彬：《西漢地區漢代墓葬的分布》，《考古與文物》，2004 年第 5 期，第 52 頁。

〔註86〕侯寧彬：《西安地區漢代墓葬的分布》，《考古與文物》，2004 年第 5 期，第 51 頁。

綜上所述，隋文帝詔書謂新都建置在「龍首山川原」並非一完全自然之空地，新都城址地本屬京縣，現實情況是其地有鄉村聚居，也有大量山野田原，地勢高聳的原坡上形成了不少墓葬聚集地。

龍首原在之前的遷都討論中並沒有被提及，從李穆、庾季才二人的表書可知，都城選址在龍首原的建議不是來自他們，儘管史書記載此二人是最終促成文帝下詔的人，但他們顯然還不屬於制定決策的核心成員。據《隋書·庾季才傳》載，庾季才上奏的前一日「高祖將遷都，夜與高熲、蘇威二人定議」〔註87〕，文帝得知庾季才仰觀玄象的結果有益決策後，「遂發詔施行」。故選址龍首山的擬議當出自隋文帝與他的兩個心腹宰相高熲、蘇威的謀劃，隨後才參考了術士卜食的意見，即詔書所謂的「卜食相土，宜建都邑」。

從時間順序及以後的事態發展觀察，這個通過占卜聲稱龍首原為吉地的術士很有可能就是庾季才，隋文帝下詔創建新都後，庾季才得到了極高的禮遇和賞賜，「賜絹三百段，馬兩匹，進爵為公。（文帝）謂季才曰：『朕自今以後，信有天道矣。』於是令季才與其子質撰《垂象》、《地形》等志，上謂季才曰：『天地祕奧，推測多途，執見不同，或致差舛。朕不欲外人干預此事，故使公父子共為之也。』」〔註88〕自遷都龍首原一事起，庾季才成了隋文帝求神問卜的最高顧問。頗具深意的是，多年以後，庾季才竟因指出另一術士袁充所謂的隋興日影漸長為惑謬之論而觸怒了文帝，遭到免職，領半祿歸第，以至終老〔註89〕。顯然，以迷信卜筮符應著稱的隋文帝只是選擇性地接受了那些對決策有利、於己有利的徵兆。

隋文帝絕不是他在詔書中表現的，只是採納意見、促成決策，於定都問題較少意見的皇帝。恰恰相反，如前文所論，他很早就萌生了遷都、建都的構想，並利用宮廷的政治輿論引導最終促成了決策的頒布。文帝及獨孤皇后都不喜歡烙印著隋朝血腥發家史的長安城，他們也極為迷信來自不可知世界的力量，《資治通鑒·隋紀》甚至還記載了一條文帝遷都的個人原因：「初，高祖夢洪水沒都城，意惡之，故遷都。」詔令對這些個人私念的掩飾並不意味著文帝僅只是一個擅於經營政治形象的野心家，事實證明他努力兌現了詔令的承諾，尤其是涉及上述第二條和第五條，隋朝新都體現出的創造性與價值觀，確實將

〔註87〕 《隋書》卷七八《庾季才傳》，第 1766 頁。
〔註88〕 《隋書》卷七八《庾季才傳》，第 1766～1767 頁。
〔註89〕 事見《隋書》卷七八《庾季才傳》，第 1767 頁；《隋書》卷六九《袁充傳》，第 1610～1611 頁。

古代都城推向了一種前所未有的境界。

　　《通志》和《資治通鑒》裏記載的隋朝棄舊城、建新都的原因，基本不出文帝詔令所列，有舊城制度狹小、宮內多妖異、城水鹹鹵、渭水侵城四種說法〔註90〕，這些原因在本質上並無違拗，都城選址不僅考慮的是一座城市本身運作機制能否順利的問題，還需要綜合衡量地理戰略、經濟狀況、水利設施、交通運輸等多種因素，亦如隋文帝詔令所言，歷史人文與堪輿風水的考察更是中國古代都城選址必然涉及的無形因素。而在個人感情上，對於立志消滅後梁及陳實現一統的隋文帝來說，古舊並且愈來愈顯狹促的長安城可能難以承載他的宏偉抱負，悠久建都歷史的光彩之下，這座古都更遭遇了許許多多個圍城、棄城的晦暗歲月，「它充滿了被殺害者的幽靈，勾起了人們對連續的政治失敗的回憶」〔註91〕。漢長安城的選址，更準確地說是關隴貴族建立北周再次定都長安時看重的那些有形和無形的優勢依然散發著強烈的吸引力，吸引著同出於關隴集團的隋文帝繼續把這一區域定作振興王業的起點。

　　但就一座居住、生活的都城本身來說，北周的國都長安城與北朝的另兩座王城——北魏的洛陽和東魏、北齊的鄴都相比，基本毫無優勢可言，尤其是長安城中供官宦和平民居住的極為有限的空間，已很難滿足隋文帝及其大臣們對「京師百官之府，四海歸向」的都會定位了〔註92〕。北魏永熙三年（534）宇文泰迎孝武帝自洛陽入關，長安城重又成為都城已為隋都的變革埋下始源，這一點尤可注意。

　　隋文帝急於搬離前朝的皇宮，在下詔創建新都後還未滿十個月，開皇三年春三月的一個雨天，沒有大肆渲染的儀仗，文帝以一貫節儉的作風身著常服遷

〔註90〕參見《通志》卷四一《都邑略·隋都》、卷一六○《李穆傳》、卷一八三《庾季才傳》；《資治通鑒》卷一七五。

〔註91〕《劍橋中國隋唐史》，第71頁。關於歷史的無形因素（歷史經驗、宇宙觀、政治價值體系等）在隋朝都城選址中起到的決定性作用，另可參看芮沃壽（Arthur F. Wright）的論文 Symbolism and Function: Reflections on Changan and Other Great Cities, the Journal of Asian Studies, Vol.24, No.4 (Aug. 1965), pp.667~679.

〔註92〕《隋書》卷一《高祖紀》上，第17~18頁。也有個別學者著重強調了大興城的創建體現了以皇帝為核心的貴族集團的利益需求，如王才強即在其專著《貴族與官僚的城市——中古中國都市風景的發展》（Heng Chye Kiang: Cities of aristocrats and bureaucrats: the development of medieval Chinese cityscapes, Singapore University Press, 1999.）中認為大興城是為了滿足整個貴族階層與官僚體制的需求應運而生的。基於對帝國政治體制之根本在於皇權的理解，本書仍將大興城的創建視作皇權的體現，即隋文帝個人意志導向的結果。

入新都的宮城。此時的大興城帶著趕工的痕跡仍在緊張的建設中，為了縮短工期，許多建材直接從長安故城的宮殿官署處拆遷取材，宮城最先建造也最先竣工，貫穿新都的主要引水渠也基本建成，但城垣尚未及建築，龐大廣闊的外郭城南部還幾近平蕪。

隋文帝雖然決意為理想的無窮基業構建一個氣勢恢宏的運作中心，然而他性格中的嚴儉使其在都城建設的龐大工程問題上始終保持著謹慎克制，文帝遷入新都後的二十年執政期裏並未組織大規模的興建。他遺留下的是一座宏偉都市的構架、主體以及有待填補的巨大空間。直到隋煬帝大業九年（613）外郭城的城垣才開始建築〔註93〕，修築「周六十七里」的城垣工程是難以想像的浩大，在經歷了唐代的幾次增修之後外郭城才最終完成〔註94〕。

決定創建之初，未來的國都即被定名「大興」。取大興之名的緣由，程大昌在《雍錄》中羅列了數條：

> 大興立名之由，傳者不一，或曰隋文帝嘗封大興，故以名（程注：見《長安志・京城下》）；或曰宮之太極殿本大興村，故因用其名也（程注：見韋述）；或曰隋文夢洪水浸沒都城，故改營大興，洪水者，高祖名淵故也（程注：見《通鑒》）。……然韋述謂本大興村名者其說近之。蓋嘗有僧坐大木下，曰此後當為宮殿也，大木即在大興殿基上也，亦如漢高帝因長安鄉名而立為都名也。〔註95〕

關於大興城的地理沿革，程大昌推斷韋述的記載最近事實，這個印象在今天看來仍然中肯。但其他解釋也並非毫無根據，隋文帝對楊廣說過「吾以大興公成帝業」的話並非空穴來風〔註96〕，《隋書・地理志》亦記載：「大興，開皇三年置，後周於舊都置縣曰萬年，高祖龍潛，封號大興，故至是改焉。」〔註97〕故而清人楊守敬認為「蓋取文帝初封國號以名城及縣也」〔註98〕，寄託祥瑞的名字與楊堅對新建王朝未來的宏偉願望相當吻合，「大興」之名宣示了楊堅的勃勃雄心。開皇年間奉詔入京翻譯佛典經文的費長房記錄下如此情形：

〔註93〕《隋書》卷四《煬帝紀》下：「（大業九年三月）丁丑，發丁男十萬城大興。」（第84頁）

〔註94〕參見《大興城外郭城築成時間辨誤》，辛德勇《隋唐兩京叢考》，三秦出版社，2006年1月，第5～7頁。

〔註95〕《雍錄》卷三，第49～50頁。

〔註96〕《隋書》卷三《煬帝紀》上，第60頁。

〔註97〕《隋書》卷二九《地理志》，第808頁。

〔註98〕〔清〕楊守敬《隋書地理志考證》卷一，上海古籍出版社，1995年，第7頁。

因即城曰大興城，殿曰大興殿，門曰大興門，縣曰大興縣，園
曰大興園，寺曰大興善寺。〔註99〕

在新都，「大興」的名字以及其代表的建國者的豐功被一次又一次地強調。

　　總之，隋文帝需要一個具有關中區域地理優勢並且享有天命庇佑的國
都，但同時它也必須是一個適宜未來中央朝廷行政運轉和臣民生活起居的繁
華都市。所有的宏偉構想都鋪展在隋朝統治者選定的這塊處女地上，隋文帝
對於天下歸一、萬國來朝的抱負，以及他勇猛決絕的魄力，都在創建新都的浩
大工程中展露無遺。

　　出於時間安排的緊促和隋文帝對於政治局勢的謹慎，新都在一種急迫且
有節制的建造方式下推進並且達到了空前的規模，實用性與象徵性相得益彰
更是這座都城引以為傲之處。都城內部規劃周詳，在突顯皇權至尊的前提下
照顧到了保障都城政治、文化、生活運轉的各方面，隋文帝希望這座寓意「大
興」的都城並不以奢麗浮華著稱（特別是與隋煬帝下令創建的洛陽相比），而
以盛世之都永存。

　　隋文帝在這座新都中處處標榜「大興」，然而奇怪的是，留存至今的隋朝
詩歌裏並沒有出現「大興」之名，「帝京」「京邑」「長安」「城」是被用來指稱
隋朝國都的用詞。王朝的短命也許是其中一個原因。隋朝詩人胡師耽於終南山
遠望大興城，留下了一首歌詠帝京繁華、盛世太平的《終南山擬古》：

結廬終南山，西北望帝京。煙霞亂鳥道，劣見長安城。宮雉互
相映，雙闕雲間生。鐘鼓沸閶闔，笳管咽承明。朱閣臨槐路，紫蓋
飛縱橫。望望未極已，甕牖秋風驚。岩岫草木黃，飛雁遺寒聲。墜
葉積幽徑，繁露垂荒庭。甕中酒新熟，澗谷寒蟲鳴。且對一壺酒，
安知世間名。寄言朝市客，同君樂太平。〔註100〕

大興城太過宏偉，以致在城外登高遠眺才能看清它的輪廓。終南山距離大興
城約六十里，周、秦、漢時期屬離宮林苑的範圍，隋唐以來道觀、佛寺、書院
興起其間，更成為隱居者的理想居所。在山中遠眺都城「宮雉互相映，雙闕雲
間生」，可見宮闕壯麗，不過城中鼓吹笳鳴、朱閣、槐路、飛馳的車駕則是在
山上無法聽聞、眼見的，城中富貴繁華的生活景象是詩人的擬想之辭。城外的

〔註99〕〔隋〕費長房，《歷代三寶紀》卷一二。《中華大藏經》第54冊，中華書局，
　　　　1992年10月，第309頁。
〔註100〕《先秦漢魏晉南北朝詩》，《隋詩》卷七，第2730頁。

詩人並沒有對城內的聲色犬馬流露出羨慕，甘於隱居在終南山清簡的院落裏，好像與大興城裏追逐世間名的朝市客身處在兩個世界；但城外與城內也並非完全地隔絕，城外的隱居者注視著城裏的朝市客，共享這現世安穩。隱居者甚至想要告訴朝市客，他的清幽寧靜的生活也是這太平盛世的一部分。

這首「南山擬古」並未如隱逸詩一貫地為標榜自我而將世俗浮華置於反面，呈現繁華與幽靜共生的平衡。其修辭藝術雖未出陳套，但詩人在山林與都城兩種生活空間的張力下表現出沖和平淡的情調，隱然預示了這座都城嶄新的氣象將為文學注入新的詩意。都城與周圍山川兩種居住空間在對照中形成入與出、被看與看的關係，這種居住者的觀察視角是隨著大興城的出現而產生的。

二、大興城的設計者

據唐代史臣在《北史》及《隋書》中的記載，設計、創建大興城主要由左僕射高熲總領其事任新都大監，京兆尹虞慶則任營新都總監，太子左庶子宇文愷創制規模任營新都副監，工部尚書賀婁子幹任營新都副監，右衛將軍兼將作大匠劉龍、太府少卿高龍義、太府少卿張煚等充使營建〔註101〕。大興城主創人員基本上來自於北周舊臣，他們的出身背景帶有明顯的北方色彩。研究者往往將設計者的種族身份與這座都城的設計理念聯繫起來，但這也是一個存有爭議的話題。

楊鴻年《隋唐兩京考》分析了這些主創人員的職責與分工：

> 就中高熲為大監，虞慶則為總監，宇文愷、賀婁為副監，張炤（煚）為丞。從這些人的職務名稱上，也可看出他們之間的地位高低。他們的本官，熲為僕射，乃宰相；子幹為工部尚書，是尚書六部之一專管建築的工部首長；劉龍是將作大匠，主管建築；張炤（煚）為太府少卿，太府乃君主私人藏庫。觀此種種，所謂營新都監，是照顧全局，由多方面人物組成，因而辦事效率也就極高。就中有巧思、懂技術的，不只宇文愷一人，這就難怪新都規模雄偉，影響極大了。〔註102〕

〔註101〕 見《隋書》卷一《高祖紀上》（第1～28頁）、卷四〇《虞慶則傳》（第1173頁）、卷四六《張煚傳》（第1261頁）、卷五三《賀婁子幹傳》（第1351頁）；《北史》卷一一《隋本紀》（第395～427頁）。
〔註102〕 楊鴻年：《隋唐兩京考》，武漢大學出版社，2005年4月，第8頁。

創建新都由決策、規劃到開始建造，需要多方人員協作配合，絕非憑一人二人之力可以承擔。不過皇權社會森嚴的等級制度下，都城的總體設計思想及實施仍需由統領人物引導完成，天子的授意極大左右了都城設計者和建造者的理念，如隋文帝詔書中對四海歸一的偉大國都的期待，核心領導人物的知識結構與文化背景決定了大興城規劃思想的淵源及其呈現出的整體風格取向。

　　宰相高熲是首先值得注意的高層人物，他是現今已知的唯一一個既參與了創建新都的決策過程又加入到都城規劃建造工作的朝廷官員。《北史》稱高熲「自言渤海蓨人也，其先因官北邊，沒於遼左」〔註103〕，高熲的家世族系向為可疑，姚薇元推測高熲當出自遼東高麗族之高氏〔註104〕。渤海蓨縣乃漢族高氏郡望，北魏後期自高麗、遼東遷回的高氏偽冒渤海高氏支系的情況甚為普遍〔註105〕，高熲一支亦在其列。高熲父高賓由北齊歸北周，成為獨孤皇后之父北周大司馬獨孤信的僚佐，後獲賜姓獨孤。高熲在北周平齊、建隋代周以及後來的平陳征討中屢建功績，對隋初的內政改革和外交經營方面貢獻尤多，一般認為他是一個才能出眾、講究實效、帶有法家色彩的政治家〔註106〕。隋文帝非常倚重這位宰相，常親切地直呼其「獨孤公」。

　　開皇初，高熲作為文帝心腹參與謀劃了遷都的決策，其後受命新都大監的身份，正起到了溝通隋文帝與都城建造者之間供需關係的樞紐作用。參與營建新都決策及建設工作的一些朝廷高官如蘇威、虞慶則等，都或多或少經由高熲的引薦而受到皇帝的器重，他們在許多政治事務上有著密切的關聯，谷川道雄在論及開皇之治的官僚集團時將這些高層政治人物視作一個以高熲為政治樞軸的高官集團，「他們一方面顯示了與傳統的門閥貴族的不同之處，另一方面又有與傳統貴族相通的一面，這即是擁有士大夫的教養性格。他們所顯示的文武兼備的人格，應該說正是代表新時代官人像的一個標誌」〔註107〕。以高熲為中心的新官人集團是否明確存在於實際的政治關係中還有待探討，但高熲、蘇威、虞慶則所代表的高官在營建新都的決策和實施過程中所起到的推動

〔註103〕　《北史》卷七二《高熲傳》，第2487頁；又見《隋書》卷四一《高熲傳》，第1179頁。
〔註104〕　姚薇元：《北朝胡姓考》，中華書局，1962年10月，第270～271頁。
〔註105〕　參見仇鹿鳴《「攀附先世」與「偽冒士籍」──以渤海高氏為中心的研究》，《歷史研究》，2008年第2期，第60～74頁。
〔註106〕　參見杜佑《通典》卷七《食貨七》，中華書局，1988年12月，第154～156頁。
〔註107〕　〔日〕谷川道雄著，李濟滄譯：《隋唐帝國形成史論》，上海古籍出版社，2004年10月，第266頁。

作用，也應當與他們為隋初的制度改革和建設付出的努力一樣得到承認。

後世學者對於高熲在新都營建過程中發揮的實際作用多持保留態度，並無太多肯定。宋敏求《長安志》卷一二「長安縣」云：「安平公廟，在府西街。隋宇文愷封安平公，文帝開皇中遷都城，實愷之功，故廟食存焉。」〔註108〕又如陳寅恪《隋唐制度淵源略論稿》之「都城建築」謂：「高熲之於營建新都，殆不過以宰相資望領護其事，如楊素領護制定五禮之比，吾人可不必於熲本身性質及其家世多所推究也。」〔註109〕宇文愷作為規劃師在隋都營建事上所創功績自不待言，不過高熲是否僅為名義上的工程主持者，新都營建的主軸實為宇文愷之說可否成立，仍有進一步討論之餘地。

《隋書‧高熲傳》云：

> （高熲）領新都大監，制度多出於熲。熲每坐朝堂北槐樹下以聽事，其樹不依行列，有司將伐之。上特命勿去，以示後人。其見重如此。〔註110〕

《北史》也有相同的記載，正史皆謂新都制度多出自高熲的策劃當是可信的，都城制度未必涉及實際的空間布局規劃，但規劃設計必然需要遵循制度確立的主旨和原則，高熲在隋朝的政治地位以及其在遷都一事上與隋文帝保持的極為密切的關係都表明他是成為都城建造主持人的最佳人選。

至於高熲在朝堂北槐樹下處理政事一事頗值得留意，可補充高熲在營建期間監工督導之遺事。朝堂北位於皇城北端，與宮城南端的承天門相對，皇城與宮城之間有橫街相隔，隋唐時期橫街兩側植有槐樹。高熲倚坐的槐樹不依街道行列，有礙街景的整齊劃一，可以推知此樹先於街道而存在，營建期間高熲當是常至此處聽取工程進展的彙報。《北史》、《隋書》所記高熲坐槐樹下聽事又見於《藝文類聚》、《朝野僉載》、《舊唐書‧五行志》、《太平御覽》、《冊府元龜》等唐宋間史籍筆記的引用，其中《朝野僉載》提供了更為豐富的信息：

> 西京朝堂北頭有大槐樹，隋曰唐興村門首。文皇帝移長安城，將作大匠高熲常坐此樹下檢校。後栽樹行不正，欲去之，帝曰：「高熲坐此樹下，不須殺之。」至今先天百三十年，其樹尚在，柯葉森

〔註108〕《長安志》卷一二，第300頁。
〔註109〕陳寅恪：《隋唐制度淵源略論稿》，生活‧讀書‧新知三聯書店，2001年4月，第84頁。
〔註110〕《隋書》卷四一，《高熲傳》，第1180頁。

竦，株根盤礴，與諸樹不同。承天門正當唐興村門首，今唐家居焉。〔註111〕

開元二年五月二十九日……其年六月，大風拔樹發屋，長安街中樹連根出者十七八。長安城初建，隋將作大匠高熲所植槐樹殆三百餘年，至是拔出。〔註112〕

張鷟所謂「至今先天百三十年」，以先天元年（712）前推一百三十年即開皇二年（582），為文帝下詔營建新都之年。即使以先天二年計，開皇三年亦在新都初期竣工之年。故高熲常坐朝堂北頭槐樹下檢校，實專為督導驗收新都建造事宜，此為高熲參與營建工程之明證。這棵村口的古老槐樹不合新都規劃的橫街兩旁的樹列，本應被伐除，卻因高熲和隋文帝的原因得到了保護，並在後世引起極大關注，雖然此樹在開元二年（714）被惡風拔起，然已永載史冊。

不過《朝野僉載》的記載也存在一個史實錯誤，高熲任新都大監，但未曾受命將作大匠。將作大匠承自秦漢，主要負責營建宮室事宜，《通典·職官》云：「秦有將作少府，掌治宮室。漢景帝中元六年更名將作大匠。……章帝建初元年，復置，以任隗為之，掌修作宗廟、路寢、宮室、陵園、木土之功，並樹桐梓之類列於道側。……北齊有將作寺，其官曰大匠。……隋與北齊同，至開皇二十年，改寺為監，大匠為大監。初加置副監。」〔註113〕隋唐間「大匠」與「大監」之職官稱謂反覆更易，唐高宗至玄宗朝即有五次更名〔註114〕，生活在這一時期的張鷟將新都大監訛誤作將作大匠也是有情可原的。

然而，關於高熲，我們始終無法真正瞭解他的才能。《隋書》記載：「所有奇策密謀及損益時政，熲皆削稿，世無知者。」〔註115〕實際上高熲的謹慎作風早在文帝時期已有顯露，《隋唐嘉話》記載他將上奏的內容擬寫在鋪粉的盤子上，謄抄後不留底稿〔註116〕。在被隋煬帝誅殺之前，高熲銷毀了過往所有策論筆錄，這雖然絲毫無損於後世史家對其個人歷史功績的褒揚，但文獻的匱乏無疑削弱了高熲個人原有的飽滿政治形象，唐代的史官已無法描述出這位隋朝「真宰相」在具體事件上的足智多謀。許多重大事件，包括勸諫遷都以及主

〔註111〕〔唐〕張鷟：《朝野僉載》卷一，中華書局，1979年10月，第8頁。
〔註112〕《朝野僉載》卷一，第20～21頁。
〔註113〕〔唐〕杜佑：《通典》卷二七，中華書局，1985年1月，第761頁。
〔註114〕《通典》卷二七，第762頁。
〔註115〕《隋書》卷四一《高熲傳》，第1184頁。
〔註116〕〔唐〕劉餗：《隋唐嘉話》上，中華書局，1979年10月，第1～2頁。

持營建新都，高熲多是以一種重要卻又略顯空洞的形象出現在史籍記述中。

將高熲視作營建新都名義上的主持者即是由殘缺史料導出的片面結論，在這個前提下宇文愷及其他新都設計者和建造者的作用被無限延伸了。鑒於高熲在營建一事上所處的樞紐位置以及其個人史料的特殊性，僅以史籍零星記載考論其在營造新都一事上的作用必然是有所缺失的。新都的擁有者隋文帝和營建工程的負責人高熲在新都規劃理念的具象化過程中，對設計者和建築者們所施加的影響與導向力量即使是難以落實到細節，也仍然不可忽視。

宇文愷乃北周皇族後裔，楊堅代周自立後宇文氏皆在被誅之列，宇文愷因其兄有功而幸免，憑著自身的博學多藝得到隋文帝的賞識重用。隋朝兩座偉大都城大興和洛陽的建成都與他的貢獻有著莫大關係。《隋書・宇文愷傳》云：「高熲雖總大綱，凡所規畫，皆出於愷。」〔註117〕這條記載使很多人確信是宇文愷設計了大興城。但實際營建新都的人員組織結構非常龐大，如《隋書・劉龍傳》的記載：「劉龍者，河間人也。性強明，有巧思。齊後主知之，令修三爵臺，甚稱旨，因而歷職通顯。……遷都之始，與高熲參掌制度，代號為能。」〔註118〕可見，營建一座城市從規劃、設計到落實本就是各職能人員相互協作的過程，固然存在著總規劃師和總設計師，但一座城市的建成無疑是集體智慧的創造，誇大某一個人的作用都有可能遮蓋其他人的貢獻。

至此創建新都的決策到規劃階段的分工大致明瞭：都城規劃布局時應遵循何種都城制度之傳統，融合與改易又在何種限度下實行，皆出於高熲的裁定；具體的規劃工作則主要由擅長營造工程的鮮卑貴族宇文愷主持，他是把創建新都的決策中明確的理念和精神寄託轉換到具象空間的主要實施者。高熲和宇文愷並非直接的上下級關係，宇文愷、賀婁子幹同為總監虞慶則（時任京兆尹）的副手，但在系統嚴密的組織人事中，高熲和宇文愷無疑構成了營建過程中將新都由理念變為現實的兩個動力核心。

宇文愷不止在大興城的建造工程中發揮著關鍵性的作用，隋朝的許多大工程如隋朝宗廟、漕渠、廣通渠、東都洛陽、仁壽宮、文獻皇后的陵寢等，都出自他的巧思與統籌，他是隋朝最重要的規劃師和建築師，深受文帝和煬帝的器重。宇文愷在參與大興城的規劃布局中參考了北魏都城洛陽和東魏、北齊都城鄴都宮殿居城北的格局以及對稱布局的建造特點，創造性地因地制宜。關於

〔註117〕《隋書》卷六八《宇文愷傳》，第 1587 頁。
〔註118〕《隋書》卷六八《劉龍傳》，第 1598 頁。

宇文愷在大興城規劃設計過程中發揮的重要作用，兩《唐書》、《長安志》及後世史家皆有強調，此不復贅述。

　　需要再次說明的是，歷史文獻所記述的營建大興城從擬議到構想再到具體規劃終至實施的過程中，作為決策者隋煬帝和高熲所起到的作用被一些政治考量和現實因素掩蓋了，而較少受到政治身份牽制的宇文愷其都城設計師的身份則被相應地突顯。

三、大興城的崛起及中衰

　　大興城（即後來的唐長安城）的規模前所未有，它比以宏偉著稱的北魏洛陽更宏偉更壯大，還遠遠超越了羅馬、拜占庭等歐亞世界的其他偉大帝都，它是當時世界上最為壯麗雄偉的城市，即使在今日它仍然是中國歷史上最大的都城。考古發掘現場得到的實測數據印證了文獻記載對大興城磅礴巨製的描述。

　　自 1957 年起至 1962 年中國科學院考古研究所派出了工作隊對唐長安城遺址進行全面勘察〔註119〕，唐長安城是在隋大興城基礎上的擴建，考古實測的結果一定程度上也反映了隋大興城的規模形制，考古發掘的唐長安城地基東西廣 9721 米、南北長 8651.7 米，磁鍼測得長安城方向為北偏東 2°。宿白結合唐都遺址勘測的結果和史志文獻的記載，對大興城的規模及布局做了如下概述：

> 大興城規模浩大，規劃整齊，面積達四十八平方公里。大興城分宮城、郭城和皇城。宮城先築，皇城次之，最後建郭城。郭城內由若干條東西、南北向的街道劃為若干坊。這些坊又東西分屬大興、長安兩縣。郭城外東、西、南三面為兩縣的郊區。郭內遍布官衙、王宅、寺院和道觀，東西各置一市，還開鑿了三條水渠。宮城、皇城位於郭城北部正中。再北為大興苑。〔註120〕

　　對於建造大興城的創舉，傅熹年從都城規劃的專業角度給予了很高評價：

〔註119〕長安城考古實測成果可參見陝西省文物管理委員會《唐長安城地基初步探測》，《考古學報》，1958 年第 3 期，第 79～93 頁；中國科學院考古研究所西安唐城發掘隊《唐代長安城考古紀略》，《考古》，1963 年第 11 期，第 595～611 頁；馬得志《唐長安城發掘新收穫》，《考古》，1987 年第 4 期，第 329～310 頁。

〔註120〕宿白：《隋唐長安城和洛陽城》，《考古》，1978 年第 6 期，第 409 頁。

西漢以來各朝代建有許多都城，情況各個不同。西漢長安、東漢洛陽始建時已存在秦代舊宮，三國時曹魏鄴城、孫吳建業、東晉南朝建康、北魏平城、北宋汴梁、南宋臨安都是由地方城市改建為都城的，魏洛陽、北魏洛陽、明清北京是在前代都城基礎上改建的，都在一定程度上受原有城市布局的限制；自西漢至清長達兩千年的歷史時期，只有北齊鄴城南城、隋西京大興、東都洛陽和元大都是無所依憑、沒有前代遺存的限制、完全按規劃平地創建的，最便於我們探討其規劃原則和手法特點。〔註121〕

大興城不同於此前八百年間大大小小的王朝選擇定都的那個歷史悠久的長安城，它的一切創舉與超越都獨屬於這個時代的成就，這座都城純粹而直接地呈現了這個時代的理想與創造。傅氏利用建築模數研究了大興城的宮城、皇城與外郭城坊里之間構造上的通用性，得出結論：「在都城——國的規劃中以宮城——家族皇權的象徵為模數，使都城中一些重要部分是它的倍數、分數或相似形，實即隱寓一姓世襲為君『化家為國』之意，目的是在都城規劃中體現國家從屬於皇權、源出於皇權和皇權涵蓋一切、化生一切、無所不在的至高無上的地位。」〔註122〕大興城的規劃把等級制度的概念融入空間布局中以凸顯皇權神聖，帝制時代的國家倫理、價值觀有序而和諧地呈現在這座皇帝居住的城市裏，空間結構與意識形態是如此統一，即使是現代人在觀看平面示意圖時也能感受到視覺的衝擊，大興城的這種規劃特點在元大都、明北京的規劃中都得到了應用與發展。

這座平地而起的都城凝結了當時流行的建築規劃技術以及設計者的巧思創造，象天設都的傳統規劃思想融合在富有時代感的城市風格中，反映出這個王朝意識形態中最核心的追求。《長安志》引《隋三禮圖》謂：「（大興城）南北皆一十三坊，象一年有閏。每坊皆開四門，有十字街四出趣門。皇城之南，東西四坊，以象四時。南北九坊，取則《周禮》王城九逵之制。」〔註123〕儘管這些象徵性的數字準確體現了《周禮》記載的王城制度，反映出中原王朝一貫的空間理想，但在其他一些更為重要的布局上大興城卻並不符合《周禮·

〔註121〕傅熹年：《隋、唐長安、洛陽城規劃手法的探討》，《文物》，1995 年第 3 期，第 62 頁。

〔註122〕傅熹年：《隋、唐長安、洛陽城規劃手法的探討》，《文物》，1995 年第 3 期，第 63 頁。

〔註123〕《長安志》卷七，第 159 頁。

考工記》記載的前朝後市、左祖右社、宮闕居中、民廛旁列的王城構想。宋人早已注意到大興城異於傳統觀念的空間布局，呂大防《長安志圖》云：「隋氏設都，雖不能盡循先王之法，然畦分棋布，閭巷皆中繩墨，坊有墉，墉有門，逋亡姦偽，無所容足，而朝廷、宮寺、門居、市區，不復相參，亦一代之精製也。」〔註124〕呂氏認為大興城的設計雖有未循傳統規制之處，但其注重實用性的布局和設計體現著君臣倫常觀念，達到了宜居和便於管理的目的。

過去的歷史學家們相信，主要設計者宇文愷個人的意識形態和文化背景影響到了大興城不同於傳統的規劃思想。自日本學者那波利貞將大興城在都城制度上體現出的變革歸因為宇文愷所繼承的北魏胡人注重實踐性的民族特點〔註125〕，至陳寅恪從隋朝制度變革的大背景下將大興城的特出構造歸因為以宇文愷為代表的胡化漢人所受河西文化之薰染〔註126〕，從西風（或那波氏主張的北風）東漸的角度來理解隋大興城的規劃特點，進而更深一層地揭示隋朝政治制度變革的淵源，一度成為史學界普遍採用的理解大興城規劃思想的方式。

不過也有學者對此提出了質疑，岑仲勉最先指出那波氏與陳氏關於隋朝精英人種論的立論不確之處，他將呂大防的觀點繼續發揚，再次申述了大興城的規劃理念皆出於統治便利及生活實用，更從大興城的影響力上強調其以東亞傳統為重心的設計風格，認為「此城設計為東亞創作，故能使東瀛慕化也」〔註127〕。熊存瑞《重估那波利貞——陳寅恪對隋朝大興城胡化之分析》〔註128〕一文更在這個基礎上細緻而深入地剖析了前賢論斷的史實性偏差，針對那波利貞的論點，熊氏指出那波氏所謂的非傳統都城的代表北魏洛陽與鄴都南城，這類都城的創建並非如其論證的是出於北魏胡族實行性的影響。而針對陳寅恪的論點，熊氏除了秉承岑仲勉已指出二人的史實失誤之外，還考

〔註124〕〔元〕李好問編撰：《長安志圖》卷上，清經訓堂叢書本，第10頁。

〔註125〕參見〔日〕那波利貞《支那首都計劃史上より考察した為唐の長安城》，《桑原博士還曆紀念東洋史論叢》，弘文堂書房，1931年12月，第1247～1254頁。

〔註126〕參見陳寅恪：《隋唐政治制度淵源略論稿》第二章《禮儀》後附文《都城建築》，三聯書店，2001年4月，第69～90頁。

〔註127〕岑仲勉：《隋唐史》，中華書局，1982年，第30頁。

〔註128〕熊存瑞 *Re-evaluation of the Naba-Chen Theory on the Exoticism of Daxing Cheng, the First Sui Capital, Papers on Far Eastern History*, v35, 1987, pp.136~166。熊氏有關宇文愷在大興城創建中所起作用的觀點在他其後的專著 *Sui-Tang Chang'an: a Study in the Urban History of Medieval China* (the University of Michigan, 2000.)中得到了進一步地發揮。

察了宇文愷的家學淵源和知識背景，認為宇文愷之漢化可追溯至其父輩，而且宇文愷自小熟習漢典，其漢學修養比之漢人絕無遜色，此段考證足以證明大興城規劃上的反傳統無關人種文化的影響，都城主創者的文化背景仍然具有明顯的中原漢文化色彩，大興城所呈現仍主要是本土文化的傳統，這一論斷基本可信。

不過，熊氏認為文獻並未顯示宇文愷參與了最初大興城創建的決策環節，加之《隋書》的記載中宇文愷並非大興城建造的「總大綱」者，進而提出他所負責的可能只是一些特定建築的規劃設計，其觀點頗有值得推敲之處。總領其事者作為最高負責人，無須參與具體的規劃實施工作，如此情狀在歷朝職官任命中都屢見不鮮，於今時現狀亦屬普遍。宇文愷在大興城規劃設計中發揮的作用是否包括了宏觀布局的成分，這個問題懸而未決。

其實，一般被視為傳統都城的漢長安城與西晉洛陽城的宮、市規模也不是完全地符合《周禮·考工記》所構想的王城規制，都城設計的象徵性無疑要以實用性為前提，這是任何文化背景下的都城創建都需遵守的基準。對於隋朝大興城的規劃思想，從實用性與象徵性相互制約、相互彰顯的互動關係中來理解，也許更便於認識大興城繼往開來的創新意義。

但也得承認，大興城的創建主要體現的還是北方城市的風格。宇文愷規劃大興城時僅二十八歲，隋朝還未完成南北中國的統一，宇文愷只能以北魏洛陽和北齊鄴都等北方都城為參考對象，與他同時負責的規劃師、建築師也都具有北魏、北齊、北周的文化背景，所以大興城的規劃是在北方文化傳統的影響下進行的。直到 23 年後大業元年（605）宇文愷主持設計東都洛陽時，他才有機會參考南朝建康的建造風格，從而兼採南北都城的規劃經驗。因此可以說，大興城是為一統帝國而準備的，是一種觀念先行的產物，仍然具有北朝都城的典型性。

宇文愷對大興城的規劃不僅充分考慮了原隰地形的特殊性，而且在空間設計方面將《周易》乾卦的卦象象徵性地引入了地望風水的布局中，《元和郡縣圖志》卷一載：「初，隋氏營都，宇文愷以朱雀街南北有六條高坡，為乾卦之象，故以九二置宮殿以當帝王之居，九三立百司以應君子之數，九五貴位，不欲常人居之，故置玄都觀及興善寺以鎮之。」〔註129〕宇文愷將堪輿理論結合都城規劃，以東西向的六道高坡比附乾卦的六爻卦象：將宮殿建造在北向

〔註129〕〔唐〕李吉甫：《元和郡縣圖志》，中華書局，1983 年 6 月，第 1～2 頁。

第二道高坡（九二）上，作為行政機構的皇城佔據著第三道高坡（九三），這既是出於軍事防禦的考慮，也是皇權至上的倫理體現。宮城和皇城被置於高地，在一定程度上彌補了龍首原南高北低的地勢，突出了都城主體建築的空間組合，更增顯了宮殿巍峨雄壯的氣魄。外郭城中的第五道高坡（九五）由於地勢尊貴，故設計者於朱雀街（中軸線）兩側建置寺觀，這些精妙布局的最終目的都是為了極大強調皇權思想與宗法觀念的呈現。新都規模上的前所未有以及構造上的大膽創新，都昭示了隋朝皇帝超越以往的魄力。

圖1-6　隋唐長安城中的六爻地形示意圖

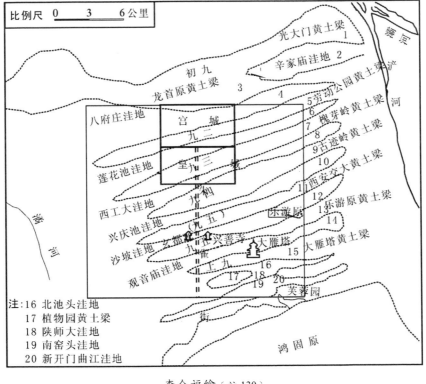

李令福繪〔註130〕

然而，大興城的後續建設很快遭遇了挫折，文帝的繼任者把注意力轉向了創建其他更具其個性色彩的新都建設。仁壽四年（604）七月隋煬帝即位，八月漢王楊諒在并州起兵反叛。出於對時局的擔憂，這年冬十一月煬帝命楊素、宇文愷負責在漢魏洛陽故城西十八里處營建東都，希望加強王朝在中原腹地

〔註130〕李令福：《隋唐長安城六爻地形及其對城市建設的影響》，《陝西師範大學學報》，2010年第4期，第126頁。

的權威。結果東都的營造完全一反煬帝詔書中反覆申陳務從節儉的初衷，富麗奢華的建造風格必定是獲得了皇帝本人的支持，迎合了皇帝的喜好。營造工程未滿一年，煬帝遷入洛陽新宮，此後便很少回到他的父親留待子孫共同創建的國都大興。

文帝死後，大興城作為國都的意義並沒有得到鞏固強化，反而因為東都洛陽、南都江都的陸續營造以及隋煬帝的流連不返，大興城內集權中央的功能急劇減弱。大業十二年（616），隋煬帝不顧當時叛亂四起，第三次下江都，留置群臣在大興城處理政務，實際上是放棄了對經營北部地區做出最後的努力。大業十三年（617）冬，李淵率諸子眾將奪取京城，立代王楊侑為帝，遙尊煬帝為太上皇。次年，宇文化及弒煬帝於江都宮，大興城內隋恭帝遜位，李淵建唐，隋朝的浩浩聲勢戛然而止。

芮沃壽在《劍橋中國隋唐史》中認為：「隋朝初期如此規模的建都工程表明了隋的創建者及其顧問的信念，即他們相信他們的王朝會比以前的政體具有更大的影響，更能長治久安。至少關於前一點，事實證明他們是正確的，因為唐朝繼承他們以此城為都，並在此地統治中國和整個東亞幾乎達 300 年之久。」〔註131〕隋朝的統治者想要通過創建新都打造「定鼎之基」、「無窮之業」的立足點，這個意義上隋文帝和他的大臣們獲得了巨大的成功，大興城比前此的任何一個中原王朝的國都都更具有承載力和包容性。不論是對於七至八世紀間遊歷唐朝長安城——這座曾經的大興城——的阿拉伯旅行家以及日本僧人，還是對於在地志文獻的記載中去想像大興城面貌的我們，大興城無與倫比的宏大結構無疑是這座城市給人留下的最富衝擊力的印象。新都的建造開創了中原王朝都城的一種新格局，歷史學家們在討論中國王城結構的傳統時不得不仔細審視這個短命卻創造甚巨的王朝。

四、固守關中與新人口的遷入

伴隨著隋朝的戲劇化終結，其原本擴大的疆域再次喪失，特別是突厥頻繁南侵，實際控制了關中以北的大部分郡縣，給隋末唐初的京城製造了極大威脅。這引發了李淵對於定都關中的重重顧慮，他考慮到遷都。

高祖曾擬避退南陽，但遭到了當時的秦王李世民的阻止，這位後來的唐

〔註131〕〔英〕崔瑞德編：《劍橋中國隋唐史》，中國社會科學出版社，1990 年 12 月，第 73 頁。

朝皇帝進言：「夷狄自古為中國患，未聞周、漢為遷也。願假數年，請取可汗以報。」〔註132〕在對突厥的態度上，不同於李淵的優柔忍讓，李世民執意採取強硬的對抗策略以維護京師安定。關中穩固對實現西部局勢穩固意義重大，充滿險阻但富有長遠眼光的戰略決策最終佔了上風，唐初的遷都之議始告停罷。

漢朝定都長安主要是出於制衡諸侯勢力的時局考慮，唐王朝定都長安則有著前後相繼的地緣政治淵源。史念海、史先智《長安和洛陽》一文認為：「孝武帝當時所設想的只是一位宇文泰，並非長安城。長安城能夠又復為都城，乃是一種偶然性導致的結果，並非歷史規律性的演變。」〔註133〕史氏所論甚確。後西魏禪北周，再至北周大定元年（581）北周禪隋，由於政權禪讓事件在關隴軍事貴族集團內部接連發生，關隴勢力以關中為據點的傳統一直持續到了唐。

太宗即位後，確如其言在突厥問題上付出相當精力，貞觀四年（630）唐軍滅東突厥，突厥諸部歸降的酋長被遷入長安，入朝供職，一時間漠北各族酋長紛紛尊太宗為「天可汗」〔註134〕。在策略性地平定薛延陀、吐谷渾、高昌後，到貞觀末年唐朝面臨的北部邊患基本緩解，太宗、高宗朝一度把北部疆域擴大至漠北，使唐王朝的版圖達到前所未有的遼闊，展現出四海一家的泱泱大國之態。武后時期北部疆域一度出現大的退縮，至玄宗開元、天寶之際基本定型在陰山一帶。如顧頡剛、史念海《中國疆域沿革史》所言：「較諸漢武之時抑已過矣。然此僅就國內而言，若羈縻州、縣之設立，尤屬廣泛，自高麗以至於波斯，無往無唐官吏之足跡，其疆域之廣大，自古以來所未嘗有也。」〔註135〕

不同於漢朝徙民實邊的民族政策，唐太宗針對歸唐的邊地民族實施相對寬容和緩的羈縻州制度，仍舊由各族長統領其眾，一些部族首領被遷往長安擔任京官，貞觀年間遷至長安的突厥貴族就幾近萬家〔註136〕，長安在人口結

〔註132〕〔宋〕歐陽修、宋祁等：《新唐書》卷二一五《突厥傳》上，第6032頁。

〔註133〕史念海主編：《唐史論叢》第七集，陝西師範大學出版社，1998年2月，第4頁。

〔註134〕〔宋〕王溥：《唐會要》卷一〇〇《雜錄》，上海古籍出版社，1955年6月，第1796頁。

〔註135〕顧頡剛、史念海：《中國疆域沿革史》，商務印書館，1999年7月，第135頁。

〔註136〕參見《貞觀政要》卷九、《舊唐書》卷三八《地理志》、《新唐書》卷二一五《突厥傳》等。

構上呈現出前所未有的吸納融合姿態。唐高祖父子對於留守關中的選擇與漢高祖的定都關中雖然是出於不同情況下地緣政治的考慮，但其決策對於王朝政治走向產生的影響有著殊途同歸的意義。

由於王朝的疆域取決於對立政權之間的勢力消長，是隨時可能變動的。都城，特別是立國之初選定的都城往往代表的是王朝預設疆域的中心，而非實際疆域的中心，這個中心體現的是疆域擴張或收縮的動勢。錢穆曾多次指出國都於立國精神的重要性，尤舉漢、隋唐之例：「長安代表的是中國東、西部之結合；首都居在最前線，領導著全國國力向外發展的一種鬥爭形勢。」〔註 137〕「隋唐統一，才始恢復以長安、洛陽定為兩京的周、漢局面」，「宋以後的中國遠不如宋以前，這一層是研究中國歷史很值得注意的」，「一個國家的立國精神，應該走逆勢，不可走順勢」。〔註 138〕也正因如此，據有地緣政治意義的長安以強勢的帝都姿態坐鎮在漢唐王朝，但另一面長安也必須承受著在此消彼長的角力中潛伏的邊境危機。

宮崎市定在分析隋祚短暫而唐命長久的反差時認為：「太宗雖然任用文士，偃武修文，鼓勵社會的普遍文明化，但是從不曾離開國都長安。隋的滅亡，唐的昌盛其原因即在於此。」〔註 139〕隋朝覆滅的原因固然是多個層面問題的堆積爆發，絕非單一導火索引發的必然結果。但從地緣政治的角度考慮，隋煬帝無休止地發起巡行和遠征，忽略了關中戰略強勢的根本，在亟需扭轉政局中空的危急時刻又無所作為，這是隋唐兩朝立國精神分道揚鑣之處，也確是影響王權統治穩固與否的重要因素。

古代城市的人口統計，涉及戶籍制度以及流動人口的計算，是一個難以精確數字的問題。古代都城的人口，是為滿足皇室宮廷的日常生活、政治生活和文化生活需要而安置的，這是漢、唐長安城人口的共同特點，即以皇權運轉為中心的人口活動。另一方面，兩座長安城的人口也有根本的不同。首先是人口規模的變化，其次是人口構成的變化，尤其是流動人口的大量湧入，為唐長安這種國際型都會注入了巨大活力，不同階層、不同種族的觀念碰撞更為頻繁，帶來許多新鮮的都城生活體驗與觀察，都城的人口結構以及人際

〔註 137〕 錢穆：《國史大綱》（修訂本）上冊，商務印書館，1994 年 6 月，第 234 頁。
〔註 138〕 錢穆：《中國歷史精神》，《錢賓四先生全集》第 29 冊，聯經出版事業公司，1998 年 5 月，第 122、125、132 頁。
〔註 139〕 〔日〕宮崎市定著，劉永新、韓潤棠譯：《東洋樸素主義的民族與文明主義的社會》，商務印書館，1962 年 8 月，第 71 頁。

關係也更為複雜。

西漢長安城的人口，據《漢書‧地理志》的記載，平帝二年（2）「戶八萬八百，口二十四萬六千二百」〔註140〕，這裡的城區戶籍人口統計是在籍人口，是不包括皇室、貴族、官僚、駐軍、奴婢、刑徒、游民的。平岡武夫、武伯綸等歷史學家估算的人口在四五十萬甚至更多。也有學者認為西漢長安城區人口不會超過三十萬〔註141〕。西漢長安城的人口構成主要包括皇室、貴族、官僚、駐軍、奴婢、刑徒、往來長安的吏民役夫、沒有市籍的商販、遊學的儒生、歸附漢朝的異族（如匈奴、烏孫）人士等。《西都賦》謂「都人士女，殊異乎五方。遊士擬於公侯，列肆侈於姬姜。鄉曲豪舉，遊俠之雄……」〔註142〕，可見都城繁華熙攘，公侯、遊士、富戶、商賈齊聚都城，追名逐利，在此驅動下西漢長安城人口呈現出多層次以及流動性的特點，這也是繁華都會的共性。

西漢長安城外太學集中的博士弟子人數漸漸壯大，成為流向長安城、融入權利中心的一股力量。漢武帝策賢良，置五經博士及弟子，通一藝以上者，得選擇補職，「自此以來，公卿大夫士吏，彬彬多文學士矣」〔註143〕。西漢太學設在「長安西北七里」，長安故城南安門之外〔註144〕，博士弟子即太學生的人數，由武帝時的五十人，至元帝時增為千人〔註145〕，太學生分經受業，策試通過，得補官職。儒學之士聚集於太學，成為長安城邊上數量可觀的人口群體，這些城外的知識分子絕大多數以獲得城內天子的器重為理想，皓首窮經。西漢的讀書人以儒術為利祿之途，「一經說至百餘萬言，大師眾至千餘人，蓋祿利之路然也」〔註146〕，為求取功名利祿或是被皇帝召見的經學家、辭賦家紛紛來到京畿，西漢經學、辭賦之學由於皇帝的倡導和喜好在武帝以後的長安城中顯盛異常。

唐長安城的面積是漢長安城的兩倍有餘，相應的在城市人口也有很大的超越。韓愈《論今年權停選舉狀》中提到「今京師之人，不啻百萬」，被視為

〔註140〕　《漢書》卷二八上，第 1543 頁。

〔註141〕　參見黃永美、徐衛民：《西漢長安人口地理探析──以元始二年長安人口為例》，《西北大學學報》，2012 年第 3 期，第 471～476 頁。

〔註142〕　《全上古三代秦漢三國六朝文》，《全後漢文》卷二四，第 603 頁。

〔註143〕　《漢書》卷八八《儒林傳》，第 3596 頁。

〔註144〕　《三輔黃圖校證》，第 115、116 頁。

〔註145〕　《漢書》卷八八《儒林傳》，第 3596 頁。

〔註146〕　《漢書》卷八八《儒林傳》，第 3620 頁。

京畿人口超過百萬的重要佐證，當然具體到長安城區人口的計算仍然分歧較大。唐代長安城的人口，學者的統計結果在六十萬至一百八十萬之間不等。〔註147〕長安城區的常住人口加上流動人口達到百萬規模應該是符合實際的，如張永祿《唐都長安》據《舊唐書》和《長安志》的記載推測：

> 長安城共有八萬餘戶，共約八十餘萬口居民，加上二三十萬皇族、宦官、宮女、禁軍、使者、商人、少數民族及其他浮寄流寓人口，長安城共有百萬人口是可信的。〔註148〕

總體上看漢長安城的人口至唐長安城是發生了數倍的增長，人口構成上，戶籍統計人口之外，唐長安城的流動人口比之西漢長安城更為多樣、更為龐大：進京趕考的舉子、等待銓選的官員、各方宗教人士、商人、使節、留學生、遊士流民等。

從對文學的直接影響來看，漢、唐長安城人口最為顯著的變化，是將學校及其上千的學生安置在了城裏，以及科舉制度帶來的週期性更新的流動人口。唐長安城的空間布局強調等級分界，城市內部的區隔作用受到等級觀念的主導，宮廷生活區與行政區、商業區、居民區條理分明，秩序謹嚴，而且這座都城龐大的居住區吸納了更多的文化教育的功能空間，比如學校。貞觀五年，唐太宗設國子監，位於長安城內皇城東面第一街務本坊，與太廟正對。貞觀六年，「能通一經者，得署吏。廣學舍千二百區，三學益生員……大抵諸生員至三千二百。……四方矣秀，挾策負素，坌集京師，文治焜然勃興。於是，新羅、高昌、百濟、吐蕃、高麗等群酋長並遣子弟入學，鼓篋踵堂者，凡八千餘人」〔註149〕。西漢時太學與長安城分屬城外、城內的空間分界，在唐長安城中不復存在，學校安置在唐長安城的居住區，成為這座城市的一個組成單位。國子監六學生徒的人數在太宗時達到三千，此外還有人數可以等量齊觀的留學生，規模比之漢代又可謂翻數倍。同時，科舉和銓選制度每年都為長安城帶來數千的流動人口。唐代的科舉、銓選有以詩賦取士的傾向，「主司褒貶，實在詩賦」〔註150〕，長安城作為官僚士大夫最為集中的權力中心，吸引著各地才學之士自炫其文辭詩賦，城中干謁、溫卷之風盛行。這座都城

〔註147〕參見張天虹：《再論唐代長安人口的數量問題——兼評近 15 年來有關唐長安人口研究》，《唐都學刊》，2008 年第 3 期，第 11～14 頁。

〔註148〕張永祿：《唐都長安》，三秦出版社 2010 年 6 月，第 193 頁。

〔註149〕《新唐書》卷一九八，第 5636 頁。

〔註150〕《通典》卷一七《選舉五》，第 419 頁。

吸引了各方人才，為他們提供居住空間與創作空間，漢以來文學中的都城向來是宮廷文人和上層官僚的視角佔據著主流，當中下層士子湧入長安城，新的觀察視角的介入給長安城的都城書寫帶來了前所未有的景象。一場有關都城長安的文學轉變已然發生。

第三節　新舊長安：關於國都的修辭

一、「長安故城」功能與性質在隋唐的劇變

　　漢高祖所建的長安城在東漢至北魏期間，當其不成為國都時，作為陪都仍然發揮著王城的功能，或遭地方性政權的荒置。長安城作為陪都或是地方級一般城市的行政區劃概念時依然保有「長安」的地名。然而地理文獻中尤其注意將其專門稱作「故城」，以示古今區別，例如漢魏間專門介紹秦漢都城歷史地理的《三輔黃圖》即以「長安故城」稱漢長安〔註151〕，北魏地理學家酈道元在其所撰《水經注》中亦有「故城」的稱謂〔註152〕。基本上，隋唐以前「長安故城」作為城池的功能和性質並不曾改變，但這種狀態以隋大興的建成、長安故城併入大興苑中而宣告終結。

　　隋大興雖是在漢長安城以外另擇城址，但仍與舊都長安關聯密切。整個長安故城的渭南內城部分被劃入了大興城西北角的大興苑內，成為專供皇室遊獵的苑囿。從此，長安故城失去了都城的現實功用，轉向園林休閒娛樂的功能。隋朝人稱漢長安城作「長安舊城」〔註153〕，隋唐時期對漢長安城的「故城」、「舊城」的稱呼已經包含了與此前「長安故城」並不完全相同的內涵。

　　然而，曾經縈繞長安故城的精神象徵沒有就此散去。在隋唐的皇家禁苑中，唐時帝王還時常登臨禁苑中的長安故城，高祖、太宗曾置酒未央宮上，發懷古之幽情，更藉此宣示自己勤政親民的治國理想。與歲月侵蝕的斑駁城體形成對照的是，作為疆域中心的意義和精神意志的象徵，西漢長安樹立的偉大形象，既未被逾越，也遠未過時。故城包涵的回憶與理想就像一枚徽章，在都城

〔註151〕　《三輔黃圖校釋》卷一，第63頁。
〔註152〕　《水經注》謂：「長安故城在今長安縣西北。」（酈道元撰：《水經注》卷一九，上海古籍出版社，1990年9月，第370頁。）
〔註153〕　參見隋人費長房《歷代三寶紀》卷二、四、六、一一的記載。

的顯耀處宣揚它的擁有者隋文帝及其繼任者的雄心。不僅於此，唐代禁苑中的長安故城還成為屯駐禁軍之所，補充了對國都的軍事防衛。史念海在研究長安城在十六國至北朝時期的使用及政治地位時提到「唐貞觀初年，太宗從上皇置酒未央宮，並非偶然。唐太宗置酒於未央宮，只是因在長安城西閱武之便，並非為了從上皇置酒，才先期修治了未央宮。」〔註154〕

隋文帝所謂的遷都實質上遷而不離，經過適當的規劃和改造，長安故城保留在了毗鄰隋唐宮城北面的皇家園區內，它以古舊的城體維繫著新都城對於此地興衰沉浮傳承相繼的歷史記憶。但仍不同於漢長安之於秦咸陽的空間黏連，長安故城被圈進大興苑成了大興城的一部分，既保存了長安故城的完整面貌，又巧妙地將這座擁有近八百年歷史的古都融入新都的設計規劃中。城外故城的結構為國都代表的意識形態尋找到一個久遠而厚重的依託，提供了一個在空間上能夠有所對應的參照系。

從營造都城的過程可以看出，漢長安城與唐長安城最突出的不同在於：漢長安城的修築過程是階段性的、歷時較長且無整體規劃；唐長安城的建造則是依據一定的設計思想、城市格局一次建成。這一區別引發了兩個長安在空間結構、城市景觀和居民人口結構等許多方面上的表現差異。

對於秦漢與隋唐兩種帝制時代在同一地域空間孕育出的形態迥異的都城，劉慶柱有如下分析：

> 秦漢時代，作為國家的社會形態已由先秦時期的王國政體進入帝國政體，而其都城的形制基本上仍屬於王國時代的「雙城制」都城，其原因在於，都城建築作為一種物質文化，雖然受到政治的影響與制約，但是二者的變化不是同步的，一般說來物質文化相對政治的變化是滯後的。正是由於都城布局形制變化相對國家整體及其社會形態發展的滯後性，秦漢時代雖然已經確立了帝國整體的社會形態，但是作為帝國政治中心的都城，直到北魏洛陽城才真正形成了「三城制」都城。秦漢帝國的建立，龐大的中央政府建築群，並沒有在都城之中形成統一的區域，只是到了北魏洛陽城，在宮城之外，內城之中的中軸線東西兩側才形成了較為集中的中央政府機構建築群，到了隋大興城·唐長安城又進一步發展為中央政府機構建

〔註154〕 史念海、史先智：《論十六國和南北朝時期長安城中的小城、子城和皇城》，《中國歷史地理論叢》，1997 年第一期，第 12～13 頁。

築群的專用區域皇城。北魏洛陽城的「三城制」都城形制出現以
後，一直為以後歷代封建王朝都城所遵循，與中國古代封建社會相
始終。〔註155〕

「三城制」都城體現出帝國與王國的社會形態的不同，即中央集權的封
建國家的統治與管理，通過中央政府行政機構去推動，內城是其進行對國家
統治、管理的政治平臺；皇室所在的宮城，是作為「國家元首」的政治中樞；
郭城則是維繫都城作為國家政治統治中心、經濟管理中心、軍事指揮中心、
文化禮儀活動中心正常運轉的官、民活動與「服務」（為都城正常運轉的各種
相關「服務」工作）空間。

「三城制」都城是與中央集權封建國家都城的社會形態相一致的。由於
空間形態相對於社會制度、社會形態所表現出的滯後性，秦咸陽和漢長安仍
舊保留有王城制度下都城形態的空間特徵，因此漢唐長安分別代表了截然不
同的兩種城市風格。漢唐長安空間格局的差異帶來最大的區別是都城景觀和
居住人口，景觀和人口將從根本上影響一座都城的文學活動，也包括這座都
城在文學中的形象。對於在文學中能夠形成互文關係的秦咸陽、漢長安、唐
長安，古典與今典在嶄新的都城空間裏不斷碰撞，製造出許多新的文學表達，
這些都需要深入都城生活的內部去瞭解、去體察。

二、大興易名：除舊布新的唐都空間命名

「大興城」凝聚了隋朝統治者的光輝身世與政治抱負，然而帝國戲劇化的
頃刻湮滅又為它前所未有的宏偉氣魄製造了極大的諷刺。隋都並未如它的締
造者期許的那樣預示了盛世的創舉，大興城散發出的耀眼光芒很快就被沉淪
與失敗的陰影所遮蓋。

雖然代之而起的李氏王朝繼續選擇定都在故隋國都大興城，但李淵父子
盡可能地拋棄了隋朝皇帝那種鋒芒畢露的個人崇拜式追捧。標榜著這座城市
創建者豐功的印記被一一抹去：大興城易名京城，城內附郭之一大興縣復名
萬年縣，宮城的正殿大興殿易名太極殿，殿門大興門易名乾福門。與李唐代隋
後展開的一系列名目的廢舊立新活動相配合，唐王朝賦予都城標誌性空間的
新名稱既有渲染其權力正統性的政治需求，也宣示了一個治國風格不同於前

〔註155〕劉慶柱：《中國古代都城遺址布局形制的考古發現所反映的社會形態變化研
　　　　究》，《考古學報》，2006 年第 3 期，第 298 頁。

朝的新王權的建立。

　　儘管現存文獻中並沒有明確記載唐都在何時何種情況下改去了「大興」的名號，但我們仍能從唐初的歷史文獻中找到一些蛛絲馬蹟。唐人稱唐都作「長安」，較早見於溫大雅《大唐創業起居注》的記載。溫大雅生於北周，由隋入唐，作為李世民集團的重要人物長期參與機務，據其親聞撰寫的建唐歷史素來深受史家推重。是書以編年體的形式記錄了自隋大業十三年（617）五月李淵父子在太原起兵迄武德元年（618）五月李淵建唐稱帝的歷史經過，其中不可避免地涉及了隋唐代換之際國都稱謂的使用情況。

　　武后朝參與編修國史的史學家劉知幾在其史學批評著作《史通》中謂：「惟大唐之受命也，義寧、武德間，工部尚書溫大雅首撰《創業起居注》三篇。」〔註 156〕劉知幾所言的起居注撰書時段及溫大雅任職情況尚存模糊之處，由此引發出關於此書作年的爭議。史學界目前主要存在兩種觀點：一是認為溫大雅於武德元年撰成此書，一是認為他於武德三年至武德八年年底之間撰成此書〔註 157〕。兩種觀點的基本共識是《大唐創業起居注》的成書時間應當在李唐政權穩固之後，溫大雅才可能有為新帝撰起居注的動機，因此這是溫大雅入唐以後的追述之作。還應注意此書名曰「起居注」，這種以編年體的形式記載君王起居言行的文體，是自兩漢以來形成的史官記錄傳統。

　　溫大雅初仕隋朝東宮學士、長安縣尉，大業末以天下亂隱居不仕，後得太原留守李淵禮遇。李淵太原起兵時授其「大將軍府記室參軍，專掌文翰。禪代之際，與司錄竇威、主簿陳叔達參訂禮儀」。〔註 158〕溫大雅作為李氏父子起兵反隋的核心智囊團成員之一，主掌文書機要，他親歷了李淵建唐的完整過程，更掌握著起義軍自發兵以來的文件檔案，這些都成為他後來撰寫起居注的依據。

　　除了《大唐創業起居注》之外，溫大雅還撰有《今上王業記》六卷、《大丞相唐王官屬記》二卷〔註 159〕，皆述李唐興業之史事，惜已亡佚。故而，《大

〔註 156〕〔唐〕劉知幾：《史通》卷一二，上海古籍出版，1978 年 4 月，第 373 頁。
〔註 157〕參見牛致功《關於〈大唐創業起居注〉中的幾個問題》，中國唐史研究會編《唐史研究會論文集》，陝西人民出版社，1983 年 9 月，第 205～230 頁；牛致功《溫大雅與〈大唐創業起居注〉》，《史學史研究》，1983 年第 1 期，第 54～59 頁；宋大川《〈大唐創業起居注〉成書年代考》，《史學史研究》，1985 年第 4 期，第 57～60 頁。
〔註 158〕〔後晉〕劉昫等：《舊唐書》卷六一，中華書局，1975 年 5 月，第 2359 頁。
〔註 159〕《新唐書》卷五八，第 1467、1477 頁。

唐創業起居注》雖非嚴格意義上實時記錄的「起居注」，但其作者在所述歷史中特殊的身份地位無疑奠定了這部史事追述之作的優勢，仍不失為研究李唐建國前後歷史的珍貴材料。溫大雅於隋唐禪代之際受命參訂禮儀，熟稔新朝禮儀制度的廢立，《大唐創業起居注》中涉及的地理稱謂沿革有序，正體現了他為新君正名的鮮明意識，對於我們考察隋唐之間國都名稱的遷改過程頗有啟示。

《大唐創業起居注》卷二「自太原至京城凡一百二十六日」主要記載了大業十三年（617）唐軍圍城、奪取隋都之事：

> 冬十月辛巳，帝（李淵）至灞上，仍進營，停於大興城春明門之西北。……甲午，關中群帥等各請率驍銳登城。二公莫之能止。時帝在春明門外，聞而馳入，舍於羅郭安興坊以鎮之。……十一日丙辰昧爽，咸自逼城。帝聞而馳往，欲止之而弗及。才至景風門東面，軍頭雷永吉等已先登而入，守城之人分崩。帝乃遣二公率所統兵，依城外部分，封府庫，收圖籍，禁擄掠。軍人勿雜，勿相驚恐。太倉之外，他無所於。吏民安堵，一如漢初入關故事。代王先在東宮，乃奉迎居於大興後殿。〔註160〕

此段披露李氏父子自圍城至進宮擁代王為隋帝的史實細節，可補兩唐書及《資治通鑑》未詳之處。溫大雅將李淵入宮的行蹤路線記錄得很清楚：停駐大興城春明門西北（大興城外）—進駐羅郭安興坊（即大興城之外郭城內）—迎代王居大興後殿（即大興城之宮城內）。在敘及李淵建唐以前的地理及建築時，溫大雅仍沿隋制一例稱「大興」。

卷三「起攝政至即真日凡一百八十三日」記至高祖代隋，又云：

> 於是寂（裴寂）等再拜舞蹈，稱萬歲而出。遂與國子博士丁孝烏等數百人，具禮儀，擇良日，以武德元年，歲在戊寅，五月甲子，皇帝即位於太極前殿，設壇於長安城南，柴燎告天。〔註161〕

據溫大雅的敘述可知，在李唐建元之時國都稱謂發生了非常關鍵的轉折，李淵即位時已不能繼續使用象徵著隋都皇權天賦的建築名號，故「大興殿」更名為「太極殿」，「大興城」代之以「長安城」，並與前文提到是年秋李

〔註160〕〔唐〕溫大雅：《大唐創業起居注》卷二，上海古籍出版社，1983 年 10 月，第 36～37 頁。

〔註161〕《大唐創業起居注》卷三，第 57 頁。

世民屯兵處的「長安故城」（漢長安城）〔註162〕有所區別。溫大雅親自參與甚至主導了唐朝皇帝登基前「具禮儀，擇良日」的準備活動，所謂的「具禮儀」應當也包括了都名、殿名的改易工作。此段記述可謂精準，隋唐之際的都名沿革關係一目了然，由此也證實了李淵建唐初期即有官方文籍以「長安」稱唐都的事實。

《舊唐書・高祖本紀》的記載可作參證：「（義寧二年五月）戊午，隋帝詔曰……高祖辭讓，百僚上表勸進，至於再三，乃從之。隋帝遜於舊邸。改大興殿為太極殿。甲子，高祖即皇帝位於太極殿。」〔註163〕「大興殿」改名「太極殿」的前後事件正與溫大雅所記相符，改名的時間即在隋恭帝下詔遜位後至李淵即位前的五日內。史籍雖皆未明言「大興城」易名「長安城」的時間，但結合《大唐創業起居注》及《舊唐書》記述事項的先後順序，國都更名的時間當同在隋恭帝下詔遜位至李淵即位的這五日限內。

開元十五年（727）集賢院學士徐堅、韋述編成《初學記》上進，此部類書奉旨修撰以供皇子們學習綴文時「檢事及看文體」〔註164〕，其卷二四「居處部」對長安稱謂的更替也有表述：「西魏禪周，周禪隋，隋並都長安。隋高祖營大興城，後徙居之。更名曰長安，即今西京城也。」〔註165〕《初學記》這裡對於長安更名的時間記載非常模糊，行文語氣上看「更名」二字前似有闕文。不過，《初學記》對「大興」易名「長安」的基本事實與上述論證還是相符合的。

「長安」的稱謂跨越了空間和時間的距離，將一座歷史悠久的古都與一座規模超越以往又寄託抱負的新都聯繫起來。大興城西北端皇家林苑中的舊城遺址維繫著隋大興城與過去（漢長安也是北周長安）的關聯。對於建都關中的唐王朝來說，唐都選址和命名的意義既遠超十六國及北朝政權割據關中時期對漢舊都的倉促襲用，又修正了隋朝過於躍進的革新態勢。隋唐兩朝國都名稱的立新與復舊直觀反映了中原王朝歷史傳承曲折延伸的特質，特別是國都的稱謂更彰顯了李唐王朝對於一統盛世的強烈嚮往。

〔註162〕《大唐創業起居注》卷二，第 35 頁。
〔註163〕《舊唐書》卷一，第 5～6 頁。《大唐創業起居注》所記隋恭帝下詔遜位的時間在義寧二年夏四月，而《舊唐書》及《資治通鑒》據唐實錄皆作義寧二年五月戊午，《北史》、《隋書》亦如此言，故史界多從「五月戊午」說，參見楊希義《〈大唐創業起居注〉校記》（《古籍整理研究學刊》，1991 年第 6 期，第 20～38 頁）。此處記時差異仍待考，但並不影響本書結論實質。
〔註164〕〔唐〕劉肅：《大唐新語》卷九，中華書局，1984 年 6 月，第 137 頁。
〔註165〕〔唐〕徐堅等著：《初學記》卷二四，中華書局，1962 年 1 月，第 562 頁。

三、長安與唐都其他稱謂的關係

　　國都作為帝王宅居之所和王朝命脈的核心，其名稱不同於一般意義的地名，國都的名稱不僅標識了空間範疇的地理劃分和時間意義上的政權斷限，更具有政治和文化的象徵意義。從地名學的角度考慮「任何一個區域都有在新的環境中被重新命名的可能，歷年既久，即積澱為特定地域的一地多名」〔註166〕，因此歷時越久、經歷政權更迭愈多次的特定地域，其名稱自然會有較多變更的可能，對於國都來說尤其如此。國都通常擁有多個名稱，即使是在同姓王朝統治下，都名在不同時期也可能會經歷數次變化。唐朝國都的名稱既有其沿襲不變的固定稱謂，如「長安」；又有階段性變化的不同稱謂，如高祖、玄宗、肅宗、代宗朝先後頒定的國都名號。由朝廷擇定並頒行的國都名稱，據宋人王溥據唐代會要增補編纂的《唐會要‧州縣改置‧關內道》記載：

> 京兆府，武德已來稱京城，開元元年十二月三日稱西京，至德二年十二月十五日改為中京，上元二年九月二十一日，停中京之號，肅宗（代宗）元年建卯月一日，改為上都。〔註167〕

　　中唐時期最為出色的學者官員杜佑，生於開元二十三年，他本身即是京兆萬年縣人，其專詳典章制度的《通典》一書提供了許多玄宗朝以前的唐朝都城制度史材料，他對唐朝國都歷史沿革及現狀的記載尤其具有參考價值。《通典》「州郡部」「京兆府」條云：

> 隋初置雍州，煬帝改為京兆郡。大唐初復為雍州，開元元年改為京兆府。凡周、秦、漢、晉、西魏、後周、隋，至於我唐，並為帝都。其間王莽、更始、劉曜、苻堅、姚萇，亦都於此。今號西京。

　　在「今號西京」句下，杜佑又作小注：

> 漢高帝自櫟陽徙都長安，至惠帝方發人徙築城，今西北古城是也。至隋文帝開皇三年，移築新都，號曰大興，今城是也。武德以來稱京城，開元元年十二月稱西京。〔註168〕

　　《通典》的記載與《唐會要》是一致的，以上提到的「京城」、「西京」、「中京」、「上都」四種唐朝國都的正式定名，又見於兩唐書地理志、《太平寰宇記》、宋敏求《長安志》、駱天驤《類編長安志》、徐松《唐兩京城坊考》及

〔註166〕褚亞平等：《地名學基礎教程》，測繪出版社，2009年8月，第114頁。

〔註167〕《唐會要》卷七〇，第1242頁。《唐會要》謂肅宗時改稱上都，此處記載有誤，應作代宗元年，詳參下文所引寶應元年《元年建卯月南郊赦》。

〔註168〕〔唐〕杜佑：《通典》卷一七三，第4508頁。

畢沅《關中勝蹟圖志》等歷代地志文獻的記載〔註169〕。

上述高祖和玄宗朝頒定都名事，未見於現存的唐代詔令，尚無可供考證的原始文件，尤其是《通典》和《唐會要》所言李淵建唐以來稱「京城」的時間相對簡略，不像後續幾種都名的頒定時間那樣精確。朝廷草創之初也許未有以詔令的形式頒行「京城」的定名，或是通過其他官方行為實現了都名的昭告和推廣，皆未可知。《唐會要》卷六七「京兆尹」條記載：「義寧元年五月十五日，改隋京兆郡為雍州，以別駕領州事……開元元年十二月三日改為京兆府，稱西京長史，以張暐為之。」〔註170〕玄宗時以京兆府為雍州，其治所依舊制設在京城，以西京長史代雍州長史領事，此次州級行政機構調整引起的京畿地方長官官職稱謂的變動，也可以為開元元年稱國都為「西京」一事提供佐證。

肅宗改「西京」為「中京」一事，見於《至德二載收復兩京大赦》，赦令云：「頃以上皇在蜀，朕亦居岐，蜀郡宜改南京，鳳翔郡為西京，西京為中京。」〔註171〕代宗改稱「上都」一事，見於寶應元年（762）《元年建卯月南郊赦》，赦令云：「五都之號，其來自久，宜以京兆府為上都，河南府為東都，鳳翔府為西都，江陵府為南都，太原府為北都。」〔註172〕

都城稱謂以當朝人的記載最能反映真實，《通典》、《唐會要》以及唐代詔令中所述文字尤可憑據，而後世地志文獻雖存在個別細節上的出入，但記載的各個都名先後更替順序卻都保持一致，沿襲不衰。根據上述地志以及典章制度的記載，唐初李淵統治時期以「京城」作為國都的名稱。高宗顯慶間，承隋制置洛陽為東都，其時國都已有「西京」、「西都」之稱〔註173〕，後又陸續

〔註169〕與《通典》和《唐會要》的記載略有不同，《新唐書‧地理志》稱：「上都初曰京城，天寶元年曰西京。」（卷三七，第961頁）《舊唐書‧地理志》及《太平寰宇記》中均有相同表述（《地理志》、卷二五，第945頁），此條記載又被清人徐松、畢沅的地志著述所徵引，沿襲不衰。（《唐兩京城坊考》卷一，第1頁。〔清〕畢沅撰《關中勝蹟圖志》卷五，三秦出版社，2004年12月，第147頁）西京之稱究竟始於何時，譚其驤推測：「開元後期已習稱京師為西京，而未嘗明見詔敕，至天寶元年始正式頒行爾。」（《唐稱長安為西京不始於天寶元年》，《歷史地理》第5輯，1987年5月，第10頁。署名禾子。）

〔註170〕《唐會要》卷六七，第1186頁。

〔註171〕〔宋〕宋敏求編：《唐大詔令集》卷一二三，商務印書館，1959年4月，第660頁。

〔註172〕《唐大詔令集》卷六九，第384頁。

〔註173〕高宗朝稱「西京」例見《遣使慮囚詔》（《全唐文》卷一二），《敕建明堂詔》

增設太原府、河中府、鳳翔府、江陵府作陪都，建置時間各有長短。武后建周反立東都為神都，久居其宮，西京實際上淪為陪都，但縱觀高宗至中宗朝，東西兩京制的政權空間格局基本保持不變。玄宗時稱「西京」，則是針對當時的東都洛陽和北都太原的區位，開元間東都洛陽作為實際的陪都在經濟物資供給方面發揮了關鍵作用。至於開元十一年（723）玄宗復置北都太原以表李氏龍興之地，更多的是出於政治象徵，玄宗朝的三都建置本質上仍然是以關中本位為出發的政權布局。肅宗返京後又出現了「五京」稱號，以安史之亂中玄宗、肅宗之行在成都、鳳翔加上原本的三都共計「五京」。「中京」之稱從現實政治局勢出發，其用意主要還是穩定戰後輿情。五京建置的形式意義大於陪都實際發揮的作用，故上元二年（761）肅宗罷停諸京稱號，回歸專以長安為都的原初狀態〔註174〕。代宗一度復置五都，未久即廢西、南二都，「上都」之名強調了長安至高無上的尊榮地位。

　　唐朝頒定的國都名稱多源自地緣政治的考量，標識著國都在不同執政時期下與陪都的空間關係。都名雖然多有粉飾之意，往往出於一代君王的個人喜好意願，但都名的變更客觀上也與中央集權政治格局調整的動向發生著關聯，影響到國民對於國都以及中央王權的空間感知。

　　自宋人宋敏求彙編《唐大詔令集》始，後人又不斷地從《舊唐書》、《冊府元龜》、《唐會要》、唐代墓誌石刻等文獻中輯錄增補唐代的詔令〔註175〕，這些保存至今的以皇帝名義頒發的公文，恰好為我們展示了唐朝官方辭令是如何稱呼當時國都的。詔令有些是由皇帝親製，有些是大臣以皇帝口吻制誥，具有至高無上的權威，詔令的文辭風格某種程度上代表了唐朝官方場合行文用語的習慣和範式，而詔令對於國都的稱謂在一定程度上正可反映出唐朝國都名稱的使用標準。以現存的唐代詔令為考察對象，唐朝國都（長安）的稱謂主要有「京城」、「西京」、「中京」、「上都」、「京國」、「京都」、「京闕」、「京師」、「京邑」、「上京」、「上國」、「皇都」、「國都」、「西都」、「長安」、「秦京」、「咸京」等。以上稱謂中前四種是由朝廷頒定的正式名號，其他稱謂或是專有地名

　　　（《全唐文》卷一三）等；稱「西都」例見王勃《梓州玄武縣福會寺碑》（《全唐文》卷二〇一）等。

〔註174〕《去上元年號敕》，《唐大詔令集》卷四，第23頁。

〔註175〕宋敏求以後的唐代詔令整理成果可參見李希泌主編：《唐大詔令集補編》（上海古籍出版社，2003年12月），韓昇、張達志：《〈唐大詔令集〉補訂》（上海社會科學院《傳統中國研究集刊》，2006年第1輯，第349～373頁。）

（如長安），或是以地理通名（如京師、京邑、京闕等）指稱國都，或是借用具有歷史淵源的地名（如秦京、咸京、西都等）指稱國都。

單從《唐大詔令集》收錄的唐玄宗往返長安、洛陽期間頒布的十道詔令來看，稱國都時就用到了「咸京」、「秦京」、「京師」、「西京」、「長安」等稱謂〔註 176〕。詔令使用的正式都名基本遵循了頒定時間的先後更替次序，但新都名頒布後，舊都名也會偶而出現在詔令中。總的來說，唐朝國都的正式稱謂帶有時代色彩，伴隨不同執政時期往往應運而生新的稱謂，但正式稱謂並不具有排他性，在官方文書中更為普遍的是關於國都的種種別稱，這是詔令所反映的唐朝國都稱謂實際使用的情況。廷臣上奏的文書也同樣體現了國都稱謂的多樣性，唐武宗會昌六年（846），「東都不可立廟」的奏議在朝廷中引發了一場關於國家祭祀禮儀的爭論，參與上書奏議的群臣在提到當時宗廟所在地的國都時，使用到了如下稱謂：「西都」、「上都」、「上京」、「長安」、「京師」、「西京」等〔註 177〕，也是包括了唐朝不同時期頒定的都名以及各種別稱。可見，儘管有朝廷頒定的正式名號，朝廷公文一類的官方辭令中使用的國都稱謂並不存在嚴格的限定。

文獻記載的唐都名稱變遷歷程在出土的唐人墓誌中也基本得到了印證，據賀梓城的統計「唐自建國後，稱長安為『京城』，這一名稱初見於武德年間的《郭敬善墓記》，一直至開元九年的《李嗣莊墓誌銘》和天寶六年的《張去奢墓誌銘》，及貞元十四年的《劉奇秀墓誌銘》，均沿用不變。與此同時，又簡稱長安為『京』，見於永昌元年的《獨孤丞長女墓誌銘》，延至咸通六年《何從章墓誌銘》，均沿用此名。開耀年間，曾一度改長安為『西京』，見《王賢墓誌銘》，開元天寶間的《馮君衡墓誌銘》和《高原珪墓誌銘》，仍繼續沿用。元和以後，改長安為『上都』，見《張怙墓誌銘》，至會昌年間又有《劉士環墓誌銘》，一直至唐末名稱不變。」〔註 178〕不過另一方面的事實是，儘管朝廷先後多次頒布國都名稱，理論上這些名稱具有時效性，相互間存在替換關係，實

〔註 176〕《唐大詔令集》卷七九「巡幸」部，第 449～454 頁。

〔註 177〕《舊唐書・禮儀志》記載會昌間奏議東都太廟事尤備，另可參《全唐文》卷七二九，王彥威《東都廟主議》；卷七三〇鄭亞《東都神主議》；卷七四四薛元賞《東都神主議》；卷七五九段瓌《東都不可立廟議》；卷七六五顧德章《尚書門下及禮院詳議東都太廟修廢狀》、《第二狀》、《東都神主議》；卷七六五鄭路《東都神主奏》；卷七九一《東都神主議》。

〔註 178〕賀梓城《唐長安城歷史與唐人生活習俗》，陝西省文物事業管理局編《陝西省文博考古科研成果彙報會論文選集》，1981 年 12 月，第 339 頁。

際上從唐人墓誌反映的情況看，都名的使用也比較多樣。不論是官方頒定的稱謂，還是種種別稱，大多可以並存使用，如儀鳳三年（678）的《唐嘉會墓誌銘》稱「西都」；大曆十二年（777）的《第五玄昱墓誌銘》稱「長安」；貞元十四年（798）的《楊恭仁墓誌》稱「京城」。

來到唐長安的外國人又是如何稱呼當時的國都的呢？

唐德宗建中二年（781），由敘利亞人景淨口述，其弟子呂秀延筆錄的《大秦景教流行中國碑》〔註179〕，記載了基督徒阿羅本入長安宣揚教義的歷史。碑文提到阿羅本「貞觀九祀，至於長安」〔註180〕，又引貞觀十二年詔書云：「秦國大德阿羅本，遠將經像，來獻上京」〔註181〕。景淨對大唐國都的稱謂用的是「長安」，太宗詔書所謂的「上京」則屬於國都的一般通稱。

唐開成、會昌年間，日本僧人圓仁在其《入唐求法巡禮行記》中以日記體的形式記錄下他隨遣唐使渡海入唐求法的過程。圓仁跋涉了九年又七個月，經揚州、山東半島、五臺山、長安，又自長安東歸，這份珍貴的旅行記中保存了不少他與唐朝官員、僧侶、居民的對話及文書內容，比較真實地反映了當時唐人生活社交日用的唐代國都稱謂。統計其使用的唐都名稱，製作簡表如下：

表 1-1　《入唐求法巡禮行記》中唐都名使用情況表

來源 唐都名	國人口述及文書	圓仁自述及文書	入唐日本人口述	總計 （次數）
長安	7	15	3	25
上都	5	5	2	12
西京	0	4	0	4
京城	3	7	0	10

注：圓仁《行記》使用的是以唐代口語為主體，間雜唐代公文文言體和日本語詞彙的混合語言，故語言學者認為以此作漢語詞彙史的語料使用時應當慎重對待（參見董志翹《〈入唐求法巡禮行記〉詞彙研究》）。考慮到作為專有名詞的唐代都名並不存在以上外來語滲入的問題，可以認為圓仁的自述和轉述較為真實地反映了文宗、武宗時期唐都稱謂的使用情況。

〔註179〕原碑現存於西安碑林，此處引文據《大正新修大藏經》第54卷所刊，並參趙力光編《西安碑林名碑精粹：大秦景教流行中國碑》拓本（上海古籍出版社，2012年8月）。

〔註180〕《大秦景教流行中國碑頌並序》，《大正新修大藏經》第54卷，佛陀教育基金會出版部，1990年，第1289頁。

〔註181〕《大秦景教流行中國碑頌並序》，《大正新修大藏經》第54卷，第1289頁。

唐肅宗以後稱國都為「上都」，故在中晚唐「上都」的使用頻次會高於此前朝廷頒定的兩個都名的使用頻次，據圓仁記載唐朝祠部頒給新羅僧人法清的度牒題名「上都」也正符合了這一時代特徵。以圓仁行記的個案分析，圓仁抵達唐土始學漢語，他在與唐人交流以及自記行狀時，「長安」使用的次數總高於其他官方定稱，確實是當時最為慣用的唐都稱謂。

在唐朝國都的諸多稱謂中，「長安」作為專有地名，和唐朝歷次頒定的都名相比，它在時間上更具穩定性；和唐朝國都的種種別稱相比，它不是類屬的通名，在指稱地理空間時具有唯一性，它是最能區別於其他國都名稱的專有地名。

四、新舊長安的地理描述

大興城的營建終結了漢長安城作為國都的使命，也褪去了漢長安城作為城市的功能。然而，從「大興城」到「長安城」，都名「長安」在唐朝的回歸給地理描述帶來挑戰，特別是「長安故城」還在長安的禁苑範圍裏，新舊長安在時空上並非替代關係。

異地同名的現象雖然在地理學中屢見不鮮，歷史上的地理命名也總難免會出現兩地地名重複與異地地名移用的情況，但唐朝國都命名為「長安」無疑要複雜得多，唐人尤其是居住其中的人心中兩個朝代的「長安」在空間上構成新的聯繫。

成書於貞觀十六年（642）的《括地志》和成書於元和八年（813）的《元和郡縣圖志》對於唐長安及其行政轄境的京畿地區的描述，正體現了唐人對漢唐國都同名異地問題的認知和理解。儘管這兩部唐代官修地志的作者都試圖在一個更大的地域範圍內（古雍州或者京兆府）將漢唐國都的選址視作地理上具有同一性的傳承和延續，但同時他們也不得不指出漢都與唐都實際存在的空間差異：漢舊都「長安故城」在唐長安縣的「西北十三里」，當今都城則是由隋文帝「自長安故城遷都龍首川」之地，〔註182〕此長安非彼長安，名存而實異。

《舊唐書·地理志》「關內道」條開篇即曰：「京師，秦之咸陽，漢之長安也。隋開皇二年自漢故城東南移二十里置新都，今京師是也。」〔註183〕兩個

〔註182〕〔唐〕李泰撰，賀次君輯校：《括地志輯校》卷一，中華書局，1980 年 2 月，第 9 頁；《元和郡縣圖志》卷一，第 5 頁。
〔註183〕《舊唐書·地理志》卷三八，第 1394 頁。

「京師」包含的是不同的空間地理範圍，這與杜佑對「西京」的描述類似，將秦、漢、唐之國都視為同一地域，強調漢、唐長安空間上的承接，但也承認了漢唐長安之間的空間距離。

漢唐兩個長安儘管是同名異地的空間關係，可從地域空間的大範圍去理解，唐時也出現了傾向於漢唐兩個長安同名同地的空間印象，與其說是錯覺，不如說是意願。

《長安志》、《雍錄》、《類編長安志》、《唐兩京城坊考》等唐以後的地志文獻在專述都城制度時都將「京城」特指唐都的外郭城，以區別於宮城、皇城。但實際上以杜佑《通典》為代表唐人著述實際上並沒有如此嚴格的區分，這樣的空間概念不固定也極易於形成漢唐長安同名同地的空間印象。如《通典》「州郡部」「京兆府」條謂：

> 凡周、秦、漢、晉、西魏、後周、隋，至於我唐，並為帝都。
> 其間王莽、更始、劉曜、苻堅、姚萇，亦都於此。今號西京。

同時，杜佑又自作小注解釋「西京」由來：

> 漢高帝自櫟陽徙都長安，至惠帝方發人徙築城，今西北古城是也。至隋文帝開皇三年，移築新都，號曰大興，今城是也。武德以來稱京城，開元元年十二月稱西京。〔註184〕

杜佑在正文和小注中談到的兩個「西京」其實涵蓋著不同的地理空間範圍，正文中的「西京」是指京兆府，小注中的「西京」則專指京城。值得注意的是，唐朝「京城」，既是指城垣包圍的城池本身，由宮城、皇城、外郭城（外郭城也被稱為「京城」）組成的一座規劃完整的城市；又可以指天子宅居所在的一個更大範圍的州級行政區劃——京兆府，除王城之外還包括了京兆府轄管的京郊二十三縣。作為「京城」的代用詞，「長安」和「西京」也具有了同樣的雙層含義。

正因為有狹義、廣義的區別，周之豐、鎬，秦之咸陽、漢之長安，再至隋之大興、唐之長安，這些並非同一空間範圍的國都城址（狹義的國都），一旦放置在唐京兆府或是雍州的空間範疇內考慮（廣義的國都）就體現出了關聯性，在這個意義上杜佑才可以將唐朝國都的地界視為歷朝「並為帝都」一脈傳承的王者奧區。而杜佑所謂的漢「長安」、隋「大興」、唐「京城」或「西京」才是針對國都城池而言。對於唐人以都名代稱州府轄境的現象，宋代學者程大

〔註184〕〔唐〕杜佑：《通典》卷一七三，中華書局，1985年1月，第4508頁。

昌在其撰寫的地理專著《雍錄》中早已發現，此書卷五繪有「漢唐用兵攻取守避要地圖」，圖後配以程氏會輯的相關歷史大事，「唐高祖入關」條謂：

> 十一月圍長安，其大興城守如故。進攻大興城，下之，遂迎代王即位，帝自長樂宮入長安。凡此之言長安者，概言關中京兆府地也。至言漢城，則曰長安故城，所以別乎隋之大興城也。〔註185〕

本書所要討論的國都長安主要是指狹義上城垣之內的城市，但往往也需要從京兆府的行政區劃角度來理解長安的城市邊緣及其近郊的情況，這與唐人地理稱謂習慣所反映的空間觀念自有相通之處。

從唐人描述長安地理方位的方式，也可以瞭解到唐人心中漢、唐長安同名同地的空間印象。玄宗開元十年（722），正在麗正院供職，本身即為京兆萬年縣人的韋述寫成《兩京新記》一書，記載隋唐以來兩京建置的史事掌故。韋述是這樣記載當時的國都的：

> 西京俗曰長安城，亦曰京城。隋文帝開皇二年夏自故都移今所。在漢故城之東南，屬杜縣，周之京兆郡萬年縣界，南直終南山子午谷，北據渭水，東臨灞滻，西枕龍首原。〔註186〕

這條記載包含兩層意思：首先是唐代國都的稱謂，「西京」習慣上稱「長安城」，又可稱「京城」，可知玄宗朝國都的正式定名、慣稱和曾用定名——這三個稱謂在韋述著述的時代是共時存在的；其次是國都的地理位置及轄境，西京即唐長安城在漢長安城之東南，地屬漢時杜縣和北周時萬年縣的管界範圍，從歷史空間的意義上明確了唐長安的地理位置。《唐六典》卷七中亦有相似描述：「今京城……南直終南山子午谷，北據渭水，東臨滻川，西次灃水。」〔註187〕

這兩段對長安城的描述，分別來自玄宗朝的麗正殿學士和國家行政法典，其中所反映的地理觀念，具有相當的權威性及影響力。但是這兩段描述所反映的唐人對於唐長安城地理認識與現實地理空間的最大偏差就在於，他們描述的唐長安城其實還是漢長安城的區位情況，距離漢長安城東南十三里地的唐長安城根本無法「南直終南山子午谷」，也不可能達到「西次灃水」的局面。對此，宋人程大昌早有覺察：「此之四面，皆《六典》以山川方望言之，

〔註185〕〔宋〕程大昌：《雍錄》卷五，中華書局，2002年6月，第93頁。
〔註186〕〔唐〕韋述撰，辛德勇輯校：《兩京新記輯校》，三秦出版社，2006年1月，第1頁。
〔註187〕〔唐〕李林甫等：《唐六典》卷七，中華書局，1992年1月，第216頁。

非能包有其地。」〔註188〕然而唐以後的《長安志》和《唐兩京城坊考》仍然
沿襲了以上空間錯位的地理描述，唐人的這種空間錯覺對地志文獻造成的誤
導暫且不論，更為直接的影響是，將漢、唐長安視為同一的空間錯覺，已然
決定了唐人看待唐長安城的習慣眼光：在心理層面的空間感覺中，唐長安就
是漢長安。

〔註188〕《雍錄》卷三，第 51 頁。

第二章　漢唐長安的空間關係
及其對文學空間的影響

　　唐帝國實現的大一統王朝強盛局面接續了秦漢創造的偉大帝國傳統，在帝國版圖為實現最大化而呈現擴張態勢的外部空間氛圍中，地理空間關係近鄰的漢、唐帝京，比之中國王朝歷史中其他時代的帝京，更多地表現出一統背景下的相似性。兩個長安在空間名實關係上的先後承接，製造出都城空間的必然對應，使得文學上的漢、唐帝京可以跨越八百年遠隔，獲得連接。

　　儘管這兩個長安擁有著完全不同的格局面貌和生活方式，唐人仍舊習慣於將帝京城外的漢故城當作可以照見自我未來的時空之鏡。漢長安的光耀形象總是時常閃現在唐人塑造的唐長安帝京形象中，後世的讀者如果不對漢、唐長安的都城制度差異有所瞭解，甚至很難明確分清唐詩中那些古今場景交融的帝京究竟是漢長安還是唐長安。又或者兩者交疊的亦古亦今影像才正是唐人眼中真實的長安？

　　漢、唐兩個長安在文學上的融合，不是依賴於文學系統內部發生的文本互見、模仿與重構，而是現實空間關係決定了唐長安帝京文學擁有這樣的天然氣質。因此，對唐長安帝京文學風貌、特質的理解不應該也不可能擺脫其與生俱來的空間上和文學上的遺傳，孤立地談論那個時代的空間或者文本都只會剝離、削弱唐長安所具有的「最值得我們崇重欣羨」〔註1〕的部分。

〔註 1〕　錢穆《中國歷代政治得失》謂：「漢以後有唐，唐以後卻再也沒有像漢唐那樣有聲色，那樣值得我們崇重欣羨的朝代或時期了，那也是值得我們警惕注意的。」（《中國歷代政治得失》，《錢賓四先生全集》第 32 冊，聯經出版事業公司，1998 年 5 月，第 84 頁）

第一節　漢長安城古蹟

　　開皇三年（583），隋文帝將國都從漢長安城遷往新都大興城，整個長安城被劃入了大興城北邊城牆外的大興苑內，從此成為皇家林苑的一部分，漢長安城作為一座城市的生命就此宣告終結。關於漢長安城的城市記憶，隨著故城遺址一起留在了隋朝新都大興，也即日後的唐長安中，被生活在新都的人們觀覽、追憶、記錄，甚至是想像。

　　本節將結合唐人地志文獻中記載的漢故城遺跡，針對唐長安帝京文學中的漢故城記憶進行蒐裒檢視。需要特別說明的是，此處討論的漢故城遺跡並不包括山川、臺原等自然環境，而是特指伴隨都城生活而產生並且遺留下來的人文景觀。

圖 2-1　漢唐長安空間關係圖

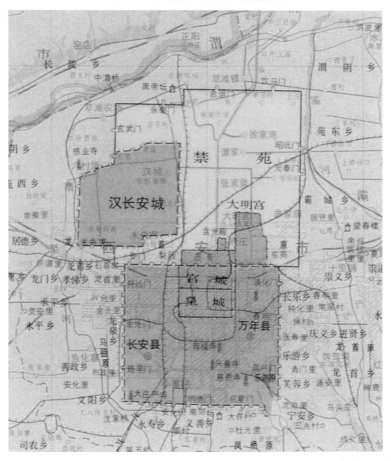

史念海主編《西安歷史地圖集・唐長安・萬年縣鄉里分布圖》（局部）

　　成書於唐太宗貞觀十六年（642），反映唐高祖、太宗時代王朝行政區劃的地理書《括地志》，此書以「貞觀十三大簿」〔註2〕記載的當時全國政區對隋舊制調整後的情況為藍本，展現了唐初地理的情況。成書於唐憲宗元和八年（813），由宰相李吉甫撰成的《元和郡縣圖志》一書，以貞觀十道為綱，並以元和四十七鎮為框架，對唐初至憲宗朝的王朝版圖地理做出了全備的考述。以上兩種唐人地志文獻呈現了中唐以前唐人對於漢故城與帝京空間關係的認識，為我們提供了瞭解唐長安城周邊漢故城舊址遺跡的翔實記錄。

　　此外，成書於開元二十年（732），由出身京兆的麗正學士韋述撰著的《兩京新記》，「詳盡地記載了以韋述生活的八世紀前葉為中心的兩京城內的情景，作為一部都市生活實錄，具有無可比擬的同時代史料價值」〔註3〕；清人徐松奉詔輯纂《全唐文》之暇，據歷代《長安志》等稀見原始材料考訂補正而成《唐兩京城坊考》一書，揭示了唐兩京都城的建置、格局、制度，按作者的自識：「以為吟詠唐賢篇什之助。」（《唐兩京城坊考序》）〔註4〕以上兩種關於唐長安的都城歷史地理專書則為我們認識唐長安城內的漢朝遺跡提供了較為可靠的資料。

　　新中國成立以來針對漢長安城和唐長安城遺址的考古發掘工作及研究成果，也幫助我們為歷史文獻資料尋找到歷史空間可觸可感的印證。當然，唐人詩文作品更為細膩深入地展示了在唐長安城中目力所及的漢故城舊景，文人透過詩文吟誦對長安地理空間表達的情緒感覺，將會作為上述地志文獻以及考古資料的旁證。

一、唐長安城外的漢長安城址遺跡

　　漢長安城處在唐長安城北邊城牆外的禁苑中。關於這一點，《括地志》和《元和郡縣圖志》都有非常清晰的說明。《元和郡縣圖志·關內道·京兆府》「長安縣」條記：「長安故城，在縣西北十三里。」〔註5〕《唐兩京城坊考》卷一：「禁苑者，隋之大興苑也，東距滻。……北枕渭，西包漢長安城，南接都

〔註2〕　〔唐〕李泰撰，賀次君輯校：《括地志輯校》卷首，中華書局，1980年2月，第2頁。

〔註3〕　〔日〕妹尾達彥：《韋述的〈兩京新記〉與八世紀前葉的長安》，《唐研究》第九卷，北京大學出版社，2003年12月，第9頁。

〔註4〕　〔清〕徐松：《唐兩京城坊考》，中華書局，1985年8月，第1頁。

〔註5〕　〔唐〕李吉甫：《元和郡縣圖志》，中華書局，1983年6月，第5頁。

城。」〔註6〕整個漢長安城城址都為唐禁苑所包，成為皇家林苑的一部分。唐禁
苑中設苑監以長官苑內之事，《唐兩京城坊考》卷一：「苑中四面有監：在東西者
曰東監、西監，南面長樂監，北面舊宅監，又置苑總監領之。」〔註7〕其中舊
宅監掌管了漢故城的主要遺跡，現就這些遺跡在唐時的留存情況梳理如下：

　　飲馬橋　漢長安城外橫跨渭水的飲馬橋在唐禁苑苑門飲馬門處。《唐兩京
城坊考》卷一：「（禁苑北面）三門：近西者永泰門，次啟運門，次飲馬門。按
漢宣平門外有飲馬橋，此門蓋以橋為名也。」〔註8〕

　　青門亭　《唐兩京城坊考》卷一：「青門亭，即邵平種瓜之所，在長安城
東，去宮城十三里。」〔註9〕青門亭在漢長安城的青門外，《三輔黃圖》卷
一：「長安城東出南頭第一門曰霸城門，民見門色青，名曰『青城門』，或曰青
門。門外舊出佳瓜。廣陵人邵平，為秦東陵侯，秦破為布衣，種瓜青門外。瓜
美，故時人謂之東陵瓜。」〔註10〕

圖 2-2　唐禁苑中的漢故城圖

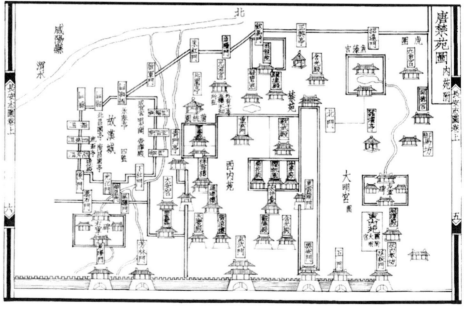

李好文《長安志圖》

〔註 6〕《增訂唐兩京城坊考》（修訂版）卷一，第 36 頁。
〔註 7〕《增訂唐兩京城坊考》（修訂版）卷一，第 36 頁。
〔註 8〕《增訂唐兩京城坊考》（修訂版）卷一，第 36 頁。
〔註 9〕《增訂唐兩京城坊考》（修訂版）卷一，第 37 頁。
〔註 10〕何清谷：《三輔黃圖校釋》卷一，中華書局，2005 年 6 月，第 73 頁。

圖 2-3　唐禁苑中的漢長安故城

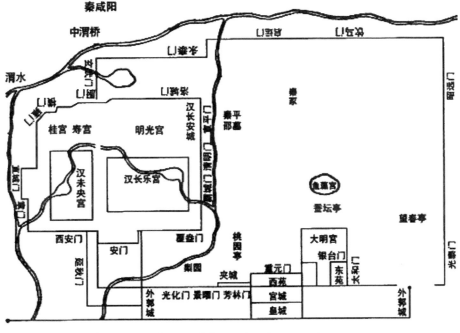

《增訂唐兩京城坊考》之《西京三苑圖》〔註11〕

　　咸宜宮　《唐兩京城坊考》卷一：「苑中宮亭二十四所，可考者……其隸舊宅監者七所，曰咸宜宮，漢之舊宮，去宮城二十一里。《蘇頲傳》：玄宗遊咸陽宮羽獵。」〔註12〕唐時唐禁苑內的咸宜宮前，曾發見過十六國時期的石麟遺跡。唐人蘇鶚所撰《蘇氏演義》卷上云：「今長安城北故漢城中咸宜宮前有石麟。大中八年，宣宗遊於北城，睹石麟臆前有八分書字，遣近臣摹之，曰：『大夏真興二年陽平公造。』石麟時俗呼為石馬，大誤也。陽平公，赫連勃勃之子。宋高祖破姚泓，遣其子義真留守於長安，而後復為勃勃破之，遂以陽平公鎮其地。咸宜宮亦漢制也。」〔註13〕

　　未央宮　《元和郡縣圖志·關內道·長安縣》：「漢未央宮，在縣西北十五里。並在長安故城中。」〔註14〕《唐兩京城坊考》卷一：「未央宮，《長安志》：武宗會昌元年，因游畋至未央宮，見其遺址，詔葺之。總二百四十九間，作正

〔註11〕〔清〕徐松，李建超增訂：《增訂唐兩京城坊考》（修訂版），西安：三秦出版
　　　　社，2006 年 6 月，第 18 頁。
〔註12〕《增訂唐兩京城坊考》（修訂版）卷一，第 37 頁。
〔註13〕〔唐〕蘇鶚：《蘇氏演義》卷上，商務印書館，1956 年 4 月，第 5 頁。
〔註14〕〔唐〕李吉甫：《元和郡縣圖志》卷一，中華書局，1983 年 6 月，第 6 頁。

殿曰通光，東曰詔芳亭，西曰凝思亭，立端門其內。揭未央宮名，命學士裴素撰記。《通鑒》：貞觀七年，從上皇置酒故漢未央宮。胡注：未央宮在長安宮城北，禁苑西偏。（按稿本，未央宮並注皆張穆補。）〔註15〕又《長安志》卷六：「咸宜宮、未央宮二所，皆漢之舊宮也。去宮城二十一里。唐置都邑之後，因其舊址，復增修之。宮側有未央池、漢武庫及樗里子墓。」〔註16〕則唐時對咸宜宮和未央宮進行過修葺增廣。

　　長樂宮、酒池　《通典》卷一七三引《括地志》：「漢長樂宮在長安縣北故城中。」〔註17〕《元和郡縣圖志·關內道·長安縣》：「漢長樂宮，在縣西北十四里。」〔註18〕又唐禁苑東部望春宮附近亦有隋時修建的長樂宮，《冊府元龜·邦計·漕運》：「遂於苑東望春樓下穿潭以通舟楫，既成，帝（玄宗）幸望春、長樂宴群臣。」〔註19〕此長樂非漢故城之長樂，則唐禁苑中有漢故城內的長樂宮和隋離宮長樂宮。《元和郡縣圖志·關內道·長安縣》：「酒池，在長樂宮中，漢武帝所作，以誇羌胡。飲以鐵杯，重不能舉，皆低頭牛飲。《西征賦》云：『酒池監於商辛，追覆車而不語。』」〔註20〕

　　壽宮、北宮　《史記正義》引《括地志》：「壽宮、北宮皆在雍州長安縣西北十〔三〕里長安故城中。《漢書》云：武帝〔置〕壽宮以儲神君。」〔註21〕

　　桂宮　《元和郡縣圖志·關內道·長安縣》：「在縣北十三里長安故城中，漢武帝所造。」〔註22〕

　　鉤弋宮　《三輔黃圖》引《漢武故事》：「鉤弋宮在直門之南。」〔註23〕《史記正義》引《括地志》：「鉤弋宮，在長安〔故〕城中，門名堯母門。」〔註24〕

　　南昌國亭、北昌國亭、流杯亭、明水園　《唐兩京城坊考》卷一：「曰西北角亭，曰南昌國亭，曰北昌國亭，曰流杯亭，《禁扁》作『游杯』，皆在未央

〔註15〕《增訂唐兩京城坊考》（修訂版）卷一，第 37 頁。
〔註16〕〔宋〕宋敏求：《長安志》卷六，成文出版社，1970 年 1 月，第 135 頁。
〔註17〕〔唐〕李泰撰，賀次君輯校：《括地志輯校》卷一，中華書局，1980 年 2 月，第 11 頁。
〔註18〕《元和郡縣圖志》卷一，第 5 頁。
〔註19〕〔宋〕王欽若等：《冊府元龜》卷四九八，中華書局，1960 年 6 月，第 5968 頁。
〔註20〕《元和郡縣圖志》卷一，第 6 頁。
〔註21〕《括地志輯校》卷一，第 12 頁。
〔註22〕《元和郡縣圖志》卷一，第 6 頁。
〔註23〕《三輔黃圖校釋》卷三，第 187 頁。
〔註24〕《括地志輯校》卷一，第 12 頁。

宮北。曰明水園，李氏圖皆在漢長安城內。皆漢故跡也。」〔註25〕

　　漸臺　《史記正義》引《括地志》：「漸臺在長安故城中。《關中記》云：『未央宮西有蒼池，池中有漸臺，王莽死於此臺。』」〔註26〕又《長安志》卷三引《括地志》：「既去就車而之漸臺，雖未央、建章複道相屬，但漢兵既迫，不應駕車逾城，此即非建章漸臺明矣。然則未央、建章似各有漸臺，非一所也。」〔註27〕《元和郡縣圖志・關內道・長安縣》：「漸臺，在未央宮西，王莽死於此。」〔註28〕

　　柏梁臺　《三輔黃圖》卷五：「柏梁臺，武帝元鼎二年春起。此臺在長安城中北闕內。《三輔舊事》云：以香柏為梁也，帝嘗置酒其上，詔群臣和詩，七言詩者乃得上。太初中臺災。」〔註29〕《玉海》卷一六二引《括地志》：「柏梁臺在雍州長安故城中。」〔註30〕《元和郡縣圖志・關內道・長安縣》：「柏梁臺，在長安故城中，未央宮北。」〔註31〕柏梁臺於漢武帝時毀於火災，《括地志》和《元和郡縣圖志》所謂「柏梁臺」當為柏梁臺毀後遺址。

　　漢太上皇廟、高帝廟　漢太上皇廟及高帝廟皆在漢長安城中，高祖以後的漢朝皇帝廟皆在城外，城中只此二帝廟。《史記正義》引《括地志》：「漢太上皇廟在雍州長安縣西北長安故城中。酒池之北，高帝廟北。高帝廟亦在故城中也。」〔註32〕又：「高廟在長安縣西北十三里渭南長安故城中。」〔註33〕

　　隋文帝從漢長安城遷離時，留下的還是一座完整的都城，儘管在營建大興城的過程中，直接從漢長安城的宮室建築拆取了一些大型構件，但漢長安城的基本格局並沒有因為新都的營建受到多大影響，大體上維持北周長安城的面貌。唐禁苑中的漢長安城遺址當然不僅僅是上述據史志文獻所羅列的內容，有關漢長安城遺址的現代考古發掘工作得到的豐碩成果證實了這樣的觀點。漢長安城的城牆城門、道路、未央宮、長樂宮、北宮、桂宮、明光宮、武庫、官署和角樓等遺跡經過考古勘察發掘，已經呈現出都城的基本格

〔註25〕《增訂唐兩京城坊考》（修訂版）卷一，第 37 頁。
〔註26〕《括地志輯校》卷一，第 13 頁。
〔註27〕《括地志輯校》卷一，第 13 頁。
〔註28〕《元和郡縣圖志》卷一，第 6 頁。
〔註29〕《三輔黃圖校釋》卷五，第 281 頁。
〔註30〕《括地志輯校》卷一，第 13 頁。
〔註31〕《元和郡縣圖志》卷一，第 6 頁。
〔註32〕《括地志輯校》卷一，第 13 頁。
〔註33〕《括地志輯校》卷一，第 13 頁。

局〔註34〕。唐禁苑中漢長安城這座城中城扮演著皇家林苑的角色，其中的遺跡在相當長的時間內維持舊貌。這座帝都遺址在現代殘留下的高十餘米的牆體、臺基，寬四五十米、長至五千四百米的道路，夯築宮牆圍起的佔地約五平方公里的未央宮城址，在當時一定是既古老又雄偉。

圖 2-4　漢長安城遺址平面示意圖

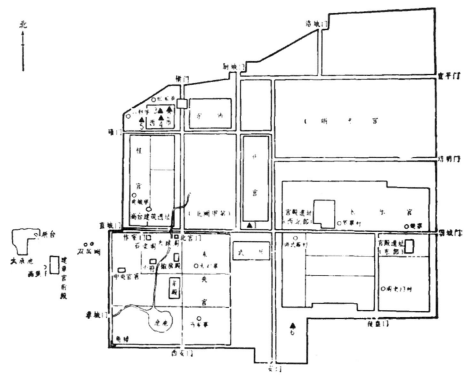

《考古》，1996 年第 10 期〔註35〕

〔註34〕漢長安城考古勘察成果可參見王仲殊：《漢長安城考古工作的初步收穫》，《考古通訊》，1957 年第 5 期，第 102～110 頁；王仲殊：《漢長安城考古工作收穫續記——宣平城門的發掘》，《考古通訊》，1958 年第 4 期，第 23～32 頁；中國科學院考古研究所資料室：《中國科學院考古研究所 1960 年田野工作的主要收穫》，《考古》，1961 年第 4 期，第 214～218 頁；中國科學院考古研究所資料室：《中國科學院考古研究所一九六一年田野工作的主要收穫》，《考古》，1962 年第 5 期，第 272～274 頁；劉慶柱：《漢長安城的考古發現及相關問題研究——紀念漢長安城考古工作四十年》，《考古》，1996 年第 10 期，第 1～14 頁。劉慶柱、李毓芳：《漢長安城考古的回顧與瞻望——紀念漢長安城考古半個世紀》，《考古》，2006 年第 10 期，第 12～21 頁。
〔註35〕劉慶柱：《漢長安城的考古發現及相關問題研究——紀念漢長安城考古工作四十年》，《考古》，1996 年第 10 期，第 2 頁。

二、唐長安城內的漢長安城外建築景觀遺跡

（一）禮制建築

　　靈臺　漢長安城南的靈臺，在唐長安城朱雀街西第五街北起第一坊修真坊內。靈臺是天子觀天象、察祥異的禮制活動場所。《三輔黃圖》卷五：「漢始曰清臺，本為候者觀陰陽天文之變，更名曰靈臺。郭延生《述征記》曰：『長安靈臺，上有相風銅烏，千里風至，此烏乃動。又有銅表，高八尺，長一丈三尺，廣尺二寸，題云「太初四年造」。』」〔註36〕靈臺屬於皇家壇臺類大型建築，其巍峨之姿從文字描述中是可以想見的。《兩京新記》卷三：「修真坊，今坊之南門，門扉即周之太廟門板也。坊內有漢靈臺。漢平帝元始四年所立，望雲物之所。今餘址高五尺，周回一百廿步。」〔註37〕韋述記錄的唐長安城內的靈臺遺址，儘管有所蝕毀，依然是龐然可觀。雖然漢長安城靈臺遺址目前還未有發掘，但在漢魏洛陽城發掘的東漢靈臺遺址，其主體建築「現餘殘長南北約41米，東西約31米，殘高約8米」〔註38〕，由此大致可以推想長安漢靈臺遺跡在唐時的壯觀景象。

　　太學、辟雍、明堂　漢長安城南的太學、辟雍遺址在唐長安城朱雀街西第五街北起第二坊普寧坊內。辟雍，即天子之學。班固《白虎通義》謂：「天子立辟雍何，所以行禮樂宣德化也。」〔註39〕《三輔黃圖》卷五：「《漢書》曰：『武帝初即位，向儒術，以文學為本，議立明堂於城南，以朝諸侯。』應劭注云：『漢武帝造明堂，王莽修飾令大。』」〔註40〕《漢書・平帝紀》載：「（元始四年二月）安漢公奏立明堂、辟雍。」〔註41〕辟雍、明堂是漢武帝時建立又經西漢末期王莽增擴的最高等級皇家禮制建築，但隋新都的營建壓蓋了相當一部分西漢長安南郊原有的禮制建築空間。《兩京新記》卷三：「普寧坊，南街西出通開遠門。坊西街有漢太學餘址。其地本長安故城南安門之外焉。次東漢辟雍。漢元始四年所立。」〔註42〕《唐兩京城坊考》卷四：「（辟雍）次東漢明堂，二

〔註36〕　《三輔黃圖校釋》卷五，第 279 頁。
〔註37〕　《兩京新記輯校》卷三，第 55 頁。
〔註38〕　劉敘傑主編：《中國古代建築史》（第一卷）《原始社會、夏、商、周、秦、漢建築》，中國建築工業出版社，2003 年 7 月，第 432 頁。
〔註39〕　〔漢〕班固：《白虎通德論》卷四，商務印書館，1937 年 12 月，第 40 頁。
〔註40〕　《三輔黃圖校注》，第 297 頁。
〔註41〕　〔漢〕班固：《漢書》卷一二，中華書局，1962 年 2 月，第 357 頁。
〔註42〕　《兩京新記輯校》卷三，第 56 頁。

所並磨滅無復餘址。」〔註43〕徐松所謂漢辟雍、明堂無復餘址應是唐以後漢長安文化層被掩埋的情況，因為根據漢辟雍遺址的發掘成果顯示：「建築遺址裏面，堆積著被大火焚燒過的建築材料……圍牆、四門及配房圓水溝等建築遺跡，除了部分被唐代磚瓦窯坑和近代墓葬所破壞外，一般保存較好。」〔註44〕再參考《西安漢明堂辟雍遺址及唐遺址平、剖面圖》揭示的漢、唐地基高低情況，就可以很清楚地說明漢長安城南郊的辟雍遺址在唐時雖然有部分已被河道、建築等唐長安的城體壓蓋，但還是留有漢辟雍建築的少許殘跡。

圖 2-5　漢長安城南郊禮制建築遺址示意圖

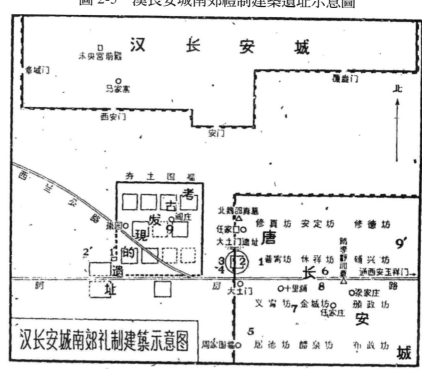

《考古》，1960 年第 9 期〔註45〕

〔註43〕〔清〕徐松撰，李建超增訂：《增訂唐兩京城坊考》（修訂版）卷四，第 244 頁。

〔註44〕唐金裕：《西安西郊漢代建築遺址發掘報告》，《考古學報》，1959 年第 2 期，第 45 頁。

〔註45〕黃展岳：《漢長安城南郊禮制建築的位置及其有關問題》，《考古》，1960 年第 9 期，第 56 頁。

圖 2-6　西安漢明堂辟雍遺址及唐遺址平、剖面圖

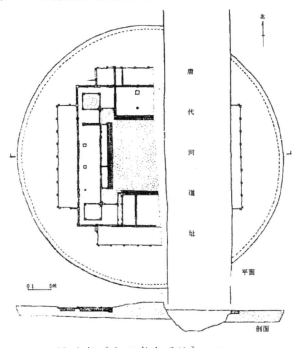

楊鴻年《宮殿考古通論》〔註46〕

　　圜丘　漢長安城南的圜丘，在唐長安城朱雀街西第五街北起第四坊居德坊內。圜丘是皇帝祭天的場所，漢時在長安城南。《水經注・渭水》云：「（昆明故渠）渠南有漢故圜丘。成帝建始二年，罷雍五畤，始祀皇天上帝於長安南郊。應劭曰：『天郊在長安南。』即此也。」〔註47〕《長安志》卷五《宮室》引《括地志》曰：「漢圜丘在長安治內四里居德坊內。」〔註48〕《兩京新記》卷三：「居德坊，南街西出通金光門。……東南隅，先天寺，其地本漢圜丘餘址。先天元年，改為先天寺。」〔註49〕依照韋述的記載，唐長安城內的先天寺在漢長安城南郊的圜丘遺址上所建。而據辛德勇《隋唐兩京叢考》訂正：「畢刻本《長安志》卷一〇居德坊先天寺條云：『本寶國寺。隋開皇三年，敕大興、長安兩縣各置一寺，因立寶昌、禪林二寺，東西相對，時人謂之縣寺。』……是知先天寺本命寶昌寺。」〔註50〕如此則隋文帝營建新都時即已在漢圜丘遺

〔註46〕楊鴻年：《宮殿考古通論》，紫禁城出版社，2001 年 8 月，第 268 頁。
〔註47〕〔北魏〕酈道元：《水經注》卷一九，上海古籍出版社，1990 年 9 月，第 368 頁。
〔註48〕《括地志輯校》卷一，第 12 頁。
〔註49〕《兩京新記輯校》卷三，第 59 頁。
〔註50〕辛德勇：《隋唐兩京叢考》，三秦出版社，2006 年 1 月，第 79 頁。

址上建寺，至唐玄宗時改稱先天寺。

（二）皇家陵廟、陵邑

樂遊廟　漢宣帝樂遊廟在唐長安城內朱雀街東第四街北起第九坊升平坊內。《太平御覽・居處部》引《天文要集》曰：「（樂遊廟）在秦為宜春苑，在漢為樂遊苑。」〔註51〕樂遊苑在宜春苑的範圍內，漢武帝廣建上林苑時一併括入三十六苑之中，形成苑中苑的格局。《漢書・宣帝紀》：「（神爵）三年春，起樂遊苑。」〔註52〕顏師古注曰：「《三輔黃圖》云：『（樂遊苑）在杜陵西北。』又《關中記》云：『漢宣帝立廟於曲池之北，號樂遊。』按其處則今呼樂遊原是也。其餘基尚可識焉。蓋本為苑，後因立廟乎。」〔註53〕隨著宣帝廟的建立，漢樂遊苑從皇家苑囿轉向了皇家陵園的功能性質，唐人習稱這一區園林高地為「樂遊原」，唐人詩歌中亦多見「樂遊園」之稱呼。《唐兩京城防考》卷三：「升平坊。東北隅，漢樂遊廟。漢宣帝所立，因樂遊苑為名，在高原上，餘址尚存。長安中，太平公主於原上置亭遊賞，後賜寧、申、岐、薛王。其地居京城之最高，四望寬敞，京城之內，俯視指掌。每正月晦日、三月三日、九月九日，京城士女咸就此登賞祓禊。按白居易《登樂遊苑望詩》云：『東北何靄靄，宮闕入煙雲。』蓋言南內之宮闕也。」〔註54〕盛唐時期的樂遊原已發展成為具有公共空間性質的園林景區。盧照鄰《七日登樂遊故墓》詩曰：「漢寢眷遺靈，秦江想餘弔。」〔註55〕「漢寢」即指樂遊廟，但盧詩詩題中又僅稱其「故墓」，似乎唐時樂遊廟的帝寢形制已不完備。又耿湋《登樂遊原詩》詩云：「園廟何年廢，登臨有故丘。」〔註56〕則證實唐時樂遊原上的漢樂遊廟已遭破壞，不過還存有陵丘殘跡。

顧成廟、奉明園　漢長安城南的顧城廟、奉明園在唐長安城內朱雀街西第四街北起第二坊休祥坊。顧成廟是漢文帝在長安城南自立的宗廟，在唐有遺址。《唐兩京城坊考》卷四：「休祥坊……坊內有漢顧成廟餘址。廟北，漢奉

〔註51〕〔宋〕李昉等編著：《太平御覽》卷一九七，中華書局，1960年2月，第949頁。

〔註52〕《漢書》卷八，第262頁。

〔註53〕《漢書》卷八，第262～263頁。

〔註54〕《增訂唐兩京城坊考》（修訂版）卷三，第137頁。

〔註55〕〔唐〕盧照鄰撰，祝尚書箋注：《盧照鄰集箋注》卷三，上海古籍出版社，1994年12月，第168頁。

〔註56〕〔清〕彭定求等編：《全唐詩》卷二六八，中華書局，1960年4月，第2990頁。

明園。宣帝父悼皇考墓園也。園北，漢奉明縣。」〔註57〕奉明園是漢宣帝為其父史皇孫所建寢園，史皇孫即戾太子、史良娣之子。奉明園在唐長安城中尚存，但徐松不記其陵廟，蓋已侵毀。

思後園、戾園　漢長安城東南的思後園、戾園在唐長安城朱雀街西第四街北起第三坊金城坊內。思後即衛子夫，漢宣帝即位後追諡其曾祖母為「思後」。見「博望苑」條。

下杜城　漢長安城東南杜陵之南下杜城在唐長安城中，距長壽坊東南九里。《史記正義》引《括地志》：「下杜故城在雍州長安縣東南九里，古杜伯國。」〔註58〕又《長安志》卷一二引《括地志》：「長安縣，按今縣界兼有周鎬京及杜伯國之地。……杜伯國在今縣治東南九里下杜故城是。」〔註59〕唐長安縣治在唐長安城朱雀街西第四坊北起第八坊長壽坊內。

（三）一般墓葬

蕭望之墓　在唐長安城東面中門春明門外。蕭望之是漢宣、元帝兩朝宿儒名臣。《唐兩京城坊考》卷二：「外郭城……東面三門……中春明門，當門外有漢太子太傅蕭望之墓。」〔註60〕又《類編長安志》卷八：「蕭望之墓在咸寧縣東南五里古城春明門外道南。」〔註61〕則蕭望之墓在元時尚能辨識，其在唐時留存狀態應該是比較完整的。

古冢　在盛唐被時人視作東方朔墓，在晚唐被時人呼為東王公墓，同時又被個別學者認為是漢臣王陵墓的古冢在唐長安城朱雀街東第二街北起第四坊永樂坊內。此墓在唐朝存在著變化的多種認識。唐末宗室李匡乂撰有考證之作《資暇集》一書，其卷中《永樂冢》云：「永樂坊內古冢，今人皆呼為東王公墓。有祠堂加其上，俗以祈祀，稱造化東王公，大謬也。案韋氏《兩京新記》云：『未知姓名，時人誤為東方朔墓也。』當時人已誤，今又轉東方朔為東王公，後代必更轉為東里子產矣。」〔註62〕《唐兩京城坊考》卷二：「永樂

〔註57〕《增訂唐兩京城坊考》（修訂版）卷四，第220頁。
〔註58〕《括地志輯校》卷一，第10頁。
〔註59〕《括地志輯校》卷一，第9～10頁。
〔註60〕《增訂唐兩京城坊考》（修訂版）卷二，第39頁。
〔註61〕〔元〕駱天驤撰，黃永年點校：《類編長安志》卷八，中華書局，1990年8月，第252頁。
〔註62〕〔唐〕李匡乂：《資暇集》卷中，叢書集成初編本，中華書局，1985年，第15頁。

坊……古冢，在坊內橫街之中。」〔註63〕另可參本節「王陵母墓」條。

王陵母墓　漢王陵墓在唐長安城光祿坊內。王陵為漢初開國功臣，楚漢相爭時王陵母被項羽虜為人質，王陵母「伏劍而死，以固勉陵」〔註64〕。《資暇集》卷中：「光祿坊內亦有古冢。《新記》不載，時人以與永樂者對，遂目為王母臺。張郎中譙云：常於雜鈔中見光祿者，是漢朝王陵母墓。以賢呼為「王母」，所以東呼為「王公」』。故附於注。」〔註65〕和永樂坊的古冢遭遇相似，此墓在晚唐經歷了世俗道教信仰的同化，被當時人視作與西王母有關的道教遺跡。徐松的《唐兩京城坊考》疑光祿寺即朱雀街西第一街北起第一坊，但是黃永年《論〈類編長安志〉》一文考證出朱雀街西第一街北起第一應為善和坊，且認為長安城中並無光祿坊〔註66〕。盧照鄰的《病梨樹賦序》有言：「癸酉之歲，余臥病於長安光祿坊之官舍。父老云是鄱陽公主之邑司，昔公主未嫁而卒，故其邑廢。」〔註67〕盧文言之鑿鑿。加之《郡齋讀書志》載：「《資暇集》三卷……序稱：『世俗之談，類多訛誤。雖有見聞，嘿不敢證，故著此書。』」〔註68〕李匡乂述及光祿坊中古冢自是有所見聞依信。則唐長安城中應該確有光祿坊，至於具體在長安城中的位置俟考。

蝦蟆陵　被時俗視為董仲舒墓的大冢在唐長安城朱雀街東第五街北起第六坊常樂坊內。《長安志》卷一一引《兩京新記》卷三：「常樂坊。蝦蟆陵，本董仲舒墓。」〔註69〕又《佩觿》卷上引《兩京新記》卷三：「人過者多下馬，因名曰下馬陵，今轉語名蝦蟆陵矣。」〔註70〕李肇《唐國史補》卷下亦有相似記載。《唐兩京城坊考》卷三：「常樂坊。曲中出美酒，京都稱之。……蝦蟆陵。坊內街之東有大冢，俗誤以為董仲舒墓。」〔註71〕從唐人詩歌中也可以感受到蝦蟆陵的形制頗巨。謝良輔《憶長安·十二月》詩云：「取酒蝦蟆陵下，家家

〔註63〕《增訂唐兩京城坊考》（修訂版）卷二，第 43 頁。
〔註64〕《漢書》卷一百，第 4211 頁。
〔註65〕《資暇集》卷中，第 15 頁。
〔註66〕中國古都學會編：《中國古都研究》，浙江人民出版社，1985 年 1 月，第 111～113 頁。
〔註67〕〔唐〕盧照鄰撰，祝尚書箋注：《盧照鄰集箋注》卷一，上海古籍出版社，1994 年 12 月，第 25 頁。
〔註68〕〔宋〕晁公武：《郡齋讀書志》卷一三，上海古籍出版社，1990 年 10 月，第 562 頁。
〔註69〕《兩京新記輯校》卷三，第 22 頁。
〔註70〕《兩京新記輯校》卷三，第 22 頁。
〔註71〕《增訂唐兩京城坊考》（修訂版）卷三，第 151 頁。

守歲傳厄。」〔註72〕以及白居易《琵琶行》詩云：「自言本是京城女，家在蝦蟆陵下住。」〔註73〕蝦蟆陵下有酒肆、有民居，則其空間高度及佔地廣度在與一般房舍的對比中是可以想見的。

樊噲墓　樊噲墓在唐長安城內朱雀街西第五街北起第九坊待賢坊內。《太平廣記》引《兩京新記》卷三：「待賢坊，此坊隋初立天下諸州朝集使邸，故以待賢名之。……隋左領軍大將軍史萬歲宅。其宅初常有鬼怪，居者輒死。萬歲不信，因即居之。夜見人衣冠甚偉，來就萬歲。萬歲問其由，鬼曰：『我漢將軍樊噲。墓近君居廁，常苦穢惡，幸移他所，必當厚報。』萬歲許諾，因責殺生人所由。鬼曰：『各自怖而死，非我殺也。』及掘得骸柩，因為改葬。後夜又來謝曰：『君當為將，吾必助君。』後萬歲為隋將，每遇賊，便覺鬼兵助己，戰必大捷。」〔註74〕元李好文《長安志圖》卷中：「樊川，本樊噲食邑，故名。又云今其墓在神禾南原上。」〔註75〕樊噲墓在唐長安城南韋曲西南的神禾原應當是無誤的。但是，位於神禾原上的樊噲墓究竟是原本就此安葬的還是從唐長安城內甚或其他某處遷墳至此就不得而知了。

（四）皇家苑囿

博望苑　漢長安城東南的博望苑在唐長安城朱雀街西第四街北起第三坊金城坊內。博望苑在漢長安城南，屬上林苑的範圍內。《三輔黃圖》：「博望苑在長安杜門外五里。」〔註76〕則博望苑是在漢長安南相距五里之處。杜門是漢長安城南邊長樂宮所對的一座城門。《三輔黃圖》卷四：「長安城南出東頭第一門曰覆盎門，一號杜門。……長樂宮在城中，近東直杜門，其南有下杜城。」〔註77〕博望苑是漢武帝為戾太子開建的招致賓客以從其所好的皇家宮苑，取「博望」之名亦可見武帝建造此苑之用意。《兩京新記》卷三：「金城坊，本漢博望苑之地。初移都，割以為坊，百姓分地板築，土中見金聚，欲取便沒。以事上聞，隋文曰：『此朕之金城之兆。』因以金城為坊名。北門，有漢戾後園，即戾太子、史良娣墓，宣帝改葬於此。其地本白亭。園東南，漢博望苑，漢武

〔註72〕《全唐詩》卷三〇七，第3484頁。

〔註73〕〔唐〕白居易著，朱金城箋校：《白居易集箋校》上海古籍出版社，1988年12月，第685頁。

〔註74〕《兩京新記輯校》卷三，第67頁。

〔註75〕〔元〕李好文：《長安志圖》，清經訓堂叢書本，第15頁。

〔註76〕《括地志輯校》卷一，第12頁。

〔註77〕何清谷：《三輔黃圖校釋》卷一，中華書局，2005年6月，第79頁。

帝為戾太子立，本杜門外道之東也。」〔註78〕《元和郡縣圖志・關內道・萬年縣》：「漢博望苑，在縣北五里，武帝為太子據所立，使通賓客。」〔註79〕《唐兩京城坊考》卷四：「金城坊……西南隅，匡道府，即漢思後園。漢武帝衛皇后墓園也，宣帝追諡，改葬於此。地本長安故城之杜門外大道東也。……北門有漢戾園。戾太子史良娣墓，宣帝改葬於此。其地本白亭。園東南，漢博望苑。本杜門外道之東。」〔註80〕杜門（覆盎門）為漢長安城的南門，其址在唐時被劃入城北的禁苑中已非平民可睹。依據韋述的記載，杜門東南約五里處的漢博望苑，在隋文帝營建新都時，分地於百姓自建屋舍，唐金城坊即是曾經的漢博望苑，在金城坊的北門處還保留有漢戾後園遺址。

宜春下苑　秦漢宜春苑的部分遺址在唐長安城東南角的曲江、芙蓉園內。秦時離宮有宜春宮，《三輔黃圖》曰：「宜春宮，本秦之離宮，在長安城東南，杜縣東，近下杜。」〔註81〕《史記・秦本紀》曰：「子嬰……葬二世杜南宜春苑。」〔註82〕故而秦時有宜春宮在宜春苑。揚雄《羽獵賦》序：「武帝廣開上林，東至宜春、鼎湖、宿御、昆吾，旁南山西，至長楊五柞，被繞黃山，濱渭而東，周袤數百里。」〔註83〕則漢武帝擴建上林苑後，宜春下苑被囊括至其三十六苑之中。《漢書・元帝紀》載：「（初元二年）詔罷黃門乘輿狗馬、水衡禁囿、宜春下苑……假與貧民。」〔註84〕漢元帝以此苑分於貧民以後再未見《漢書》提及重置事，由此判斷宜春下苑自漢元帝後不再被當作御苑。顏師古《漢書》注曰：「宜春下苑，即今京城東南隅曲江池是。」〔註85〕又康駢《劇談錄》卷下謂：「曲江池，本秦世隑洲，開元中疏鑿，遂為勝境。其南有紫雲樓、芙蓉苑，其南（《唐兩京城坊考》引文作『西』）有杏園、慈恩寺。花卉環周，煙水明媚，都人遊玩，盛於中和、上巳之節，彩幄翠幬，匝於堤岸，鮮車健馬，比肩擊轂。上巳即賜宴臣僚，京兆府大陳筵席，長安萬年兩縣以雄盛相較，錦繡珍玩無所不施，百辟會於山亭，恩賜太常及教坊聲樂。池中備彩舟數

〔註78〕　《兩京新記輯校》卷三，第 45 頁。
〔註79〕　《元和郡縣圖志》卷一，第 6 頁。
〔註80〕　《增訂唐兩京城坊考》（修訂版）卷四，第 224 頁。
〔註81〕　《三輔黃圖校釋》，第 206 頁。
〔註82〕　《史記》卷六，第 275 頁。
〔註83〕　〔梁〕蕭統編，〔唐〕李善注：《文選》卷八，上海古籍出版社，1986 年 8 月，第 388 頁。
〔註84〕　《漢書》卷九，第 281 頁。
〔註85〕　《漢書》卷九，第 282 頁。

隻，唯宰相三使、北省官與翰林學士登焉。每歲傾動皇州，以為盛觀。入夏則菰蒲蔥翠，柳陰四合，碧波紅蕖，湛然可愛。好事者賞芳辰，玩清景，聯騎攜觴，疊疊不絕。」〔註86〕唐曲江池基址屬秦漢宜春苑的範圍，是唐長安城中面積最廣的公共園林性質景區，上至皇室下至庶士百姓常集於此遊賞歡會，唐人詩歌中描寫的曲江簡直舉不勝舉，幾乎在長安生活過的詩人都有過吟詠此地的創作。此處僅舉一例以見其時曲江遊賞風氣。林寬《曲江》詩云：「曲江初碧草初青，萬轂千蹄匝岸行。傾國妖姬雲鬢重，薄徒公子雪衫輕。瓊鑣狒狋繞觥舞，金麑辟邪拏撥鳴。柳絮杏花留不得，隨風處處逐歌聲。」〔註87〕唐長安城的三城制格局形成了帝京嚴密的等級空間，而在曲江這樣的大型公共景區，各種階層人士匯聚於此，在長安城中高地或者高層建築上，可以看見帝京的城市全景，而在曲江可以則見到眾生百態的社會全景。唐長安城東南角的曲江池與芙蓉園相連，《唐兩京城坊考》引李肇《國史補》曰：「芙蓉園即秦之宜春苑。」〔註88〕芙蓉園在唐時仍屬御苑性質，一直是城中最重要的皇家遊賞宴飲之所，芙蓉園與唐朝宮廷文學創作亦有著密切的聯繫。《資治通鑒》卷一九四載貞觀七年冬太宗曾幸芙蓉園。中宗也曾攜群臣至此宴集。《資治通鑒》胡三省注引《景龍文館記》云：「芙蓉園在京師羅城東南隅，本隋世之離宮也。青林重複，綠水彌漫，帝城勝景也，駕時幸之。」〔註89〕唐玄宗時還特意沿長安城東面城牆修築了興慶宮至芙蓉園的夾城，以方便皇室出遊。杜甫《樂遊園歌》詩曰：「青春波浪芙蓉園，白日雷霆夾城仗。」〔註90〕即是詩人在樂遊原上遠眺時所見玄宗駕幸芙蓉園的情景。

　　虎圈　漢長安城南上林苑之唐中苑養獸之所虎圈在唐長安城偏西的位置。《史記‧孝武本紀》：「（太初元年）於是作建章宮……其西則唐中，數十里虎圈。」〔註91〕虎圈所屬之唐中苑在建章宮西，故其地界當在長安城南上林苑的西南方位。《史記正義》引《括地志》：「虎圈在今長安城中西偏也。」〔註92〕虎圈已在漢長安城西之建章宮又西，而唐長安城在漢長安城東南，虎圈似無

〔註86〕〔唐〕康駢：《劇談錄》卷下，古典文學出版社，1958年6月，第57～58頁。
〔註87〕《全唐詩》卷六〇六，第7003頁。
〔註88〕《增訂唐兩京城坊考》（修訂版）卷三，第165頁。
〔註89〕《資治通鑒》卷一九四，第6103頁。
〔註90〕〔唐〕杜甫著、〔清〕仇兆鰲注：《杜詩詳注》卷二，中華書局，1979年10月，第102頁。
〔註91〕《史記》卷一二，第482頁。
〔註92〕《括地志輯校》卷一，第11頁。

可能出現於唐長安城中，俟考。

（五）水渠道

潏水　潏水《水經注》又稱其沈水，漢時向北引潏水支流入漢長安城中，至唐又分此支流引入唐長安城西。《三輔黃圖》卷六：「關中八水，皆出入上林苑。……潏水在杜陵，從皇子陂西北流，經昆明池入渭。」〔註93〕《長安志》卷一二引《括地志》：「長安縣……潏水又名石璧穀水，又名高都水。漢王氏五侯大治池宅，引高都水入長安城。」〔註94〕《唐兩京城坊考》卷四：「漕渠，天寶元年開。京兆尹韓朝宗分潏水，按渠蓋潏、交之水。《舊書》作分渭水，非是。入金光門，置潭於西市之街，以貯材木。永泰二年，京兆尹黎幹以京城薪炭不給，又自西市引渠，經光德坊京兆府東，至開化坊薦福寺東街，北至務本坊國子監東，由子城東街，逾景風、延喜門入苑。渠闊八尺，深一丈。」〔註95〕黃盛璋在考證建章宮區遺址水道時提到：「（沈水）另一支《水經注》當作沈水主流，折入建章宮內，經漸臺（太液池內）東和太液池合，又北出在渭城南注渭水，這一支是解決建章宮區用水的，渠流雖早消失，但故道仍可考。」〔註96〕可見潏水引入漢長安城的水道遺跡仍在，而唐時能夠再分其支流，說明此水系在漢唐時期的發達，潏水對漢、唐長安城內的供水、運輸、池沼造景都起到了很大作用。

三、唐長安城周邊其他與漢長安城相關的空間遺跡

薄太后陵邑　漢高祖薄姬陵墓在漢長安城東南的霸陵之南，距唐長安城東約六里。《史記正義》引《括地志》：「南陵故縣在雍州萬年縣東南二十四里。漢南陵縣，本薄太后陵邑。陵在東北，去縣六里。」〔註97〕

霸陵　漢文帝陵墓在漢長安城東，依山作陵以為節儉，距唐長安城東北約二十里。瀧川資言《史記會注考證》補《正義》引《括地志》：「霸陵，漢文帝陵，在雍州萬年縣東二十里。……霸陵即霸上。」〔註98〕《元和郡縣圖志·關內道·萬年縣》：「白鹿原，在縣東二十里。亦謂之霸上，漢文帝葬其上，謂之

〔註93〕《三輔黃圖校釋》卷六，第 391 頁。
〔註94〕《括地志輯校》卷一，第 13 頁。
〔註95〕《增訂唐兩京城坊考》（修訂版）卷四，第 261 頁。
〔註96〕黃盛璋：《歷史地理論集》，人民出版社，1982 年 4 月，第 15～16 頁。
〔註97〕《括地志輯校》卷一，第 7 頁。
〔註98〕《括地志輯校》卷一，第 7 頁。

霸陵。王仲宣詩曰：『南登霸陵岸，回首望長安。』即此也。」〔註 99〕

　　杜陵　漢宣帝陵墓在漢長安城東南，距唐長安城南約二十里。《史記正義》引《括地志》：「杜陵故城在雍州萬年縣東南十五里。漢杜陵縣，漢宣帝陵邑也，北去宣帝陵五里。」〔註 100〕《元和郡縣圖志・關內道・萬年縣》：「杜陵，在縣東南二十里，漢宣帝陵也。」〔註 101〕

圖 2-7　漢長安城外帝陵分布圖

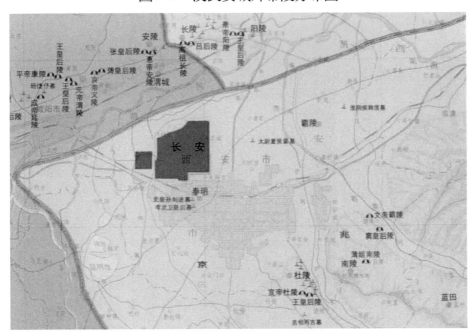

史念海主編《西安歷史地圖集・西漢諸帝陵墓分布圖》（局部）

　　長門宮　漢長安城東南的離宮長門宮舊址在唐長安城北面的東內苑中。《史記正義》引《括地志》：「長安門故亭在雍州萬年縣東北苑中，後館陶公主長門園，武帝長門宮，皆以此立名。」〔註 102〕

　　霸昌廄　漢長安城外的霸昌觀馬廄在唐長安城東北約三十八里。《史記正義》引《括地志》：「漢霸昌廄在雍州萬年縣東北三十八里。」〔註 103〕

　　上林苑　經漢武帝增廣後的上林苑佔地廣闊，司馬相如《上林賦》云：「獨

〔註 99〕　《元和郡縣圖志》卷一，第 4 頁。
〔註 100〕　《括地志輯校》卷一，第 8 頁。
〔註 101〕　《元和郡縣圖志》卷一，第 4 頁。
〔註 102〕　《括地志輯校》卷一，第 8 頁。
〔註 103〕　《括地志輯校》卷一，第 8 頁。

不見天子上林乎？左蒼梧、右西極，丹水更其南，紫淵徑其北。終始灞滻，出入涇渭。豐鎬潦潏，紆餘委蛇，經營乎其內。蕩蕩乎八川分流，相背而異態。」〔註104〕武帝時上林苑覆蓋長安、鄠縣、盩厔一帶，北達渭濱，南至終南，大致分布在漢長安城的南部、西南部以及東南部，在渭南呈現扇形展開的格局。《元和郡縣圖志・關內道・長安縣》：「上林苑，在縣西北一十四里，周匝二百四十〔里〕，相如所賦也。」〔註105〕上林苑的考古踏查始於20世紀中葉漢昆明池遺址及其周邊宮苑遺址的考古發掘工作，但是由於上林苑遺址規模過於龐大，針對上林苑的系統考古工作並未展開。從已經發掘的情況看，漢上林苑遺址分布在唐長安城的西北、西南和南部，唐長安城部分嵌入上林苑扇區的東側。2002年至2006年秦阿房宮前殿遺址的考古發掘帶動了漢長安城西南、唐長安城西的皂河至灃河區域上林苑1～6號建築遺址的發掘。目前上林苑遺址中挖掘出眾多漢時宮廷建築遺跡，有多處夯土臺基、大量地磚、銘刻「橫山宮」的銅燈及帶有「上林」「禁囿」「鼎胡延壽宮」文字的瓦當等遺物出土〔註106〕。宋敏求《長安志》引《關中記》云：「上林苑中門十二，中有苑三十六、宮十二、觀二十五。」〔註107〕宋氏列舉了其考證的上林苑中宮觀，分別是：長楊、昭臺、儲元、葡萄、犬臺、宜春、鼎湖、五柞、黃山等九宮，射熊、平樂、陽祿、柘、上蘭、豫章、昆明、涿木、繭、建章、承光、包陽、大臺、當鹿、鹿、鼎郊、虎圈、昆池、郎池、博望、樛木、便門、眾鹿、走馬、則陽、陰德、燕升、象、白鹿、三爵、椒唐、元華、益樂、華元、明光、走狗、礛氏等三十七觀。現代歷史考古學者對上林苑所含宮觀數目名稱亦有填補〔註108〕。通過歷史文獻及考古發掘的成果可以想見漢長安北依渭水南擁上林苑，離宮別苑眾集的帝京格局。

〔註104〕《文選》卷八，第361～362頁。

〔註105〕《元和郡縣圖志》卷一，第6頁。

〔註106〕具體參見劉慶柱、李毓芳：《秦漢上林苑考古發現與研究》一文（中國社會科學院考古研究所，廣州市文物考古研究所編：《西漢南越國考古與漢文化》，科學出版社，2010年8月，第273～287頁）。

〔註107〕《長安志》卷四，第7頁。

〔註108〕具體成果可參見徐衛民：《西漢上林苑宮殿臺觀考》，《文博》，1991年第4期，第34～41頁；徐衛民：《秦漢園林特點瑣議》，《秦漢史論叢》第6輯，中國秦漢史研究會編，江西教育出版社，1994年12月，第242～252頁；王社教：《西漢上林苑的範圍及其相關問題》，《中國歷史地理論叢》，1995年第3期，第223～233頁。

圖 2-8　漢長安城上林苑及其他宮苑分布圖

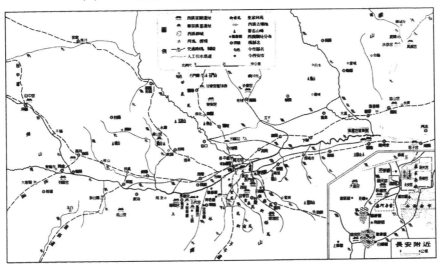

何清谷《三輔黃圖校釋》〔註 109〕

圖 2-9　漢昆明池位置示意圖

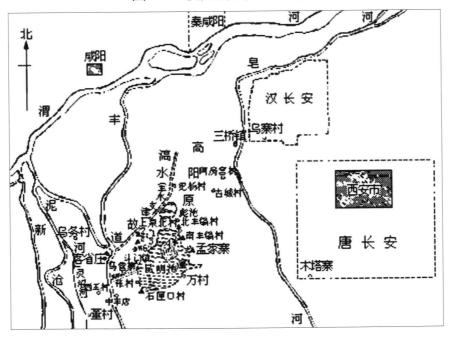

陸式薰繪〔註 110〕

〔註 109〕　《三輔黃圖校釋》附圖，第 440〜441。

〔註 110〕　胡謙盈：《漢昆明池及其有關遺存踏察記》，《考古與文物》，1980 年第 1 期，
　　　　　　第 23 頁。

圖 2-10　唐昆明池遺址鑽探試掘平面圖

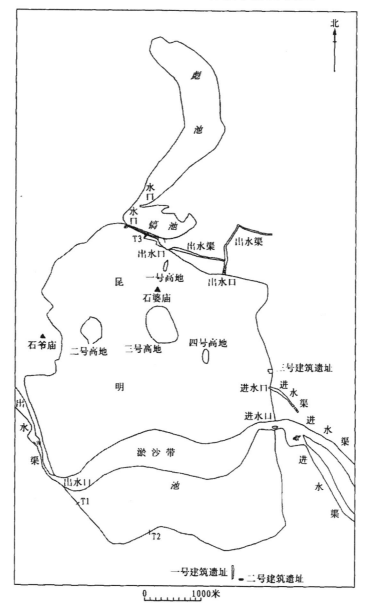

《考古》，2006 年第 10 期〔註 111〕

　　昆明池　漢武帝時在長安城東南上林苑內開鑿的昆明池距長安城西曰四
十八里。《三輔黃圖》卷四：「漢昆明池，武帝元狩三年穿，在長安西南，周回

〔註 111〕中國社會科學院考古研究所漢長安城工作隊：《西安市漢唐昆明池遺址的鑽
　　　　探與試掘簡報》，《考古》，2006 年第 10 期，第 54 頁。

四十里。《西南夷傳》曰：『天子遣使求身毒國市竹……而為昆明所閉。天子欲伐之，越巂昆明國有滇池，方三百里，故作昆明池以象之，以習水戰，因名曰昆明池。』……《食貨志》曰：『時越與漢用船戰逐，水戰相逐也。乃大修昆明池也。』」〔註112〕《資治通鑒・晉紀》：「秦大旱，昆明池竭。」〔註113〕十六國時期關中的大旱一度使昆明池枯竭。北魏太武帝其實曾濬修昆明池，《魏書・世祖紀》：「太平真君元年……濬昆明池。」〔註114〕唐時的昆明池更是經歷了多次濬修，《玉海》卷一七一引《括地志》：「昆明池在雍州長安縣西四十八里。」〔註115〕又：「豐、鎬二水皆已堰入昆明池，無復流派。」〔註116〕《舊唐書・德宗本紀》：「（貞元十年）詔京兆尹韓皋修昆明池石炭、賀蘭兩堰兼湖渠。」〔註117〕《舊唐書・文宗本紀》：「（太和九年）乃濬昆明、曲江二池。」〔註118〕此後更未見濬修昆明池的文獻記錄。胡謙盈據此認為：「昆明池廢棄時亦即現存池址，應該是唐代的範圍。」〔註119〕而對昆明池遺址的考古發掘顯示：「現存池址即唐昆明池的範圍，實際上包括了西周鎬池和漢代昆明池兩個池址在內。」〔註120〕除了池境擴大，漢昆明池的已有建築在唐時遺存情況應該是大致完好的。隋朝詩人薛道衡、元行恭在開皇年間與江總唱和的《秋遊昆明池》諸詩，描狀舊宇、石鯨、織女像等昆明池景物皆為遊人觀覽賞玩。昆明池中的石鯨，附近的牛郎織女石像，周圍的昆明臺、豫章觀、白楊觀、細柳觀、宣曲宮等建築遺存，也都證明了歷史文獻記載中漢昆明池的布景情況屬實。太宗的《冬日臨昆明池》詩云：「石鯨分玉溜，劫燼隱平沙。」〔註121〕玄宗的《春臺望》詩云：「太液池中下黃鶴，昆明水上映牽牛。」〔註122〕唐朝皇帝在詩中提到的昆明池景觀大體說明當時的池中保留的漢代石雕仍可識別。

〔註112〕《三輔黃圖校釋》卷四，第294頁。

〔註113〕《資治通鑒》卷一一七，第3682頁。

〔註114〕〔北齊〕魏收：《魏書》卷四下，中華書局，1974年6月，第93頁。

〔註115〕《括地志輯校》卷一，第11頁。

〔註116〕《括地志輯校》卷一，第11頁。

〔註117〕〔後晉〕劉昫等：《舊唐書》卷十三，中華書局，1975年5月，第386頁。

〔註118〕《舊唐書》卷十七下，第561頁。

〔註119〕胡謙盈：《豐鎬地區儲水道的踏查——兼論周都豐鎬位置》，《考古》，1963年第4期，第189～190頁。

〔註120〕胡謙盈：《漢昆明池及其有關遺存踏察記》，《考古與文物》，1980年第1期，第23頁。

〔註121〕《全唐詩》卷一，第14頁。

〔註122〕《全唐詩》卷三，第29頁。

昆明觀　《三輔黃圖》卷五：「豫章觀，武帝造，在昆明池中，亦曰昆明觀。又一說曰：上林苑中有昆明池觀，蓋武帝所置。桓譚《新論》云：『元帝被疾，遠求方士。……令祖載駟馬於上林昆明池上……』即此也。」〔註123〕《玉海》卷一六六引《括地志》：「昆明觀在雍州長安縣西二十里。《黃圖》：『上林苑有昆明觀。』」〔註124〕

彪池　漢長安城西之彪池在唐長安縣中。《三輔黃圖》卷四：「冰池，在長安西。《舊圖》云：『西有彪池，亦名聖女泉。』蓋『冰』、『彪』聲相近，傳說之訛也。」〔註125〕《長安志》卷一二引《括地志》：「長安縣……彪池，今按其池周十五步。」〔註126〕

蒲萄宮　漢長安城南上林苑之蒲萄宮在唐長安縣中。《三輔黃圖》卷三：「葡萄宮，在上林苑西。漢哀帝元壽二年，單于來朝，以太歲壓勝所，舍之此宮。」〔註127〕《長安志》卷四引《括地志》：「長安縣……蒲萄宮，以太歲壓勝所在，舍之北（此）宮。」〔註128〕

建章宮、神明臺　漢長安城南與未央宮相對之建章宮在唐長安城西北約二十里處。《史記正義》引《括地志》：「建章宮在雍州長安縣西〔北〕二十里，長安故城西。」〔註129〕《元和郡縣圖志・關內道・長安縣》：「漢建章宮，在縣西二十里，長安故城西。太初元年，柏梁臺災，越巫以壓勝之術請做建章宮，為千門萬戶。」〔註130〕建章宮前殿西北有神明臺，距唐長安城西北二十里。《三輔黃圖》卷三：「神明臺，《漢書》曰：『建章有神明臺。』《廟記》曰：『神明臺，武帝造，祭仙人處，上有承露盤，有銅仙人，舒掌捧銅盤玉杯，以承雲表之露。以露和玉屑服之，以求仙道。』《長安記》：『仙人掌大七圍，以銅為之。魏文帝徙銅盤折，聲聞數十里。』」〔註131〕《玉海》卷一六二引《括地志》：「神明臺在長安西北二十里，長安故城西，漢建章宮有神明臺。」〔註132〕《元

〔註123〕　《三輔黃圖校釋》卷五，第327頁。
〔註124〕　《括地志輯校》卷一，第13頁。
〔註125〕　《三輔黃圖校釋》卷四，第274頁。
〔註126〕　《括地志輯校》卷一，第11頁。
〔註127〕　《三輔黃圖校釋》卷三，第194頁。
〔註128〕　《括地志輯校》卷一，第12頁。
〔註129〕　《括地志輯校》卷一，第12頁。
〔註130〕　《元和郡縣圖志》卷一，第6頁。
〔註131〕　《三輔黃圖校釋》卷三，第180～181頁。
〔註132〕　《括地志輯校》卷一，第13頁。

和郡縣圖志・關內道・長安縣》：「神明臺，在縣西北二十里，長安故城西，上有承露盤。」〔註133〕

　　牛首池　漢長安城南上林苑之牛首池在唐長安城西北約三十八里處。《三輔黃圖》卷四：「十池，上林苑有初池、麋池、牛首池……牛首池在上林苑中西頭。」〔註134〕《玉海》卷一七一引《括地志》：「牛首池在長安縣西北三十八里。」〔註135〕

　　細柳營　漢文帝時匈奴以三萬騎緊逼上郡、雲中，漢軍於長安近郊的霸上、棘門、細柳三地設防，周亞夫屯兵之所細柳營距唐咸陽縣西南二十里，但是時俗一般誤以為細柳在長安城東北三十里地處。又漢上林苑中有細柳觀，《三輔黃圖》卷五：「細柳觀，在長安西北。」〔註136〕《元和郡縣圖志・關內道・萬年縣》：「細柳營，在縣東北三十里。相傳云周亞夫屯兵處。今按亞夫所屯，在咸陽縣西南二十里，言在此，非也。」〔註137〕

　　御宿川　屬漢上林苑，其地有御宿苑，距唐長安城南約三十七里。揚雄《羽獵賦》序：「武帝廣開上林，東南至宜春、鼎湖、御宿、昆吾。」〔註138〕《三輔黃圖》卷四：「御宿苑，在長安城南御宿川中。」〔註139〕《元和郡縣圖志・關內道・萬年縣》：「御宿川，在縣南三十七里。漢為離宮別館，禁禦人不得往來遊觀，止宿其中，故曰『御宿川』。」〔註140〕

　　子午道、子午關　子午道關自秦末漢初，自漢長安城入子午谷直通終南山南通漢中、巴蜀等地，此道經王莽疏通成為驛道。《長安志》卷一二引《括地志》：「《漢書》王莽以皇后有子孫瑞，通子午道，蓋以子、午為陰、陽之王氣也。《風土記》云：『王莽以皇后有子，通子午道，從杜陵直抵終南。』」〔註141〕《元和郡縣圖志・關內道・長安縣》：「子午關，在縣南百里。王莽同子午道，因置此關。」〔註142〕

〔註133〕《元和郡縣圖志》卷一，第6頁。
〔註134〕《三輔黃圖校釋》卷四，第268頁。
〔註135〕《括地志輯校》卷一，第13頁。
〔註136〕《三輔黃圖校釋》卷三，第334頁。
〔註137〕《元和郡縣圖志》卷一，第4頁。
〔註138〕《文選》卷一，第388頁。
〔註139〕《三輔黃圖校釋》卷四，第241頁。
〔註140〕《元和郡縣圖志》卷一，第4頁。
〔註141〕《括地志輯校》卷一，第13頁。
〔註142〕《元和郡縣圖志》卷一，第6頁。

四、漢長安遺跡在唐長安的分布特點

　　以上依據歷史文獻、考古發掘報告和唐人筆記、詩歌等資料對照而形成對漢、唐長安空間的印象，盡可能地還原了漢長安城在唐時的面貌。綜合對唐長安城及其周邊漢長安城遺跡留存狀況的分類整理和簡要梳理，關於漢長安遺跡在唐長安的分布特點，可以形成以下幾點基本印象：

　　（一）漢長安城位於唐長安城的禁苑中，由京城轉型為皇家園林的一部分。儘管保持了漢故城的原有格局，但隨著隋唐離宮的不斷增建，唐禁苑中也出現了同名但不同地的漢、唐建築，比如故城中的漢長樂宮和禁苑東南的唐長樂宮。

　　（二）唐長安城中的漢時建築遺跡，主要包括禮制建築、皇家及個人陵墓、離宮別苑，也就是說唐長安城位於漢長安城外東南郊區的禮制空間、墓葬空間和宮苑空間的交匯區。

　　（三）在（一）、（二）的基礎上，唐時形成的這種空間關係構成了漢、唐長安京城與京郊苑區角色互換的特有格局。

　　（四）相較於唐禁苑中規模完整的漢長安城，唐長安城中遺存的漢時遺跡則更多地受到城市生活的影響，其原有形制多被破壞，如漢長安城南郊的圜丘遺址上建起了隋唐的寺廟，博望苑遺址被作為日常生活空間的金城坊所佔據。

　　（五）唐長安城自東嵌入漢長安城南的上林苑扇形區，由此在唐長安城的西北、西南及南部形成建章宮、昆明池、博望苑、宜春下苑的景區半包圍狀態。這些漢朝的離宮別苑在唐時留存狀態良好，經過當時的修繕改建工程，大多成為帶有公共空間性質的景區，如建章宮、昆明池、博望苑、曲江池（屬宜春下苑）。也有的仍然保持著皇家苑林的性質，如芙蓉園（屬宜春下苑）。從空間範圍的角度看，漢、唐京郊人工園林景區的範圍有很多重合的區域，但唐長安城中以及城郊的公共景區的比重有非常顯著地增長，這是漢、唐長安京郊林苑最大的差異。

　　（六）西漢十一帝的陵寢除文、宣二帝陵寢在渭南其他皆在渭北的咸陽原上，唐長安城正處在漢長安城與其東南方向霸陵、杜陵的中間地帶，唐長安城的東北、東南及東部形成被霸陵、南陵、杜陵等漢帝陵寢和陵邑空間半包圍的格局。

　　（七）在（五）、（六）的基礎上，唐長安城雖然建在漢長安城外，但其處

於漢故城與城郊的地理區位，從廣義的都城空間看二者呈交叉疊加的狀態。

　　不過，隋唐時期能夠得見長安古城實際面貌的人並不多，只限於皇帝及其近臣小範圍人群。唐代人對於漢長安城的瞭解大多要依賴傳說和書籍記載，對於住慣裏唐長安城的居民來說，漢長安城的內部格局是陌生的，即使是古蹟的擁有者皇帝本人也會產生時代的距離感。唐高宗在禁苑遊覽漢長安城時產生的疑問，就非常具有代表性地反映了漢、唐長安兩種不同都城制度反差給他帶來的視覺衝擊。《舊唐書・許敬宗傳》：

> 　　（顯慶三年）高宗因於古長安城遊覽，問侍臣曰：「朕觀故城舊基，宮室似與百姓雜居，自秦、漢已來，幾代都此？」敬宗對曰：「秦都咸陽，郭邑連跨渭水。故云渭水貫都、以象天河。至漢惠帝始築此城，其後符堅、姚萇、後周並都之。」帝又問：「昆明池是漢武帝何年中開鑿？」敬宗對曰：「武帝遣使通西南夷，而為昆明滇池所閉。欲伐昆明國，故因鎬之舊澤，以穿此池，用習水戰。元狩三年事也。」帝因令敬宗與文館學士具檢秦漢已來歷代宮室處所以奏。〔註143〕

在習慣了規整劃一、等級有序的都城布局的唐高宗看來，漢長安城的格局是缺乏章法的。

　　秦漢王朝儘管已經進入了帝國時期，可是其都城布局仍帶有王城時代都城制度的模式痕跡，唐長安城對稱有序的三城制結構，則代表了帝國時代都城制度的完善與成熟，因此漢長安城和唐長安城屬於兩種都城制度影響下面貌不同的都城格局。唐長安城的宮城、皇城和外郭城由北自南依次排列，民居的坊里雖然包圍在宮城和皇城的兩側，但是絕不可能出現區域交錯的情況，這也正是唐高宗對於漢長安城的宮殿區間雜有坊里的格局大為驚異的原因。唐高宗的疑問反映出兩種都城格局的巨大反差給生活在後一種帝京中並對其格局習以為常的居民所帶來的感觀衝擊。

　　另一方面，高宗關於漢武帝何年開鑿昆明池的疑問，也說明在唐時昆明池的功能已經娛樂化的背景下，並不是所有人都對漢昆明池的歷史瞭如指掌的。儘管高宗已經在唐長安城中生活了三十餘年，漢、唐長安都城格局的巨大差異刺激著他對長安的固有記憶，他要求文館學士們搜輯整理有關秦漢宮室分布及建造歷史的文獻供其閱覽，正是出於他對長安故城的陌生感。當然，並

〔註143〕《舊唐書》卷八二，中華書局，1975年5月，第2763頁。

不是所有人都能有機會進入禁苑觀覽長安故城，從而意識到緊密相連的兩個長安竟擁有著完全不同的城市面貌。對於宮廷以外的低級官吏和庶士百姓來說，他們對於唐禁苑中的漢長安古城的瞭解更多地來自於《史記》、《漢書》以及漢賦中的描寫。生活在帝京的一般民眾能夠親身接觸到的漢長安城遺產，往往是分布在唐長安城內外的漢朝離宮別苑和陵墓等建築的遺址。王績的《過漢故城》一詩反映出一般民眾擁有的漢長安城印象：

> 大漢昔未定，強秦猶擅場。中原逐鹿罷，高祖鬱龍驤。經始謀帝坐，茲焉壯未央。規模窮棟宇，表裏浚城隍。群后崇長樂，中朝增建章。鈞陳被蘭錡，樂府奏芝房。翡翠明珠帳，鴛鴦白玉堂。清晨寶鼎食，閒夜鬱金香。天馬來東道，佳人傾北方。何其赫隆盛，自謂保靈長。歷數有時盡，哀平嗟不昌。冰堅成巨猾，火德遂頹綱。奧位匪虛校，貪天竟速亡。魂神驚社稷，豺虎鬩巖廊。金狄移灞岸，銅盤向洛陽。君王無處所，年代幾荒涼。宮闕誰家域，蓁蕪冒我裳。井田唯有草，海水變為桑。在昔高門內，於今岐路傍。餘基不可識，古墓列成行。狐兔驚魍魎，鷗鶬嚇猵狂。空城寒日晚，平野暮雲黃。烈烈焚青棘，蕭蕭吹白楊。千秋並萬歲，空使詠歌傷。〔註144〕

王績通過對漢朝歷史的追溯，構造出未央宮、長樂宮、建章宮、甘泉宮為空間背景的漢朝宮廷生活，這個空間並不侷限在漢長安城內，而是有城內主殿延伸向了城外的離宮，可見他對於漢長安城的空間認知是包括了城外離宮的廣義概念的帝京。

由於漢長安城被包圍在唐禁苑中，其景象也並非蕭條，王績所描述的漢故城淪落於荒野的景象更可能是漢長安城外的某個離宮，「宮闕誰家域，蓁蕪冒我裳。井田唯有草，海水變為桑。在昔高門內，於今岐路傍。餘基不可識，古墓列成行」，詩人眼前漢宮的餘基已經無法辨識其原有風貌，池沼枯竭、良田荒廢、古墓聚集，蓋此離宮廢棄已久，而唐禁苑中的漢長安故城是不可能有如此「空城」景象的。庶士百姓對於漢長安城的現實感觸，只能如王績的處境一樣，透過漢長安城外的離宮別苑構建其對往昔都城空間的聯想。

五、唐長安城中的歷史記憶：唐人感覺空間的演變趨勢

唐人關於漢、唐長安空間聯繫的認識，滲透在他們的帝京生活中，影響著

〔註144〕《全唐詩》卷三七，第486頁。

他們感知空間的方式。以上文所列舉的唐長安城內的幾處漢朝建築遺跡作為示例，韋述在《兩京新記》中並不排斥記載長安城中鬼神報應一類的傳說故事，儘管現在看來他記錄的待賢坊中樊噲鬼魂入隋人夢中以求遷墓的故事無足徵信，不過這則包含著因果報應意味的城市傳說，至少提供了一種空間遷移可能發生的原因背景。不管聽聞這則傳說故事的唐人是否真的信以為然，也不管樊噲是否真的曾經葬於此地，這則傳說故事製造出一種樊噲墓在待賢坊的空間感覺，是會刺激到每個聽聞者對於唐長安城待賢坊的想像、印象和記憶，只是接受程度各有不同罷了。

　　唐人關於漢朝遺跡名稱的解讀，也時常受到空間關係的影響。《漢書・文帝紀》：「服虔曰：『廟在長安城南，文帝作，還顧見成，故名之。』應劭曰：『文帝自為廟，制度卑狹，若故望而成，猶文王靈臺不日成之，故曰顧成。』賈誼曰：『因顧成之廟，為天下太宗，與漢無極。』……師古曰：『以還顧見城，因即為名。於義無取。』又書本不作城郭字，應說近之。」〔註145〕關於「顧成廟」的釋義歷代《漢書》注家均有發揮，基本不離「顧望而成」以勳功業之義，唯有唐朝的訓詁學家顏師古將「成」作「城」解，以為顧望王城之義。顏師古本就是京兆萬年縣人，自然對唐長安城非常瞭解，甚至還有可能親歷過唐長安城內的顧成廟遺址。顧成廟遺址所在的休祥坊位於朱雀街西第四街北起第二坊，在漢長安故城的正南方，且僅有一坊之隔，另外休祥坊依傍九二高坡的地勢確實提供了遠眺長安故城的可能。顏師古對「顧成」二字的發明，是從廟與漢長安城的空間關係理解的，對於空間關係的現實體驗可能給予了他如此理解的直觀感受。

　　相對於空間實體的變遷，空間命名的改動要更加頻繁，在政治因素之外也反映了命名者對地理空間和建築的理解。隋唐新都的誕生產生了一大批針對帝京內部空間、建築的新命名，這些標識宮室、坊里、街道、水渠、城門，象徵祥瑞的地理空間名稱中，有一些沿用了前代已有的地理空間名稱。與漢長安發生關聯的，如長樂坡舊名滻阪，「隋文帝惡其名，改曰長樂坡」〔註146〕，取其「自坡之北可望漢長樂宮」〔註147〕。當然最令人印象深刻的例子還是李唐王朝去隋「大興」，代之以「長安」的都城名稱。

〔註145〕《漢書》卷四，第 121 頁。
〔註146〕《元和郡縣圖志》卷一，第 4 頁。
〔註147〕《增訂唐兩京城坊考》（修訂版）卷四，第 257 頁。

在隋唐新都的現實空間和唐人的感覺空間中，漢、唐長安具有著彼此牽連難分的關係。然而，對唐人對於漢、唐長安空間關係的理解，也並不總是一成不變。在盛唐被時人視作東方朔墓、在晚唐被時人呼為東王公墓同時，又被個別學者認為是漢臣王陵墓的永樂坊古冢，這是一例唐人感覺空間變遷的縮影。從東方朔墓發展到道教信仰的東王公祠，唐人對古冢主人的假想隨著時間衍變，這種衍變卻毫無邏輯聯繫可言。對空間想像的變化反映出社會大眾對於唐長安的認知逐漸從對古今空間接續的心理嚮往，轉向了對世俗信仰空間的現實需求，古冢主人從盛唐到晚唐發生的改變，折射出時代心理的潛移默化。

至於蝦蟆陵也同樣包含了感覺空間變化的過程。漢代文獻中並無「下馬陵」的記載，可見董仲舒墓前下馬的社會習俗是在隋唐新都中產生的。易於辨識的空間優勢以及製酒業發達的商業環境，使得蝦蟆陵成為長安城坊里空間的地標性建築。就如皎然《長安少年行》詩中所言「翠樓春酒蝦蟆陵，長安少年皆共矜。」〔註 148〕蝦蟆陵代表了歷史空間在經濟和時俗刺激下的娛樂化轉型。將城中大冢視為董仲舒墓是一種時俗心理，在董仲舒墓前下馬以示崇敬也是一種時俗心理，而「下馬陵」衍化為「蝦蟆陵」同樣是一種時俗心理。很顯然現實空間雖然無可改變，但是感覺空間卻是受到時代風習薰染的可變空間，感覺空間依賴於現實空間，同時又反過來影響著人們對空間的認知。

第二節　漢唐長安變遷背景下的文學空間——以唐詩為對象的分析

唐朝直接繼承了隋朝創建的新都，並將原先帶有隋文帝個人色彩的都名「大興城」改稱作「京城」，一般又稱為「長安」〔註 149〕。即便不對唐朝國都稱謂改動的動機作更多地解讀，隋唐新都的易名使唐長安與其西北相距十三里地的漢長安城遺址，已然構成了異地同名的地理空間關係，相鄰空間的異地同名，很容易製造出兩個文學空間及其內部組成部分產生重疊的可能。漢與唐、新都與故都的兩種長安，既相對獨立，又互相關聯，唐禁苑中的漢長安古城與漢長安城東南郊離宮別苑陵邑包圍的唐長安城，所形成的互為表裏的空

〔註 148〕《全唐詩》卷八二一，第 9267 頁。
〔註 149〕關於唐長安稱謂的來源可參見本書第一章第三節之二「除舊布新的唐都空間命名」。

間關係，以及隨之而來生發出的唐人對於漢長安城地域空間的強烈歸屬感，都強化了兩種帝京文學形象在文學文本中產生的互文效果。並不是常有王朝能夠經歷此種文學空間的時空交疊，文學空間的部分重合或相連提供了唐朝帝京文學的獨特語境，即具有漢、唐長安雙層時空內涵的文學空間塑造。

一、文學空間的時空交疊與文學用典、詠史懷古創作的區別和聯繫

在進行漢、唐長安文學空間時空交疊的討論之前，先簡要澄清其與文學用典及詠史懷古創作的區別、聯繫。文學空間時空交疊與文學用典及詠史懷古創作各有交集，但文學空間的時空交疊構建在現實空間關係的基礎上這一條件，決定了其與上述二者的差別。文學用典本身屬於文本間的互文範疇，文學空間的時空交疊往往也包含著典故的使用，但並不是所有的使事用典都與文學空間產生關聯，也並不是所有借助典故呈現的文學空間都具有相對應的現實空間，並能夠與之形成空間上的對應。大多數詠史懷古創作，雖然也注重歷史空間與現實空間的相互照鑒，但詠史懷古創作尤其強調歷史空間與現實空間的對比反差，往往呈現出時空遷移感；文學空間交疊的歷史空間與現實空間則呈現模糊、亦此亦彼的關係，與詠史懷古創作所營造的時空遷移感正相反，文學空間在時空交疊的過程中的情緒感發是開放式的。更為根本的一點是，詠史懷古創作嚴格遵循歷史的回溯性，側重於對歷史空間與現實空間的排列、對比；文學空間的時空交疊一般並不表現為對歷史的回溯，而是側重於歷史空間與現實空間的並置、互補。

以邵平青門外賣瓜這個典故為例，唐詩中就包含了文學用典、文學空間時空交疊和詠史懷古等不同形式的呈現。不涉文學空間疊合的用典如「青門種瓜人，舊日東陵侯」（李白《古風》）〔註150〕；「誰能更向青門外，秋草茫茫覓故侯」（劉長卿《家園瓜熟是故蕭相公所遺瓜種淒然感賦》）〔註151〕等詩中青門典故的使用意在用事，並無文學空間的建構。文學空間的時空交疊如「青門路接鳳凰臺，素滻宸遊龍騎來」（宋之問《奉和春初幸太平公主南莊應制》）〔註152〕；「素滻接宸居，青門盛祓除」（沈佺期《晦日滻水應制》）〔註153〕；「長樂青門外，宜春小苑東」（王維《奉和聖製上巳於望春亭觀禊飲

〔註150〕〔清〕彭定求等編：《全唐詩》卷一六一，中華書局，1960年4月，第1672頁。
〔註151〕《全唐詩》卷一五〇，第1556頁。
〔註152〕《全唐詩》卷五二，第645頁。
〔註153〕《全唐詩》卷九六，第1029頁。

應制》）〔註154〕等詩句即通過漢長安城的青門外、宜春苑東、太平公主南莊等空間描述表現的是唐長安城東的區域。文學空間時空交迭更複雜的情況，則是融入了人事和情感元素的空間意象之間的貫通，如岑參《送崔員外入秦因訪故園》：「憑將兩行淚，為訪邵平園。」〔註155〕邵平於漢長安城青門外種瓜之地與岑參在唐長安城南終南山中的高冠別業，形成了一種城郊家園的相似性空間模式。因而漢長安城青門外的「邵平園」和唐長安城南的「故園」，構成了對家園毗鄰帝京的空間感的互補。詠史懷古創作如沈佺期《初冬從幸漢故青門應制》：「漢王建都邑，渭水對青門。朝市俱東逝，墳陵共北原。荒涼蕭相闕，蕪沒邵平園。全盛今何在，英雄難重論。故基仍嶽立，遺堞尚云屯。當極土功壯，安知人力煩。天遊戒東首，懷昔駐龍軒。何必金湯固，無如道德藩。微臣諒多幸，參乘偶殊恩。預此陳古事，敢奏興亡言。」〔註156〕胡曾《詠史詩·青門》：「漢皇提劍滅咸秦，亡國諸侯盡是臣。唯有東陵守高節，青門甘做種瓜人。」〔註157〕沈詩中存在古今空間的對照，但並未有形成時空交疊的關係，胡詩則純粹詠史事而不涉及空間指向。

通過文學空間的時空交疊與文學用典及詠史懷古創作的對比可以發現，文學空間時空交疊的必要條件，首先是藝術形象包涵能夠形成對照的歷史空間和現實空間，其次歷史空間和現實空間必須能夠構成互補而非替代關係。因此，文學空間時空交疊往往表現為古典意象的構造，在與歷史空間的互見過程中尤其強調當下的意義，這使得與此相關的藝術創新都包含了對於歷史的、空間的以及文學的回應。

文學空間時空交疊也並不只侷限在有關漢、唐長安的文學作品中，任何符合上述必要條件的文學空間塑造過程中都有可能發生。王昌齡的《出塞》（其一）被明人楊慎和李于鱗推舉為唐人詩歌壓卷神品。明人王世貞在其《藝苑卮言》中說：「李于鱗言唐詩絕句，當以『秦時明月漢時關』壓卷。余始不信，以少伯集中有極工妙者。既而思之，若落意解，當別有所取；若以有意無意、可解不可解間求之，不免此詩第一耳。」〔註158〕歷代品評此詩者向為首

〔註154〕《全唐詩》卷一二七，第 1285 頁。
〔註155〕《全唐詩》三〇〇，第 2080 頁。
〔註156〕《全唐詩》卷九七，第 1044 頁。
〔註157〕《全唐詩》卷六四七，第 7430 頁。
〔註158〕〔明〕王世貞著，羅仲鼎校注：《藝苑卮言校注》卷四，齊魯書社，1992 年
7 月，第 178 頁。

句稱奇，其實「秦時明月漢時關」即是典型的文學空間時空交疊，它與漢、唐長安的文學空間時空交疊的區別只是空間範圍上的差異。王昌齡的這首《出塞》寫邊地之景，其構建的詩意空間蘊含著帝國版圖的象徵，即景抒情的詩意空間與秦漢帝國的歷史空間發生了相互照鑒。在發生了文學空間時空交疊的詩歌中，情景運作機制是以一種交疊呈現、迴環往復的方式完成情志表達。王世貞所謂的「有意無意、可解不可解」的閱讀體驗，敏銳細膩地抓住了文學空間時空交疊製造的藝術魅力，而這種創作手法，既非單用古典，又非詠史懷古。

二、唐詩中的漢唐長安時空交疊及其表徵

　　文學空間時空交疊的發生地可以是小至青門、靈臺、蝦蟆陵一類的眾多小景點，也可以是大至整個漢長安城、上林苑一類的大型景區。唐長安城內的漢朝遺跡雖多是小景點，但也能在唐詩中通過時空交疊塑造出層次迭出的文學空間。如唐長安城修真坊內的漢靈臺遺址，劉長卿《贈別於群投筆赴安西》詩云「頃遊靈臺下，頻棄荊山玉」〔註159〕，以及劉禹錫《酬楊司業巨源見寄》詩云「辟雍流水近靈臺，中有詩篇絕世才」〔註160〕，所引詩句都是以唐長安城中形象突顯且富有政治寓意的漢靈臺指代帝京，可見漢靈臺遺址在唐長安中重要景觀價值及其在文人心中所具有的深厚意蘊。與唐帝京關係密切的「靈臺下」意象，是唐人詩歌中的特有的文學空間。鮑溶《山中冬思》詩云：「時思靈臺下，遊子正淒淒。」〔註161〕裴夷直《春色滿皇州》詩云：「今日靈臺下，翻然卻是愁。」〔註162〕李商隱《偶成轉韻七十二句贈四同舍》詩云：「歸來寂寞靈臺下，著破藍衫出無馬。」〔註163〕漢靈臺殘跡下失意的唐朝文人構成一種強烈的情景交錯，滄桑厚重歷史陳跡背景映襯的小人物落魄命運，碰撞出超越時空的深沉力度。以下重點從大型景區的角度標識出漢、唐長安文學空間時空交疊的幾個核心區塊：

（一）唐長安城西北漢長安故城形成的宮苑空間

　　由於漢長安故城被唐禁苑所包圍，進入其中游賞的人員構成非常單一有限，主要是帝王、妃嬪、侍臣等，所以在文學作品中，這一空間與唐長安城尤

〔註159〕《全唐詩》卷一五〇，第 1552 頁。
〔註160〕《全唐詩》卷三六一，第 4076 頁。
〔註161〕《全唐詩》卷四八六，第 5521 頁。
〔註162〕《全唐詩》卷五一三，第 5856 頁。
〔註163〕《全唐詩》卷五四一，第 6242 頁。

其是宮城形成的時空交疊往往以表現宮廷生活為主要內容，也帶有明顯的宮廷文學的風格特徵。唐詩中常以「未央」、「長樂」等漢長安城中的宮殿指稱唐長安城的太極宮、大明宮等宮殿，正屬於建立在現實空間關係基礎上的時空交疊，宮殿形象的疊合將漢宮在歷史文獻和詩賦作品中呈現出的壯麗華貴形象，注入到了唐時宮殿的形象中，從而渲染頌美的效果。顯然，發生時空交疊的不僅是空間毗鄰的兩個王朝的帝京，王朝歷史所造就的政治、經濟、文化輝煌，也都濃縮在帝京繁華與宮殿壯麗的形象中，隨著文學空間時空交疊而產生了預兆當下的意義，洋溢出高昂、堅定且自信的盛世情調。

而在唐禁苑中針對漢長安古城的宮廷詩歌創作，則更突出地展現出漢長安故城與唐長安城間形成的文學空間時空交疊。唐中宗時皇帝曾率妃嬪、王侯和侍臣們至未央宮置酒守歲，在這場盛大的遊賞宴飲活動中，中宗命其詞臣即景賦詩，事見《唐詩紀事》，卷九載：「（景龍二年十二月）三十日，幸長安故城。」〔註164〕此事《資治通鑒‧唐紀》亦有記載：「丁巳晦，敕中書、門下與學士、諸王、駙馬入閣守歲，設庭燎，置酒，奏樂。」〔註165〕宋之問、李嶠、劉憲、趙彥昭、李乂等人在這次宮廷遊賞活動中均留有《奉和幸長安故城未央宮應制》詩，其中宋之問和李嶠的應制詩藝術水準明顯高出其他詞臣的創作，而且他們的作品都較為典型地代表了漢、唐長安城文學空間時空交疊在表現唐時宮廷生活、帝王形象以及君臣關係時所發揮的作用。

宋之問詩：

> 漢王未息戰，蕭相乃營宮。壯麗一朝盡，威靈千載空。皇明悵前跡，置酒宴群公。寒輕綵仗外，春發慢城中。樂思回斜日，歌詞繼大風。今朝天子貴，不假叔孫通。〔註166〕

李嶠詩：

> 舊宮賢相築，新苑聖君來。運改城隍變，年深棟宇摧。後池無復水，前殿久成灰。莫辨祈風觀，空傳承露杯。宸心千載合，睿律九韻開。今日聯章處，猶疑上柏臺。〔註167〕

在宋之問和李嶠的詩中，詩人眼前所見漢長安故城凋殘的宮殿、乾涸的池水以及形制莫辨的宮廷建築遺跡等環境變遷，並非導向對王朝歷史的思索

〔註164〕〔宋〕計有功：《唐詩紀事》卷九，上海古籍出版社，1985年11月，第114頁。
〔註165〕《資治通鑒》卷二〇九，第6630頁。
〔註166〕《全唐詩》卷五三，第648頁。
〔註167〕《全唐詩》卷六一，第724頁。

或是感慨，而是以此強調漢、唐兩朝宮廷空間的接續。不管是宋詩末句「今朝天子貴，不假叔孫通」，還是李詩末句「今日聯章處，猶疑上柏臺」，都是通過漢長安城古今空間的疊合來粉飾、頌揚當下宮廷生活的歡洽和諧。

　　由於漢故城在唐禁苑中的特殊位置，漢長安故城形象及與其產生時空交疊的唐朝宮廷空間形象，亦成為唐時宮廷詩創作中常見的修辭。又如天寶二載（743），李白為供奉翰林時在興慶宮應制所作《宮中行樂詞》，此事見於唐人筆記《本事詩》的記載。孟棨《本事詩‧高逸》載：「（玄宗）嘗因宮人行樂。謂高力士曰：『對此良辰美景，豈可獨以聲伎為娛。倘時得逸才詞人吟詠之。可以誇耀於後。』遂命召白。時寧王邀白飲酒，已醉。既至，拜舞頹然。上知其薄聲律，謂非所長。命為宮中行樂五言律詩十首。白頓首曰：『寧王賜臣酒，今已醉。倘陛下賜臣無畏，始可盡臣薄技。』上曰：『可。』既遣二內臣掖扶之，命研墨濡筆以授之。又令二人張朱絲欄於其前。白取筆抒思，略不停綴，十篇立就。更無加點，筆跡遒利，鳳跱龍拿，律度對屬，無不精絕。」〔註168〕又見於《全唐詩》卷一六四：「奉詔作。明皇坐沉香亭，意有所感，欲得白為樂章。召入，而白已醉，左右以水頮面，稍解。援筆成文，宛麗清切。」〔註169〕

　　李白應制所作《宮中行樂詞》屬於即景創作，詩歌是以帝王及其妃嬪、侍從在長安城內的離宮興慶宮中閑暇遊樂的場景為表現對象的。從《本事詩》和《唐詩紀事》的評價看，李白的《宮中行樂詞》不管從音律屬對，還是詞藻文風等方面，都是符合當時宮廷文學審美的，滿足了玄宗身處良辰美景之中「意有所感」的文學訴求，屬於應制之作成功的典範。

　　值得注意的是，在今存的八篇《宮中行樂詞》中，李白反覆運用到了漢、唐長安宮廷空間的交疊，如「金屋」、「昭陽」、「葡萄」、「漢宮」、「明光」、「紫殿」等建築意象與興慶宮的實景描寫之間形成了空間疊加的結構。而所謂「宮中行樂」的帝王生活，也正是在這些意蘊深遠的歷史空間的襯托中顯現出歡洽無極卻又不墜入浮靡的格調。漢、唐宮中帝王生活的互見互補，形成了李白《宮中行樂詞》的基本構圖模式，詩中出現的時空交疊無不是對「宮中行樂」的點題，時空交疊的筆法營造出一種綺麗的、生動的同時又是雅致

〔註168〕〔唐〕孟棨：《本事詩》之《高逸第三》，古典文學出版社，1957年9月，第16頁。

〔註169〕《全唐詩》卷一六四，第1702頁。

的、古典的迷人意境。

《宮中行樂詞》末章更是將空間意象穿插著密集組織起來，不僅形成整體宮殿形象的古今空間疊合，也形成詩歌內部上下句分景的融合，其八云：「水綠南薰殿，花紅北闕樓。鶯歌聞太液，鳳吹繞瀛洲。素女鳴珠珮，天人弄彩球。今朝風日好，宜入未央遊。」〔註170〕唐興慶宮之南薰殿與漢未央宮之北闕，漢建章宮之太液池、太液池之瀛洲與興慶宮之龍池、龍池北之瀛洲門，時空在漢、唐宮闕間穿梭閃回，彼此融入，未央即興慶、漢宮即唐宮，詩歌對盛世王朝宮廷生活的頌美之意，通過漢、唐宮闕彼此的互見互補，也已經流露無遺。唐詩中漢、唐長安宮廷建築空間的疊合，為唐朝的宮廷文學增添了一種盛世情調的底色。

（二）唐長安安城西建章宮及其周邊太液池、昆明池等遺址形成的公共園林空間

漢長安城南的建章宮雖在城外但與未央宮由複道相連，其宮殿千門萬戶鱗次櫛比的宏大規模甚至超越了漢高祖時期創建的未央宮。建章宮雖屬京郊離宮在漢武帝以後的時期中卻發揮著主宮殿區的功能，因此建章宮的形象又往往代表了漢宮的典型。

南朝宋時亦在建康築有建章宮，但不管是漢長安城南的建章，還是建康城中的建章，「建章」這一宮闕意象在唐詩中出現的頻率，都遠遠超過了此前魏晉南北朝詩歌中的建章意象。唐詩中的「建章」有些是專指漢宮，有些則屬於漢宮與唐宮的互文修辭。如「直省清華接建章」（蘇頲《春晚紫微省直寄內》）〔註171〕，「龍興出建章」（王維《奉和聖製十五夜燃燈繼以酺宴應制》）〔註172〕，「承恩向建章」（李端《送王羽林往秦州》）〔註173〕，「徵詔何時出建章」（劉禹錫《寄郎州溫右史曹長》）〔註174〕，「停珂擁建章」（白居易《行簡初授拾遺同早朝入閣因示十二韻》）〔註175〕，「建章宮殿紫雲飄」（鄭谷《闕下春日》）〔註176〕諸詩中的「建章」均屬於漢、唐空間的時空交疊，通過時空的

〔註170〕《全唐詩》卷二八，第408頁。
〔註171〕《全唐詩》卷七三，第806頁。
〔註172〕《全唐詩》卷一二七，第1286頁。
〔註173〕《全唐詩》卷二八五，第3266頁。
〔註174〕《全唐詩》卷三六一，第4076頁。
〔註175〕《全唐詩》卷四四二，第4936頁。
〔註176〕《全唐詩》卷六七六，第7740頁。

貫通，宮闕無數、壯麗無比的漢建章宮形象被賦予了空間的修辭意義。

　　在前文梳理漢、唐長安城互為表裏的空間關係時，涉及的漢長安城宮室建築中，多數都會發生此類文學空間的時空交疊，因此可以說漢、唐長安城的空間關係極大地擴容了空間表述的內涵，為唐詩中的長安都城形象提供了豐富的修辭選項。

　　建章宮及其周邊景區在唐時成為了公共景區，由此也引發了唐詩中建章宮、太液池、昆明池等空間形象，從宮廷、宮苑的形象向宮廷、宮苑、一般園林多種空間形態的轉變，這些空間意象所包含的宮廷文化象徵，也隨著這些宮苑景區在唐時發生的功能變化而出現意象內涵分化的趨勢。

　　以唐長安城西的昆明池為例，武帝雖為習水軍而開鑿昆明池，昆明池在漢時就已兼具著軍事練兵、城市引水、景區遊覽等功能，屬於皇家林苑的性質。但至唐朝，由於長安城與昆明池的空間關係發生了改變，昆明池的主要功能也轉向了景區遊覽和漁業養殖。一方面，漢昆明池所代表的宮廷娛樂生活以及帝王雄才大略的強勢形象，仍然在唐詩中與唐昆明池的現實景象發生著時空交疊，豐富了唐詩中唐長安帝京的藝術形象。如唐玄宗《春臺望》云：「太液池中下黃鶴，昆明水上映牽牛。」〔註177〕此處太液池和昆明池所聚焦的漢家全盛日之升平景象，與玄宗眼前所見產生了兩種空間的疊合，實為自譽清平之意。

　　此類漢、唐昆明池及其周邊景觀疊合以見聖主盛世的例子非常多，再如宋之問、蘇頲、李乂、沈佺期的《奉和晦日幸昆明池應制》詩和蘇頲、張嘉貞的《恩制尚書省僚宴昆明池應制同用堯字》詩皆是營造漢、唐昆明池邊君臣熙熙融樂景象互見模式的手法，以表頌揚當朝之意；李百藥的《和許侍郎遊昆明池》、任希古的《和東觀群賢七夕臨泛昆明池》、蘇頲的《昆明池晏坐答王兵部珣三韻見示》諸詩，也完全是以漢昆明池的昔日壯觀景象來呈現即目所見，可見此類時空交疊以頌美當朝的修辭手法，並不只限於政治導嚮明確的侍從應制創作中；韋元旦《興慶池侍宴應制》「滄池漭沆帝城邊，殊勝昆明鑿漢年」〔註178〕及蘇頲《龍池樂章》「恩魚不入昆明釣，瑞鶴長如太液仙」〔註179〕則是在漢昆明池與唐興慶宮龍池之間構成時空交疊的結構，烘托出

〔註177〕《全唐詩》卷三，第29頁。
〔註178〕《全唐詩》卷六九，第774頁。
〔註179〕《全唐詩》卷七三，第805頁。

漢、唐聖主明君的形象。

總之，漢、唐昆明池「水同河漢在，館有豫章名」（沈佺期《昆明池侍宴應制》）〔註180〕的空間承續關係促成了昆明池文學空間時空交疊的自發機制，宮廷文學的創作非常成功地利用了漢、唐昆明池的時空交疊模式，創造出具有唐長安空間特色的盛世讚歌。不過，值得注意的是上述所舉詩歌的創作時間基本處在玄宗以前的唐朝，中晚唐詩歌中這一類頌歌式的漢、唐昆明池空間疊合就很少見了，昆明池多以閒適娛樂的公共景區空間形象出現（詠史詩除外），而非中宗、玄宗朝群臣唱和的那種皇家宮苑式的空間形象，如賈島的《昆明池泛舟》、童翰卿的《昆明池織女石》就屬於單純寫實景，並不存在漢、唐文學空間的時空交疊。

杜甫《秋興八首》其七追憶了安史之亂前昆明池的情形，詩曰：

> 昆明池水漢時功，武帝旌旗在眼中。織女機絲虛月夜，石鯨鱗甲動秋風。波漂菰米沉雲黑，露冷蓮房墜粉紅。關塞極天唯鳥道，江湖滿地一漁翁。〔註181〕

此詩前三聯在漢、唐空間時空交疊的結構模式下回憶舊景，末聯急轉直下呈現彼此遠隔、往昔不可追的離亂現實，此詩呈現的空間轉折，深刻預示了漢、唐昆明池疊合空間在唐詩中的消褪，隨之消逝的還有昆明池文學空間所有的盛世情調。

昆明池文學空間的轉型與創作主體的身份變化也有很大關係，唐玄宗之後的唐昆明池極少有帝王駕幸昆明、群臣唱和的場景再現。僅就昆明池的文學空間考察，詩歌創作主體經歷了從初盛唐時期的帝王、宮廷文人到中晚唐時期的一般文士的轉變，就像晚唐無名氏《晦日同志昆明池泛舟》詩句所云「龍津如可上，長嘯且乘流」〔註182〕，昆明池引發詩人的情緒已完全不是漢、唐盛世的歸屬感，而是借由昆明池與漢長安城的空間聯繫寄寓個人的仕途理想。與此詩同時的唱和之作又有朱慶餘的《省試晦日與同志昆明池泛舟》，詩曰：

> 故人同泛處，遠色望中明。靜見沙痕露，微思月魄生。周回餘雪在，浩渺暮雲平。戲鳥隨蘭棹，空波盪石鯨。劫灰難問理，島樹

〔註180〕《全唐詩》卷九七，第 1045 頁。
〔註181〕《全唐詩》卷二三〇，第 2510 頁。
〔註182〕《全唐詩》卷七八七，第 8876 頁。

偶知名。自省曾追賞，無如此日情。〔註183〕

　　朱慶餘筆下的昆明池更多地呈現出靜遠、空曠的面貌，沒有了繁華喧囂，詩人流露出莫可名狀的淺淡憂傷，這裡對漢、唐昆明池空間形象的處理方式是介於文學空間時空交疊與詠史懷古創作之間的兩可者。唐詩中昆明池文學空間時空交疊機制由自發運作到消褪、脫離的轉變，不僅折射出文學風格的變型過程，也滲透了王朝興衰歷史背景下士人心態的起伏頓挫。時空交疊的運作機制，在於形成互見互補的雙向建構，唐長安的現實空間格局和運作方式，也對詩歌中與之相互照鑒的漢長安城產生著反作用力。

〔註183〕《全唐詩》卷五一五，第 5879 頁。

第三章 《帝京篇》——漢唐長安帝京文學形象的變型

　　唐太宗的《帝京篇》十首並序、駱賓王的《上吏部侍郎帝京篇》以及《珠英學士集》殘卷中留存的《帝京篇》一首是唐朝詩歌流傳至今仍然可見的三種《帝京篇》同題詩作，它們分別以帝王、普通文人和宮中詞臣的眼光在文學中呈現了帝京長安的全景式畫面。本章從作者各自的立場和視角出發，觀照許多其他詩人的同類作品，並借助於這三個層面上的生發，對唐初文人奠基的詩歌中的唐長安形象做出系統的梳理與全面的概括。

　　雖然這三種作品的具體創作時間存在差異，但都屬於初唐詩歌的範疇，保持著詩體氣質上的連貫性。至於詩歌創作的時代背景，亦有一定的承續關聯。故將其置於一處對照討論，冀圖發掘與再現唐朝初期不同身份人物心中的帝京形象，探索地理上的帝京與文學上的帝京的異同，以及作為地理空間的帝京對作為精神空間的文學的影響，追溯由此形成的「帝京文學」現象的成因及特徵。這三種《帝京篇》所體現的個人與京城以及文學追求之間或融入或抽離、或有所牽制、或有所促發。

第一節　唐太宗《帝京篇》：帝王的皇居自識

　　對於隋朝遺留下來的前所未有的龐大帝京，李淵父子執政時期並沒有進行太多增修。武德五年（622），李淵在西內苑為秦王營建了宏義宮（即大安宮），太宗即位後在此宮營築雉堞門樓，用作太上皇李淵的頤養居所。貞觀二年（628），朝中公卿奏以太極宮卑濕請立一閣，太宗卻謂：「朕德不逮乎漢帝

（漢文帝），而所費過之，豈為人父母之道哉！」〔註1〕終未在宮城增築樓宇。太宗一朝對長安城的改造只有貞觀八年（634）十月起在城北禁苑以東的龍首山原建置永安宮（即大明宮），以備太上皇清暑，但營建工程也因次年李淵的離世而中斷。

不過與長安城內李淵父子的儉謹節用形象形成對照的是，李淵父子在長安以外建置了通義宮、慶善宮、太和宮、洛陽宮、飛山宮、襄城宮、玉華宮等眾多的離宮。貞觀五年（631），太宗不顧大臣們的諫阻，一意重修曾因過度侈麗而遭拆毀的隋洛陽宮，儘管他也嘉獎賞賜了那些直言勸阻的大臣以示廣開言路。但興修未久，太宗又因修復的洛陽宮雕飾過於華靡而怒令拆毀〔註2〕，這是他種種言辭矛盾、行事反覆的一個典型事例。唐太宗並不是真如其所說的清心寡欲和自制力驚人，他只是努力想要成為那樣的人。太宗對文藻辭章、書法音樂和景致風物懷有強烈的享受欲望或曰美感追求，但同時他又想要成為堪比堯舜的聖明君王，而且近在眼前的隋煬帝自取滅亡的教訓也時時警醒著這位新君。為了中和他那些發自本性的物質和精神欲望，他不得不做出極大克制，通過他個人的自覺和朝臣們的提醒，造就了他的意識和行動上的自相矛盾。他的矛盾性在他執政初期即已顯露，關於在長安及其他地方營造宮室的對比就很好地證明了此點。這也使得有關太宗及其言行的評價必須儘量考慮周全，僅僅憑藉太宗自撰的十首《帝京篇》和序文也許未必能夠清楚揭示這位一代聖主眼中的長安，太宗對前代文人的帝京表述所持的批評態度以及他在實際的都城管理和文學性地描繪長安城和洛陽宮時流露出的風格差異，都將豐富我們對這個問題的理解。

一、太宗對《兩都賦》的批評與《帝京篇》的反撥

唐太宗是中國古代帝王中少有的雅好藝文、詞采斐然，卻又拒絕編纂個人文集的皇帝。貞觀十一年，著作佐郎鄧隆表請編次太宗文章為集，太宗不許，以為「朕若制事出令，有益於人者，史則書之，足為不朽。……凡人主惟在德行，何必要事文章耶？」〔註3〕太宗堅持以德行事功為先，立言之事在其眼中只是遊戲藝文的私人樂趣，在他看來沉迷於這種樂趣（比如編纂個人文

〔註1〕〔宋〕王溥：《唐會要》卷三〇，中華書局，1957年7月，第560頁。
〔註2〕事見《資治通鑑》卷一九三《唐紀》，中華書局，1956年6月，第6088頁。
〔註3〕〔唐〕吳兢撰，謝保成集校：《貞觀政要集校》，中華書局，2003年版，第388頁。

集）是危險的，梁武帝父子、陳後主、隋煬帝都是事不師古、耽溺藝文而傾覆社稷的前車之鑒。他相信史書裏會留下他足以流傳千古的文字〔註4〕，其身後雖有文集編定，但《新唐書·藝文志》著錄的《太宗集》四十卷至南宋時期已散佚太半。

太宗的文學逸事和詩文散見於歷代總集、類書、筆記、碑帖中，把這些散見的碎片整合起來呈現的是一個情感豐富、愛好藝文、熱衷交流的帝王形象，與他所刻意約束的文學態度形成鮮明對比。《帝京篇》即是其文學形象碎片化的一個典型，這是太宗頗為自得的名篇，更連帶了一系列唱和與題寫、刻石的宮廷文學互動；然而，當唱和與題寫的文字內容消失在時間長河時，《帝京篇》成了孤立存世的「純文本」。本節探討《帝京篇》的流傳，梳理史書筆記和碑刻文獻的記載，試圖借由《帝京篇》的個案觀察宮廷文學書寫的多樣性，再現初唐宮廷文學創作以帝王為中心、多種形式互動進而主導宮廷詩風的一個縮影。

《大唐新語·著述》記載了貞觀初太宗對監修國史的房玄齡談起史書中採錄文章的標準問題，太宗曰：

> 比見前、後《漢史》載錄揚雄《甘泉》、《羽獵》，司馬相如《子虛》、《上林》，班固《兩都》賦，此既文體浮華，無益勸誡，何暇書之史策？今有上書論事，詞理可裨於政理者，朕或從，或不從，皆須備載。〔註5〕

班固的《兩都賦》作為京城文學的揭櫫之作，將司馬相如、揚雄那種借描寫帝王遊獵生活以刺淫奢的漢大賦美學視野引向了帝王與京城的主題，締造了西都巨麗奢靡、矜伐武功和東都文德熙洽、法度嚴整兩種京城的文學意象。但司馬相如等人的漢大賦在文學上取得的成功，無法掩飾其在政治上的游離勸誡、有違作者初衷甚至在結果上適得其反的欠缺，劉勰對此也早有批評：「虛用濫形，不其疏乎！此欲誇其威而飾其事，義睽剌也。」〔註6〕

〔註4〕《舊唐書·太宗本紀》抄錄太宗詔令六篇分別是：卷二《禁非禮祈禱詔》《致仕朝參在見任本品之上詔》、卷三《官吏不得阿順令》《天下戶置為九等敕》《九嵕山卜陵詔》《諸州置常平倉詔》《左丘明等二十一人配享孔子廟詔》。至歐陽修撰《新唐書》「本紀」，「筆削謹嚴」（章學誠語），更無抄錄太宗文章。

〔註5〕〔唐〕劉肅：《大唐新語》卷九《著述》，古典文學出版社，1957 年 3 月，第 143 頁。

〔註6〕〔南朝梁〕劉勰著，黃叔琳等注：《文心雕龍輯注》卷八《誇飾》，中華書局，1957 年 5 月，第 245 頁。

太宗所反感的並非漢賦鋪排雕藻的文學特質本身，他要針對的是國史選錄的與國體胄業關係密切並富有現實意義的政論性文章，必須務本質實、有益勸誠。這種以政教為前提的衡量和太宗自己欲以制事施令彪炳史冊，而不欲以文章臻不朽的人生取向〔註7〕是一脈相承的。房玄齡監修的唐初國史宋以後幾無可見，不過後晉史臣纂修《舊唐書》時「前半全用《實錄》、《國史》舊本」〔註8〕，其《文苑傳序》更是以唐人語氣稱「我朝」云云，紀事及體例多沿襲唐史而來〔註9〕，此中尚可略窺唐初國史概貌。《舊唐書·褚亮傳》載錄了秦王府十八學士之一的褚亮以駢體寫就的《上諫獵表》，這篇深為高祖受納、秦王薦賞的勸諫文章使人自然想到《史記》、《漢書》中《司馬相如列傳》所錄司馬相如為漢武帝作的《上書諫獵》，褚亮的謀篇措意無不承襲司馬相如而來，其文辭駢儷更是有過之而無不及，可見質實之外太宗及其史臣也不排斥政論中的文辭藻飾。但總體上說，太宗及其史臣反對虛空浮飾的論策載入史籍，因為這些文章關乎一朝國體胄業。查檢《舊唐書·文苑傳》中載錄的貞觀間文士辭章，也只有張蘊古的《大寶箴》和謝偃的《惟皇戒德賦》，皆行規誡勸諫之義，於文學無甚可觀。

儘管太宗上述所論是從政論性文體理勝其辭的風格特徵和史籍觀乎人文以察興亡的記述角度來批評班固的《兩都賦》，他自撰的十首《帝京篇》也同樣展現出了一種與《兩都賦》截然不同的帝京印象和文學趣味。《帝京篇》詩序云：

予以萬機之暇，游息藝文。……至於秦皇、周穆、漢武、魏明，峻宇雕牆，窮侈極麗。……庶以堯舜之風，蕩秦漢之弊；用咸英之曲，變爛熳之音，求之人情，不為難矣。故觀文教於六經，閱武功於七德；臺榭取其避燥濕，金石尚其諧神人；皆節之於中和，不係之於淫放。故溝洫可悅，何必江海之濱乎？麟閣可玩，何必山陵之

〔註7〕《貞觀政要·文史》云：「著作佐郎鄧世龍表請編次太宗文章為集。太宗謂曰：『朕若制事出令，有益於人者，史則書之，足為不朽。若事不師古，亂政害物，雖有詞藻，終貽後代笑，非所須也。只如梁武帝父子及陳後主、隋煬帝，亦大有文集，而所為多不法，宗社皆須臾傾覆。凡人主惟在德行，何必要事文章耶？』竟不許。」（《貞觀政要》卷七，上海古籍出版社，1978年9月，第222頁）
〔註8〕〔清〕趙翼：《廿二史劄記》卷一六，商務印書館，1958年7月，第312頁。
〔註9〕參見李南暉：《唐人所見國史考索》（《論衡》第4輯，中山大學出版社，2006年8月，第270～297頁）

間乎？忠良可接，何必海上神仙乎？豐鎬可遊，何必瑤池之上乎？
釋實求華，以人從欲，亂於大道，君子恥之。故述《帝京篇》以明
雅志云爾。〔註10〕

序文非常清楚地表明了太宗作《帝京篇》的立意：「以堯舜之風」治世，
「用咸英之曲」作文；居處取其便生，聲樂尚其和諧；節之中和，戒之淫放。
這既是對不能安守帝京遊獵四方的「秦漢之弊」的批判和自警，也是對那些誇
飾帝王驕奢淫逸的「爛熳之音」的直接回應。從序文可以看出，太宗意欲呈現
一位帝王從政和作文的理想狀態，這種帶有自我標榜意味的立場將具象化為
他的帝京印象透過詩歌得以宣揚。

貞觀十一年起，居安思危、慎終如始，成為以魏徵為代表的朝臣們勸諫最
集中的議題。十一年春正月太宗下令在洛陽建飛山宮，魏徵一日連上二疏勸
阻未果。二月太宗下詔死後薄葬事宜，並言及將相陪陵事，君臣關係稍有和
緩。三月太宗巡幸洛陽宮，從兩《唐書》、《資治通鑒》以及《貞觀政要》的記
載可以發現，在這次一直持續到次年二月的長期巡幸中，大臣們仍不停勸諫希
望太宗能勤儉如初〔註11〕。太宗不能理解為什麼海內康寧時期自己的行為卻
得不到諫臣們的認可，本年八月他對侍臣表達了無辜之感：「上封事者皆言朕
遊獵太頻。今天下無事，武備不可忘，朕時與左右獵於後苑，無一事煩民，夫
亦何傷！」〔註12〕太宗覺得自己的遊獵範圍尚只限宮苑，與秦皇漢武為遊獵而
廣開宮苑勞民傷財有本質上的區別。但在朝臣們看來太宗的執政作風已經越
來越偏離貞觀初他所許下的「為君之道，必須先存百姓」〔註13〕的願景了。不
久馬周又上書進言主上奢縱的危害，其言：

往者貞觀之初，率土霜儉，一匹絹才得粟一斗，而天下怡然。
……自五六年來，頻歲豐稔，一匹絹得十餘石粟，而百姓皆以陛下
不憂憐之，咸有怨言。又今所營為者，頗多不急之務故也。……若
以陛下之聖明，誠欲勵精為政，不煩遠求上古之術，但及貞觀之

〔註10〕〔清〕彭定求等：《全唐詩》卷一，中華書局，1960年4月，第1頁。
〔註11〕貞觀十一年魏徵一連上四疏勸誡太宗戒貪以儉、防微杜漸。太宗與群臣於洛
　　　　陽宮積翠池飲酒賦詩，魏徵賦《西漢》規諫天子之禮（《舊唐書·魏徵傳》卷
　　　　七一，第2558頁）；又太宗在洛陽宮苑獵殺野豬時，唐儉以漢高祖事勸誡其
　　　　勿沉迷武威。（《舊唐書·唐儉傳》卷五八，第2307頁）
〔註12〕《資治通鑒》卷一九五《唐紀》，第6131頁。
〔註13〕〔唐〕吳兢：《貞觀政要》卷一《君道》，上海古籍出版社，1978年9月，第
　　　　1頁。

初，則天下幸甚。〔註14〕

　　貞觀四年以後太宗巡幸離宮的次數漸增，亦多伴有狩獵活動。貞觀六年至八年太宗每年春夏都要前往九成宮度待上半年左右的時間，而貞觀十一年太宗巡幸洛陽宮歷時近一年，又一次刷新了他長時間離京出遊的記錄，太宗日益顯露的享樂主義生活作風不能不使大臣們開始懷念他在即位之初的高度自律，而隋煬帝的教訓也被多次拿來警誡太宗。貞觀十三年魏徵再上《十漸疏》條陳弊政，指出太宗個人作風的腐化將給帝王基業埋下種種後患，針對遊獵一事，魏徵認為：

　　　　陛下貞觀之初，無為無欲，清淨之化，遠被遐荒。考之於今，其風漸墜。……陛下初登大位，高居深視，事惟清淨，心無嗜欲，內除畢戈之物，外絕畋獵之源。數載之後，不能固志，雖無十旬之逸，或過三驅之禮，遂使盤遊之娛，見譏於百姓，鷹犬之貢，遠及於四夷。或時教習之處，道路遙遠，侵塵而出，入夜方還，以馳騁為歡，莫慮不虞之變，事之不測，其可救乎？〔註15〕

　　大臣們很現實地認識到太宗治國根本無須遠求上古聖君，只要他的行事作風能回復到貞觀之初的勤儉謹慎即可談及基業永固，然而對於節制戒欲的自覺和民本價值觀的秉持是帝制時代任何一個君王都要面臨卻終究無法穿越的嚴峻考驗。至貞觀十六年，病中的魏徵仍然堅持上表太宗，痛陳其言行不一：「陛下臨朝，常以至公為言，退而行之，未免私僻。或畏人知，橫加威怒，欲蓋彌彰，竟有何益。」〔註16〕太宗沒有正面回應這封不留情面的表書，而是下令給魏徵簡樸的宅邸修建了廳堂，又賜其「素屏風、素褥、幾、杖等以遂其所尚」〔註17〕太宗試圖通過形式上的褒獎而不是真正的納諫來維護自己的政治形象並緩和他與大臣們觀念上的對立，對於自我作風轉向奢逸的批評太宗顯然並不以為意，這一點從太宗君臣對遊獵一事的意見分歧尤其可以看出雙方立場的不同。

　　《帝京篇》正是唐太宗在朝臣們不斷批評其個人作風馳縱、遊樂無度的

〔註14〕《貞觀政要》卷六，第 209 頁；〔後晉〕劉昫等：《舊唐書》卷七四，中華書局，1975 年 5 月，第 2616～2617 頁。
〔註15〕〔清〕董誥等：《全唐文》卷一四〇，上海古籍出版社，1990 年 12 月，第 1418～1419 頁。
〔註16〕《資治通鑒》卷一九六《唐紀》，第 6176 頁。
〔註17〕《資治通鑒》卷一九六《唐紀》，第 6176 頁。

輿論壓力下的一種自白，此層現實深意隱藏在《帝京篇》描繪的帝王安處帝京的和諧景象之下。太宗通過對秦漢奢侈之風進行政治和文學的批評來實現自我標榜，他所描繪的節制中和的帝王私生活同時也糅合了他個人有關帝王生活的理想化認識。然而與太宗的這些價值批判、自我抒懷形成鮮明對照的，是朝臣對於他言行不一的冷眼揭露：「常以至公為言，退而行之，未免私僻。或畏人知，橫加威怒，欲蓋彌彰。」（前引魏徵語）這是《帝京篇》創作的現實語境。

二、《帝京篇》詩碑的流傳及其政治意義

　　南宋陳振孫在《直齋書錄解題》中稱其所見《唐太宗集》三卷「訛謬頗多」時，列舉此集中不見「世所傳太宗之文，見於石刻者」，第一件便是《帝京篇》，〔註18〕說明《唐太宗集》已殘缺不全的情況下，《帝京篇》雖然不見於流傳的文集殘卷，但還能以石刻文獻的形式為世人所知見。《帝京篇》的版本來源包括褚遂良的題寫和《唐太宗集》，又以題寫的時間為先，大致可以劃分成碑帖文獻和書籍文獻兩個系統，以下分述之：

（一）褚遂良書《帝京篇》，貞觀年間曾刻石立碑

　　據宋人筆記、類書、金石目錄和書學著作等文獻可知，褚遂良書《帝京篇》刻石的年代可能不止一次（貞觀十六年、貞觀十八年或貞觀十九年），且以正書和行書兩種書體流傳。相關條目大致按先後臚列如下：

　　1. 宋敏求《春明退朝錄》：「王祁公（王溥）家有晉諸賢墨蹟，……王冀公（王欽若）家褚遂良書唐太宗《帝京篇》、《太宗見祿東贊步輦圖》。錢文僖家書畫最多……以上皆錄見者。」〔註19〕此處似指褚遂良書墨蹟本。

　　2. 朱長文《墨池編・碑刻・唐記》云：「唐太宗御製《帝京篇》，貞觀十六年岑文本撰，褚遂良書。」〔註20〕《墨池編》是宋代最重要的書學叢輯，朱長文編纂《墨池編》始於宋仁宗嘉祐年間。據朱長文識語《墨池編》「碑刻」卷

〔註18〕　《直齋書錄解題》謂：「唐太宗集三卷。唐太宗皇帝本集四十卷，《館閣書目》但有詩一卷，六十九首而已。今此本第一卷賦四篇，詩六十五首，……而訛謬頗多。世所傳太宗之文，見於石刻者，如《帝京篇》《秋日效庾信體詩》《三藏聖教序》皆不在。……」（陳振孫《直齋書錄解題》卷一六，上海古籍出版社，2015 年版，第 466 頁）

〔註19〕　〔宋〕宋敏求：《春明退朝錄》，中華書局，1980 年版，第 34 頁。

〔註20〕　〔宋〕朱長文：《墨池編》卷六，《景印文淵閣四庫全書》，臺灣商務印書館，1986 年版，第 812 冊，第 34 頁。

為其自纂，可謂來自一手信源，所錄碑刻下限至唐，五代及當朝石刻「尚完而眾」故不錄。該條目置於「唐記」下，從前後所列碑刻文獻的體裁推斷，此處「岑文本撰」非指岑文本代筆御製詩，而應指岑文本撰寫的御製詩前的題記或碑記。

3.《宣和書譜》卷三《正書一》：「唐褚遂良……今御府所藏一十。正書，《謝表文》《帝京詩》……」〔註21〕正書版本的流傳，後世討論較多，詳後。

4. 趙明誠《金石錄》卷三《目錄三》：「唐《帝京篇》，太宗御製，褚遂良行書，貞觀十八年八月。」〔註22〕此條又被《寶刻叢編》轉引。

5. 鄭樵《通志略·金石略》：「褚遂良……《帝京篇》，太宗撰，貞觀十九年，東京。」〔註23〕

6. 桑世昌《蘭亭考·法習》云：「褚遂良正、行全法右軍。洛都袁氏家，遂良書《帝京篇》一卷，體裁用筆竊效《蘭亭》。」〔註24〕體裁用筆效法《蘭亭》，此或謂行書《帝京篇》。

7.《玉海·聖文》謂：「《帝京篇》五言，太宗製，褚遂良行書，貞觀十八年八月。序云：『以堯舜之風，蕩秦漢之弊。用咸英之曲，變爛熳之音。』《帝京篇》十首見《文苑英華》。」〔註25〕所記書體、年代，與《金石錄》一致，且著錄有序。

8.《寶刻類編》褚遂良名下列「五言《帝京篇》太宗製，行書，貞觀十九年八月，汴」。〔註26〕所記書體、年代、石刻地點，與《通志略》一致。

宋代圍繞褚遂良書《帝京篇》詩碑的記載，揭示了題記撰者、書寫者、書寫體式、書寫時間、立碑地點等信息，但也存在一些疑點。

行書《帝京篇》，宋代文獻著錄較多，未有涉及真偽問題的論述，書體和刻石地點的記載也較一致，問題主要集中在刻石年份和次數。《金石錄》、《玉海》所記「貞觀十八年八月」與《通志略》、《寶刻類編》所記「貞觀十九年八月」，四次載錄書體一致，月份一致，年份不同，「八」與「九」二者或有其一

〔註21〕撰人未詳：《宣和書譜》卷三，中華書局，1985年版，第88頁。

〔註22〕〔宋〕趙明誠：《金石錄》卷三，中華書局，1982年版，第13頁。

〔註23〕〔宋〕鄭樵：《通志略·金石略》，上海古籍出版社，1990年版，第748頁。

〔註24〕〔宋〕桑世昌：《蘭亭考》卷九，中華書局，1985年，第77頁。

〔註25〕〔宋〕王應麟：《玉海》卷二九，江蘇古籍出版社、上海書店，1987年版，第563頁。

〔註26〕撰人未詳：《寶刻類編》卷二，《景印文淵閣四庫全書》，臺灣商務印書館，1986年版，第682冊，第2頁。

形訛。汴州所立行書《帝京篇》詩碑至明代還見載於方志文獻中，《（嘉靖）河南通志》卷四三「藝文七·碑目」著錄有「《帝京篇》開封」，與前引《通志略》、《寶刻類編》正相對應。

正書《帝京篇》，除《宣和書譜》明確載錄以外，罕有文獻著錄，後世有關記載多集中在其真偽問題上。如宋趙孟堅題褚遂良書《倪寬贊》（楷書）卷後云：「《群玉帖》中《帝京篇》，贋跡可笑，蓋枯且露矣。河南晚年書，雖瘦實腴。」〔註27〕明豐坊《書訣》云：「中楷太宗御製《帝京篇》十首，似儒林贊而字差小，且過瘦。」〔註28〕褚遂良楷書《帝京篇》碑帖殘本，今見於明董其昌輯《戲鴻堂帖》卷六，此《帝京篇》帖由董其昌摹刻自唐順之家藏，源出《群玉堂帖》，〔註29〕與趙孟堅所見同出一源。此帖卷後有唐末柳璨題識：「堂侄孫中書侍郎同中書門下平章事判戶部璨。續題褚河南墨蹟後。天祐元年八月廿五日記。」〔註30〕柳璨是大書法家柳公綽、柳公權的族孫，所謂「續題」暗示了墨本的遞藏信息，言之鑿鑿；然而，對此本《帝京篇》書跡真實性的質疑從未中斷過。明胡震亨《唐音癸籤》指出《戲鴻堂帖·帝京篇》詩前的「褚遂良題記」實截取自原詩序：「若宣和收藏諸詩真蹟，則偽託間有之。……其逗漏最可笑者，如近代董玄宰《戲鴻堂帖》褚遂良書太宗《帝京篇》截去太宗原序一半，冒作遂良語氣，云其跡在唐荊川家。」〔註31〕清包世臣《藝舟雙楫》直接將《戲鴻堂帖·帝京篇》列入偽作，王壯弘、啟功亦認為此帖係偽或存疑，〔註32〕歷代學者皆是從書跡風格這一角度否認或者懷疑此帖出自褚遂良之手。

需要特別注意的是，胡震亨所云「《戲鴻堂帖》褚遂良書太宗《帝京篇》截去太宗原序一半，冒作遂良語氣」，尚可商榷。《戲鴻堂帖》所存《帝京篇》係殘本而非全本，《帝京篇》十首詩《戲鴻堂帖》本只存二、三、四、五、十

〔註27〕《三希堂法帖》，黑龍江人民出版社，1984 年影印本，第三冊。

〔註28〕〔明〕豐坊：《書訣》，《四明叢書》本，第 23 頁。

〔註29〕參見段成桂：《〈群玉堂蘇帖〉及其他》，《書法》，1985 年第 3 期。

〔註30〕陳尚君輯校：《全唐文補編》，中華書局，2005 年版，第 1118 頁。

〔註31〕〔明〕胡震亨：《唐音癸籤》卷三三，上海古籍出版社，1981 年版，第 351 頁。

〔註32〕王壯弘《帖學舉要》明確將《戲鴻堂帖·帝京篇》列入偽作（上海書畫出版社，1987 年版，第 75 頁）。啟功認為《戲鴻堂帖·帝京篇》與世傳名家字跡風格不相近，「雖然沒有充足的證據，也可存疑」（啟功：《從戲鴻堂帖看董其昌對法書的鑒定》，上海書畫出版社編，《二十世紀書法研究叢書·考識辨異篇》，上海書畫出版社，2000 年版，第 480 頁）

共五首（其二缺前面 14 字），詩前題記也因此未見得保存完整，胡氏稱此殘本碑帖乃「截去太宗原序一半」，進而指《戲鴻堂帖‧帝京篇》割裂原文故意作偽，實在難以成立。至於胡氏說「冒作遂良語氣」，是將《戲鴻堂帖‧帝京篇》與傳世文獻對比所得結論，兩個版本的差異在於稱謂，《戲鴻堂帖‧帝京篇》有「今皇帝」之語，而書籍印刷文獻的用字則為「余」（或「予」）。這裡的異文將同一段文字指向了兩種可能：唐太宗自撰或是他人撰作。《戲鴻堂帖‧帝京篇》的真偽問題以及其引發的撰作人爭議值得存疑，有關《戲鴻堂帖‧帝京篇》的是非真偽還有待更多文獻依據提供支持，特別是對其文字內容的真偽判定，現階段仍然以延續謹慎看法為宜，即詩前序文為太宗自作。至於岑文本的碑記和褚遂良的題寫，與李百藥的應和之作一樣，雖然缺少文字內容指向更深層的意義，但我們仍可從宮廷詩歌流傳的角度去認識這一系列文學互動的價值。

圖 3-1　《戲鴻堂帖‧帝京篇》首尾節錄〔註 33〕

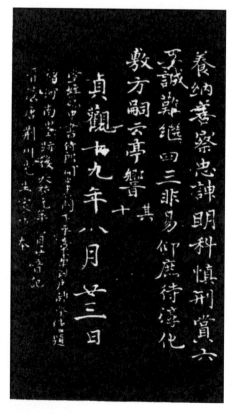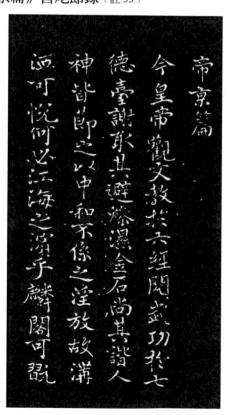

〔註 33〕〔明〕董其昌：《戲鴻堂法帖》卷六，中國書店，1989 年版，第 329～334 頁。

（二）書籍文獻中的《帝京篇》

《文苑英華》是見存最早載錄《帝京篇》十首的文獻，太宗《帝京篇》錄在卷一九二「詩四十二樂府一」下，然而，有詩無序。該卷篇首記曰：「樂府共六十卷，以《藝文類聚》、《初學記》、《文粹》、諸人文集，並郭茂倩、劉次莊《樂府》參校。」〔註34〕見存的《藝文類聚》、《初學記》、《唐文粹》、《樂府詩集》不收《帝京篇》，其來源最可能抄錄自北宋時期還留存的《唐太宗集》和劉次莊《樂府解》。《文苑英華》所錄《帝京篇》間有小字校記異文，則其文獻來源或非一書。《文苑英華》作為現存的最早收錄太宗詩文的文學總集，搜輯了太宗賦四篇、詩六十二首、表論書序五篇，其中有一篇賦和十首詩錄自《初學記》，還有一首詩錄自《雜詠》，其他未特別注明來源的詩文當據同一種別集。

流傳至今的明銅活字本《唐太宗集》二卷，卷下收錄的《帝京篇》十首同樣有詩無序。銅活字本唐人別集依宋元刻本排印，黃丕烈視銅活字本為「自宋元板刻外，其最可信者」〔註35〕。同樣是源出《唐太宗集》，對比《文苑英華》本與明銅活字本《帝京篇》的文字，二者異文仍屬形近字的範疇，多數為抄寫流傳所致異文，關鍵性的文字分歧很少，總計有十處異文。〔註36〕《文苑英華》所收與明銅活字本《帝京篇》應該源出同一種《唐太宗集》的版本系統。

現存最完整的《帝京篇》詩和序並存的文本來自《唐詩紀事》。《唐詩紀事》卷一《太宗》收錄《帝京篇》十首並序。計有功沒有說明太宗詩的採錄來源，據其《唐詩紀事序》所說，「三百年間文集、雜記、傳記、遺史、碑誌、石刻，下至一聯一句，傳誦口耳，悉搜採繕錄。間捧官牒，周遊四方，名山勝地，殘篇遺墨，未嘗棄去」〔註37〕，可謂搜求殆盡。《唐詩紀事》除了抄錄詩序外，所錄《帝京篇》詩歌內容與《文苑英華》本、明銅活字本各存有一些異

〔註34〕〔宋〕李昉等編：《文苑英華》卷一九二，中華書局，1995年版，第941頁。

〔註35〕黃丕烈跋語見王仁裕《開元天寶遺事》附錄，中華書局，2006年版，第65頁。

〔註36〕參見《文苑英華》卷一九二，第942頁；《唐五十家詩集・唐太宗集》，上海古籍出版社，1989年版，第4、5頁。其一《英華》作「雄」「日月」，明銅活字本作「惟」「雲日」；其二《英華》作「欹枕」，明銅活字本作「欹案」；其三《英華》作「忘」，明銅活字本作「志」；其五《英華》作「槗」，明銅活字本作「橋」；其六《英華》作「日影」「汾河」，明銅活字本作「日彩」「紛河」；其八《英華》作「歡樂」，明銅活字本作「觀樂」；其十《英華》作「蘭殿」「誡」，明銅活字本作「闌殿」「戒」。

〔註37〕〔宋〕計有功撰，王仲鏞校箋：《唐詩紀事校箋》序，中華書局，2007年版，第1頁。

文，王仲鏞《唐詩紀事校箋》比勘三種本子列有二十六條校記。〔註38〕《全唐詩稿本》所錄《帝京篇》與《唐詩紀事》所錄文字，序的部分無異，詩歌部分存有七處異文，異文的內容仍未出以上版本間的異文範圍。〔註39〕但至《全唐詩》中所錄文字與《全唐詩稿本》相較，從序到詩，形近異文都更增多，或為抄刻所致。

總之，在書學系統中，褚遂良書《帝京篇》是一個不可忽視的存在，如果暫且擱置存世可見的《戲鴻堂帖》中褚遂良書《帝京篇》的可疑文本，《帝京篇》的詩歌文本最早可追溯至北宋，序的內容可追溯的文獻則稍晚。不同於詩歌文本存在多版本異文的情況，序的文本相對固定，應當都是有賴《唐詩紀事》的抄錄保存而流傳下來。

《帝京篇》的創作，以帝王為中心的文學創作在政治權力的影響下，連帶著臣下唱和、題寫，並由宮內流向宮外，通過詩碑的形式昭示天下。太宗近臣李百藥、岑文本、褚遂良以不同角色參與了《帝京篇》的文學傳播活動，圍繞《帝京篇》發生的一系列文學活動呈現了初唐宮廷文學的豐富面貌，在整個唐代宮廷詩壇來看都是引人注目的。這種在詩歌中表達德政理想，在創作互動上表現出君臣魚水和諧的關係，將明君盛世的文化形象推而廣之的帝王創作，一改六朝以來的宮廷詩歌創作風氣，奠定了唐朝宮廷文學的基調。

《舊唐書・李百藥傳》謂李百藥「（貞觀）十一年，以撰五禮及律令成，進爵為子，後數歲，以年老固請致仕，許之。太宗嘗製《帝京篇》，命百藥並作，上歎其工，手詔曰：『卿何身之老而才之壯，何齒之宿而意之新乎！』二十二年卒，八十四」。〔註40〕此事兩《唐書》及《大唐新語》、《譚賓錄》、《太平廣記》、《唐詩紀事》、《海錄碎事》等宋以前史書筆記均有載錄。《大唐新語・文章》述及太宗手詔稱讚李百藥的《帝京篇》和作後，又謂：「及懸車告老，怡然自得，穿地鑿山，以詩酒自適，盡平生之意。」〔註41〕推其敘述次序，李

〔註38〕〔宋〕計有功撰，王仲鏞校箋：《唐詩紀事校箋》序，卷一，第3～5頁。
〔註39〕參見〔宋〕計有功撰，王仲鏞校箋《唐詩紀事校箋》卷一，第1～3頁；〔清〕錢謙益、季振宜選輯《全唐詩稿本》卷一，聯經出版事業公司，1979年版。其四《唐詩紀事》作「戚鳳蕭來下」，《全唐詩稿本》作「彩鳳蕭來儀」；其七《紀事》作「日落」，《稿本》作「落日」；《紀事》作「銀漢」，《稿本》作「斜漢」；其八《紀事》作「遇」，《稿本》作「逢」；《紀事》作「溢」，《稿本》作「泛」；其十《紀事》作「誠」，《稿本》作「戒」。
〔註40〕〔後晉〕劉昫等：《舊唐書》卷七二，中華書局，1975年版，第2577頁。
〔註41〕〔唐〕劉肅：《大唐新語》卷八，中華書局，1984年版，第123頁。

百藥和作《帝京篇》的時間當在貞觀十一年（637）「後數歲」李百藥請求致仕或許之際或之後。據前文引用《帝京篇》在貞觀年間的刻石情況，《帝京篇》的創作時間下限在貞觀十九年，則時間範圍可以鎖定在貞觀中後期。

　　年老的李百藥應制唱和《帝京篇》，太宗讚歎百藥老壯意新。這段史書中的故事後來濃縮成的「身老才壯」「齒宿意新」的事典見載於歷代類書、筆記（如《海錄碎事》、《韻府群玉》、《子史精華》、《佩文韻府》等）。在史書載錄的故事和類書收錄的詞條中，《帝京篇》並非故事的主角和詞條的核心要素，而是作為太宗考驗老臣詩思筆力的一道試題、一種道具。帝京主題、十首聯章的內容與形式要求遠超一般宮廷應制唱和的創作難度，結果李百藥的應制之作贏得了太宗的贊許，儘管李百藥的和作並沒有流傳下來，這次充滿戲劇性色彩的文學互動在類書編纂的推動下成為一個表現文學造詣的事典。高難度的考驗襯托了李百藥的文思工巧新穎，在這一考驗順利通過之後是君臣和諧相處的完美權力關係的展現。和作成為主角的情況在宮廷詩中並不多見，這樣的事例說明宮廷詩也可以有積極的互動，並非在權力關係的影響下而只能一味表現臣下的附和與迎合。唐太宗的明君形象在文學領域也得到了延伸，他很善於利用文學的因素調和君臣關係，在其製造的小小的緊張氛圍中展現明君的氣度風範。

　　《帝京篇》的影響還不止於此，貞觀十九年（或十八年）汴州詩碑的樹立將唐太宗這組得意之作由宮廷推向了京外。詩碑有岑文本撰寫碑記，褚遂良手書，近臣的參與依舊營造出君臣關係融洽的氛圍，然而考察汴州詩碑樹立的時間背景卻讓人發現詩碑的目的和作用並不簡單，與唐朝當時的內外關係也發生著某種關聯。貞觀十八年春起太宗準備親征高麗，褚遂良即上書勸諫曰：「有國家者譬諸身，兩京等於腹心，四境方乎手足，他方絕域若在身外。」〔註42〕《資治通鑒》謂：「時群臣多諫征高麗者」〔註43〕。八月太宗對長孫無忌諸群臣有「人苦不自知其過」之歎〔註44〕。貞觀十八年十一月，一代名將李大亮卒於長安，臨終「遺表請罷高麗之師」〔註45〕。貞觀十九年二月太宗自洛

〔註42〕褚遂良：《諫親征高麗疏》，《全唐文》卷一四九，上海古籍出版社，1990年版，第664頁。

〔註43〕〔宋〕司馬光編著，胡三省音注：《資治通鑒》卷一九七《唐紀》，中華書局，1956年版，第6207頁。

〔註44〕〔宋〕司馬光編著，胡三省音注：《資治通鑒》卷一九七《唐紀》，第6210頁。

〔註45〕〔宋〕司馬光編著，胡三省音注：《資治通鑒》卷一九七《唐紀》，第6215頁。

陽發兵，尉遲敬德仍上書做最後的勸諫，岑文本、褚遂良皆從駕征遼。至九月，唐軍久戰不能成功，太宗班師，於次年三月回到京師。從貞觀十八年春的征伐動議，到貞觀十九年冬的無功而返，太宗在群臣勸阻聲中一意孤行，儘管其間似有顧念，但玩武之心難遏，終至「意折氣沮」（范祖禹語）〔註46〕。在貞觀十八年八月的廷議階段和貞觀十九年太宗發兵途經汴州的征討階段，《帝京篇》由褚遂良書寫、岑文本撰寫碑記勒石立碑，詩中宣揚的中央王權思想和文德化世的治國精神無疑成為當時緊張氛圍中的一種政治宣傳話語。《帝京篇》詩碑將太宗克制、簡儉的聖明君主的自我形象以及雍和清雅卻並不過分張揚奢侈的帝京長安具象化，在帝京以外以詩歌的語言宣示著皇權的影響力，其背後暗含著政治角逐的張力。

值得留意的是，《帝京篇》詩碑並非孤立的個案。陳振孫《直齋書錄解題》謂其所見《太宗集三卷》的「碑銘書詔之屬」漏收了他本人尚能見到的石刻文獻《帝京篇》《秋日效庾信體詩》和《三藏聖教序》〔註47〕。太宗楷書《五言秋日學庾信體》石刻拓本存於《淳化閣帖》中，至今完整可見，一般認為是太宗手書己作。這首模仿庾信詩歌辭對雋秀、造景清綺的五言古詩，明人鍾惺評價：「是陳隋巧句，而意象玲瓏。」〔註48〕此詩清麗可愛，只是作詩用意終不離南朝詩風的格調。《金石錄》卷三《目錄》載：「唐太宗《登逍遙樓詩》，長孫無忌、楊師道行書，貞觀十二年二月。」〔註49〕以及《墨池編‧碑刻‧宮宇》載：「唐《登逍遙樓詩》，唐太宗書。」〔註50〕這些行為足以揭示太宗的文學趣味，他不僅熟悉南朝以來的詩歌傳統，熱衷於君臣互動，而且對詩歌的藝術性有其獨到的理解和品位，注重詩歌的題寫，將詩歌與書法結合激發了詩歌的另一種形式美；當然以上種種最終仍然是以維護其政治理想和明君形象為前提。

三、長安書寫的新篇章：《帝京篇》的敘述策略

《帝京篇》十首相連，各詠一事，以太宗在京城的日常起居為線索，移步

〔註46〕〔宋〕范祖禹：《唐鑒》卷六《太宗》，上海古籍出版社，1984 年版，第 78 頁。
〔註47〕〔宋〕陳振孫：《直齋書錄解題》卷一六《別集類》：「唐太宗集三卷……世所傳太宗之文見於石刻者，如《帝京篇》《秋日效庾信體詩》《三藏聖教序》，皆不在。」（第 466 頁）
〔註48〕〔明〕鍾惺：《唐詩歸》卷一，浙江大學藏明萬曆刻本，第 1 頁。
〔註49〕〔宋〕趙明誠：《金石錄》卷三，第 24 頁。
〔註50〕〔宋〕朱長文：《墨池編》卷六，第 56 頁。

換景，終於議論。其一皇居縱覽，其二閱文，其三武宴，其四聲樂，其五遊苑，
其六臨渚，其七夜歸，其八會飲，其九女樂，其十詠懷：

> 秦川雄帝宅，函谷壯皇居。綺殿千尋起，離宮百雉餘。連甍遙
> 接漢，飛觀迴凌虛。雲日隱層闕，風煙出綺疏。（其一）

> 巖廊罷機務，崇文聊駐輦。玉匣啟龍圖，金繩披鳳篆。韋編斷
> 仍續，縹帙舒還卷。對此乃淹留，欹案觀墳典。（其二）

> 移步出詞林，停輿欣武宴。琱弓寫明月，駿馬疑流電。驚雁落
> 虛弦，啼猿悲急箭。閱賞誠多美，於茲乃忘倦。（其三）

> 鳴笳臨樂館，眺聽歡芳節。急管韻朱弦，清歌凝白雪。彩鳳肅
> 來儀，玄鶴紛成列。去茲鄭衛聲，雅音方可悅。（其四）

> 芳辰追逸趣，禁苑信多奇。橋形通漢上，峰勢接雲危。煙霞交
> 隱映，花鳥自參差。何如肆轍跡，萬里賞瑤池。（其五）

> 飛蓋去芳園，蘭橈遊翠渚。萍間日彩亂，荷處香風舉。桂楫滿
> 中川，絃歌振長嶼。豈必汾河曲，方為歡宴所。（其六）

> 落日雙闕昏，迴輿九重暮。長煙散初碧，皎月澄輕素。搴幌玩
> 琴書，開軒引雲霧。斜漢耿層閣，清風搖玉樹。（其七）

> 歡樂難再逢，芳辰良可惜。玉酒泛雲罍，蘭殽陳綺席。千鍾合
> 堯禹，百獸諧金石。得志重寸陰，忘懷輕尺璧。（其八）

> 建章歡賞夕，二八盡妖妍。羅綺昭陽殿，芬芳玳瑁筵。珮移星
> 正動，扇掩月初圓。無勞上懸圃，即此對神仙。（其九）

> 以茲遊觀極，悠然獨長想。披卷覽前蹤，撫躬尋既往。望古茅
> 茨約，瞻今蘭殿廣。人道惡高危，虛心戒盈蕩。奉天竭誠敬，臨民
> 思惠養。納善察忠諫，明科慎刑賞。六五誠難繼，四三非易仰。廣
> 待淳化敷，方嗣云亭響。（其十）〔註51〕

《帝京篇》在文辭風格和情調表達上始終努力保持著一種節制的中和狀
態，如其一描繪帝京全景時表現其雄壯卻不渲染其華美，其八寫會飲至歡樂
之極引出時間易逝的感慨從而導向自勉，對諸如《兩都賦》所塑造的過分縱慾
的西都和皇帝的形象給予了形式和內容上的反撥。儘管一些文學史家強調了

〔註51〕《全唐詩》卷一，第1～3頁。

《帝京篇》對梁簡文帝《京洛篇》和南朝張正見《帝王所居篇》這兩篇作品的仿製〔註52〕，不過作為身處南方的文人，簡文帝、張正見呈現的長安形象更多是來自於過去的文學記憶，他們描繪的宮闕、苑囿、街衢、甲第等京城景物並非對應著他們生活中的京城景象，而是以歷史空間中的漢故都洛陽和長安為背景的文學想像。太宗的《帝京篇》固然也明顯地沿襲了傳統帝京文學從京城概覽到局部分述、從宮內延伸到宮外的空間敘述方式，但太宗的觀感首先是源自他的長安生活體驗，詩歌再現了他個人生活中讀書、觀武、賞樂等諸多細節，以太宗的自我形象為中心並隨著人物中心的空間移動鋪展開對帝王生活場景以及帝京形象的描繪，太宗的《帝京篇》塑造了與傳統帝京文學不同的帝王和帝京的形象。

這十首詩首尾兩首起結除外，中間二、三、四首言帝王在宮中政事以外的日常遊藝，五、六首言帝王出遊宮外，七首言至夜返宮，八、九首言後宮之樂，基本上按照太宗從早到晚的行蹤和觀感構建了一個「宮內─宮外─宮內」的帝王日常活動空間。《帝京篇》中帝王的遊藝活動以皇宮為主要場景，即便是出遊宮外的情節（第五、六兩首）也被安排在了宮城北端的禁苑和長安城近郊的川流。詩歌流露出的愉悅心情說明帝王享受個人生活的樂趣完全不需要求諸京外的江海山陵，兩首詩的結句分別以周穆王赴宴瑤池和漢武帝泛舟汾水之事反襯太宗自己對於帝京的滿足。第七首寫帝王出遊返宮，這本是《京洛篇》和《帝王所居篇》描寫的終點，《帝京篇》卻從返回皇宮又引發出新的起始，繼續在第八、九首中講述帝王後宮夜宴的情形。「宮內─宮外─宮內」的空間敘述方式構成了《帝京篇》特有的循環空間觀，比之此前帝京文學線性延伸的空間觀，《帝京篇》把宮內空間放在了絕對重要的位置，即不管在處理政事還是在享受個人生活樂趣，帝王始終以京城──主要是京城的核心區宮苑為活動背景。《帝京篇》鮮明的帝、京本位思想與太宗本人標榜務實、自律的為君之道互為表裏，正因如此，這個帝京的文學形象被烙上了唐太宗個人風格的深刻烙印。帝京形象實即帝王形象，太宗塑造的以安居帝京為樂的帝王有別於漢賦以來的帝京文學著意鋪敘遊樂的帝王形象。葛曉音教授將以太宗《帝京篇》為代表的貞觀宮廷詩歌稱為「一種新的頌體詩」，「是已

〔註52〕參見（美）宇文所安：《初唐詩》之《太宗朝的詩人》（賈晉華譯，三聯書店，2004 年 12 月，第 34 頁）；許總：《唐詩史》第一編（江蘇教育出版社，1994 年 6 月，第 105～106 頁）。

經去盡了鄭衛之音的正聲」，可見其對初唐宮廷詩風的巨大影響。〔註53〕

另一方面，從篇章格局、用字造句、典型意象等方面我們仍然可以看到唐太宗對南朝文學傳統的延續，正如一些學者強調《帝京篇》對梁簡文帝《京洛篇》和南朝張正見《帝王所居篇》這兩篇作品的仿製。〔註54〕作為身處南方的文人，簡文帝、張正見呈現的長安形象更多是來自過去的文學記憶，他們描繪的宮闕、苑囿、街衢、甲第等京城景物都是以歷史空間中的漢故都洛陽和長安為背景的文學想像。唐太宗與其學習對象有著不同的處境，他對帝京的書寫不像南朝文人那樣存在空間錯位，他身處其中。如果說漢長安城以宮殿群為主的格局特色決定了京都賦、京城詩以宮殿為關注重點的文學視角，那麼唐長安城中一百零八坊里組成的龐大外郭城無疑是這個城市的主要軀體，太宗卻沒有將視線含蓋宮城、皇城等政治核心區以外廣闊的帝京空間。在第一首描寫帝京全貌時太宗用以標記帝京空間的地理座標分別是具有地理意義和政治意義的山陵和宮闕，這是一座只有帝王和帝王所居的帝京，一個以宮城為主體的帝京，一座只有帝王和宮殿的帝京，唐長安外郭城那些富麗的甲第、寬廣的街衢、繁華的市場在太宗的視野中是被屏蔽的。

隋唐的長安早已不再是東漢京都賦至南朝京城詩所描繪的漢長安的面貌，這座面積是漢長安城兩倍有餘的唐長安城，代表了帝制時代都城制度的成熟與完善，是與漢長安城截然不同風格的帝京，其整齊劃一、井然有序的三城制構架體現了中央權力的高度集中以及皇權統治下的等級森嚴〔註55〕。太宗無意於呈現眼前這座新長安城的壯麗嚴整，《帝京篇》中長安的空間格局更像是從前以宮殿群為主體的漢長安城，太宗對「建章宮」和「昭陽殿」這些漢宮名稱的借用也不單單是出於文辭修飾。太宗的《帝京篇》是以帝王及帝王所居（宮苑）為主題的文學視角，他所塑造的帝京形象儘管不同於南朝文人單純的文學想像，卻也還是概念化的產物，太宗想要表達政治理念的創作動機超過了其對帝京本來面貌的關注和熱情。以帝王的主要活動空間代表帝京形象，這一

〔註53〕葛曉音：《論宮廷文人在初唐詩歌藝術發展中的作用》，《遼寧大學學報》，1990年第4期，第69頁。

〔註54〕參見〔美〕宇文所安：《初唐詩》之《太宗朝的詩人》（賈晉華譯，三聯書店2004年版，第34頁）；許總：《唐詩史》第一編（江蘇教育出版社1994年版，第105～106頁）。《文苑英華》卷一九二《樂府一》將太宗《帝京篇》置於梁簡文帝、李巨仁的《京洛篇》和張正見的《帝王所居篇》之後，可見其源流。

〔註55〕劉慶柱：《中國古代都城遺址布局形制的考古發現所反映的社會形態變化研究》，《考古學報》，2006年第3期，第298頁。

點太宗與梁簡文帝、張正見並無本質上的區分，可謂殊途同歸。唐太宗對帝京主題詩歌創作的理解及改造難免畫地自限，唐代帝京文學形象的真正激活有待於同樣生活於長安的另一群人的另一種視角。

　　《述聖賦序》同樣是一篇太宗自我標榜聖明的文學作品，此序追述了太宗從奮勇創業到勤勉治國的種種成就，又由「功既成矣，世既貞矣」〔註56〕引出帝王優游暇豫的生活。太宗細緻描繪了山陵、川谷、宮苑、樓臺、池沼的秀麗，洛陽的美景令他聯想到巫峽、成都、襄城乃至姑射等遊仙之地，遂萌生隱匿其中的衝動，不過序文最後又以自歉留連大任作結。《述聖賦序》中的帝王流露了出對遊仙享樂生活的思慕，儘管序文結尾又回歸了理想帝王的形象，表現出身為人君的自我克制，但這個因留連離宮美景而內心糾結的帝王，還是與太宗在《帝京篇》所描繪的那個安處帝京節制自適、怡然可樂的帝王構成了人性多面的對照。

　　據《舊唐書‧謝偃傳》載：「十一年，駕幸東都，谷、洛泛溢洛陽宮，詔求直諫之士。偃上封事，極言得失。太宗稱善，引為弘文館直學士，拜魏王府功曹。偃嘗為《塵》、《影》二賦，甚工。太宗聞而召見，自製賦序，言『區宇乂安，功德茂盛。』令其為賦，偃奉詔撰成，名曰『述聖賦』，賜采數十匹。……十七年，府廢，出為湘潭令，卒。」〔註57〕考之《舊唐書‧太宗本紀》，唐太宗凡三幸洛陽，分別在貞觀十一年三月至次年二月，貞觀十五年正月至十一月，貞觀十八年十一月至次年二月。《資治通鑒‧唐紀》載：「（貞觀十一年三月）庚子，上宴洛陽宮，西苑泛積翠池。顧謂侍臣曰：『煬帝作此宮苑，結怨於民，今悉為我有，正由宇文述、虞世基、裴蘊之徒內為諂諛，外蔽聰明故也，可不戒哉！』」〔註58〕此雖合太宗《述聖賦序》中春日優游苑囿之語，但據史載，「谷、洛泛溢洛陽宮」緣於貞觀十一年秋七月癸未的大雨，太宗命謝偃作賦事當在此年以後〔註59〕。又謝偃於貞觀十七年「出為湘潭令」，故太宗《述聖賦序》當作於貞觀十五年行幸洛陽時〔註60〕，貞觀十五年六月天現彗星之

〔註56〕〔宋〕李昉等輯：《文苑英華》卷四一，中華書局，1966年5月，第181頁。
〔註57〕《舊唐書》卷一九〇上，第4989～4991頁。
〔註58〕《資治通鑒》卷一九四，第6127頁。
〔註59〕又《全唐文》卷一五六錄謝偃《塵賦》題下有作者自注：「應魏王教。」可證謝偃作《述聖賦》在其拜魏王功曹後。
〔註60〕韓理洲《唐文考辨初編‧謝偃文考》亦有考辨《述聖賦》作於貞觀十五年之論證，可參。（陝西人民出版社，1992年10月，第496、497頁）

前，太宗一直在洛陽積極準備著次年赴泰山行封禪大典，他命臣子作「功德茂盛」的贊賦正是為給其封禪大典鋪陳造勢。

《述聖賦序》和《帝京篇》的創作時間同在貞觀十四至十六年間，都屬於太宗自我標榜聖明的產物。只不過《述聖賦序》所描繪的身處洛陽的太宗體現出了人性中猶豫矛盾的一面，折射到《帝京篇》中那個安處帝京長安的帝王形象上，正體現出太宗的帝、京本位思想在實際貫徹過程中遭遇的反覆。鍾惺評價《帝京篇》:「末語有侈心矣，始戒終溢，雄主故態也。」〔註61〕雖貶斥過甚，卻也對太宗的矛盾性格有所洞察。

第二節　駱賓王《帝京篇》:一般文士的帝京外部旁觀

駱賓王的《帝京篇》一般被認為是高宗上元年間，在其參加吏部銓選時，應吏部侍郎裴行儉之命獻呈的一篇自薦作品〔註62〕。不過，駱賓王應命投獻詩歌的時間並不能代表《帝京篇》的寫作時間，它也有可能是詩人從更早以前的舊作中挑選出的代表作品。創作時間的難以確定不太會影響到我們對這首《帝京篇》的理解，因為駱賓王在上呈裴行儉的啟表中已經非常明確地表達了己作的立意主旨，啟表本身為在京中向吏部侍郎獻呈《帝京篇》的行為提供了一個現實語境:詩人通過西漢長安的興衰對比，揭露出帝京之中賢能不得見用的根本在權貴們自矜虛榮沉迷浮華，其立意既可以說指向了詩人當下進京參加銓選的自身處境，也可以說是對本朝用人機制的委婉諷諫。

不同於太宗的皇居自識，作為外來者並且期待獲得宮廷賞識的駱賓王，塑造了一個歷史中的西漢長安，而這座曾經的帝京又與駱賓王身處的現實帝京保持著密切的時空關聯。《帝京篇》中的西漢長安就像一個名利場，此地到處是追逐聲色犬馬的人，賢能之士遭遇著邊緣化的困境，然而榮名虛利、喧囂

〔註61〕陳伯海主編:《唐詩匯評》引《唐詩歸》匯評，浙江教育出版社，1995 年 5 月，第 3 頁。

〔註62〕見陳熙晉《駱臨海集箋注》(上海古籍出版社，1985 年 9 月，第 1 頁);駱祥發《駱賓王簡譜》(《浙江師範學院學報》，1984 年第 2 期，第 87 頁);王增斌《駱賓王繫年考》(《唐代文學學會第四屆學術討論會論文集》，1989 年 9 月，第 93 頁);張志烈《初唐四傑年譜》(巴蜀書社，1993 年 4 月，第 190 頁)。又傅璇琮主編《唐五代文學編年史》(遼海出版社，1998 年 12 月，第 253～254 頁)和彭慶生《初唐詩歌繫年考》(北京大學出版社，2012 年 1 月，第 160 頁)作儀鳳三年。

浮躁營造的帝京繁華轉瞬即逝，一切不過是虛美。唐初詩壇還有不少專寫帝京長安的同類作品，如王績的《過漢故城》〔註63〕、盧照鄰的《長安古意》和王勃的《臨高臺》等，這些詩人像駱賓王一樣對帝京充滿過期待卻始終只能以外部者的姿態游離帝京，他們從外部者的視角揭示出帝京繁華表象之下存在的不平衡，塑造了與帝王為中心的宮廷文人創作截然不同的帝京形象。儘管這些外來文人借助歷史時空和文學經典的語境來保證自己的超脫立場，刻意與他們所塑造的蘊含著的帝京形象拉開時空上的距離，但他們富有用世之心和批判精神的懷古之作已經對唐初京城文學的建構產生了重要的意義，這些問題都將在下文展開深入地探討。

一、取士制度帶給文人的帝京新體驗

唐朝以身、言、書、判考評官員的銓試之外，吏部選人時多會向應試者索取文章詩賦作參考。裴行儉主掌銓選時期以善選任能著稱〔註64〕，他也很留意應試者的詩賦才能，王勃即稱其「銓擢之次，每以詩賦為先」（《上裴侍郎啟》）〔註65〕，可見當時風氣。據駱賓王《上吏部侍郎帝京篇啟》開篇云「昨引注日，垂索鄙文」〔註66〕，銓試過後進入注擬（擬官注籍）階段，主掌銓選的裴行儉在這個時候向駱賓王索要文章自然有出於重視多方斟酌的意思。駱賓王也很清楚他獻呈的詩作將在很大程度上影響主考官對他的看法，甚至影響到他接下來的仕途前景。他給裴行儉的啟表寫得文詞典麗，謙恭謹慎卻又不卑不亢。對於文學功用、文人人格以及文人如何進入仕途等問題，駱賓王的《上吏部侍郎帝京篇啟》給出了他的鮮明立場：

> 徒以易象六爻，幽贊通乎政本；詩人五際，比興存乎國風。故
> 體物成章，必寓情於小雅；登高能賦，豈圖容於大夫。蓋欲樂道遺

〔註63〕此首《全唐詩》亦收入吳少微集中，《文苑英華》作吳少微詩，殊難定論。參佟培基《初唐詩重出詩甄辨》（《中國語言文學論文集》第二輯，1985年6月，第227頁）。

〔註64〕《舊唐書》卷八四：「咸亨初，官名復舊，改為吏部侍郎。與李敬玄為貳，同時典選十餘年，甚有能名。時人稱為『裴、李』。」（第2802頁）《資治通鑒》卷二〇三：「行儉有知人之鑒。」（第6407頁）

〔註65〕〔唐〕王勃著，〔清〕蔣清翊注：《王子安集注》卷八，上海古籍出版社，1995年11月，第131頁。

〔註66〕〔唐〕駱賓王著，陳熙晉箋注：《駱臨海集箋注》卷一，上海古籍出版社，1985年9月，第1頁。

榮，從心所好；非敢希聲刻鵠，竊譽雕蟲。至若資醜行以自媒，衒
庸音而苟進，固立身之殊路，行己之外篇矣。〔註67〕

駱賓王認為，文學創作應該追蹤風雅、發揚興寄以達到有益政教的目的；創作應該以道為根本，服從本心，不應媚上求榮而使自己淪為雕藻詞章的俳優；借文學自媒自炫以達到進身目的從來不是文人的立身之道，這是他作為文人入仕的立場。駱賓王文以化道的立身觀念，踐行著傳統儒士的處世精神，不僅是對京中的吏部侍郎裴行儉，縱覽駱賓王集中留存書啟，如《上齊州張司馬啟》、《和道士閨情詩啟》、《上李少常伯啟》、《上程將軍書》、《上廉察使啟》等，他一生的仕途交往中貫穿著士的經世理想與人格砥礪。駱賓王仕途上的進退抉擇更印證了他所持的觀點，他早年任道王府屬時，道王李元慶曾有意提拔，命其自敘才能，但他不僅謝絕了自媒，認為已使朝廷的取士之徑墮入文人炫技，而且沉痛抨擊了注重言辭的科場積習流弊，其《自敘狀》云：

若乃忘大易之謙光，矜小人之醜行；彈冠入仕，解褐登朝；飾
懷祿之心，效當年之用，莫不徇名養利，勵朽磨鉛。自謂身負管樂
之資，志懷周召之業，若斯人者，可勝道哉？而循譽察能，聽言觀
行，舍真筌而擇士，沿虛談以取材，將恐有其語而無其人，得其賓
而喪其實。故曰：知人不易，人不易知。〔註68〕

王鳴盛《十七史商榷·新舊唐書·取士大要有三》謂：「唐人入仕之途甚多，就其以言揚者，則有此三種耳（生徒、鄉貢、制舉）。」〔註69〕是知唐朝取士重言辭有其制度背景。唐人入仕的途徑，據傅璇琮《論唐代進士的出身及唐代科舉取士中寒士與子弟之爭》一文總結，主要有科舉、流外入流、門資、應募從軍、進獻著述、上書言事、舉薦召辟等〔註70〕，這些獲取官位的途徑大多與求仕者的文辭著述關係密切。然而，言行未必合一、文未必如其人，是「以言揚者」潛在的不確定因素，所以駱賓王的《自敘狀》感歎「知人不易，人不易知」，以此勸誡掌權者應謹慎識人，不應僅憑文辭衡量人才。一旦取士和求仕的雙方偏離了求賢納士的正直本義，主上以巧言美譽擇人，文人以炫能騁才苟進，那麼此種氛圍下就不可能形成朝廷用人機制的良性循環，制

〔註67〕《駱臨海集箋注》卷一，第3～4頁。
〔註68〕《駱臨海集箋注》卷九，第302頁。
〔註69〕〔清〕王鳴盛：《十七史商榷》卷八一，商務印書館，1959年3月，第865頁。
〔註70〕傅璇琮：《論唐代進士的出身及唐代科舉取士中寒士與子弟之爭》，《中華文史論叢》，1984年第2輯，上海古籍出版社，1984年3月，第97頁。

度也就無從保障朝廷選拔賢能的需要。

《自敘狀》與《上吏部侍郎帝京篇啟》分別作於駱賓王任道王府屬和在京中參與銓選時，在進身的機會面前，駱賓王狷介獨立的儒士風度可謂前後呼應，這種人格的一貫性決定了他看待帝京的方式不會是急於屈從的。駱賓王向吏部侍郎獻呈《帝京篇》的用意，正如清人陳熙晉所云：「此詩為上吏部而作，借漢家之故事，喻身世於本朝。本在攄情，非關應制。國風比興，豈尚敷陳，啟中已自言之矣。篇末自述遭迴，毫無所請之意露於言表。顯以賈生自負，想見卓犖不可一世之概。」〔註71〕

儘管入仕途徑廣開，唐初一般士子成功進入仕途的幾率仍然不高，吳宗國《科舉制與唐代高級官吏的選拔》一文指出：「在科舉及第可能性很小的情況下，唐初一般地主子弟除了從流外入流，只有通過應募從軍，以戰功來獲取官職和勳賞。」〔註72〕唐初一般士子可能遭遇的仕途不順在駱賓王身上表現得尤其典型，他幾乎遍試唐人入仕的通途。駱賓王弱冠前後即曾赴京求仕，一些學者認為他此次赴京是去應舉〔註73〕，但終因門資清寡又不屑自媒而懷才不遇，其《夏日遊德州贈高四》詩序言及這段經歷：

> 因仰長安而就日，赴帝鄉以望雲。雖文闕三冬，而書勞十上。嗟乎，入門自媚，誰相謂言。致使君門隔於九重，中堂遠於千里。〔註74〕

像駱賓王這樣的一般士子想要憑藉才學融入朝廷還是非常困難的。首次赴京無果後，駱賓王入道王府為幕僚，繼而在京中擔任過奉禮郎的微官，更又從軍西州多年，在他閒居齊魯期間，也曾因生計困頓而尋求舉薦再次求仕〔註75〕，但皆未能擺脫沉俊下僚的命運。這些都發生在上元三年（676）他入京參加銓選以前，他的仕途經歷正是唐初一般士子難以衝出朝廷外部者角色的明證。

〔註71〕 《駱臨海集箋注》卷一，第15～16頁。

〔註72〕 吳宗國：《科舉制與唐代高級官吏的選拔》，《北京大學學報》，1982年第1期，第57頁。

〔註73〕 主張駱賓王弱冠之歲首赴長安應舉說的有駱祥發《駱賓王簡譜》（《浙江師範學院學報》，1984年第2期，第83頁）；張志烈《初唐四傑年譜》（巴蜀書社，1993年4月，第60頁）；彭慶生《初唐詩歌繫年考》（北京大學出版社，2012年1月，第77～78頁）。

〔註74〕 《駱臨海集箋注》卷一，第17頁。

〔註75〕 參見駱賓王著，陳熙晉箋注《駱臨海集箋注》卷七《上司列太常伯啟》（第225頁）、《上李少常伯啟》（第233頁）、《上齊州張司馬啟》（第254頁）諸文。

　　建立在考試制度基礎上的隋唐選官制度，改變了自漢以來由地方舉薦的察舉制，唐朝各級官吏一併由中央任免，中央集權的控制力與權威高度凸顯。帝京成了唐朝求仕者共同的目的地，這裡將會是他們仕途的起點或者終點，唐長安吸引前來的求仕者比此前的任何一個王朝的帝京匯聚的士子都要數量龐大，並且階層分布廣泛〔註76〕。然而，湧入帝京的求仕者們大多數都注定要遭遇失意的結局，每年參加科舉考試的人少則八九百，多則兩三千，進士約在二三十人，明經大致百人〔註77〕，錄取比例相當有限。如開元十七年楊瑒上書言：「今監司課試，十已退其八九，考功及第，十又不收一二，長以此為限，恐儒風漸墜，小道將興。」〔註78〕大曆左右趙匡《選舉議》曰：「舉人大率二十人中方收一人，故沒齒而不登科者甚眾，其事難，其路隘也如此。」〔註79〕這既是考試制度面向各層士子開放後競爭激烈的必然局面，也是以才學選士的考試制度與門蔭舊制、流外入流等選官途徑彼此角力所要經歷的緩慢進化過程。

　　唐朝的科舉制度拋給士子們一個光明美好的帝京夢，同時也製造了每年數以千計的帝京失意者。晚唐詩人薛能的五律《春早選寓長安二首》其一云：

　　　　疏拙自沉昏，長安豈是村。春非閒客事，花在五侯門。道僻惟憂禍，詩深不敢論。揚雄若有薦，君聖合承恩。〔註80〕

　　薛能進京參與銓選時依然在重複體驗著當初駱賓王面對長安產生的緊張、驚訝、讚歎還有無奈，偉大帝京給予外來求仕者感官的和心靈的衝擊竟是如此似曾相識，這種感覺從初唐到晚唐延續了二百餘年，然而從賦體歌行到五律，唐朝詩人的情感呈現卻發生了深刻地變化。

　　駱賓王以西漢長安為題材，表現京中權貴和賢士截然不同的生存狀態，其用意是不言而喻的。從漢朝的辟舉到唐朝的考試，從漢武帝時建立舉孝廉取士到唐高宗時確立以文章取士，唐朝日趨成熟的取士制度使帝京之於一般士子的意義更加直接、更加開放，但與此同時，科舉取士制度下的帝京也產生了前

〔註76〕參見傅璇琮：《唐代科舉與文學》第八章《進士出身與地區》，陝西人民出版社，2003年5月，第193～204頁。

〔註77〕《唐會要》卷七六，《貢舉中》。另可參見劉智亭《唐代科舉制度及其流弊》（《陝西師範大學學報》，1983年第2期，第102～106頁）。

〔註78〕〔唐〕杜佑撰：《通典》卷一七，《選舉五》，中華書局，1988年12月，第415頁。

〔註79〕《通典》，卷一《選舉五》，第420頁。

〔註80〕《全唐詩》卷五五八，第6474頁。

所未有的眾多仕途失意者。在《帝京篇》中，駱賓王通過對歷史、文學以及現實遺跡的描繪，構建起他心中的西漢長安，這座曾經的帝京與他寫作《上吏部侍郎帝京篇啟》時身處的唐長安恰形成兩種時空下的對照。

二、詩賦合流背景下帝京文學的變調

　　駱賓王以西漢長安城為主題的《帝京篇》表現出了與京都賦及其影響下的京城詩歌傳統之間較為密切的連續性，同時又受到了自漢以降自成體裁的詠史詩借史書人物詠懷的影響，詩人運用賦的鋪排手法將傳統帝京文學中的帝王、權貴和士女的生活分層次地統合到對帝京的整體觀察中。駱賓王的《帝京篇》通過對東漢京都賦、漢魏六朝樂府、晉宋詠史詩中的帝京意象索引、重組，建構了一個空間多樣並且關係複雜的帝京形象。以下將著重從空間角度分析《帝京篇》，瞭解詩人是如何將帝京的文學意象重新整合，帝京形象又是如何在舊有意象的影響下呈現出不同面貌的。

山河千里國，城闕九重門。不覩皇居壯，安知天子尊。〔註81〕

　　西漢長安作為繼秦咸陽之後大一統王朝的帝京，長安的空間布局被有意識地賦予了皇權的象徵性。根據最初營建宮室的負責人蕭何的觀點，帝京的雄壯氣勢從空間上體現著帝王的威嚴〔註82〕。漢長安的形象在其營造之初即定下「壯麗」的基調，經過歷次興修漢武帝時期形成的由城郊眾多宮苑拱衛的長安城格局，更是把帝京壯麗的風格發揮到極致。連同漢武帝矜伐武功、競奢侈麗的作風，西漢長安誇耀壯麗的帝京形象在東漢京都賦中定型，並通過帝京題材的文學創作不斷延續。以帝京雄壯的整體印象作導引的開篇方式也成為一種描寫帝京的文學傳統，如張正見《帝王所居篇》的開篇「崤函雄帝宅，宛雒壯皇居」和太宗《帝京篇》的開篇「秦川雄帝宅，函谷壯皇居」。駱賓王入題的方式與他們並無什麼區別，不過值得留意的是，「不覩皇居壯，安知天子尊」的反問句式將帝京以及天子置於被觀察的對象，卻並不揭示這個欲覩皇居以窺帝貌的人物身份。這個觀察者，既非班固《兩都賦》裏朝中耆舊的代表西都賓和張衡《二京賦》裏高貴的憑虛公子，又非梁簡文帝《京洛篇》和太宗《帝京篇》裏的帝王。駱賓王《帝京篇》中的抒情主體也沒有像梁朝大臣戴暠《煌煌京洛行》那樣在作品的開始即明確以自我身份「為君陳帝京」。總之，駱賓

〔註81〕《駱臨海集箋注》卷一，第 6 頁。
〔註82〕蕭何向劉邦解釋：「天子以四海為家，非壯麗無以重威。」（《史記》卷八《高祖本紀》，第 386 頁）

王《帝京篇》中抒情主體的身份是隱含的、模糊的,他或許是駱賓王本人──一個外來求仕的低級小官、文人,或許是《帝京篇》中提到的某個京中人物,又或許是擺脫了時空限制而擁有全知視角的假想觀察者。

盧照鄰的《長安古意》也有同樣的情況,抒情主體的模糊性在某種程度上緩和了這兩篇詩作對帝京內部等級隔閡所持的批判態度,《帝京篇》和《長安古意》揭示的底層士人難以融入帝京的問題,看似尖銳卻又難免被歷史語境消解。但是另一方面,恰恰是由於抒情主體的模糊性,使得詩歌中的西漢長安與詩人身處的唐長安之間本就具有的空間交疊效果格外突顯,他們的作品既指向了過去,也指向著現在。

> 皇居帝裏崤函谷,鶉野龍山侯甸服。五緯連影集星躔,八水分流橫地軸。秦塞重關一百二,漢家離宮三十六。桂殿陰岑對玉樓,椒房窈窕連金屋。三條九陌麗城隈,萬戶千門平旦開。複道斜通鳷鵲觀,交衢直指鳳凰臺。劍履南宮入,簪纓北闕來。聲明冠寰宇,文物象昭回。鉤陳肅蘭戺,璧沼浮槐市。銅羽應風迴,金莖承露起。校文天祿閣,習戰昆明水。〔註83〕

關於帝京的地理環境和整體格局,駱賓王沿襲了班固《兩都賦》和張衡《二京賦》中被作為標誌性空間、建築以表現漢長安壯麗形象的種種文學意象,並按照相同的順序依次描述了帝京周圍的山川地貌、關中天人感應的龍興之氣、關塞和離宮包圍的城外空間、鱗次櫛比的宮闕殿宇充實的城內空間、城內表徵王城之制的三條九陌、以城外建章宮為巨麗代表的千門萬戶還有使城內外空間融為一體的複道和交衢,從空間的外延、內涵、形態、數量等多個維度表現出了西漢長安令人瞠目的壯美華麗。

首先登場的人物是宮中近衛侍臣。可能是出於尊諱的考慮,《帝京篇》沒有直接描寫帝京的主人──帝王,駱賓王只在開篇暗示,帝京的壯麗形象代表了天子至高無上的威嚴,帝京的面貌就是天子形象的外化表現。他截取了未央宮北闕、南郊的辟雍、城東的槐市、長安宮南的靈臺、建章宮、天祿閣、城外昆明池等長安城內外象徵皇權、表現帝王修治文武、宣揚禮樂的空間和建築,通過圍繞在帝王身邊的侍臣的活動,串聯起宮廷政治、文化、祭祀禮儀和日常娛樂的主要場景。駱賓王在第一層空間所展現的帝京概貌和宮廷生活,與京都賦和太宗《帝京篇》中壯麗威嚴、和諧有序的帝京形象保持了高度的一致。

〔註83〕《駱臨海集箋注》卷一,第6～8頁。

朱邸抗平臺，黃扉通戚里。平臺戚里帶崇墉，炊金饌玉待鳴鐘。小堂綺帳三千戶，大道青樓十二重。寶蓋雕鞍金絡馬，蘭窗繡柱玉盤龍。繡柱琁題粉壁映，鏘金鳴玉王侯盛。王侯貴人多近臣，朝遊北里暮南鄰。陸賈分金將燕喜，陳遵投轄正留賓。趙李經過密，蕭朱交結親。丹鳳朱城白日暮，青牛紺幰紅塵度。〔註84〕

緊接著宮廷出現的是宮殿附近達官顯宦的宅邸和直通禁門的戚里為典型代表的王公貴族聚居區，這是帝京的第二層空間。漢長安城的宮殿、官邸集中在京城的南部，因此民居多分布在京城東北部宣平門大街附近，只有少數寵貴信臣如蕭何、夏侯嬰、董賢等可以將甲第建在近鄰未央宮的北闕。北闕甲第和戚里在居住空間上享有的特權，顯示出王公貴族階層在權力結構中佔據的重要位置，正如惠帝賜宅夏侯嬰於北闕時稱「近我，以尊異之」〔註85〕，皇居和民居的空間遠近關係被賦予了等級秩序的含義。

張衡《二京賦》中描繪的「北闕甲第，當道直啟」〔註86〕已經開始將這種體現君臣關係的特定居所融進帝京的文學意象中，但不論是東漢京都賦，還是《京洛篇》、《帝王所居篇》等一類專寫帝京的詩歌，都較少涉及具體的民居。駱賓王調整了傳統帝京文學形象的敘述結構，以相當的篇幅專寫皇居之外的民居，並盡可能地充實了第二層空間的人物生活細節。

雕飾精美的朱邸青樓、飄揚而出的華美聲樂、大道上往來的香車寶馬和交結親密的王公近臣構成一派極樂景象。生活在距離宮廷空間最近的第二層空間裏的人們是權力、榮名和財富的享有者，「王侯貴人多近臣」一句暗示了生活在第二層空間中的王公貴人實即第一層空間中已經出場過的近臣，這些往來宮廷與戚里的近臣實現了兩種空間的密切互動。駱賓王所排比列舉的漢家臣子相與款密，沉迷在永無休止的宴遊的故事，都可以從《漢書》中找到真實可信的記載〔註87〕，詩人將發生在不同時間的歷史典故並置於一個共同的戚里空間中，集中詮釋了帝京第二層空間的享樂主義特質。而比之班固《兩都賦》中以「紅塵四合，煙雲相連。於是既庶且富，娛樂無疆」〔註88〕為京中閭里的普遍景象，駱賓王的《帝京篇》更傾向於表現帝京內部不同空間獨具的個

〔註84〕 《駱臨海集箋注》卷一，第 8～10 頁。
〔註85〕 《史記》卷九五《夏侯嬰列傳》，第 2667 頁。
〔註86〕 《二京賦》，《文選》卷二，第 61 頁。
〔註87〕 參見《漢書》之《酈陸朱劉叔孫列傳》、《陳遵傳》、《蕭育傳》等。
〔註88〕 《兩都賦》，《文選》卷一，第 7 頁。

性，也即空間之間的差異性。相比壯麗和諧的宮廷以及後文即將展現的京中一般閭里，富麗和縱樂是專屬於戚里為代表的帝京第二層空間的重要表徵。

> 俠客珠彈垂楊道，倡婦銀鉤采桑路。倡家桃李自芳菲，京華遊俠盛輕肥。延年女弟雙飛入，羅敷使君千騎歸。同心結縷帶，連理織成衣。春朝桂樽樽百味，秋夜蘭燈燈九微。翠幌珠簾不獨映，清歌寶瑟自相依。〔註89〕

在戚里之後出現的第三層次的空間是京中士女日常生活的一般閭里，這也是專以帝京皇居為題材的傳統文學較少涉筆的部分。駱賓王將《陌上桑》、《結客少場年行》、《遊俠篇》、《長安少年行》、《長安道》、《劉生》、《輕薄篇》等漢至南朝的樂府作品中的人物原型有機統合在了帝京形象中。閭里的形象與宮廷的壯麗祥和以及戚里的富貴喧囂又有著明顯的不同，在閭里的「垂楊道」上是正在遊戲彈丸的俠客，路邊還有採桑勞作的女子，道路景觀不像戚里「大道」那樣由甲第、美樂、車馬等象徵身份尊貴的物質元素組成。但是倡婦佩戴的「銀鉤」和俠客驅駕的「輕肥」，也暗示出閭里士女並非一般平民。

據《史記》和《漢書》中《遊俠列傳》的記載，漢時長安遊俠大體可分本籍居民和外籍移民兩類，長安城內遊俠如長安人萬章、趙君都、賈子光；移民遊俠多來自被朝廷徙置近郊五陵的諸侯遺裔和「豪桀名家」〔註90〕，如郭解、原涉、陳遵。遊俠大多家資殷富，他們輕財好義、厚施薄望、快意恩仇的行事作風對當時上至王公下至平民百姓的人都具有吸引力。《漢書·遊俠列傳》謂：「長安熾盛，街閭各有豪俠」〔註91〕，張衡《二京賦》亦稱長安遊俠「輕死重氣，結黨連群。寔蕃有徒，其從如雲」〔註92〕，可見漢時長安尚俠風氣街巷翕然。遊俠與朝廷的關係比較複雜，有些與權貴結交甚至受到皇室重用，而有些則因豪暴橫恣被官府捕殺。俠客、倡婦樂伎、良家子、外任地方官他們各自的生活串聯起宮廷——閭里——京外的空間格局。

比之前兩層空間，閭里的生活場景更具有日常性和人情色彩，「清歌寶瑟自相依」的愛情生活是閭里富有普遍意義的日常場景。閭里與宮廷、戚里的關係明顯疏於宮廷和戚里的之間的關係，閭里士女的生活遠離宮廷的生活圈，也遠離標榜尊榮和奢侈的王公甲第，不過生活在閭里的人們也仍然有機會進

〔註89〕《駱臨海集箋注》卷一，第 10～11 頁。
〔註90〕《漢書》卷四四《劉敬傳》，第 2123 頁。
〔註91〕《漢書》卷九二《遊俠列傳》，第 3705 頁。
〔註92〕《二京賦》，《文選》卷二，第 62 頁。

入權力核心地的宮廷或戚里，豪門爭相結交的大俠客，以及以倡優之技進入宮廷的李延年兄妹即是這一類少數的幸運者。

至此，駱賓王完成了他對帝京形象的建構。這是一個由皇居（宮廷）到民居（戚里、閭里）、由特權居住空間（宮廷、戚里）到一般居住空間（閭里）組成的嚴格遵循等級社會秩序的多層空間有機體，各層空間既呈現出獨立的個性風貌（壯麗祥和的、富貴歡洽的、康樂和美的），又通過人物活動暗示了空間之間的親疏遠近關係。駱賓王《帝京篇》所展現的帝京人物關係和空間關係的複雜性，是前此帝京文學形象未有揭示的，他通過描繪宮外民居生活，也極大豐富了帝京的形象。

《帝京篇》最大限度地吸收了京都賦中那些讚美壯麗的帝京意象，不同於班固的《兩都賦》和張衡的《二京賦》由南而北、由東而西、由城內而城外的空間敘述順序，駱賓王打破了空間格局的基本敘述法，將人物活動和人物關係決定的社會空間作為安排空間敘述結構的依據，以近臣、貴戚、士女、求仕者多個階層群體的活動場景組織起帝京的空間全貌。如清人徐增《而菴說唐詩》所評：

> 賓王此篇，最有體裁，節節相生，又井然不亂。首望出帝居得局；次及星躔山川、城闕離宮；次及諸侯王貴人之邸第，衣冠文物之盛、車馬飲饌之樂，乃至遊俠娼婦，描寫殆盡；後半言禍福倚伏，交情變遷。總見帝京之大，無所不有，所舉仕宦皆在京師者，尤見細密處。〔註93〕

駱賓王用近乎索引的方式將文學經典中具體的帝京意象統統收納入他構造的帝京形象中，儘管有「借學問點綴」〔註94〕之嫌（郭濬語），但他以各層人物為綱重新組合了這些經典的帝京意象，各層空間彼此有重合也有區分，他通過帝京的空間關係揭示了帝京生活包含的多樣而複雜的社會關係。駱賓王的《帝京篇》打破了傳統帝京文學以皇居為主體的空間觀照方式，隨著帝京空間的層層展現，帝京形象慣有的追求壯麗雄威的審美標準被注入了更多角度的理解和體驗。

> 且論三萬六千是，寧知四十九年非。古來榮利若浮雲，人生倚

〔註93〕〔清〕徐增：《而菴說唐詩》，《四庫全書存目叢書》集部第 396 冊，齊魯書社，1997 年 7 月，第 583 頁。

〔註94〕《增訂評注唐詩正聲》引自陳伯海主編《唐詩匯評》上冊，浙江教育出版社，1996 年 5 月，第 150 頁。

伏信難分。始見田竇相移奪，俄聞衛霍有功勳。未厭金陵氣，先開
石櫝文。朱門無復張公子，灞亭誰畏李將軍。相顧百齡皆有待，居
然萬化咸應改。桂枝芳氣已銷亡，柏梁高宴今何在。春去春來苦自
馳，爭名爭利徒爾為。〔註95〕

這段議論表達了駱賓王對《帝京篇》的創作態度：「知非」比「論是」更
為重要。「寧知四十九年非」典出《淮南子·原道訓》：「蘧伯玉年五十而有四
十九年非。何者？先者難為知，而後者易為攻也。」〔註96〕借助人生反省的暗
喻，《帝京篇》從構建帝京形象由整體到局部的空間線索，轉向了時間線索的
考察。如果說《帝京篇》已經展示的帝京繁華景象在於「論是」，那麼下文則
是以知帝京的「非」為目的，揭開帝京形象的負面，這種褒貶分明的轉折在頌
美誇飾為主旨的京都賦中是不曾有過的。駱賓王通過歷時性比較描繪了生活
在宮廷和戚里的人們經歷的榮華與寂寞，說明人生沉浮難料，榮利不過是浮
雲，喻示著天子威嚴的宮殿也會隨著歲月一起「銷亡」。

駱賓王《帝京篇》對帝京繁華——主要是第一、第二層空間宮廷和戚里的
虛榮生活做出批判，構成其頌美主題的變調。在歷史變遷的描述中實現價值
評判的構思，明顯受到了從班固、左思的《詠史詩》以來形成的詠史詩興歎過
往人事得失的抒情結構的影響，《帝京篇》空間線索的時間轉向賦予了帝京形
象空間和時間兩種維度的意義，詩歌也從空間鋪敘自然過渡到了時間線索引
發的抒情議論。

久留郎署終難遇，空掃相門誰見知。莫矜一旦擅繁華，自言千
載長驕奢。倏忽摶風生羽翼，須臾失浪委泥沙。黃雀徒巢桂，青門
遂種瓜。黃金銷鑠素絲變，一貴一賤交情見。紅顏宿昔白頭新，脫
粟布衣輕故人。故人有湮淪，新知無意氣。灰死韓安國，羅傷翟廷
尉。已矣哉，歸去來，馬卿辭蜀多文藻，揚雄仕漢乏良媒。三冬自
矜誠足用，十年不調幾邅迴。汲黯薪逾積，孫弘閣未開。誰惜長沙
傅，獨負洛陽才。〔註97〕

如同《帝京篇》在構建帝京多層空間時運用人物串聯的手法，駱賓王繼
續將觀察帝京形象的歷時性視角聚焦到了京中具體人物的生活。駱賓王從

〔註95〕《駱臨海集箋注》卷一，第11～13頁。
〔註96〕〔漢〕劉安：《淮南子·原道訓》，中華書局，1998年10月，第51頁。
〔註97〕《駱臨海集箋注》卷一，第13～14頁。

《漢書》、《西京雜記》等史載筆記中截取典故，列舉了一組命運波折的人物群像：在宮廷和戚里的角落處有不遇之士顏駟、魏勃，他們要麼身在郎署之類的宮廷末流，要麼被隔絕在顯宦家門外，無法被帝京權力階層引導的主流社會吸納。不過，權力階層由於內部政治利益爭搶的殘酷性，也不可能永恆持久地享有標誌其特權的生活空間，時間考驗了人與空間的關係以及決定這種關係的社會價值體系。正如外戚王莽可以篡漢代之，入主宮廷並且坐擁帝京，像邵平那樣從東陵侯淪落到種瓜青門外也絕非少有。身在帝京空間即意味了權力，生活在帝京中心地抑或是邊緣地都包含著深刻的社會意義，佔據宮廷和戚里的掌權者們一朝失勢，就只能脫離其原屬享受種種特權的生活空間。公孫弘、韓安國、翟廷尉經歷的宦海沉浮和周遭依勢相待的氛圍，揭露出世人的趨炎附勢，這種普遍的社會心理構成了維護權力階層牢固壁壘的助力。司馬相如和揚雄不同的入仕遭遇，說明是否有善舉之人引薦才是仕途顯隱的決定因素，顏駟、魏勃、揚雄僅憑個人才能想要獲得權力階層的賞識重用，在帝京是難以實現的。東方朔、張釋之、汲黯等在朝中被壓抑才能的處境，更深刻地反映了權力階層外圍出身平凡的士人想要真正融入帝京的主流社會是多麼困難的事。這一系列人物的遭遇，使帝京形象徹底褪去繁華外衣，顯露出其封閉、保守以及社會價值體系失衡的內在缺陷。

　　賢士在帝京的邊緣化處境所反映的社會不公是否成為帝京不解的癥結，按照時間線索的發展這個問題本可以有所確認，但駱賓王沒有給出明確的回答，他只是以一個問句結束了《帝京篇》，使帝京的時間線索從賈誼被文帝疏遠而離京一事無限延伸出去。《帝京篇》最重要的讀者——主掌銓選的吏部侍郎也許可以回應駱賓王在詩末流露出的重重憂慮，為朝廷選官的吏部侍郎掌握著入京求仕的駱賓王的仕途命運，駱賓王在唐長安的境遇，構成了《帝京篇》中圍繞著西漢長安的時空線索延伸至未來的又一個交點。

三、真實的西漢長安及駱賓王詩歌的帝京形象對照

　　駱賓王《帝京篇》所描繪的西漢長安主要依據過去的歷史和文學記述留下的長安形象，事實上西漢長安的城市格局和面貌隨著時間推移不斷發生著變化，《帝京篇》中諸如「桂殿」、「椒房」、「離宮三十六」、建章宮「千門萬戶」等長安城內外宮殿格局是至武帝朝才出現的，到了西漢末年，一些宮殿林苑又相繼罷撤，如元帝罷宜春苑、成帝罷上林苑、平帝罷明光宮。而駱賓王在帝京第二層空間排列的一組代表王公貴族的西漢歷史人物卻來自武、宣、成、哀等

多個時期的長安，構築《帝京篇》帝京的空間建築和人物要素分屬於並不重疊的長安時空，駱賓王也沒有按照時間的先後順序組合這些空間建築和人物要素。因此，駱賓王的帝京既不是歷史衍變中體現著時間性差異的一系列西漢長安形象，也不是西漢長安在某一時間斷面呈現的城市面貌，駱賓王的「帝京」是把不同時期西漢長安的景象和人事進行了拼接。

這個拼接而成的帝京當然還是西漢長安，卻並非真的對應了過去時空裏西漢長安的某個階段的真實景象。駱賓王對「帝京」的塑造，也無意於還原一個歷史過程或是歷史瞬間的西漢長安，在這一點上，駱賓王對帝京的描寫手法更接近於張衡的《西京賦》而不是班固的《西都賦》。《帝京篇》截取自不同時段的西漢長安形象以及吸納融匯了東漢京都賦、魏晉南朝樂府等前代文學的帝京意象，被詩人富有深意地組合在層次井然的帝京世界裏。因此，《帝京篇》的「帝京」是詩人心目中西漢長安的一種折射——通過歷史、文學的回憶將眾多時空片段以個人的理解拼接出完整帝京，這個帝京不再只是壯麗威嚴的皇居，皇權庇護下的層層民居空間展示出了風格各異的面貌。年代感在此處是弱化的，過去的被匯聚在一起，在將來，過去和現在也將匯聚在一起，過去便是現在，現在便是將來，時間的意義彷彿消失了。

《帝京篇》嚴整有序的篇章結構就如同詩人塑造的層次分明的帝京形象一樣，宮廷、戚里和閭里既各自獨立，又保持著不同程度的溝通聯繫。《帝京篇》的後半部分從時間縱軸上考察空間以及社會變遷，帝京繁華和個人榮名不過是變幻無常的此起彼伏，根植於帝京浮華表象中追逐勢利的社會價值觀，也透過沒落貴族、低級官吏和落魄士子等遭遇的一系列莫測人生的縱橫對比被徹底地否定，帝京各層空間的良好互動，實際上是建立在權力階層自我封閉的前提之下的。東漢京都賦所代表的頌美類型和魏晉六朝樂府《煌煌京洛行》所代表的怨刺類型提供的兩種風格對立的帝京形象範式在駱賓王的《帝京篇》中都得到了體現。詩人按照「論是」與「知非」的認知邏輯將看似難以融合的偉岸壯麗和腐朽保守兩種格調巧妙地交織在描述帝京的空間線索和時間線索中，從而構造出一個壯麗卻虛榮的帝京形象。駱賓王的《帝京篇》吸收了東漢京都賦、魏晉六朝樂府中的京城詩等諸多傳統帝京題材的藝術成就，成為帝京文學的集成之作。《舊唐書·駱賓王傳》記載：「（駱賓王）嘗作《帝京篇》，當時以為絕唱。」〔註98〕可見當時人對這篇《帝京篇》的熱烈反應。

〔註98〕《舊唐書》卷一九○上《文苑傳》，第 5006 頁。

駱賓王在《帝京篇》中顯示了他超群的學識和才氣，贍麗宏肆的詩風使他的文學才能受到了當時輿論的矚目。據張鷟《朝野僉載》記載：「駱賓王文好以數對，如『秦地重關一百二，漢家離宮三十六』，時人號為算博士。」〔註99〕《朝野僉載》所舉詩句即來自《帝京篇》。不過《帝京篇》最為後人稱道的是其縱橫連貫的章法，如郭濬《增訂評注唐詩正聲》云「其間鋪敘串合，俱有大力」〔註100〕，唐汝詢《彙編唐詩十集》云「鋪敘有法，抑揚有韻」〔註101〕，徐增《而菴說唐詩》云「最有體裁，節節相生，又井然不亂」〔註102〕等等，皆點出駱賓王在處理帝京這樣恢宏壯麗又紛繁複雜的大型空間時超群的文學表現力。正是因為駱賓王採取了以人物為關鍵、空間線索與時間線索交織又主次分明的篇章布局方式，帝京形象的多個立面、帝京生活空間的多種層次以及蘊藏在帝京空間關係之中的社會秩序才能夠有機統一起來，駱賓王筆下的西漢長安也因此被賦予了鮮活的生命。

駱賓王生活時代的帝京長安與西漢長安在文學中的形象本就時空交疊，唐詩中的「長安」，既可以指向過去的西漢長安，也可以指向現在的唐長安。而駱賓王在《上吏部侍郎帝京篇啟》中提及自己入京求仕的當下處境更是強調了上呈《帝京篇》這一行為的現實意義。前人對於《帝京篇》的寓世含義早有明指，如唐汝詢《彙編唐詩十集》謂：「借古辭寫己胸臆。」陳熙晉評：「此詩為上吏部而作，借漢家之故事，喻身世於本朝。本在攄情，非關應制。」〔註103〕所謂「喻身世於本朝」並非後來者發揮的聯想，在駱賓王其他一些描寫個人帝京經歷的詩歌如《春日離長安客中言懷》和《疇昔篇》中，唐長安的帝京形象與他在《帝京篇》中塑造的西漢長安形象存在著驚人的同構。《帝京篇》的西漢長安形象究竟是集合了歷史、文學敘述的個人想像，還是用以反射現實投影的一種文學鏡像？透過作品之間的互證，駱賓王、帝京以及《帝京篇》將會更清晰地顯現其內在關聯。

駱賓王的《疇昔篇》主要敘寫了自己前半生的坎壈經歷，一般被認為是

〔註99〕〔唐〕張鷟：《朝野僉載》，中華書局，1979 年 10 月，第 141 頁。

〔註100〕見陳伯海主編：《唐詩匯評》上冊引郭濬《增訂評注唐詩正聲》評，浙江教育出版社，1995 年 5 月第一版，第 150 頁。

〔註101〕見陳伯海主編：《唐詩匯評》上冊引唐汝詢《彙編唐詩十集》評，第 150 頁。

〔註102〕《而菴說唐詩》，《四庫全書存目叢書》集部第 396 冊，齊魯書社，1997 年 7 月，第 583 頁。

〔註103〕《駱臨海集箋注》卷一，第 15 頁。

在詩人上呈《帝京篇》之後調露元年（679）〔註104〕的作品。在《疇昔篇》的結尾，駱賓王流露出離京出世的打算，而在他餘下的生命裏，他也確實再沒有回到長安。這首長篇歌行按照詩人的行跡，從豪氣英俠縱遊兩京的少年時期寫起，歷數在京失職後入為道王府屬，仕途無成閒居於齊魯間，為尋求仕途從軍出塞、南征姚州，出蜀入京，後奉使江南再次返京任職，服母喪期間被誣下獄，至在京獄中遇赦獲釋而止。其間地域輾轉見出詩人遭遇的仕途艱難，帝京作為權力中心所在凝聚了駱賓王的仕途寄託，他的從軍、遠征、奉使等遠途跋涉最終是以帝京為目的地的。《疇昔篇》展現的駱賓王前半生經歷，基本上是以帝京為原點形成迂迴的人生軌跡，因此帝京的形象在《疇昔篇》中反覆出現。《疇昔篇》中駱賓王對自己首次入京時的情形有一段詳細的描述：

> 遨遊灞陵曲，風月洛城端。且知無玉饌，誰肯逐金丸。金丸玉
> 饌盛繁華，自言輕侮季倫家。九陌爭馳千里馬，三條競騖七香車。
> 掩映飛軒乘落照，參差步障引朝霞。池中舊水如懸鏡，屋裏新妝不
> 讓花。意氣風雲倏如昨，歲月春秋屢回薄。上苑頻經柳絮飛，中園
> 幾見梅花落。當時門客今何在，疇昔交朋已疏索。莫教憔悴損容
> 儀，會得高秋雲霧廓。淹留坐帝鄉，無事積炎涼。一朝被短褐，六
> 載奉長廊。賦文慙昔馬，執戟慕前揚。揮戈出武帳，荷筆入文昌。
> 文昌隱隱皇城裏，鑠來奕奕多才子。潘陸辭鋒駱驛飛，張曹翰苑縱
> 橫起。卿相未曾識，王侯寧見擬。垂釣甘成白首翁，負薪何處逢知
> 己。〔註105〕

駱賓王以豪情縱遊的俠士姿態初入帝京，但入京後的仕途不順，讓很快他體驗到了世態炎涼。這一段描寫，詩人借用了漢長安城的「九陌」、「三條」，秦漢京郊的「上苑」，曹魏鄴都的「文昌」殿等前朝帝京景物、建築以及在這些空間場所活動的人物，來修飾唐帝京的繁華富美和人才濟濟。可是在這樣和諧融洽的帝京中，駱賓王卻是被忽略的、被壓抑的，對於帝京來說他只是一個外部者，得不到卿相王侯賞識的駱賓王在帝京中只能沉俊下僚。從《帝京篇》的西漢長安到《疇昔篇》的唐長安，士子在帝京被邊緣化的遭遇並沒有改變，在駱賓王眼中外來求仕者與帝京產生關聯的紐帶，仍然是渠道有限並且是脆

〔註104〕高宗儀鳳四年在東都大赦天下，改元調露，《疇昔篇》所謂：「忽聞驛使發關東，傳道天波萬里通」即在此後。參見《駱臨海集箋注》，第175頁，《初唐四傑年譜》，第206頁。

〔註105〕《駱臨海集箋注》卷五，第161～163頁。

弱的。不管是《帝京篇》還是《疇昔篇》，對於帝京之中賢士處境的關注，並進而以批判的眼光審視帝京繁華，實際上是他作為帝京外部者現實體驗的一種再現。

《春日離長安客中言懷》一詩作年不詳，駱賓王作這首詩時已身在京外，詩歌以追憶的形式描述了詩人在長安的生活：

> 年華開早春，霽色蕩芳晨。城闕千門曉，山河四望春。御溝通太液，戚里對平津。寶瑟調中婦，金罍引上賓。劇談推曼倩，驚坐揖陳遵。意氣一言合，風期萬里塵。自惟安直道，守拙忌因人。談器非先木，圖榮異後薪。揶揄慚路鬼，憔悴切波臣。玄草終疲漢，緗裘幾滯秦。生涯無歲月，歧路有風塵。還嗟太行道，處處白頭新。〔註106〕

這首詩描寫長安的空間敘述結構與《帝京篇》基本一致，都是從帝京壯麗的總體印象展開，然後分層深入帝京內部格局。在宮廷、戚里及至閭里上演著一幕幕豪飲劇談的放縱生活，與城中喧鬧恣樂的社交場景相對照的是守節失意卻又身不由己的詩人。詩中借用了大量西漢長安的景物人事來描繪當下的長安，使得其與專寫西漢長安的《帝京篇》具有了更多的相似性。

《疇昔篇》和《春日離長安客中言懷》中的唐長安是被歷史空間和典故綴合修飾而成的融合了過去和現實的帝京。唐長安不同以往的城市格局並沒有被詩人刻意地凸顯。駱賓王把當下的長安放置在歷史語境中鋪陳呈現，權貴的喧嘩和士子的落寞在帝京不斷重演，駱賓王以一種歷史循環觀來理解他在帝京體驗到的不平衡。這種歷史循環觀不是簡單的復古，它是駱賓王為個人體驗尋找的歷史對應，表現於文學則是對遊走於過去、現在和詩人內心的帝京形象的疊加與建構。如《帝京篇》中的西漢長安和《疇昔篇》、《春日離長安客中言懷》中的唐長安，兩個長安面貌相似到難分彼此。

唐朝的取士制度給一般士子製造了進入京城的機會，同時也在京城製造了每年數以千計的失意士子。不管是匆匆行過還是滯留其中，他們進入京城卻又遠離宮廷，無法真正融入帝京生活的上層。這一群體中的士子有其獨特的帝京體驗，他們的文學創作引發了以宮廷為創作主體、以宮廷為帝京形象主體、以頌美壯麗誇飾繁華為格調的帝京文學傳統所必然經受的外來刺激。同樣，進京求仕的文人也面臨著另一種欲望與挫折共存的刺激，對於失敗者而

〔註106〕《駱臨海集箋注》卷三，第83頁。

言，不管是在歷史記憶的還是現實經歷的帝京，屬於他們的生存空間只有程度上的區別，並無本質上的改變。更早出現的盧照鄰的《長安古意》，以及稍晚出現的王勃的《臨高臺》，也都採用了與《帝京篇》相類似的寫法，都是由空間鋪敘轉向歷時感慨的敘述結構，都是在對過去的長安（漢故城）的描寫中雜糅了當下長安的形象，產生出虛實相生的效果。

　　《長安古意》、《帝京篇》、《臨高臺》等古體詩歌的創作，極大程度地吸收了東漢京都賦的藝術技巧，同時又糅合了樂府怨刺、詠史詩感懷的情志表達方式，從而構造出帝京外部者眼中似曾相識卻又非同以往的長安圖景。駱賓王等人對長安的壯麗不過是浮華的深刻揭示，實現了對傳統帝京文學形象的反撥。這一批宮廷外圍文人筆下長安的空間與時代特徵儘管有些模棱兩可，但已然昭示出唐代帝京文學衝破傳統帝京文學一貫格局的高蹈姿態，帝京文學開始呈現多元視角和對個人體驗的關注，而這一點對於文學繁榮來說至關重要。

第三節　珠英學士《帝京篇》：詞臣對於帝京生活的內外透視

　　《帝京篇》之名始於唐太宗，《文苑英華》「以《藝文類聚》、《初學記》、《文粹》、諸人文集並郭茂倩、劉次莊《樂府》參校」〔註107〕，將之列入古題樂府一類，置於梁簡文帝的《京洛篇》和張正見的《帝王所居篇》之後，可見其源流。唐人別集以及宋至清編輯的文學總集中都只收錄了兩首唐人《帝京篇》，即為唐太宗和駱賓王所作。《帝京篇》由太宗開創，而在貞觀年間樹立起的《帝京篇》詩碑更是將太宗在此詩中塑造的和諧完美的帝王和帝京形象流播京外。駱賓王的後續之作呈現的帝京形象雖然屬於頌美主題的變調，但也在當時的帝京文壇獲得了高度肯定。《帝京篇》在唐長安帝京文學形象的研究和初唐詩歌研究中無疑是非常重要的。

　　太宗命李百藥和作的《帝京篇》已佚，不過可以推斷唐人詩歌中的《帝京篇》並不止於以上兩首。直到20世紀初敦煌文獻重見天日，第三種唐人《帝京篇》才在《珠英集》的寫卷中被發現。《珠英集》在宋以後逐漸散佚，其中的《帝京篇》一直未見於傳世文獻。關於這首《帝京篇》的作者身份、創作時

〔註107〕〔宋〕李昉等編：《文苑英華》卷一九二，中華書局，1966年1月，第941頁。

間等問題現在還存有很多疑點，而此詩所展現的帝京形象又與傳世的兩種
《帝京篇》有很大差異，下文將就這些問題試作探討。

一、武后政治中心的空間轉移與珠英學士《帝京篇》的創作背景

敦煌殘卷本《珠英集》收錄的《帝京篇》原文如下：

> 神皋唯帝里，壯麗擬仙居。珠闕臨清渭，銀臺人（入）翠虛。
> 新豐喬樹蜜（密），長樂遠鐘疏。三市年華泛，千門麗日初。浮雲驄
> 〔驪〕馬，流水鳳皇車。薄晚章臺路，繽紛軒晃度。緹綺（騎）〔□〕
> 鳴鑾，仙管吟芳樹。花鳥曲江前，風光昭綺筵。迴〔□〕冶神袖，飛
> 鶴繞驕弦。獨有揚雄宅，蕭（蕭）然草太玄。〔註108〕

《珠英集》卷四、卷五（斯二七一七）

徐俊《敦煌本〈珠英集〉考補》一文謂：「此詩抄於斯2717《珠英集》卷
首第一首，沈佺期之前，失作者姓名，詩亦不見於《全唐詩》等典籍，為某闕
名珠英學士之作。」〔註109〕據《唐會要·修撰》載：「大足元年十一月十二日，
麟臺監張昌宗撰《三教珠英》一千三百卷成，上之。初，聖曆中，上以《御覽》
及《文思博要》等書，聚事多未周備，遂令張昌宗召李嶠、閻朝隱、徐彥伯、
薛曜、員半千、魏知古、於季子、王無競、沈佺期、王適、徐堅、尹元凱、張
說、馬吉甫、元希聲、李處正、高備、劉知幾、房元陽、宋之問、崔湜、常元
旦、楊齊哲、富嘉謨、蔣鳳等二十六人同撰。」〔註110〕又《資治通鑒》載：
「（久視元年六月）乃命易之、昌宗與文學之士李嶠等修《三教珠英》於內
殿。」〔註111〕則《三教珠英》修撰自聖曆二年（此年五月改元久視）迄大足
元年。《珠英集》是崔融選編的參與修纂《三教珠英》的珠英學士的詩歌選集，
《珠英集》成書的時間下限應當在神龍二年（706）崔融離世之前，這一點並
不存在爭議。

從敦煌殘卷本《珠英集》收錄的五十六首詩考察其入選作品的題材可以
發現，崔融在選編珠英學士的詩歌作品時，並沒有把範圍僅僅限制在修纂《三
教珠英》時期宮廷詩風的創作。敦煌殘卷本《珠英集》中的部分詩歌屬於明顯

〔註108〕傅璇琮編撰：《唐人選唐詩新編》，陝西人民教育出版社，1996 年 7 月，第 49
頁。
〔註109〕徐俊：《敦煌本〈珠英集〉考補》，《文獻》，1992 年第 4 期，第 21 頁。
〔註110〕《唐會要》卷三六，第 657 頁。
〔註111〕《資治通鑒》卷二〇六《唐紀》，第 6546 頁。

的自傷身世之作,如沈佺期的《古鏡》和《朝鏡》、房元陽的《秋夜彈棋鼓琴歌》、崔湜的《登總持寺浮圖》、闕名的《感春》等流露出了蹉跎的抑鬱、離京的落寞,甚至是貶謫的怨憤,這些情緒的抒發是不太可能在修書過程間隙詞臣唱和的清雅氛圍中產生的。而像王無競的《駕幸長安奉使先往檢察》和沈佺期的《辛丑歲十月上幸長安時扈從出西嶽作》兩詩作於大足元年(701)冬武則天稱帝以後首次準備重返長安前後,這時《三教珠英》修纂工作基本接近了尾聲,一些珠英學士已經獲得了新的任命。因此,《珠英集》雖然編選的是珠英學士的詩歌作品,但這些詩歌並不受到珠英學士身份的限制,《珠英集》收錄作品的創作時間範圍與《三教珠英》以及《珠英集》的編訂過程沒有太大關係。因此,《帝京篇》既有可能是珠英學士參與修書時期的創作,也有可能是他成為珠英學士以前或是結束脩書工作以後的創作,處在武周至中宗神龍初的範圍內。

敦煌殘卷本《珠英集》中的《帝京篇》涉及了許多帝京及其周邊的景物建築,如渭水、新豐縣、長樂宮、三市、建章宮、章臺路、曲江等,涉及的帝京景觀基本都是漢長安城的空間面貌,唯有曲江是唐時長安城的景觀。顏師古的《漢書》注曰:「宜春下苑即今京城東南隅曲江池是。」〔註112〕又康駢《劇談錄》謂:「曲江池,本秦世隑洲,開元中疏鑿,遂為勝境。」〔註113〕可知漢時稱「宜春苑」,唐時始有「曲江」的稱謂。從這首《帝京篇》中的景物特徵大致可以推斷,《帝京篇》的帝京沿用了文學傳統中的漢長安的形象,但同時又夾雜了唐長安的現實景象。

永淳元年(682)高宗和武后幸洛陽,同時命太子在長安監國。直至弘道元年(683)高宗在洛陽宮駕崩,「遺詔皇太子樞前即位」〔註114〕,中宗、睿宗短暫的執政都是在洛陽進行的。而武則天稱帝後更是「改東都為神都」〔註115〕,洛陽成為實際的國都。高宗末期至武周朝的政治中心在洛陽而非長安,可是敦煌殘卷本《珠英集》中的《帝京篇》所描繪的帝京長安春日景象,是不太可能出現在滿朝官宦長居洛陽的時期的,因為洛陽作為實際的國都時長安的政治氛圍相對冷落,帝京繁華雍容熙熙的局面很難在現實中看到。敦煌殘卷本《珠英集》中與《帝京篇》同卷錄有「左補闕崔湜」《登總持寺浮圖》一詩:

〔註112〕 《漢書》卷九,第 282 頁。
〔註113〕 〔唐〕康駢:《劇談錄》卷下,古典文學出版社,1958 年 6 月,第 57 頁。
〔註114〕 《舊唐書》卷七,第 135 頁。
〔註115〕 《舊唐書》卷六,第 117 頁。

宿雨清龍界，晨暉滿鳳城。升攀重閣迴，憑覽四郊明。井邑周秦地，河山今古情。紆餘二水合，寥落五陵平。處處風煙起，欣欣草樹榮。故人不可見，冠蓋滿東京。〔註116〕

崔湜於武后天授二年（691）在洛陽及第〔註117〕，自此至大足元年（701）十月武后重返長安這段時間，崔湜一直任左補闕。長安元年（701）十月，武則天及其群臣剛至長安，崔湜後年即自左補闕遷殿中侍御史，則崔湜的《登總持寺浮圖》一詩當作於長安元年以前，可能是崔湜在左補闕任上期間出使長安時所作。此詩應景懷古，寫於長安城西南角永陽坊的總持寺，隋時總持寺塔與其東側的莊嚴寺塔並峙，就是外郭城中的最高建築，至唐仍為城中重要的觀覽勝地，登臨此處可以俯瞰長安全景。然而在崔湜的眼裏，這時的長安顯得景色寂寥，「故人不可見，冠蓋滿東京」正表現出帝國政治中心轉向洛陽以後長安城內空虛的現狀。結合高宗武后朝政治中心由長安向洛陽轉移的現實情況，再對比《帝京篇》與《登總持寺浮圖》兩詩所描繪的長安景色異同，則《帝京篇》不大可能作於武則天在洛陽時期。

大足元年（701）十月武則天駕幸長安並改元「長安」，這是武周時期唯一的一次重返長安。改元「長安」帶有還政李唐、回歸舊京的政治象徵意味，而且「長安」的年號一直沿用到武則天退位時止。長安三年（703）十月武則天駕還神都洛陽，結束了她稱帝期間在長安的停留。按照時空對應的原則，敦煌殘卷本《珠英集》中的《帝京篇》應該是作於長安二年或者長安三年的春天，而《帝京篇》所呈現的長安繁華盛景也正契合了這一時期宮廷政治權力交接背景下政治中心回歸長安的現實。

晁公武《郡齋讀書志》云：「《珠英學士集》五卷，右唐武后朝詔武三思等修《三教珠英》一千三百卷，預修書者凡四十七人，崔融編集其所賦詩，各題爵里，以官班為次，融為之序。」〔註118〕這裡記載的參與修纂《三教珠英》的人數比《唐會要》的記載人數超出許多，因此《帝京篇》的作者也未必在《唐會要》所舉的二十六人之內，以目前的文獻資料條件只能是闕名待考。不過關於這位闕名珠英學士的身份，《珠英集》的編排體例仍可提供一點細節線

〔註116〕 《珠英集》，《唐人選唐詩新編》，第 56 頁。
〔註117〕 〔清〕徐松撰，孟二冬補正：《登科記考補正》卷三，北京：北京燕山出版社，2003 年 7 月，第 114 頁。
〔註118〕 〔宋〕晁公武撰，孫猛校證：《郡齋讀書志校證》第二〇卷，上海古籍出版社，1990 年 10 月，第 1059 頁。

索。敦煌殘卷本《珠英集》中《帝京篇》列於沈佺期詩前，按照《郡齋讀書志》的記載，崔融編集的體例是「以官班為次」，那麼這位《帝京篇》的作者應該是官品高於沈佺期的朝臣。敦煌殘卷本《珠英集》中沈佺期的名前綴有官職「通事舍人」〔註119〕，又《舊唐書・職官志》謂：「通事舍人，十六人，從六品上。」〔註120〕由此可知，敦煌殘卷本《珠英集》中《帝京篇》的作者在聖曆至神龍間是一位官階略高於從六品上的文官，他所描寫的帝京是武則天重返長安時期政治地位逐漸回歸的長安。

二、京都賦傳統長安形象的現實投射

珠英學士的《帝京篇》中濃鬱的享樂主義氣息幾乎充斥了詩歌塑造的帝京形象的全部空間，即使相較梁簡文帝《京洛篇》的綺麗世界也是有過之而無不及。珠英學士《帝京篇》對帝京的描繪沿用了東漢京都賦中西都長安競奢騁麗的傳統形象，通過獨特的結構安排以及兩個長安時空交疊的空間關係呈現出詩人身處長安的現實狀態。

珠英學士《帝京篇》的開篇謂：「神皋唯帝里，壯麗擬仙居。」在描寫帝京時先突出地理環境的祥瑞氣象，並且定下「壯麗」基調，使之成為東漢京都賦及其影響下的京城詩的傳統寫作套路，具體可參見前一節針對駱賓王《帝京篇》開篇的分析。此二句開篇的獨特之處在於詩人不再是強調地理空間和政治寓意之間的象徵性和聯繫性，而是直接把帝京形象神化為「神皋」、「仙居」等仙界意象，如此誇飾的藝術處理方式和武則天統治時期迷信祥瑞符應的時代風氣不無關係。

珠英學士對皇居的描寫，不像太宗和駱賓王的《帝京篇》通過由內而外地鋪排宮廷建築、都城景觀和京外遠景來突出皇居雄壯威嚴的氣勢。在珠英學士的《帝京篇》中，帝京被分景呈現，依水而建的殿宇、聳入雲霄的臺閣、綠樹簇擁的新豐離宮、傳出隱隱鐘聲的長樂宮、喧鬧的京內三市、麗日照耀下萬戶千門的建章宮，這些漢長安城的標誌景象是《兩都賦》和《二京賦》中就固定下來的帝京文學形象，但這些景象的排列並無空間順序可言。對於熟悉漢長安城空間格局的人來說，看到這樣時而京內宮殿、時而京外離宮的敘述方式會覺得缺乏章法。但這也形成了珠英學士《帝京篇》特有的帝京印象，每一句詩呈

〔註119〕《珠英集》，《唐人選唐詩新編》，第 49 頁。
〔註120〕《舊唐書》卷四三，第 1851 頁。

現的都是獨立的帝京一景，多處景觀累加而成帝京華麗精緻的形象。

在章臺街上紛紛行過的軒冕也是珠英學士自身形象的映像，街道上往來的驕馬、鳳車突出了京中人物的富貴身份，顯然，貴族官僚階層雍容華貴的物質生活，代表了珠英學士《帝京篇》中帝京生活的典型。道路的出現往往預示了空間的過渡，珠英學士描繪的帝京圖景最終在曲江宴遊中展現歡愉的高潮。

三、帝京與揚雄宅的對比：帝京形象的精神游離

珠英學士的《帝京篇》塑造了一個充滿享樂主義和繁華表象的帝京形象，接著又在詩歌的結尾處，提供了一個與之參照對比的帝京外部空間形象——寂寥清冷的揚雄宅，從而形成強烈的視覺和情感反差，流露出詩人渴望避世離俗的歸隱情緒。結尾處京內京外兩種生存空間的對比，也完成了詩人對其所描繪的帝京生活的外部觀察。詩人在繁華帝京和僻遠鄉野之間的情感傾向是非常明顯的，文人的精神家園是在遠離帝京浮華的地方。

高宗、武后朝以文章取士的現象尤其普遍，據《登科記考》披露的情況，高宗、武后朝每年科舉取士的人數基本保持在二三十人，與此前高祖、太宗朝每年的取士人數相比可謂成倍增長。隨著武后朝寒士以及士族子弟在帝京獲得仕途的機會增加，帝京對於人才的吸引力也愈來愈大。然而，對於成功進身的宮廷文人來說，武后朝的帝京也有著福禍難測的恐怖一面，遭遇貶謫成為當時帝京政治生活中的高發事件。杜曉勤《初盛唐詩歌的文化闡釋》一書曾經統計了《舊唐書》列傳中記載的武后、中宗朝比較有影響的二十五位宮廷詩人的遭貶情況：「這25位朝臣共被貶54人次，每人平均遭貶2次多。」〔註121〕此書統計的二十五位宮廷詩人中就有不少擁有珠英學士的身份，如李嶠、崔融、王無競等。惡寵弄權迫使文人壓抑、扭曲了個人人格，也許正是在這樣的政治環境和士人心態下，珠英學士通過《帝京篇》在以讚歎欣賞的筆調描繪長安盛景的同時，又呈現出對於帝京生活繁華喧鬧的疏離感。

自漢賦起帝京形象的文學塑造都是在頌美的主題上不斷發揮，但其實頌美主題的帝京書寫也衍生出變調，魏文帝的《煌煌京洛行》就是吸收了詠史詩的興歎筆法，展現出帝京排斥高士的昏暗形象。《樂府解題》稱《煌煌京洛行》：「言虛美者多敗。……始則盛稱京洛之美，終言君恩歇薄，有怨曠沉淪之

〔註121〕杜曉勤：《初盛唐詩歌的文化闡釋》，東方出版社，1997年7月，第261頁。

歡。」〔註122〕可見這種對帝京形象先揚後抑的結構模式已在樂府中形成了固定體式。而早在南朝京城詩中就已經出現了宮廷詩人渴望抽離帝京世界的表達，如張正見的《煌煌京洛行》，詩曰：

　　千門儼西漢，萬戶擅東京。凌雲霞上起，鳷鵲月中生。風塵暮
不息，簫笳夜恒鳴。唯當賣藥處，不入長安城。〔註123〕

此詩雖用樂府古題，又借用長安、洛陽的空間形象，實際描繪的卻是南朝都城建康。相較於日夜歡歌的帝京生活，詩人更響往東漢貴族韓康那種賣藥長安城中、隱遁霸陵山裏的自由灑脫生存狀態。

不同於江湖山林等文學常見的隱逸空間，揚雄宅代表了文人氣質的隱逸居所和生存方式。《漢書·揚雄傳》云：「揚季官至廬江太守，漢元鼎間避仇復溯江上，處岷山之陽曰郫，有田一廛，有宅一區，世世以農桑為業。自季至雄，五世而傳一子，故雄亡它揚於蜀。」〔註124〕班固為其作的《傳贊》曰：「雄以病免，復召為大夫。家素貧，嗜酒，人希至其門。時有好事者載酒肴從遊學，而鉅鹿侯芭常從雄居，受其《太玄》、《法言》焉。」〔註125〕一代文儒揚雄出身孤貧，家業微薄，以文見召，歷官三世而不得遷徙，他的身世背景及生平遭遇很能夠在後世旅食帝京的寒士那裡引起共鳴。

揚雄在蜀中的一區家宅遠離帝京，但唐人詩歌卻頻繁地將其直接與帝京聯繫起來。首先是透過揚雄宅詩人建立其與帝京世界的精神聯繫，如王勃《贈李十四四首》其三：「從來揚子宅，別有尚玄人。」〔註126〕杜甫《堂成》：「旁人錯比揚雄宅，懶惰無心作解嘲。」〔註127〕又其《夏日楊長寧宅送崔侍御常正字入京》：「醉酒揚雄宅，升堂子賤琴。」〔註128〕耿湋《送蜀客還》：「卓家人寂寞，揚子業荒殘。」〔註129〕在這些詩歌中，揚雄宅所代指的蜀地現實場所與帝京之間仍然對應著隱逸和功名的隱含關係。

其次是通過揚雄宅與帝京空間的對比反襯帝京形象的浮華空虛，如盧照鄰《長安古意》：「昔時金階白玉堂，即今唯見青松在。寂寂寥寥揚子居，年

〔註122〕〔宋〕郭茂倩輯：《樂府詩集》卷三九，中華書局，1979年11月，第582頁。
〔註123〕逯欽立輯校：《先秦漢魏晉南北朝詩》陳詩卷二，第2482頁。
〔註124〕《漢書》卷八七《揚雄傳》，第3513頁。
〔註125〕《漢書》卷八七《揚雄傳》，第3585頁。
〔註126〕《全唐詩》卷五六，第682頁。
〔註127〕《全唐詩》卷二二六，第2433頁。
〔註128〕《全唐詩》卷二三二，第2558頁。
〔註129〕《全唐詩》卷二六八，第2992頁。此詩《全唐詩》又作賈島《送友人遊蜀》。

年歲歲一床書。獨有南山桂花發，飛來飛去襲人裾。」〔註130〕至如權德輿《拜昭陵過咸陽墅》：「季子乏二頃，揚雄才一廛。伊予此南畝，數已逾前賢。」〔註131〕又其《數名詩》：「一區揚雄宅，恬然無所欲。」〔註132〕李賀《綠章封事》：「綠章封事諮元父，六街馬蹄浩無主。虛空風氣不清泠，短衣小冠作塵土。金家香衖千輪鳴，揚雄秋室無俗聲。」〔註133〕楊發《小園秋興》：「誰言帝城裏，獨作野人居。石磴晴看疊，山苗晚自鋤。相慚五秉粟，尚癖一車書。昔日揚雄宅，還無卿相輿。」〔註134〕諸詩更是將揚雄宅直接移入了帝京空間中，借指生活在帝京的文人居所。珠英學士的《帝京篇》也是如此，揚雄宅對於帝京的遠離寄託了文人對於精神家園的嚮往和追求，是否真正從帝京抽身，形成和帝京之間現實空間的距離，反而不是最重要的了。

珠英學士是武后朝最具影響力的宮廷文人群體，集結了當時宮廷中最有學識才華的文人代表。與一般文士始終只能以帝京外部者的角度遙望宮廷不同，宮廷文人真正進入到了帝京空間的核心，但他們的帝京生活體驗又不侷限於宮廷，他們的足跡穿行在宮城的殿宇、皇城的衙署還有外郭城的街巷間。因此宮廷文人對於帝京的觀察帶有全景視角、內外透視的特質，珠英學士的《帝京篇》在揭示的帝京形象同時也反映出武后朝詞臣在帝京的生存狀態。帝京極樂世界的表象之下深藏著個人隱憂和無法掌控命運的無力感，這就是珠英學士在《帝京篇》中塑造的現實的帝京生活。

第四節　從京都賦到帝京詩：帝京文學重心的轉移

一、帝京題材創作的空間轉向和文體轉向

雖然漢高祖建立了長安城，但是文學中漢長安帝京形象的塑造並不是在西漢完成的，這是長安帝京文學發展之初的滯後性。據《史記》、《漢書》的記載和《文選》所錄西漢賦文存目，其中與地理空間有關的作品，如枚乘《梁王菟園賦》、《臨霸池遠訣賦》，司馬相如《子虛賦》、《上林賦》、《宜春宮賦》、《長門賦》、《梓桐山賦》，莊蔥奇《茂陵賦》，枚皋《平樂館賦》，東方朔《平樂觀

〔註130〕《全唐詩》卷四一，第519頁。
〔註131〕《全唐詩》卷三二〇，第3607頁。
〔註132〕《全唐詩》卷三二七，第3665頁。
〔註133〕《全唐詩》卷三九〇，第4396頁。
〔註134〕《全唐詩》卷五〇七，第5904頁。

賦》、《殿上柏柱賦》，王褒《甘泉宮頌》，劉歆《甘泉宮賦》，揚雄《蜀都賦》、
《甘泉賦》、《河東賦》、《羽獵賦》、《長楊賦》等。我們對西漢人的長安帝京印
象的瞭解，主要來自於《史記》的記載。司馬遷在《高祖本紀》中寫到劉邦入
都長安時見「宮闕壯甚」便怪罪臣下，當時主持營建未央宮的蕭何回答：「天
子以四海為家，非壯麗無以重威，且無令後世有以加也。」〔註135〕壯麗重威
無以復加是漢長安城的主要宮殿建造者對帝京形象的描述，蕭何所謂的「壯
麗」強調帝國形象的雄威氣質，與後來東漢京都賦中塑造的長安過於鋪張奢縱
的形象還是有所不同。

　　西漢賦文的創作比較集中在離宮別苑形象的塑造，幾乎不涉及都城形象
的描寫，西漢辭賦多寫京外宮苑的現象與辭賦作者的地理空間分布，以及武帝
廣建離宮別苑、好遊獵有很大關係。漢景帝以前的漢朝皇帝不好辭賦，詞臣多
奔赴如梁孝王、吳王等好辭賦的諸侯王，故西漢前期的辭賦創作往往以諸侯王
封地為表現內容，而不涉及帝京形象。漢武帝是第一個對辭賦表現興趣的漢朝
皇帝，武帝、宣帝的漢朝宮廷廣延文士，這一時期最傑出的辭賦作家都被召入
朝中，其文學鼎盛的局面就如班固《兩都賦》序云：

> 　　至於武、宣之世，乃崇禮官，考文章，內設金馬、石渠之署，
> 外興樂府、協律之事。以興廢繼絕，潤色鴻業。……故言語侍從之
> 臣若司馬相如、吾丘壽王、東方朔、枚臯、王褒、劉向之屬，朝夕
> 論思，日月獻納。而公卿大臣御史大夫倪寬、太常孔臧、太中大夫
> 董仲舒、宗正劉德、太子太傅蕭望之等，時時間作。〔註136〕

　　伴隨著武帝朝國力空前強盛局面的到來，帝王居所的空間格局以及宮廷
生活方式也在發生著改變。武帝廣造宮苑、大興水利，先是在長安城中修造北
宮、桂宮、明光宮，又於城外起建章宮、上林苑等遍於京畿的無數宮苑建築。
東方朔曾在回答武帝關於化民之道的疑問時說：「今陛下以城中為小，圖起建
章，左鳳闕，右神明，號為千門萬戶……」〔註137〕東方朔點明了武帝不斷修
築宮室的原因，即漢長安城已無法滿足帝王對於皇居空間的需求，武帝通過空
間擴展和物質佔有以達到尊天子抑諸侯的集權目的。武帝對於修築宮室以耀
君威的無休止追求和對帝王遊獵以示國盛的沉迷，導致了西漢辭賦創作被引

〔註135〕　《史記》卷八《高祖本紀》，第386頁。
〔註136〕　《文選》卷一，第2～3頁。
〔註137〕　《漢書》卷六五《東方朔傳》，第2858頁。

向了京外更廣闊的、無限蔓延的宮苑空間，西漢辭賦中帝京形象的缺失也就成為一種必然。因此，在漢長安最輝煌的時代，以辭賦為代表的文學創作中帝京長安作為獨立城市的形象是被作家冷落的題材。

　　東漢前期京都賦的興起以及文學中長安帝京形象的定型更多是源自遷都之議政治事件中的偶然。光武帝都洛陽以立國，在關中局勢稍穩後開始對長安城進行了漸次的修復，規模較大的兩次分別是建武十八年（42）三月光武「行至長安，經營宮室」，「明年，有詔覆函谷關，作大駕宮、六王邸、高車廄於長安。修理東都城門，橋涇、渭，往往繕離觀，東臨霸、滻，西望昆明，北登長平，規龍首，撫未央，覓長平，儀建章」〔註138〕。光武帝意圖復興長安的行為引發了朝中對是否從洛陽遷都長安的曠日持久的討論。東漢初京兆杜陵人杜篤上光武帝的《論都賦》成為京中士人創製京都賦的肇始，《後漢書・文苑傳》之《杜篤傳》載錄了這篇為勸諫皇帝遷返長安而大力陳說西都乃國家利器的賦文。杜篤的《論都賦》重在追溯漢朝建都長安的傳統以及長安佔據的政治、軍事優勢，以論為主，文辭平實。加之杜篤的勸諫並沒有被光武帝採納，《論都賦》既沒有達成勸諫的作文目的，也沒有表現出對文學的企圖心。杜篤在京都賦創作上的影響尚不及後出的班固和張衡，倒是杜篤上賦議政的行為開啟了朝中京都賦的創作熱潮。遷都之議延續了東漢前期的光武、明、章三朝，關於文人京都賦的創作參與到這場討論中的複雜政治背景，可參見曹勝高《漢賦與漢代制度──以都城、校獵、禮儀為例》中《京都賦的興起與東漢遷都之爭》一節對此問題的研究〔註139〕。

　　在杜篤的《論都賦》之後這場討論在文學創作上卻表現出一邊倒的局面，王景的《金人論》、傅毅的《反都賦》和《洛陽賦》、崔駰的《反都賦》、班固的《兩都賦》皆以擁護洛陽為政論立場。張衡寫作《二京賦》雖然不是在遷都之議的背景下，但張衡欲擬班固《兩都賦》之作諷諫王侯，也依然是沿襲了《兩都賦》中的價值取向。現今保存最為完整的班固《兩都賦》和張衡《二京賦》開創了都城題材的文學形式，他們的賦文極力鋪排了帝京的繁華景象，宮殿、甲第、街衢、集市，班固以頌美賦麗的文風呈現的都邑全景成為長安和洛陽帝京文學形象的揭櫫。所以說西漢長安的文學形象是在東漢京都賦中才定型的。

〔註138〕《後漢書》卷八〇上《杜篤傳》，第 2596～2597 頁。
〔註139〕曹勝高：《漢賦與漢代制度──以都城、校獵、禮儀為例》，北京大學出版社，2006 年 3 月，第 16～39 頁。

不過東漢形成的京都賦傳統在此後的魏晉南北朝時期出現了分流變異的現象，這一時段由於政權交錯更替，都城遷徙頻繁，多個割據政權並存成為常態，隨著鄴都、建康、平城等新都的興起，文學中心也呈現出不同於一統王朝以帝京為核心的局面。另一方面承襲揚雄《蜀都賦》對故里舊都的抒寫傳統，湧現出一批描寫地方性城市的賦作，如徐幹的《齊都賦》、劉楨的《魯都賦》、阮籍的《東平賦》、左思的《三都賦》等。而鮑照的《蕪城賦》和吳均的《吳城賦》借寫廢都的荒蕪之景抒發懷古幽思，可謂京都賦發展至南朝的一種變體。

魏晉及六朝時期，長安久不為都，處於衰落階段，時而為陪都，時而因末路王朝的遷入慘遭兵燹，時而為荒棄的舊城。十六國北朝時期雖然有多個政權定都長安，但非漢族割據政權統治下的長安因戰亂侵擾而難以保有可持續的城市建設，其都城文學在征伐時期更是乏善可陳。總之，在魏晉南北朝這段以分裂割據為主導的時期〔註140〕，洛陽的帝京形象成為文人筆下共同的代表著都市繁華的文學意象，而帝京題材的文學創作也從賦轉向了詩，如魏文帝的《煌煌京洛行》、宋鮑照的《代京洛篇》、梁簡文帝的《京洛篇》、梁戴暠的《煌煌京洛篇》、陳張正見的《帝王所居篇》、隋李巨仁的《京洛篇》。這些詩人多是身處分裂時期的割據王朝，通過不同時空的文學重寫、疊加，洛陽成了具有文學性的理想都城。循著東漢京都賦奠基的以長安、洛陽的帝王生活為主題的帝京文學傳統，在魏晉南北朝期間發生了空間的和文體的轉向，《京洛篇》的創作正是在這樣一種背景下集中出現的。

唐太宗、駱賓王以及珠英學士的《帝京篇》對京都賦和《京洛篇》為代表的樂府的帝京形象做出了創作上的回應，唐人《帝京篇》透過聯章組詩或是賦體歌行亦對漢、唐長安的交錯呈現，也預示了帝京文學傳統在空間上和文體上的又一次的轉向。

《珠英學士集》的《帝京篇》之後的唐詩中專寫帝京之作仍大為可觀，以「帝京」為題者卻幾不可見〔註141〕，三種《帝京篇》均出現在唐初的時段也許並非偶然。因為在前朝帝京文學尤其是京都賦的影響下，《帝京篇》所呈現

〔註140〕 西晉雖結束了中國分裂的局面，實現了一統，不過其都在洛陽，為敘述方便而概括言之。

〔註141〕 《全唐詩》卷四九二收有殷堯藩《帝京二首》（第5566頁），但陶敏《〈全唐詩·殷堯藩集〉考辨》一文已證此詩係明人所作（見《唐代文學研究》第三輯，廣西師範大學出版社，1992年1月，第384頁）。

的唐朝帝京始終是與西漢長安文學形象纏繞在一起的古今兩個長安的結合物。《帝京篇》一方面反映出唐人對於以東漢京都賦為代表的帝京文學傳統的接續，這種傳統更因為唐長安回歸了一統王朝的帝京身份而達到了創作場景和詩歌文本想像空間的契合，唐初的三種《帝京篇》可以說是漢、唐長安空間疊合的文學呈現；而另一方面西漢長安作為文學形象的影響是非常巨大的，三種《帝京篇》始終受到傳統帝京文學形象的牽制，並沒有真正呈現出唐長安社會生活的實景，漢、唐長安古今雜糅、虛實相生的帝京景象，具有空間修辭上的必然反映了唐初社會對於帝京長安的理解包含了多個時空的關照。

二、漢唐長安帝京形象的風格衍化

儘管西漢王朝建造了長安城並將之推向盛世的頂峰，可是完成其帝京文學形象塑造的，不是西漢辭賦，而是東漢京都賦。都城和都城文學的歷史變遷在一次次證明，文學與空間並不總是能夠保持同步的互動。帝京的現實繁華與帝京文學形象的成功塑造，也並不總是盛世的必然產物。

東漢京都賦是頌美賦麗風格隨著帝京文學在空間上和文體上轉向，逐漸走向多元風格的發展趨勢。《樂府詩集》引唐人吳兢《樂府古題要解》云：「《煌煌京洛行》……晉樂奏文帝『夭夭園桃，無子空長』，言虛美者多敗。……若宋鮑照『鳳樓十二重』，梁戴暠『欲知佳麗地』，始則盛稱京洛之美，終言君恩歇薄，有怨曠沉淪之歎。」〔註142〕在這一系列的樂府作品中，帝京洛陽的文學形象從東漢京都賦的鋪排頌美擺脫出來，轉向了文士不遇的怨憤主題。應該說，在魏晉南北朝樂府中的帝京形象已經呈現出分化的趨勢，一方面延續了東漢京都賦的頌美基調，並且承襲了班固、張衡京都賦中表現帝京空間結構的傳統意象；另一方面則將帝京題材與樂府怨刺、詠史感懷等創作模式結合，進而塑造出壯麗帝京的反面形象。

唐人詩歌以帝京為主題總寫帝京長安風貌的不在少數，由陳入隋的王胄在《言反江陽寓目瀟浹贈益州陸司馬詩》中有對長安城闕的種種描寫，而胡師耽的《登終南山擬古詩》則是從終南山眺望長安。在太宗《帝京篇》以前，現存唐詩還可見由陳入隋唐的長安文士袁朗所作《和洗掾登城南阪望京邑》詩，袁朗唱和對象的作品已佚，袁詩寫其與在州縣任職的友人登上少陵原遠眺帝京的情景：

〔註142〕〔宋〕郭茂倩：《樂府詩集》卷三九，中華書局，1979 年 11 月，第 582 頁。

二華連陌塞，九隴統金方。奧區稱富貴，重險擅雄強。龍飛灞
水上，鳳集岐山陽。神皋多瑞蹟，列代有興王。我后膺靈命，爰求
宅茲土。宸居法太微，建國資天府。玄風叶黎庶，德澤浸區宇。醒
醉各相扶，謳歌從聖主。南登少陵岸，還望帝城中。帝城何鬱鬱，
佳氣乃葱葱。金鳳凌綺觀，璇題敞蘭宮。複道東西合，交衢南北通。
萬國朝前殿，群公議宣室。鳴珮含早風，華蟬曜朝日。栢梁宴初罷，
千鍾歡未畢。端拱肅巖廊，思賢聽琴瑟。逶迤萬雉列，隱軫千閭布。
飛甍夾御溝，曲臺臨上路。處處歌鐘鳴，喧闐車馬度。日落長楸間，
含情兩相顧。是月冬之季，陰寒晝不開。驚風四面集，飛雪千里迴。
狐白登廊廟，牛衣出草萊。詎知韓長孺，無復重然灰。〔註143〕

　　詩先以帝京周邊的華山、九隴山、灞水、岐山等關中地貌構建起帝京身處
的廣闊雄壯地域，由總觀轉而聚焦皇家生活，是總寫帝京風貌這一類詩歌慣用
的敘述結構，京都賦所形成的空間敘述傳統並沒有改變。袁朗將目光注入帝京
城內宮殿相連、交衢縱橫的繁華景象，通過描寫帝王生活表現帝京的吸引力，
最後以韓長孺的典故勸勉友人還京有望。在帝京形象中融入個人生活寫照已
使唐長安帝京的文學形象越來越遠離傳統帝京文學形象壯麗威嚴的單一格
調。描寫帝京的視角也從以帝王生活為中心的宮廷視角轉移向了宮外。

　　太宗、珠英學士、駱賓王的《帝京篇》已經清晰展現出唐人對帝京形象塑
造的演變趨勢。而至如杜牧《長安雜題長句》六首則更是擺脫了京都賦的空間
敘述法：

舡稜金碧照山高，萬國珪璋捧赭袍。舐筆和鉛欺賈馬，讚功論
道鄙蕭曹。東南樓日珠簾卷，西北天宛玉厄豪。四海一家無一事，
將軍攜鏡泣霜毛。

晴雲似絮惹低空，紫陌微微弄袖風。韓嫣金丸莎覆綠，許公鞴
汗杏黏紅。煙生窈窕深東第，輪撼流蘇下北宮。自笑苦無樓護智，
可憐鉛槧竟何功。

雨晴九陌鋪江練，嵐嫩千峰疊海濤。南苑草芳眠錦雉，夾城雲
暖下霓旄。少年羈絡青紋玉，遊女花簪紫蒂桃。江碧柳深人盡醉，
一瓢顏巷日空高。

束帶謬趨文石陛，有章曾拜皂囊封。期嚴無奈睡留癖，勢窘猶
為酒泥慵。偷釣侯家池上雨，醉吟隋寺日沉鐘。九原可作吾誰與，
師友琅琊邴曼容。

洪河清渭天池濬，太白終南地軸橫。祥雲輝映漢宮紫，春光繡
畫秦川明。草妒佳人鈿朵色，風回公子玉銜聲。六飛南幸芙蓉苑，
十里飄香入夾城。

豐貂長組金張輩，駟馬文衣許史家。白鹿原頭回獵騎，紫雲樓
下醉江花。九重樹影連清漢，萬壽山光學翠華。誰識大君謙讓德，
一毫名利闕龜蓍。〔註144〕

杜牧省去了傳統帝京文學形象所慣有的對帝京周邊地貌祥瑞特徵的交
代，直接進入帝京的內景，也並無對帝京整體面貌的順序描述，而是以人事串
聯構築一幕幕帝京景象。杜牧此詩依然借用了諸多漢長安城中的人物故事，與
駱賓王《帝京篇》有寫法相通之處，都受到詠史詩的影響。在漢長安城和唐長
安城景觀穿插形成的時空交疊的互文結構中，帝京繁華展露無遺，然而其間又
夾有詩人對時局的不滿，形成頌中亦諷的風格。

東漢京都賦奠基了一種以帝王生活空間為中心的帝京文學範式。儘管兩
漢以後的中國有統一有分裂，王朝都城隨著政權的更迭、分合而時有變遷，
但京都賦所開啟的帝京文學創作範式，卻在不同時空的文學中得到了延續。
從班固的《兩都賦》、張衡的《二京賦》到唐太宗、珠英學士、駱賓王的《帝
京篇》，在經歷了都城空間轉移、都城制度變革，還有文學系統內部文體發展
的漫長歷程後，我們仍能夠清楚分辨出《帝京篇》中留有受京都賦影響的痕
跡。只不過在撥開那些似曾相識的存在於京都賦中的宮室、臺閣、街衢、林
苑、山川等歷史古蹟名稱後，以《帝京篇》為代表的唐人帝京詩歌，從多種階
層、身份、角度呈現出帝京生活的豐富面貌，已很難僅用「壯麗」的單一美學
標準標識唐長安的帝京形象了。

〔註144〕《全唐詩》卷五一，第 5950 頁。

第四章 長安道——漢唐長安都城格局差異下的文學空間再現

　　儘管每個人都有獨屬於自己的城市印象，公共空間還是提供了一種接近公眾共同擁有城市印象的可能視角，街道是城市中最日常、最普遍的公共空間。相對於古代城市中的園林、寺觀、集市、城門前的廣場等社交空間，街道尤其代表了日常性的城市體驗。縱橫交錯的街道構成了城市的主要框架，街道將空間區隔成了城市的不同區域，同時又將這些不同分區按照一定的規劃思想連結起來，城市空間通過街道的區隔、連結體現出人與人、人與城市的社會關係法則。

　　現代城市地理學將街道視作城市印象的主導性要素〔註1〕，一個人對城市的熟悉程度取決於他對道路的熟悉程度，這一觀點對於文明起源的古代城市同樣具有啟發。不過在都城的城市構成要素中，區域無疑是首要的，秦漢時期帝京宏偉的宮殿群享有天然的空間優勢，而北魏洛陽城以後成型的「三城制」格局，通過城市中軸線的作用更加強調了區域的等級意義。雖然像唐長安城這樣的三城制格局中民居實際佔有空間已經遠遠超過了皇居，龐大的都城仍然

〔註1〕凱文・林奇《城市意象》一書指出在城市意象的五類要素（道路、邊沿、區域、節點和標誌）中，道路作為第一構成要素具有主導性，其他構成要素都是圍繞它並與之產生聯繫：「道路。這是一種渠道。觀察者習慣地、偶然地或潛在地沿著它移動。它可以是大街、步行道、公路、鐵路、運河。這是大多數人印象中佔控制地位的因素。沿著這些渠道，他們觀察了城市。其他環境構成要素沿著它布置並與它相聯繫。」同時林奇也認為：「究竟是道路還是區域是決定性的成分？應是因人，因城市而異的。」（〔美〕凱文・林奇著，項秉仁譯：《城市意象》，中國建築工業出版社，1990年7月，第41～42頁）

可以通過空間布局凸顯出宮城的核心地位，這也正是傳統帝京文學的創作往往以宮廷為空間主體的環境因素。

但另一方面，唐長安龐大的外郭城也必然成為觀察這座帝京的人難以忽視的存在，外郭城作為民居空間面向社會中的各階層人群，而宮城、皇城對於大多數人則是無法輕易進入的內部空間，皇居—衙署—民居、內部—外部的多元關係構成了唐長安城的空間格局。當來到帝京的文人們開始在傳統帝京形象與現實體驗之間尋找新的平衡時，在此意義上，街道所反映的城市印象才正式進入帝京文學形象，甚至在一些時候替代多元的區域而成為帝京文學形象的象徵。漢、唐長安街道之於文學的意義以及長安道文學意象的演變，不僅展示的是帝京印象的時代差異，也滲透著文學傳統和都城印象對帝京文學雙重建構的歷程。

第一節　漢唐長安街道布局比較

中國古代城市街道的設計嚴格遵循著皇權社會等級制度的禮法，《周禮·考工記·匠人》謂：「國中九經九緯，經塗九軌……環塗七軌，野塗四軌。」〔註 2〕由此可知王城、諸侯之城和一般城市的街道形制依據城市等級自上而下形成一套量化標準，王城即國都是由縱橫垂直交錯的主幹道形成區域均勻的棋盤式街道格局，街道的寬度則顯示著城市的等級。《考工記》作為中國傳統文獻中最早記載營國制度的典籍，其中描述的王城之制代表了禮法社會都城模式的理想化概括。「九經九緯」構想的現實依據還很難從現有文獻及考古中找到源頭，不過《考工記》對漢以後都城的影響卻是極其深遠的。漢、唐長安城的街道規劃都受到《考工記》所設想的王城街道規制影響，但側重各有不同，街道景觀以及由此引發的城市印象因而產生了差異。

一、漢長安的街道制度與街景效果

漢長安城每面有三座城門，城門各有三個門道延伸出城內大街。由於漢長安城的平面形狀呈不規則，東西南北四面城門並不都是兩兩相對，導致城內大街錯落相交，但沒有形成《考工記》記載的「九經九緯」那樣街道縱橫貫穿形成區域均勻的棋盤式街道格局。不過，漢長安城的街道格局仍然被認為

〔註 2〕〔漢〕鄭玄注，〔唐〕賈公彥疏：《周禮注疏》卷四九，上海古籍出版社，2010年 10 月，第 1663 頁。

是對《考工記》營國思想的繼承，這些由城門延伸出的主幹道都是平直的大街，基本上形成了街道垂直相交的街道網絡。如東漢趙岐《三輔決錄》謂：「長安城，面三門，四面十二門，皆通達九逵，以相經緯，衢路平正，可竝列車軌。」〔註3〕史念海據此認為：「九逵既然可以通達，也就形成九經九緯。」〔註4〕

　　古代都城根據城址的現實地理條件，一般很難做到兩兩相對地安置城門，並以此形成區域均勻的棋盤式街道格局。不管是漢長安以前的都城，如西周的豐鎬、雒邑二都，還是漢長安以後的都城，包括漢魏洛陽城、曹魏鄴城、六朝建康城等，都沒有完全做到城門的對稱布局，以形成棋盤式街道格局。但漢長安以後都城的外郭城也確實存在著主幹道均勻分布、區域日漸規整的趨勢，尤其是曹魏鄴城的外郭城，已然是嚴整的棋盤式街道格局了，至北魏洛陽城更是形成了平直橫穿都城的三條東西大街，並且外郭城的棋盤式街道格局也達到了前所未有的壯觀，北魏洛陽城的街道布局直接孕育了隋唐新都充滿了對稱美學的街道規劃模式。從漢長安城、漢洛陽城、曹魏鄴城、北魏洛陽城直到隋大興城（唐長安城）這一條清晰的都城規劃發展脈絡中，宮城始終佔據著空間的絕對區域優勢，而突顯宮城的空間規劃思維也呈現出一些方式上的變化，這其中街道發揮了非常重要的作用。

　　街道作為等級制度的外在表現，也是象徵帝王威儀不可缺少的景觀要素。在京都賦描繪的西漢長安形象中，帝京街道特有的形制渲染了整個城市及其擁有者至高無上的權威。班固《西都賦》云：「披三條之廣路，立十二之通門。」〔註5〕張衡《西京賦》云：「觀其城郭之制，則旁開三門，參塗夷庭，方軌十二。」〔註6〕長安街道的寬度和數量被特意強調，顯示著這個城市的地位。關於長安城城門和街道的記載，得到了考古發掘工作的證實：「鑽探出的十條幹道，除通向長樂宮的霸城門、覆盎門二短街外，長街恰好八條」〔註7〕。漢長安城的十二座城門，除了與宮城相對的四座城門外的八座城門，各有通往城內的

〔註3〕　《三輔黃圖校釋》卷一《都城十二門》，中華書局，2005年6月，第89頁。

〔註4〕　史念海、史先智：《長安和洛陽》，《唐史論叢》第七輯，陝西師範大學出版社，1998年2月，第31頁。

〔註5〕　《西都賦》，《文選》卷一，第7頁。

〔註6〕　《西京賦》，《文選》卷二，第61頁。

〔註7〕　中國科學院考古研究所資料室：《中國科學院考古研究所一九六一年田野工作的主要收穫》，《考古》，1962年第5期，第273頁。

筆直大道，即《三輔舊事》所云：「長安城中八街九陌」〔註8〕。「根據發掘，長安城的城門門道寬各8米左右，除去兩側立柱所佔的地方，餘下來的地方正好容四個車軌。」〔註9〕「這八條大街，或作南北向，或作東西向，都是全街成一直線。它們互相交叉、會和，形成許多丁字路口和十字路口。大街的長度，多數在3000米左右，最長的安門大街長達5500米。大街的寬度，都為45米左右，其間有兩條排水溝，將全街分隔為三股。中間的一股寬約20米，兩側的兩股寬各約12米。據記載，中間的一股稱『馳道』，是專供皇帝行走的。」〔註10〕馳道兩側的水溝「寬約0.9，深約0.45米」〔註11〕。漢長安城中執行著嚴格的馳道制度，大街中央的御用馳道除天子外，其他人都不能逾越。

《漢書·成帝紀》載：「帝為太子，……初居桂宮，上（元帝）嘗急召。太子出龍樓門，不敢絕馳道，西至直城門，得絕乃度，還入作室門。上遲之，問其故，以狀對，上大說。乃著令，令太子得絕馳道云。」〔註12〕桂宮和未央宮之間只隔著一道橫街，但太子仍不敢橫穿馳道，非要繞道橫街盡頭的直城門穿過路口再折回至未央宮西北的作室門覲見。透過避讓馳道的行為表現出對權力秩序的極大尊崇，太子反因此獲得了橫穿馳道的優待。不過歷史記載中能夠享此恩寵的也只有少數幾例：漢武帝曾「有詔得令乳母乘車行馳道中」〔註13〕；漢武帝的女兒館陶長公主也曾得太后詔行馳道中，但「獨公主得行，車騎皆不得」〔註14〕；漢哀帝時丞相孔光「官屬以令行馳道中，宣（鮑宣）出逢之，使吏鉤止」〔註15〕，可見即使得令行馳道中，也被認為是不合禮法的逾矩行為。在馳道上發生的這些迴避空間與進入空間的行為，體現著皇權社會君臣、父子人倫關係的價值標準。

秦漢以來形成的馳道制度在突顯皇權至上的觀念的同時，也影響到了人們對城市的印象。對於除天子以外的人來說，長安城中的八條大街由於馳道的存在，使城市被區隔成一個個封閉的空間，要想從一個區域到另一個區域，就

〔註8〕《三輔黃圖校釋》卷二《長安八街九陌》，第103頁。

〔註9〕 王仲殊：《漢長安城考古工作的初步收穫》，《考古通訊》，1957年第5期，第105頁。

〔註10〕 王仲殊：《中國古代都城概說》，《考古》，1982年第5期，第505頁。

〔註11〕 劉慶柱、李毓芳著：《漢長安城》，文物出版社，2003年3月，第20頁。

〔註12〕《漢書》卷一〇《成帝記》，第301頁。

〔註13〕《史記》卷一二六《滑稽列傳》，第3204頁。

〔註14〕《漢書》卷四五，第2177頁。

〔註15〕《漢書》卷七二，第3093頁。

必須沿著長長的街道直至在十字口、丁字口以及城門處才能穿越路口。程大昌在《雍錄》卷九「太子」部「龍樓馳道」條針對漢成帝為太子時不敢絕馳道一事有專詳考述，他指出：「馳道常為限隔，凡城中街衢相為東西者，皆不可通矣。」〔註16〕馳道制度決定了漢長安城中的十字街口並不能發揮連通四方的功能，沿街道縱橫交通的特權獨屬於帝王。城中居民為避讓馳道而費時沿著大街迂迴繞道時，都城的時空體驗都被延長了，自然會造成日常生活不便利，但這座都城的威嚴與壯麗也透過街道格局以及街道制度，融入個人體驗的都城印象中。

漢長安城的八條大街將城市區隔出十一個區域。武帝以前，長樂宮、未央宮和北宮各佔一區，東、西兩市各佔一區，餘下區域為居民生活的閭里。至武帝時先後建造桂宮、明光宮，又各佔一區。這樣漢長安城的宮殿區在武帝時佔據了將近一半的區域數量，面積更是達到了全城的三分之二強，宮殿區的區域優勢通過空間比例給長安城中生活的人們帶來一目了然的直觀感受。城中的八條大街除了洛城門向南直對明光宮的大街外，七條大街均貼靠著宮殿區四邊形的一邊，也就是說長安城中的主幹道實際上是處在五座宮殿的某一邊牆延長線上。這意味著在武帝以後的長安城，人們行走於城內大街時，視線總是能夠很容易地落在城中宏偉的宮殿建築上，街道引導著日常生活中的人們觀察這座城市的偉大。

從高祖時興修長樂、未央二宮，惠帝時沿宮室修築城牆及街道，至武帝時增廣城內外的宮室林苑，長安城以宮殿為主體的城市印象逐步被強化。長安城的宏偉形象主要來自於宮殿製造的視覺震撼，而圍繞宮殿布局的街道網絡則將宮殿群代表的帝京形象滲透進城民生活的日常體驗感受裏。班固的《西都賦》和張衡的《西京賦》中提到的「披三條之廣路」和「方軌十二」的街道格局也正是為了烘托帝京形象而存在的。不管是現實的漢長安，還是文學的漢長安，街道提供了一種見證其偉大的方式。

二、唐長安街道形制與格局的變化

儘管同屬於帝國時代的都城在地理空間上保持著承續關係，但唐長安城和漢長安城在突顯中央集權時，卻表現為完全不同的城市格局。唐長安城延續了北魏洛陽城以來成型的「三城制」格局，自北而南由宮城、皇城、外郭城

〔註16〕《雍錄》卷九，第 186 頁。

組成層級有序、功能分明的城市結構，李好文《長安志圖》考評此種城市制度：「自兩漢以後都城並有人家在宮闕之間，隋文帝以為不便於事，於是皇城之內惟列府寺，不使雜居，公私有辨，風俗齊整，實隋文之新意也。」〔註17〕漢高祖令蕭何在秦離宮的基礎上建未央、長樂二宮時，並未規劃都城全局結構，直到漢惠帝詔令修築城牆時，才依據現有宮室形成街道網絡。與此不同，隋大興城（唐長安城）在營造之初即已形成完整系統的城市格局，長安城的街道對於三城制的完善，以及皇城和外郭城的內部分區都發揮了重要的作用。唐長安城東西南三面城牆各有三座城門，由於宮城緊貼城北邊的城牆，北面城門不止於三座，儘管與《考工記》所謂的「旁三門」不符，但東西六門兩兩相對形成三條平直的橫街，從南面三門也延伸出的垂直向北直抵宮城和皇城的三條大街，直接承襲了「九經九緯」的棋盤式街道布局理念。

其實長安城的面積已遠不是《考工記》「方九里」的概念，唐長安城在城門延伸出的街道形成的經緯線之外，還平行布置了許多平直的街道，將皇城和外郭城區隔出整齊方正的單位空間。《雲麓漫鈔》引呂大防《長安圖》題記曰：「皇城……縱五街，橫七街，百司居之。」〔註18〕李好文《長安志圖》「城市制度」條曰：「唐外郭城……直十一街，橫十四街。」〔註19〕皇城和外郭城的縱橫大街共計三十八條，構成了長安城棋盤式的街道網絡，但這些大街形制並不完全相同，包含了幾種規格：

（一）連接宮城、皇城和外郭城的街道

唐長安城的宮城和皇城形制皆為長方形，宮城居長安城北端，皇城次南。據考古實測宮城與皇城東西長度等同、南北長度不同，即宮城和皇城的東西邊牆齊平，因此南北方向連接宮城、皇城和外郭城的街道是重合的，共計四條，分別是：

宮城和皇城之西第一街芳林門至安化門的南北大街（實測街寬63米）、宮城和皇城之東第一街興安門至啟夏門的南北大街（實測街寬67米）、宮城南邊承天門外南北貫穿皇城的承天門街、皇城南邊朱雀門外南北貫穿外郭城的朱雀門大街（實測街寬150～155米）〔註20〕。朱雀門街向北接承天門街，

〔註17〕《長安志圖》卷上，第9頁。
〔註18〕〔宋〕趙彥衛著：《雲麓漫鈔》卷八，中華書局，1996年8月，第234頁。
〔註19〕《長安志圖》卷上，第9頁。
〔註20〕此處及下文關於唐長安城街寬的實測數據均來自中國科學院考古研究所西安唐城發掘隊《唐代長安城考古紀略》（《考古》，1963年第11期，第599～603頁）。

兩街位於長安城的中軸線上，實際是一條街的兩段。這條城市的中軸線自宮城南門延伸貫穿了皇城和外郭城，並將外郭城分成東西兩個街區，也分隔出兩個行政區劃，歸由萬年縣和長安縣管轄。宮城、皇城和外郭城順沿中軸線大街自北而南排列，顯示著帝京社會的等級尊卑；皇城和外郭城的內部各區域皆以中軸線大街為中心對稱布局，體現了唐長安城嚴整有序的空間秩序。

中軸線大街的出現賦予了區域等級更為直觀的衡量標準，同時也確立了指示長安城內地理位置的統一參照。生於京兆萬年縣的玄宗朝學者韋述，他所撰寫的《兩京新記》西京部分，就是以長安城的中軸線朱雀門街為基準，東、西分述，從北至南，描述城中坊里的建置情況。韋述的空間敘述方法反映了中軸線大街在唐人的城市印象中佔據的重要地位。

東西向連接宮城、皇城和外郭城的街道共計三條，分別是：長安城北邊的東西順城街、宮城南面與皇城北面相隔的「橫街」（實測殘存街寬 220 米）、皇城南與外郭城相隔的東西大街（實測街寬 120 米）。橫街是長安城中最寬的街道，徐松《唐兩京城坊考》謂：「皇城各街皆廣百步，惟此街（橫街）南北廣三百步，所以限隔二城也。」〔註21〕三百步合 441 米，這樣的街道規模在中國都城制度中是前所未有的，「它不僅是一條寬廣的大街，而且成為皇城與宮城之間的一個廣場」〔註22〕。兩《唐書》中多次記載唐朝皇帝御承天門樓俯臨橫街宣布赦令、接見使節，橫街一方面成為宮城和宮城以外區域之間的隔離帶，突出宮城尊貴威嚴的形象，另一方面也成為連結帝王與宮廷外界公眾的政治活動空間，所以說，橫街的廣場作用使其具有了街道和區域雙重意義，這一點改變了人們對街道功能的傳統理解。

（二）皇城諸官署間的街道

皇城的街道有南北五街、東西七街，縱橫相交。皇城北接宮城，南接外郭城，間隔宮城、皇城和外郭城的兩條東西大街上文已涉及，茲不贅述。呂大防《長安圖》題記和徐松《唐兩京城坊考》都記載皇城中各街皆「廣百步」〔註23〕，由於皇城內的大部分街道及官署遺跡都被現代建築所壓，考古勘探

〔註21〕〔清〕徐松撰，張穆校補：《唐兩京城坊考》卷一，中華書局，1985 年 8 月，第 10 頁。

〔註22〕中國科學院考古研究所西安唐城發掘隊：《唐代長安城考古紀略》，《考古》，1963 年第 11 期，第 599 頁。

〔註23〕參見《雲麓漫鈔》卷八、《唐兩京城坊考》。目前考古學者只探尋到唐皇城內的安上門大街遺址，街寬 94 米。

無法展開，而唯一探尋到的皇城內安上門大街街寬為 94 米，未足百步，不過目前也只能依據文獻瞭解皇城內街道的布局情況。《唐兩京城坊考》描述皇城格局是：「左宗廟，右社稷，百僚廨署列於其間，凡省六、寺九、臺一、監四、衛十有八，凡府一、坊三、寺三、率府十。」〔註24〕皇城以承天門街為中軸，左右整齊布置著上述官署機構，端直的街道縱橫交錯形成的一個個長方形區域。

（三）外郭城諸坊、市間的街道

唐長安城外郭城的原有格局是南北向有十一條街、東西向有十四條街，縱橫相交劃分出 109 坊和東、西兩市〔註25〕。外郭城諸坊、市在朱雀門街兩側呈對稱布局，不過區隔這些區域的街道規格並不完全一致。據考古實測，朱雀門街東五街街寬依次為 67 米、134 米、68 米、68 米、25 米；朱雀街西五街街寬依次為 63 米、108 米（殘存）、63 米、42 米（殘存）、20 米。朱雀街東、西第五街為順城街，與城牆相連，因此比坊、市間的街道狹窄許多。東西大街探得北起第四街即橫穿皇城之街街寬 75 米，第五街即皇城南與外郭城相隔之街街寬 120 米，第六至十三街街寬依次為 44 米、40 米、45 米、55 米、55 米、45 米、59 米、39 米，第十四街為城南邊的順城街。十一條南北大街的長度大致可分兩類，除朱雀街及其東、西第一街的八條街街長都與外郭城城內南北長度相等，在 8627.2～8633.2 米〔註26〕，朱雀街及其東、西第一街街長為 5304～5307 米左右〔註27〕。

十四條東西大街的長度同樣可分兩類，北起第二條東西大街被宮城隔斷為兩條短街，兩街共長 6840.7～6846.7 米左右〔註28〕，除此以外的十三條街街長都與外郭城城內東西廣度相等，在 9697～9703 米左右。長安城內街道的實測數據雖然難以體現統一的規範標準，但朱雀街東西兩側的南北向大街的街寬規格基本保持了對稱，坊、市間的東西大街除了與皇城相連的大街外街寬規格都

〔註24〕《唐兩京城坊考》卷一，第 10 頁。

〔註25〕每市占兩坊之地，城西南隅的曲江占去一坊之地但並不設坊。

〔註26〕外郭城城內南北長度計算由考古實測的外郭城南北長度（8651.2 米）減去南北兩邊城基寬度（9～12 米左右）得出。以下外郭城城內東西長度計算方法相同。

〔註27〕《唐代長安城考古紀略》謂：「由明德門（外側）至皇城的朱雀門（南側）為5316 米。」（第 596 頁）則朱雀街的長度為此數據減去明德門厚度。

〔註28〕計算結果由外郭城東西直徑（9721 米）減去東西兩邊城基寬度（9～12 米左右）再減去宮城東西廣度（2820.3 米）及兩邊牆基寬度（18 米左右）得出。

相差不大，這樣端直街道相交而成的百餘坊里的平方面積儘管隨著街寬變化產生差異，可視覺上依然是井然有序的，故而能給人以棋盤格局的印象。

歷史文獻記載的長安城街道形制統一為南北向的十一條街道寬都是 100 步（147 米），東西向的十四條街道寬有 100 步（147 米）、60 步（88.20 米）、47 步（69 米）三種〔註29〕。然而，中國科學院考古研究所西安唐城發掘隊的考古勘察的長安城街道，實測寬度卻與文獻記載多有出入。實測的唐長安城街道寬度要比文獻記載的更為複雜，僅從以上列舉情況即可見一斑。總體上看，從長安城東西三座城門和南面三座城門延伸向城內的六條大街，較城內其他大街寬闊，考古和歷史學者大都認為通往城門的這六條大街就是唐人詩歌和筆記中屢屢提及的「六街」〔註30〕。六街構成了長安城的主幹道，其中有五條是連接宮城、皇城和外郭城的大街（參見前述要點一），起著區隔或者連結宮城、皇城和外郭城的作用。由此可見長安城內的主幹道布局與三城制的區域等級思想是密不可分的，這正體現了唐長安城街道布局與區域規劃的結合。

另外，由於從城門向城內延伸的大街並作單股道，原本漢長安城位於三股道中間、馳道兩側的排水溝到了唐長安城則是處在寬廣街道的兩邊，接連著城牆、宮牆和坊牆等區域邊界。漢以後的都城大街已經開始出現單股道，至隋唐都城更是取消了秦漢以來京內實行的馳道制度，都城大街皆作單股，只在關鍵區域布置御道作象徵性地代替。都城街道形制的改變直接影響到了帝京形象，典型的例子是梁朝詩人庾肩吾的樂府古題《長安有狹斜行》云：「我居臨御溝，可識不可求」〔註31〕，以及唐朝詩人崔顥的樂府古題《相逢行》云：「玉戶臨馳道，朱門近御溝」〔註32〕。雖然擬寫的是漢朝長安城和洛陽城的景象，但居住空間能夠近鄰御溝的街道格局所反映的卻是詩人所處當下的都城景象，至於以漢朝都城為代表的帝京文學形象在都城空間變遷的刺激下則經歷著蛻變。唐

〔註29〕《長安志圖》卷上：「縱十二街，各廣百步許。皇城之南橫街十，各廣四十七步。皇城左右各橫街四，三街各廣六十步，一街直安福、延喜門，廣百步。」（《宋元方志叢刊》本，第 9 頁）此外，宋敏求《長安志》、徐松《唐兩京城坊考》關於長安城街道寬度記載皆與此一致。

〔註30〕參見中國科學院考古研究所西安唐城發掘隊《唐代長安城考古紀略》（《考古》，1963 年第 11 期，第 603 頁），徐松撰，李健超增訂《增訂唐兩京城坊考》（三秦出版社，2006 年 8 月），寧欣《詩與街──從白居易「歌鐘十二街」談起》（《中國歷史文物》，2005 年第 5 期，第 73～79 頁）。

〔註31〕逯欽立輯：《先秦漢魏晉南北朝詩》，《梁詩》卷二三，第 1981 頁。

〔註32〕《全唐詩》，卷二○，第 236 頁。

長安城的御溝也遠比漢長安城的御溝形制深廣，「溝上口寬 3.3、底寬 2.34、溝東壁深 2.1、溝西壁深 1.7 米。」〔註 33〕唐長安城御溝的橫斷面面積幾乎是漢長安城御溝橫斷面面積的 12 倍，由此可見唐朝道路規模的壯觀。

圖 4-1　唐長安城延平門、延興門東西大街

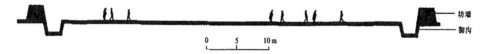

街寬 55 米，剖面景觀想像圖〔註 34〕

　　唐長安城的街道格局雖然在隋建大興城時就已形成完整規模，但隨著唐長安城的發展，特別是由於高宗朝續修大明宮和玄宗朝興建興慶宮的空間需要，各別坊里被合併、拆分甚至撤銷，開闢新的宮城城門大街也佔用了一些坊里。大明宮和興慶宮的出現打破了唐長安城原有的對稱平衡感，三大內並立的新格局無法顧及中軸線的規劃原則。儘管如此，長安城棋盤式街道格局所形成的象徵著平衡與秩序的城市印象並沒有被改變，身處在三大內格局成型後的長安城內，白居易如此描繪他所看到的景象：「百千家似圍棋局，十二街如種菜畦。遙認微微入朝火，一條星宿五門西。」〔註 35〕外郭城依然給人以嚴整有序、整齊劃一的感覺，但是百官上朝前往大明宮建福門的路，又說明了長安城北邊城牆外的大明宮才是當時的皇權中心所在。

　　綜上所述，從漢長安城到唐長安城街道布局產生了以下幾點變化：（1）從南面城門通至宮城的大街發展成城市的中軸線，都城布局理念從突顯區域大小轉向強調區域位置，中軸線大街起到了統率全局的作用；（2）隨著三城制格局的形成，城市主幹道實質上脫離了與宮殿的直接關係，唐長安城的三十八條大街中只有五條與宮城相接，大部分的城市街道縱橫於外郭城中；（3）大街從三股道變成單股道，城內馳道取消，城民可以自由穿越除御道以外的都城大街，街道更直接地實現區域溝通；（4）棋盤式街道格局使城市平面形象直觀明瞭、嚴整有序；（5）端直的街道縱橫相交形成大量十字街口，致使城民日常行走路線的選擇富於變化；（6）從等距街寬發展為不同級別不同寬度的多樣化街

〔註 33〕中國科學院考古研究所西安唐城發掘隊：《唐代長安城考古紀略》，《考古》，1963 年第 11 期，第 601 頁。

〔註 34〕梁江、孫暉：《唐長安城市布局與坊里形態的新解》，《城市規劃》，2003 年第 1 期，第 79 頁。

〔註 35〕《全唐詩》卷四四八，第 5041 頁。

道類型，街道在體現皇權社會等級制度的同時也豐富了城市形象；（7）由於城市面積的擴大，唐長安城街道的長、寬總體上大於漢長安城街道的長、寬，唐長安城的街道更富有壯觀的效果，個別大街如橫街，同時具有廣場集會的功能。這些變化深刻影響著城市的形象，街道不再只是見證帝京壯麗的一種方式，類型多樣、功能豐富的街道製造出風格多樣的都城印象，街道本身也成為帝京的一種標誌，隋唐帝京更因多元化的街道布局而給生活其中的人們帶來多種層次的都城體驗。

圖 4-2　唐長安城復原圖

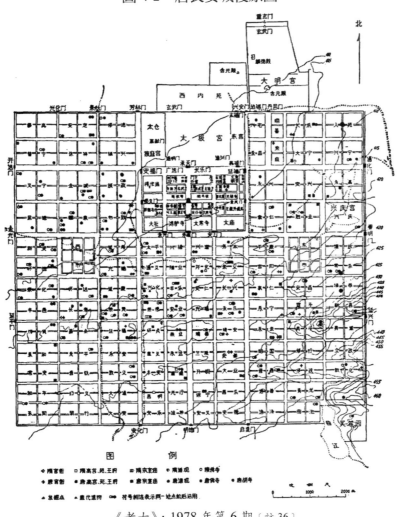

《考古》，1978 年第 6 期〔註 36〕

〔註 36〕宿白：《隋唐長安城和洛陽城》，《考古》，1978 年第 6 期，第 412 頁。

第二節　從「天子所行」到「天子所居」的馳道觀察

一、帝國集權與空間擴張的象徵──秦漢馳道

　　秦始皇統一六國後推行「車同軌」〔註37〕的道路制度，將先秦各諸侯國寬窄不一的道路作規範化的修整，形成全國貫通的交通網絡。為了專供天子巡遊及軍事運輸，秦始皇以咸陽為中心開闢了通往全國各地多條馳道。從此，馳道作為統一道路制度下帝王的專有標誌，也成為大一統王朝道路網絡覆蓋遼闊的王霸象徵。

　　賈山在《至言》一文中借秦為喻向漢文帝言治亂之道，他對秦朝馳道的描述大致反映了漢人對秦朝馳道的印象：「為馳道於天下，東窮齊、燕，南極吳、楚，江湖之上，瀕海之觀畢至。道廣五十步，三丈而樹，厚築其外，隱以金椎，樹以青松，為馳道之麗至於此。使其後世曾不得邪徑而託足焉。」〔註38〕賈山意在批評秦始皇的恣行暴虐，但他的描述也同樣讓人對秦朝馳道壯麗尊貴的氣質印象深刻。

　　馳道的出現實際上是順應了帝國時代集權社會發展的需要，曾經的六國道路被統一規劃，馳道的控制權獨屬於帝王一人，皇權得到了極大地尊崇，但大規模地修築馳道造成勞民傷財，也必然激起怨憤，這是一項利弊突出的舉國工程。如果僅從都城規劃的角度評價城內馳道建設，其政治意義是非常明顯的。馳道制度的發明配合了帝國時代對都城格局彰顯集權神聖的強烈訴求，自有內在合理性。而當馳道為滿足帝王巡幸的車軌不斷向王朝全境蔓延鋪展時，耗費鉅資人力廣修馳道無疑是十分冒險的舉措。

　　漢朝繼承了秦朝的馳道以及馳道制度，《三輔黃圖》謂：「漢令，諸侯有制，得行馳道中者，行旁道，無得行中央三丈也，不如令，沒入其車馬」〔註39〕，由此可知漢朝馳道制度嚴明，王公貴族即使獲准得行馳道的特權，也不能進入馳道中央三丈地，帝王神聖不可侵犯的權威通過等級森嚴的馳道制度，滲透到各階層人物的日常生活中。前文所舉漢朝皇族、大臣不敢穿行馳道或行於馳道而遭制止、彈劾的例子，都說明在漢朝現實生活中馳道制度的執行確實是非常嚴苛的。西漢末平帝曾廢止三輔馳道，致使秦漢馳道制度覆蓋面在西漢末期出現收縮，此後未見有東漢時期恢復三輔馳道的文獻記載。西漢形

〔註37〕《史記》卷六《秦始皇本紀》，中華書局，1959 年 9 月第一版，第 239 頁。
〔註38〕《漢書》卷五一《賈山傳》，第 2328 頁。
〔註39〕《三輔黃圖校釋》卷一，第 58 頁。

成的以長安城為中心向外輻射、都城內外相結合的馳道格局，將馳道制度推向了鼎盛，西漢以後皇權統治對於道路的控制有所減弱，帝京以外的馳道建置呈現退化，不過都城城內及近郊的馳道制度依然保留了下來，並且在此後的都城營建中得到了延續。現存的兩漢京都賦都對漢長安城內街道的規格和制度都進行過描述，卻並沒有特別提及「馳道」。「馳道」的意象是在西漢枚乘的《梁王菟園賦》、王褒的《甘泉宮頌》和東漢王延壽的《魯靈光殿賦》等描寫離宮別苑、諸王宮室的賦中才出現的。這些漢賦中的「馳道」都不在帝京城內，而是屬於連結京內和京外、正宮與離宮、帝王居所與諸侯王居所的御用道路，體現著馳道由帝京向外擴張的空間特徵。

圖 4-3　秦馳道示意圖〔註 40〕

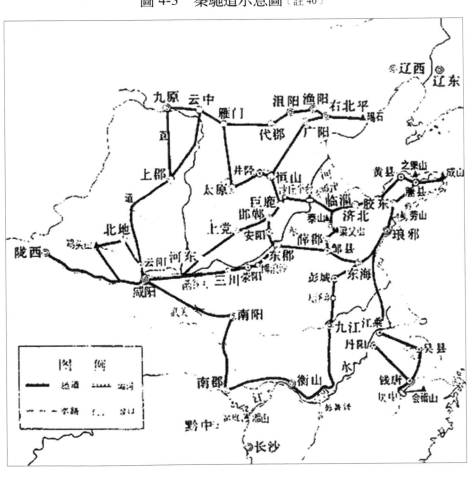

〔註 39〕中國歷史博物館編：《簡明中國歷史圖冊》，第四冊《封建社會秦漢》，天津人民美術出版社，1979 年 12 月，第 25 頁。

秦漢時期的馳道所指範圍非常廣泛，秦漢馳道是以帝京為中心向外輻射的全國性道路主幹，馳道制度的意義就在於將帝王的神聖權威印刻在了平坦寬廣的大道中央三丈地上，而馳道由帝京向四方蔓延伸展的態勢，則形象地喻示了帝王及其帝國的霸業。

儘管兩漢的馳道制度已不再像秦朝那樣肆意擴張，兩漢都城大道實行的馳道制度也已通過都城的空間布局內化，為人們對社會等級區分的日常生活體驗，可是漢賦中的馳道仍然作為連通京內世界和京外世界且富有皇權色彩的空間意象。秦漢時期馳道的空間範圍幾乎覆蓋了整個帝國，而不僅僅在帝京內部。現存的漢賦作品則反映了漢朝文人對馳道的理解，漢朝的「馳道」文學意象主要體現在皇權威儀對京外世界的征服、佔有和支配。

漢末學者蔡邕謂：「馳道，天子所行道也。若今之中道然。」〔註41〕蔡邕指出了秦漢馳道的兩個特徵：「天子所行道」指示空間範圍，天子所行遠近往往取決於王朝版圖的大小，這是馳道的空間擴張性特徵；「中道」指示位置以突顯皇權在社會等級中的至高地位，這是馳道的兩個核心特徵，分別對應著帝國與帝王精神象徵的雙層內涵。秦漢時期的馳道制度與馳道分布情況，也正是如此彰顯著帝國時代的帝王威儀。

「馳道」的文學意象與都城形象發生直接的對應關係是在帝國分裂以後，即隨著集權統治的弱化在馳道制度上的逐步顯現，當馳道制度更多地表現為帝王居所（國都及其近郊）的一種道路制度時，「馳道」對於帝京文學形象來說始成為都城或者帝王形象的象徵。這一點是非常值得注意的，馳道代表了由帝京向外輻射擴張的空間概念，帝京文學中的「馳道」意象沒有出現在馳道制度的發明鼎盛期，而恰恰是在一統時代結束、馳道制度退化的時間段出現。

二、馳道變遷與長安記憶的文學表現──六朝馳道

秦漢以後至隋唐以前的王朝多以分裂割據為主，國力允許的情況下各朝營建的都城大都延續了秦漢以來的馳道制度，這一時間段有關都城的馳道意象也出現在不同的文體創作中。《三國志・魏書》載：「植嘗乘車行馳道中，開司馬門出。太祖大怒，公車令坐死。」〔註42〕曹植因擅行於鄴都馳道、私開宮

〔註41〕《三輔黃圖校釋》卷一，第 58 頁。
〔註42〕〔晉〕陳壽：《三國志》卷一九《陳思王植傳》，中華書局，1956 年 12 月第一版，第 558 頁。

門而失寵，此事與漢成帝作太子時不敢絕馳道而獲嘉賞的事形成鮮明對照，相同嚴苛的馳道制度體現了王朝歷史的承續性。

但是割據王朝的馳道覆蓋面必然受到疆域限制，與一統王朝天子所行遍及四海的雄霸局面是遠不可比的。陸機《洛陽記》記載西晉洛陽城「宮門及城中大道皆分作三。中央御道，兩邊築土牆，高四尺餘，外分之。惟公卿、尚書章服道從中道，凡人皆行左右。夾道種榆槐樹，此三道四通五達也」〔註43〕。從中可見西晉洛陽城的道路建置，由城門延伸出三股道路、御道居中、道旁植木的規劃方式與漢長安城的道路規劃在形式上也保持著一致。

到了南北朝時期，馳道在都城中呈現出進一步退化。馳道不再佔據遍布全城的各大幹道，而主要分布在宮城通往城門的幹道上，這種情況與都城形制由多宮制向單宮制轉變、民居空間不斷擴大且趨於規整布局等因素有關。酈道元《水經注》記載北魏洛陽城「自此（指司馬門南）南直宣陽門，經緯通達，皆列馳道。往來之禁，一同兩漢」〔註44〕。可知北魏洛陽城沿襲了兩漢都城的馳道制度，馳道分布在宮城南門至內城南門之間銅駝街跨越的區域。而《洛陽伽藍記》提到北魏洛陽城內城的十三座城門中有十一座接連馳道通往外郭〔註45〕，形成貫穿東西的三條馳道和宮城南、北五條馳道縱橫相交的幹道網絡。《南史·宋本紀》記載宋孝武帝「立馳道，自閶闔門至於朱雀門，又自承明門至於玄武門」〔註46〕。廢帝劉子業即位後又曾停罷馳道。南朝宋齊梁陳皆都建康，制度相因，建康城中的南北二馳道時廢時立，馳道在都城中的布局未有太大改變。

不管是統一王朝還是割據王朝，不管是擁有縱橫四海的帝國馳道，還是退縮為都城內部大街的帝京馳道，在王朝統治者的心理期待中，馳道都是代表了理想化的、大一統的政治空間形態特徵。如永泰元年（498）南齊明帝遣陳顯達討伐北魏號召收復雍州五郡的詔書云：「中原士庶，久望皇威，乞師請援，結軌馳道。」〔註47〕南齊北伐以一統大業自負，所謂「馳道」即是在此前提預

〔註43〕〔宋〕李昉等：《太平御覽》卷一九五，中華書局，1960年2月第一版，第941頁。
〔註44〕〔北魏〕酈道元：《水經注》卷一六，上海古籍出版社，1990年9月，第330頁。
〔註45〕〔北魏〕楊衒之撰，范祥雍校注：《洛陽伽藍記校注》卷一，北京：中華書局，2010年10月。
〔註46〕〔梁〕沈約：《宋書》卷六《孝武帝紀》，中華書局，1974年10月，第128頁。
〔註47〕〔梁〕蕭子顯：《南齊書》卷二六，中華書局，1972年1月，第491頁。

設下對王朝領土的標記。這樣的政治辭令顯然不足以說明現實馳道的分布和使用狀況，卻可以反映出秦漢馳道內涵空間政治的延續。

以上記述說明馳道制度在漢以後的都城道路布局中的具體運用。王朝時有分合，國都時有遷移，馳道則經歷著興廢停立，馳道覆蓋的地域空間擴張或是收縮與政局、國力以及統治者的個人意願有著密不可分的關聯。與此同時，隨著馳道的不斷收縮以及都城規劃處理區域關係的手法日趨成熟，皇權威儀的空間化越來越傾向於集中，南北朝時期都城的馳道不再像漢長安那樣覆蓋城內所有與城門相通的大街。以北魏洛陽城和南朝建康城為例，馳道就只是設置在宮城門向城門延伸的幾條主幹道上。對於帝王來說，只在都城重要的主幹道設置馳道以標榜天子權威，是對王朝與國都內外空間演變的應對和調適。對於城民來說，那些沒有了馳道區隔的大街，才真正起到了道路交通連結區域的作用。而對於都城來說，馳道和一般街道彼此間的等級區別，將使都城形象更加立體而層次豐富。

至於文學中的「馳道」，何晏《景福殿賦》形容曹魏許昌「飛閣連延，馳道四周，高樓承雲，列觀若浮」〔註48〕，左思《吳都賦》描述三國之吳都「朱闕雙立，馳道如砥。樹以青槐，互以練水」〔註49〕，馳道已儼然成為都城街道的象徵。與前文所舉的漢賦相比較，能夠發現魏晉賦中馳道的空間含義發生了改變，馳道指示的地理空間由京外的延伸轉向了京內。兩漢之後的王朝分裂，使一統時期馳道貫通四方的全國性交通網絡不復存在，道路交通的覆蓋範圍隨著政權割據的形成不得不侷限在地方，代表帝王雄威的馳道制度自然受到影響，從京外空間擴張轉向都城內部的強調。依照如此邏輯，王朝版圖的割裂、收縮與文學中「馳道」的空間寓義從帝國到帝京的轉型是否也存在著某種必然聯繫呢？

儘管自南北朝開始都城的馳道布局和馳道制度顯現衰退，但「馳道」的文學意象與帝京文學的關係更為密切了。在南北朝詩歌裏，馳道作為非常重要的城市要素，出現於過去的和現在的不同都城形象中：

（一）故都的馳道

兩漢國都長安和洛陽代表了帝國文明的高峰，東漢京都賦更是將二者推

〔註48〕〔唐〕歐陽詢：《藝文類聚》卷六二，中華書局，1965 年 11 月，第 1124 頁。
〔註49〕《文選》卷五，第 217 頁。

向了帝京文學形象的典範,從魏晉至北朝長安和洛陽亦曾多次為都。南朝文人描寫北方故都的詩中,馳道意象與其他帝京景物相互映襯,呈現出帝王所居獨有的尊貴氣質。如「層閣肅天居,馳道直如髮」(鮑照《代陸平原君子有所思行》);「洛陽馳道上,春日起塵埃」(徐陵《洛陽道》);「馳道柳條長」(顧野王《芳樹》);「名都馳道傍,華轂亂鏘鏘」(王冏《長安有狹斜行》);「長安馳道上,鐘鳴宮寺開」(阮卓《長安道》)等等,以上詩歌都是通過對漢魏樂府固定題材的擬寫,分別吟詠了魏晉鄴城、兩漢洛陽城和長安城。

　　雖然這些主要生活在南朝的詩人未必親臨過北方的故都,但通過擬寫漢魏以來同類題材的樂府作品,他們仍然可以用語言形容出那些遠在北方的壯麗故都。帝京題材詩歌中「馳道」的出現,無疑是南朝文人將都城空間的歷史想像與現實體驗結合產生的新意。故都馳道的意象往往出現在詩歌的起首部分,通往宮闕的馳道不只是皇居無上尊榮的政治權力象徵,馳道也建立起人們對都城格局的整體印象,或者是都城最為核心的皇居空間的印象。除此以外,馳道上飛揚的塵土和道旁排列的植木,也成為解析城市內部景觀細節層次的文學意象。總之,南北朝文人展示的故都馳道,對應著帝京形象的宏觀結構和微觀景象兩層含義。

　　馳道在詩歌中起到建立空間格局和構造景觀意象的作用,正體現了詩歌與賦在空間表達上的不同切入視角,在京都賦中都城的整體格局及內部景觀,是由盡可能多的歷史、空間、文化元素拼接組合而成都城的整體印象,但是在篇幅極度精練的詩歌中形成都城整體印象的,只可能是少數幾種城市要素。馳道的延伸特性給人以言語之外的無限空間想像,同時馳道又是作為皇居的重要標誌,能夠將其他城市要素如宮殿、民居、城門等串聯,也能夠組織起獨立的街道景觀。因此,南北朝文人創造的馳道文學意象匯聚有政治象徵、空間構造、景觀呈現等多種功能。街道尤其是馳道,對帝京文學形象的重要意義,與其在實際的都城格局中起到的作用,所達到的契合,也正是帝京文學由賦向詩的文體轉向,與馳道制度由帝國向帝京收縮兩條線索的交匯。

(二)現實都城的馳道

　　在描寫現實都城時,南朝文人不再依靠擬寫古題樂府的復古式創作,基本上從詩題就可以看出即時即景的創作意味,其中有些詩歌的律化程度已相當高。新的文體連同南方的都城風物,一起促使南朝詩歌跳脫出了漢魏晉樂府關於北方悠久輝煌都城的創作套路。而南朝文人筆下現實的馳道與故都的馳道,

在意象的言語化過程中存在的異同，則反映了空間變遷和文體演變共同作用給傳統意象帶來的多樣化刺激。如「象闕對馳道」（劉義恭《登景陽樓詩》）；「飛甍夾馳道，垂楊蔭御溝」、「朱臺鬱相望，青槐紛馳道」（謝朓《入朝曲》、《永明樂》）；「詰旦閶闔開，馳道聞鳳吹」（丘遲《侍宴樂遊苑》）；「雙闕指馳道，朱宮羅第宅」（江淹《雜詩》）；「宿霧開馳道，初日照相風」（何遜《早朝車中聽望》）；「脂車向馳道，總轡息中華」（簡文帝《守東平中華門開詩》）；「軒蓋蔭馳道，珠履忽成群」（蕭琛《和元帝詩》）；「象闕連馳道，天宇照方疏」（江總《詠雙闕詩》）；「馳道藏烏日，鬱鬱正翻風」（祖孫登《詠柳》）南朝民歌「青幡起御路，綠柳蔭馳道」（《讀曲歌》）等等。相比南朝文人對遠隔在北方故都的文學想像和文學重述，他們在描寫親身生活的南朝都城建康時，表現出更多自信的文學構思：總是通往宮闕的馳道象徵了皇權的空間輻射，而馳道兩旁的飛甍、第宅則代表了貴族居住區對皇居空間的拱衛，馳道區隔形成的都城格局也象徵了皇權對空間享有的絕對支配權力；馳道上種植的楊柳、青槐，春時立在樹間的青幡，道旁樹下的御溝，道中往來的車馬、交雜的步履，甚至是累日變幻的春風、樹蔭、晨霧、塵土……關於馳道的這些細瑣、美妙又喧囂的景象，構成了生活氣息濃鬱的南方都城街道景觀。

比之帝京題材的古題樂府，南朝詩歌中馳道意象的內涵和外延都有所變異。以上所舉詩歌每一聯所包含的意象基本保持在三至四個，數量上達到了五言詩的上限，一聯之內上下句的意象也在有意追求著照應和互補。這種緊湊且講究外延關係的意象構造方式，既不同於漢魏京都賦對帝京景物的密集鋪排，也不同於魏晉及至當時的古題樂府總是在過於有限的幾種意象中作出選擇。南朝詩歌並不是對此前兩種文學傳統、兩種文體特質的簡單調和，馳道意象在帝京文學形象中的地位是逐步加強的，同時馳道意象自身內涵雖未偏離皇權威儀的精神象徵之根本，但卻發生了形象氣質上的扭轉。南朝詩歌中的馳道是明曜、華美、生動的，傳統馳道意象慣有的恢宏、莊嚴、整肅等特徵，在南朝詩風普遍追求的細節美感中淡化為悠遠歷史記憶的底色。

這一時期北朝文人沒有表現出與南朝文人相匹配的文學創作熱情，只有非常有限的作品涉及了都城題材和馳道意象，如「御溝屬清洛，馳道通丹屏」（溫子昇《從駕幸金墉城》），「槐衢回北第，馳道度西宮」（王褒《長安道》）〔註50〕等。僅以兩首詩與前文所舉的南朝文人關於故都和今都的眾多作品進

〔註50〕《先秦漢魏晉南北朝詩》，《北周》卷一，第 2332 頁。

行比較，並由此評價北朝都城詩的都城形象以及文學風格是存在相當風險的。何況王褒由梁入西魏的身世經歷所代表的南北之間人口流動的現實，使得北朝的南朝文人或者北朝都城詩之類以時代、地域及文風為劃分的判讀帶有兩可性。

即便如此，也不能就以為北朝相對冷清的創作不過是北朝文人對於他們身處都城缺乏感受的創作空虛。這兩首詩在處理馳道意象的手法上都更接近於南朝詩歌所代表的緊湊、工整、對稱的新意象結構特徵，可是又沒有表現出對馳道景觀精美細膩的追求，馳道意象的功能仍然是著重於都城整體空間感的構造。考慮到北朝既存在著西魏、北周的長安和東魏、北齊的鄴城這樣延續漢、魏晉都城格局舊制的都城，也存在著北魏的洛陽這樣開啟都城格局新制的都城，比起南朝承自魏晉格局且保持傳承的建康來，北朝的都城表現出了更多新舊空間形態演進與迂迴的複雜性，只是我們尚難以在文學中找到可供細緻體味這樣一種複雜性影響下的城市印象。北朝都城詩的冷清並不代表北朝都城本身是乏善可陳的，恰恰相反這是中國都城空間格局演變過程中一個重要的變革期。

南北朝的都城詩和都城形態的發展呈現出地域間的不均衡，南朝和北朝分別在都城的文學塑造和實體建設上各有突出創造，這些文學和空間的突破在南北對比中形成鮮明的時代特色。南朝詩歌中的都城形象和北朝都城的變革，說明文學的都城印象和都城的現實面貌並不總是能夠保持對等的再現關係，文學風尚和空間變貌都有可能刺激帝京文學形象的改變。

三、隋唐馳道的空間復興與功能變化

從北魏分割出去的東、西魏棄置了極具空間變革意義的北魏洛陽城，分別在漢、魏晉故都長安和鄴城建立起各自的政權，北朝都城遷至舊都客觀上造成都城空間演變的時代倒退，北朝的這種都城分布格局在北周、北齊繼續維持。直到隋文帝即位後他再也無法忍受繼續沿用「凋殘日久」的長安城〔註51〕，決定為了隋朝即將實現的一統大業建造一座偉大的新都，都城的空間演變才終於結束了北魏分裂以後復古的迂迴。隋朝新都結合了北朝都城的結構布局特色，尤其吸收了北魏洛陽城的三城制格局，並將沿中軸線對稱布局的空間原則進一步完善和突顯。

〔註51〕《隋書》卷一《高祖本紀》上，中華書局 1973 年 8 月，第 17～18 頁。

　　新都的街道格局隨之發生了根本性變革，首先是街道的形制，都城街道由秦漢以來的三股道改作單股道，寬闊無比的城內大街不再專築馳道，由此消除了此前都城城內馳道對城民日常交通的限隔。隋朝新都中的大小街道，僅有中軸線街道及宮殿、宮城中設有皇帝專用行道，即御道〔註 52〕。

　　隋朝都城內的馳道制度雖因單股道的道路形制而不復存在，帝王對道路享有的至高無上權威卻可以通過設置御道、警蹕、儀仗等其他形式，體現出皇權的空間優勢；而另一方面，馳道以都城為中心輻射全國的壯觀形象，在城外的道路建設中重獲落實，秦漢帝國曾經馳道通達、版圖四方的局面，隨著一統王朝的再次來臨，又有了返照。隋煬帝即位後，為了滿足四方巡幸和征伐需要，在長安與洛陽之間，以及自洛陽至江南塞北皆闢有馳道。如《隋書·煬帝本紀》載：「（大業三年五月）發河北十餘郡丁男鑿太行山，達於并州，以通馳道。」〔註 53〕李淵晉陽起兵時的《舉義旗誓眾文》謂隋煬帝「巡幸無度，窮兵極武。喜怒不恒，親離眾叛。御河導洛，肆舳艫而達江；馳道緣邊，徑長城而傍海。」〔註 54〕從誓文條列的隋帝倒行逆施的罪狀可以看出，隋朝興修馳道的浩大工程已延伸到了帝國的邊界，馳道成了隋末激化社會矛盾的焦點之一。隋煬帝無限膨脹的野心和私欲連同隨之導向的帝國崩塌結局，都與馳道制度的發明者秦始皇的經歷何其相似，歷史又一次證明了馳道擴張的限度及其毀滅性後果。

　　儘管隋朝的馳道制度與都城城內街道布局已無關係，馳道仍然是和皇居所在的都城有著密切關聯的城市意象。這種自漢長安城即已形成並且在日後被文學語言不斷強化的空間觀念，似乎並沒有受到現實空間格局以及街道制度變革的影響。開皇年間，隋文帝遣內史定制禮樂，其中《皇太子出入，奏肆夏辭》曰：「馳道美漢，寢門稱周。」〔註 55〕又盧思道作《樂平長公主輓歌》云：「妝樓對馳道，吹臺臨景舍。」〔註 56〕「馳道」的文學意象不僅是作為都城的空間象徵出現，而且融合了漢成帝做太子時不敢橫絕馳道的典故，這兩篇

〔註 52〕《唐律疏議》卷七《衛禁》「登高臨宮中」條有禁止人臣行於宮殿、宮城和宮門外御道的記載（劉俊文撰：《唐律疏議箋解》，中華書局，1996 年 6 月，第579～582 頁）。唐都承隋，唐律所謂京城格局略可反映隋都概貌。
〔註 53〕《隋書》卷三《煬帝上》，中華書局，1973 年 8 月，第 68 頁。
〔註 54〕《大唐創業起居注》，上海古籍出版社，1983 年 10 月，第 19 頁。
〔註 55〕《隋書》卷一五《音樂志》，第 369 頁。
〔註 56〕隋文帝時樂平長公主宅在洛陽城東南的履道坊。

作品中的「馳道」都包含了對帝王家父子、父女之間人倫關係的讚譽，以及對皇居空間的象徵表達。回顧帝國時代都城空間的演變歷程，隋朝無疑是一個重要的轉折期，但這個短命的王朝，依然沒有留下多少文學作品可供我們瞭解當時人對於規模空前、格局獨特的新都懷有的城市感觀及印象。

作為繼之而起的又一個一統王朝，唐朝直接沿用了隋朝的國都大興城，但將其改稱為「京城」，一般也稱「長安」，由此中國都城史上出現了同名卻不同地的兩個長安。唐初統治者對於隋煬帝奢縱無度自取滅亡的教訓始終保持著警惕，盡可能展現出節儉無欲的帝王形象，那些標榜隋朝王霸之業的大型工程大多遭到了否定，隋煬帝時曾再現壯觀的馳道即在廢止之列。

義寧二年（618），唐軍過隋帝櫟陽行宮時，李淵頒《罷放櫟陽離宮女教》，其中有令：「馳道所有宮室，悉宜罷之。」〔註57〕李淵在攻取隋都的前夕，廢除隋朝大肆興修的宮室和馳道的行動，兌現了他在晉陽起兵時的號召，為其反隋自立爭取了相當的民意基礎。此後唐朝皇帝和臣子批評過往馳道工程的言論更是屢見不鮮。貞觀初唐太宗就曾對侍臣說過：「隋煬帝廣造宮室……馳道皆廣數百步，種樹以飾其旁。人力不堪，相聚為賊。逮至末年，尺土一人，非復已有。以此觀之，廣宮室，好行幸，竟有何益？此皆朕耳所聞，目所見，深以自誡。故不敢輕用人力，惟令百姓安靜，不有怨叛而已。」〔註58〕李淵父子都將隋朝的馳道工程視為帝王個人私欲無節制的表現，可見唐初帝王對於興修馳道是深懷戒心的。

開元七年（719）進士彭殷賢在《應文辭雅麗科對策》中揭露了秦始皇和隋煬帝自矜武功而驕縱亡國的歷史教訓，其對策云：「秦始皇平定六國，隋煬帝富有四海，不務廉恥，唯存戰伐。內造阿房繼以驪山之作，外征林邑重以遼東之戍。鑿馳道則隱以金椎，通鴻溝則樹以柳杞。」〔註59〕同樣將導致帝國崩壞的原因歸結為滿足統治者虛榮的舉國工程。開元末進士郗昂作《驪山傷古賦》批判秦始皇「殫人力為馳道」〔註60〕的窮奢極欲行為。如此種種言論皆是站在唐朝統治者的執政立場考慮，壯觀華麗的馳道經歷的興衰劇變，正折射出秦始皇和隋煬帝的統治由集權走向暴政直至覆滅的起伏過程。牽連著秦始皇和隋煬帝的歷史教訓，「馳道」的政治含義與暴政亡國產生了直接的因果聯

〔註57〕《全唐文》卷一，第 1 頁。
〔註58〕《貞觀政要》卷一〇，第 281 頁。
〔註59〕《全唐文》卷三〇七，第 3118 頁。
〔註60〕《全唐文》卷三六一，第 3669 頁。

繫，針對前朝覆亡的教訓，在唐朝統治階層的執政意識中，形成了這樣一種針對馳道的自上而下的批判價值觀。

批評馳道的觀點多見於唐朝前期的制誥及政論性文章。大曆十二年（777）黎逢應進士試時作《通天台賦》描述漢興盛況，賦中有言：「茲臺之下，馳道通乎中禁，周牆繞於平野。」〔註61〕將匯聚於都城的馳道視作一種盛世象徵，代表了與上述批判馳道截然相反的價值取向。頌美是自漢以來「馳道」文學意象在宮廷文學、帝京文學中所扮演的主要角色，這種情況在唐人的文學創作中其實也相當普遍，相關內容下文還將重點討論，此處暫不一一列舉。

總而言之，唐人眼中的馳道具有矛盾的兩面性，馳道既與秦、隋的覆滅有著因果必然，又與漢的興盛呈現表裏關係。唐人上自帝王下至一般文士對馳道進行的反省與批判，在唐以前的王朝歷史中是很少見的，而批判和頌美的價值觀對立共存，無疑使得唐人對馳道形象具有了多元視角的理解方式，馳道意象必然會受此影響並呈現出富有時代性的特徵。

唐朝統治階層對於馳道歷史的解讀在今天看來是傾向於實用主義的，這些主流言論透露出統治階層對於馳道懷有的複雜矛盾心理，唐朝馳道的現實狀況對此也是有所呼應，發生著形態演變。

由於唐都長安城內的街道形制為單股，自漢以來的都城大街，通過三股道實現皇帝對中央三丈地享有的至高無上權威的馳道，連同馳道制度已不復存在，但是唐長安城中的帝王專用道即御道，同樣發揮著類似馳道中路的作用，御道可以視為都城馳道的變異。《唐律疏議》卷七《衛禁》載：

若於宮殿中行御道者，徒一年。有橫道及門仗外越過者，非。

疏議曰：宮殿中當正門為「御道」，人臣並不得行。其在宮殿中及宮城中而行御道者，各徒一年。若有橫道，殿前即有橫階，殿內亦有橫道；殿門、宮門內外立仗之處，仗外雖無橫道，越過者無罪。

宮門外者，笞五十。誤者，各減二等。

疏議曰：嘉德門等門為宮門，順天門等門為宮城門。準例，宮城門有犯，與宮門同。今云「宮門外」者，即順天門外行御道者得笞五十。「誤者，各減二等」，謂從殿中至宮門外，誤行御道者，各得減二等。〔註62〕

〔註61〕《全唐文》卷四八二，第4925頁。
〔註62〕劉俊文：《唐律疏議箋解》，中華書局，1996年6月，第579～582頁。

劉俊文《唐律疏議箋解》針對這條律令解析:「類似此律之規定已見於漢、魏。……《史記》卷六《秦始皇本紀》:『治馳道。』《集解》應劭曰:『馳道,天子道也。道若今之中道然。』是其性質與此律之『御道』實同。因可推斷,唐律此條蓋自漢法演變而來。惟漢魏之法,行馳道者或坐死,或坐免,同時沒入車馬被具,處罰頗為嚴峻,而唐律此條規定行御道罪之處罰則較漢魏之法為輕。」〔註63〕路禁所體現出隋唐都城的御道與漢魏都城的馳道,二者街道制度上的衍生關係,說明了都城御道和都城馳道在內涵及功能上相通。

《唐律疏議》中的「順天門」為武德元年(618)所改,中宗神龍元年(705)改為「承天門」〔註64〕,則此條關於御道律令當來自於《武德律》或《貞觀律》,即早在唐初就已形成的街道制度。從《唐律疏議》的這段記載中,也可以瞭解到唐長安城的御道分布情況,大致是宮殿建築內部、宮城中和順天門(承天門)外貫穿皇城的承天門街。唐長安城以宮殿作中心延伸出都城中軸線的御道格局,直接承自隋朝大興城的街道布局,至遲在太宗朝就已經確立了由馳道制度演化而來的御道制度。從漢長安環繞多個宮殿區且遍布全城的馳道,到唐長安以單一宮城為中心向外延伸出都城中軸線的御道,帝王專行道的形制、格局異同,匯聚了帝國時代都城結構變革的縮影。

至於從京城向外延伸至各地的馳道,儘管唐朝君臣在檢討歷史政事時一再批評秦始皇、隋煬帝廣修馳道,可事實上,依賴於統治者個人意願而在唐初廢止的馳道,並沒有徹底消失於唐朝的道路交通,一些唐人著述中隱約透露出馳道在特殊的時間段和地段仍有使用的可能:

(一)長安至洛陽的馳道

長安至洛陽的交通歷來重要,秦漢及隋都曾因帝王巡幸而興修此段區間內各種類型的道路。自唐太宗至唐玄宗統治期間,皇帝時有巡幸東都,雖然李淵建國時下令廢止隋朝所有馳道,但唐朝皇帝駕幸東都時隋朝修築的兩京馳道,應該是重新獲得了啟用。如高宗咸亨二年(671),王勃作《春思賦》云:「復聞天子幸關東,馳道煙塵萬里紅。析羽搖初日,繁笳思曉風。後騎猶分長樂館,前旌已映洛陽宮。」〔註65〕即是描寫皇帝巡幸東都時宮苑館驛次於馳道

〔註63〕《唐律疏議箋解》,第 581~582 頁。
〔註64〕見《唐六典》卷七(〔唐〕李林甫等撰,中華書局,1992 年 1 月,第 217 頁)及《長安志》卷六。
〔註65〕《全唐詩》卷一七七,第 1800 頁。

的壯觀場面。如果說文學修辭並不一定能夠對應客觀現實的話，那麼顏真卿為宋璟所撰神道碑言及開元六年（718）玄宗幸東都時不滿馳道狹隘的事，同樣證實了上述推測。碑文曰：「駕幸東都，至三崤，馳道險隘，行不得前。河南尹李朝隱、知頓使中丞王怡並坐當降黜。公奏曰：『必若致罪二臣，將來必受其弊。』遂命公捨之。」〔註66〕《舊唐書‧宋璟傳》亦對此事有所記載：「其秋，駕幸東都，次永寧之崤谷。馳道隘狹，車騎停擁。河南尹李朝隱、知頓使王怡並失於部伍。上令黜其官爵。璟入奏曰：『陛下富有春秋，方事巡狩，一以墊隘，致罪二臣，竊恐將來人受艱弊。』於是遽令捨之。」〔註67〕宋璟預見到了此番治罪可能導致大興土木勞民傷財的連鎖反應。玄宗應當是有所顧忌的，儘管他已經不再像高祖和太宗那樣在馳道問題上保持嚴格地自律，可還是接受了宋璟的勸諫，並沒有因馳道墊隘就降罪於負責巡幸途次事宜的知頓使和地方官，維持了兩京馳道的舊有局面。

元和十五年（820）憲宗欲幸華清宮，元稹上《兩省供奉官諫駕幸溫湯狀》謂駕幸華清宮始自玄宗，「乘開元致理之後，當天寶盈羨之秋。葺殿宇於驪山，置官曹於昭應。警蹕於繚垣之內，周行於馳道之中。」〔註68〕故知玄宗天寶間為了巡幸驪山需要，而在長安與昭應縣間設置了馳道，而昭應縣又是長安東去洛陽的必經之地，屬於兩京交通的區間。元稹的表狀繼而言及華清宮現狀：「累聖以來，深懲覆轍。驪宮圮毀，永絕修營。官曹盡覆於田萊，殿宇半堙於岩谷，深林有逸才之獸，環山無匡衛之盧。陛下若騎從輕馳，則道途無拱辰之備；若乘輿稍具，則邑縣有駕肩之憂；若帳殿宿張，則原野非徼巡之所。」〔註69〕安史之亂後長安通往驪山的馳道基本被毀，至憲宗朝仍是原野荒蕪的景象，元稹所謂「道途無拱辰之備」說明了玄宗朝長安通往驪山馳道以供帝王巡幸的道路格局已不復存在。

（二）兩京線路以外的其他馳道

高宗行幸并州汾陽宮時曾有意開闢新的馳道，據《通典‧巡狩》記載：「高宗調露元年九月，幸并州，令度支郎中狄仁傑為知頓使。并州長史李知玄

〔註66〕 《有唐開府儀同三司行尚書右丞相上柱國贈太尉廣平夕貞公宋公神道碑銘並序》，《全唐文》卷三四三，第3478頁。
〔註67〕 《舊唐書》卷九六，第3032頁。又兩唐書皆作開元五年事，與《宋璟碑》紀年不符。
〔註68〕 《全唐文》卷六五一，第6604頁。
〔註69〕 《全唐文》卷六五一，第6604頁。

以道出妏女祠，俗云盛衣服過者，必致風雷之變，遂發數萬人，別開御道。仁
傑曰：『天子之行，千乘萬騎，風伯清塵，雨師灑道，何妏女之害。』遂令罷
之。」〔註70〕史籍記載中唐朝僅有的一次為滿足帝王巡幸需要而「發數萬人」
開闢的「御道」，實即馳道，只是由於大臣的及時勸阻，這項浩大工程才未完
成。故而高宗此次巡幸所行的道路，應當仍是沿用隋煬帝大業三年開闢的洛陽
通往并州的馳道。

　　約在睿宗、玄宗朝期間，蘇頲作《授元欽裕櫟陽縣令制》云：「山稱多玉，
已鳴弦於屬城；地是雨金，將候蹕於馳道。」〔註71〕李淵建唐前夕在櫟陽離宮
宣告廢止隋朝所有馳道，從蘇頲草擬的制誥來看，至少在當時京中通往櫟陽
的馳道是正常使用的。

　　開元十三年（725），玄宗自洛陽赴泰山封禪時亦走馳道。如王維《裴僕射
齊州遺愛碑》曰：「詔封東嶽，關東列郡，頗當馳道。」〔註72〕李華《揚州司
馬李公墓誌銘》曰：「屬國家升中，泰山縣當馳道，徵責萬計，臨事無違。」
〔註73〕這兩篇墓誌碑文大致揭示出玄宗東封泰山所行馳道的地理範圍。

　　開元二十六年（738），遊方應任城縣令之約作《任城縣橋亭記》記載了開
元十三年唐玄宗封禪泰山途中任城縣改建陽門橋以作馳道的事，也提到皇帝
途經其地時華美壯觀的景象，文曰：

　　　　故行宮御路，次夫任城焉。陽門橋者，跨泗之別流，當魯之要
　　術。初隨時以既濟，因大駕而改功。觀其壅川為池，因地設險，削
　　金堰於馳道，甃石門以飛橋。夾以朱欄，揭以華表，炳若星漢，拖
　　如虹蜺。蓋乘輿乃以陽朝御六龍，翊萬騎，聲明紀律，文物比象，
　　迴睿覽於洲渚，駐天蹕於川梁。先時望君之來也，則金繩以界之，
　　鐵鎖以烏之；厥後榮君之顧也，則浚池以廣之，築館以旌之。〔註74〕

　　據遊方的記載，泗水支流以及架設其上的陽門橋，因唐玄宗巡幸而進行
了改造。當時在河岸修築出平坦的馳道，「夾以朱欄，揭以華表」，「金繩以界

〔註70〕《通典》，卷五四，第 1505 頁。此事又見於兩唐書《狄仁傑傳》及《唐會要》
　　　　等史籍記載。
〔註71〕《全唐文》卷二五三，第 2553 頁。
〔註72〕〔唐〕王維撰、〔清〕趙殿成箋注：《王右丞集箋注》，上海古籍出版社，1984
　　　　年 4 月新一版，第 383 頁。
〔註73〕《全唐文》卷三二一，第 3252 頁。
〔註74〕《全唐文》卷三六五，第 3708 頁。

之，鐵鎖以扃之」，皇帝巡幸結束後，陽門橋所在地又成了當地名勝。不過像
《任城縣橋亭記》這樣對皇帝巡幸時馳道華美壯麗景象進行細緻描繪的文獻
記錄，在國史中卻是難得一見的，個中原因自然與唐朝統治階層將馳道視為暴
政表現的立國基調有關，這種情況下，地方文獻提供了典章制度沒有揭示出的
唐朝馳道細節面貌，實屬珍貴。

　　成書於開元二十六年（738）的《唐六典》記載了唐初至開元間的行政會
典，其謂羽林軍大將軍的職責為：「若大朝會，則率其儀仗以周衛階陛。若大
駕行幸，則夾馳道而為內仗。」〔註75〕又《舊唐書・職官志》謂：「龍朔二年
置左右羽林軍。」〔註76〕由此可知至少在高宗至玄宗統治期間，皇帝巡幸有駕
行馳道的通例，而這種狀況曾經是高祖及太宗極力反對和避免的。儘管如此，
作為唐朝馳道的活躍時期，高宗至玄宗統治期間馳道的分布及建制，在典章制
度的記載中還是十分模糊。

　　至德二載（757），肅宗至咸陽望賢宮備法駕奉迎玄宗還京，《資治通鑒》
載：「將發行宮……上乘馬前引，不敢當馳道。上皇謂左右曰：『吾為天子五十
年，未為貴；今為天子父，乃貴耳。』」〔註77〕這裡指的是長安通往咸陽離宮
的馳道。玄、肅兩朝代換之際，身不由己的太上皇對於天子當前仍能享受獨
行馳道的禮遇，表現出心理上的滿足。很顯然，肅宗作為天子不敢行於馳道一
事，完全是象徵性的，並無實質內涵。此事與漢成帝作為太子不敢穿越馳道一
事，看似大同小異，都是借由馳道制度傳遞出規避馳道的當事人對皇權和孝道
的尊崇，但實質上發生在漢、唐馳道的兩個孝道故事，包含的卻是截然相反的
父子關係以及權力關係。秦漢馳道的皇權象徵內涵，在唐朝中期的現實宮廷政
治中已經遭到了破壞。

（三）用於軍事攻防的馳道

　　張保和《唐撫州羅城記》記載了昭宗初年撫州刺史組織重建被黃巢義軍
毀壞的州城一事，文中描述撫州新城的外城城牆「敞八門，通馳道，便事也」
〔註78〕，可知當時有馳道通往撫州。結合此文提及重築新城的原因：「所謂大
君憂寄（闕三字）在守土，赤子依投，豈忘城壁。苟無悍避之所，有如緩急之

〔註75〕《唐六典》卷二五，第643頁。
〔註76〕《舊唐書》卷四四，第1903頁。
〔註77〕《資治通鑒》卷二二〇，第7045頁。
〔註78〕《全唐文》卷八一九，第8626頁。

事。」〔註79〕由此推測此時的馳道是為了利於軍事攻防而修築的專用高速通道，故有所謂「便事也」。

總之，李唐王朝建立之初停罷馳道的行為並沒有維持太久，隨著皇帝巡幸以及政治、軍事的需要，馳道在某些時段和地段確曾被使用。從現有文獻得知李唐建國，高祖、太宗兩朝皆反對設置京外馳道。高宗至玄宗統治階段，則是唐朝馳道最為興盛發達的時期，安史之亂以後的馳道格局又呈現衰落。

相較於隋朝馳道迴光返照式地復興，唐朝馳道雖然同樣在一統王朝的背景下，恢復了馳道（御道）貫穿京內、輻射京外的雙向結構，尤其在京外突顯出帝國的空間擴張特質。但唐朝馳道並不像秦朝和隋朝的馳道那樣追求空間形式的無限擴張，史籍記載中唐朝少有的一次大規模興修馳道也因大臣的勸諫而中止。唐朝馳道向京外輻射的態勢，以高宗至玄宗統治期間最為活躍，但從現存文獻中瞭解到的馳道分布狀況，也遠沒有超越前朝馳道的覆蓋範圍，基本停留在對原有馳道的繼用與改造，這一點唐朝馳道與漢朝馳道的境況及其相似。

另一方面，唐朝都城中的御道又不像漢朝都城中的馳道那樣強調對京內空間的絕對佔有和分割，自魏晉南北朝至隋唐發展臻於完善的三城制都城結構，直接影響了唐朝都城御道的布局突出核心區域的象徵含義和主導作用，從漢長安馳道到唐長安御道的形制、結構、布局都發生了巨大改變。憑藉著隋朝馳道建立的規模和基礎，唐朝馳道在京外空間呈現出對秦漢盛世局面的接續，在京內空間則呈現出對傳統都城馳道的革新。

四、馳道意象對文學空間的拓展

以上在對唐朝馳道史蹟梳理的過程中，已經涉及了不少唐人的詩文作品，而那些被選擇用以反映唐朝馳道分布及使用狀況的詩文例證，多是側重於文學表述中包含的紀實意義和史料價值。與宮廷文學、帝京文學有著密切關聯的「馳道」意象，在經歷了漢魏晉南北朝的王朝疆域離合、都城結構變革以及文學自身的藝術積澱後，在唐朝繁榮的詩文創作中扮演著異常活躍的角色。相較於馳道的現實格局，馳道的文學意象從更細微的方面展現了唐人對於馳道內涵的理解。唐人詩文中的馳道意象，主要包含了以下幾種情況：

（一）馳道的人格化

雖然秦漢馳道發明鼎盛階段即已確立了馳道包含著帝王與帝國的政治象

〔註79〕《全唐文》卷八一九，第 8626 頁。

徵，但將馳道意象人格化的處理在唐以前的詩文作品中並不常見。只是在唐文中才比較多地出現馳道作為帝王形象象徵的修辭用法，如在玄奘《上鄉邑增貴表》、王縉《玄宗大明皇帝哀冊文》、呂溫《順宗至德大聖大安孝皇帝輓歌詞》、申堂構《唐故內侍省常侍孫府君墓誌銘》、陸贄《收河中後請罷兵狀》、李吉甫《忠州刺史謝上表》、顧況《高祖受命造唐賦》〔註80〕諸文中，帝王威儀化身的馳道，象徵超脫了馳道原有的實體空間含義，表現出抽象的人格化特徵。

隋詩中的「馳道」意象，已經開始融入漢成帝做太子時不敢橫絕馳道的典故，專意突出太子的形象，或是帝王父子間和諧的人倫關係。唐朝官修類書如《初學記》（見《初學記》卷十「儲宮部」「皇太子」條）更是將馳道明確為美譽太子懿德的固定事類。唐人詩文以「馳道」褒揚太子的嘉德懿行，或是讚美帝王父子關係和諧的用例有很多，詩如《享章懷太子廟樂章》、《享節愍太子廟樂章》、張說《惠文太子輓歌》、王維《恭懿太子輓歌》，文如《冊諡孝敬皇帝文》、《立宣王為皇太子制》、《恭懿太子哀冊文》、《莊恪太子哀冊文》〔註81〕、楊炯《崇文館宴集詩序》〔註82〕、蕭穎士《為揚州李長史賀立皇太子表》〔註83〕、韋湊《論諡節愍太子疏》〔註84〕等等。漢成帝典故中太子的形象，是在都城馳道所構建出的等級秩序下顯現其孝德，隋唐詩文對這一類馳道意象的發揮，擴充了馳道象徵帝王形象的核心內涵，賦予空間象徵以人格化的情感特徵。

（二）京內馳道

如前文對於唐朝馳道狀況的梳理所言，唐長安城內出現了都城馳道的替代品——主要是位於長安城中軸線的御道。唐人詩文中的「馳道」和「御道」並不存在嚴格的意義區分，往往是通用的，因此下文舉例也將「御道」的文學意象包括在內一併討論。

唐太宗對興修馳道的工程是非常反感忌諱的，《貞觀政要》記錄下了他向侍臣發表的有關隋煬帝亡國的看法：「隋煬帝廣造宮室……馳道皆廣數百步，

〔註80〕分見《全唐文》卷九〇六、卷三七〇、卷四三八、卷四〇五、卷四七二、卷五一二、卷五二八。
〔註81〕《唐大詔令集》卷二六、二七、三二。
〔註82〕《全唐文》卷一九一，第1926頁。
〔註83〕《全唐文》卷三二二，第3265頁。
〔註84〕《全唐文》卷二〇〇，第2018頁。

種樹以飾其旁。人力不堪，相聚為賊。逮至末年，尺土一人，非復己有。以此觀之，廣宮室好行幸竟有何益？此皆朕耳所聞，目所見，深以自誡，故不敢輕用人力，惟令百姓安靜，不有怨叛而已。」〔註85〕太宗將廣修馳道視為隋煬帝暴政的表現之一，這是他對馳道的政治評價。但是在太宗的《正日臨朝》一詩中，太宗所描繪的自我政治形象並沒有避諱以馳道意象來表現帝國強勢，其詩云：

> 條風開獻節，灰律動初陽。百蠻奉遐贐，萬國朝未央。雖無舜禹跡，幸欣天地康。車軌同八表，書文混四方。赫奕儼冠蓋，紛綸盛服章。羽旄飛馳道，鐘鼓震岩廊。組練輝霞色，霜戟耀朝光。晨宵懷至理，終愧撫遐荒。〔註86〕

這首詩描寫的是太宗身處太極宮遠眺所見的景象，太宗用典雅的語言展現了正日使節來京朝見的盛大場面。現實中的唐長安城內，馳道主要是指一條向北通往太極宮的承天門街，馳道意象在此的意義不止是京中實景的展示，同時更突出了馳道對於一統帝國盛世象徵的核心內涵。這首詩中的馳道意象是帝王、帝京和帝京形象三位一體的融合，代表了集權空間化的最高表現。

唐太宗以帝王身份作帝京詩，其中的馳道意象寄託了多重政治含義和空間象徵，這在唐人詩歌中畢竟是特例，其他不管是宮廷文人還是一般文士，他們筆下的京內馳道形象多是參與構造帝京景觀的要素，並不一定被延伸到帝國形象的象徵。如李嶠《槐》：「葉生馳道側，花落鳳庭隈。」〔註87〕陳子昂《於長史山池三日曲水宴》：「煙花飛御道，綺羅照昆明。」〔註88〕蘇頲《春日芙蓉園侍宴應制》：「御道紅旗出，芳園翠輦遊。」〔註89〕沈佺期《三日梨園侍宴》：「九重馳道出，三巳禊堂開。」〔註90〕岑參《與高適薛據登慈恩寺浮圖》：「青槐夾馳道，宮館何玲瓏。」〔註91〕耿湋《早朝》：「清漏聞馳道，輕霞映瑣闈。」〔註92〕竇叔向《春日早朝應制》：「御爐香焰暖，馳道玉聲寒。」〔註93〕盧綸

〔註85〕《貞觀政要》卷一〇，第281頁。
〔註86〕《全唐詩》卷一，第3頁。
〔註87〕《全唐詩》卷六一，第717頁。
〔註88〕《全唐詩》卷八四，第914頁。
〔註89〕《全唐詩》卷七三，第799頁。
〔註90〕《全唐詩》卷九六，第1029頁。
〔註91〕《全唐詩》卷一九八，第2037頁。
〔註92〕《全唐詩》卷二六八，第2980頁。
〔註93〕《全唐詩》卷二七一，第3029頁。

《皇帝感詞》:「雨露清馳道，風雷翊上軍。」〔註94〕陸贄《賦得御園芳草》:「擁仗緣馳道，乘輿入建章。」〔註95〕崔績《小苑春望宮池柳色》:「積翠連馳道，飄花出禁城。」〔註96〕馳道兩側的青槐、紅旗、儀仗，馳道上飄揚的清漏聲，馳道盡頭的宮殿、林苑，對馳道景觀的細緻刻畫，營造出這些詩人心中帝京清麗和諧的城市印象。

南朝詩歌對於都城景觀的描寫，已經呈現出意象緊湊且講究意象間照應關係的藝術傾向，唐人詩歌中的京內馳道形象延續了南朝詩風的特質。同時唐人塑造的馳道景觀並沒有簡單重複南朝詩歌中都城馳道的形象，煙花、飄花、紅旗、清漏、輕霞、九重、鳳庭等等與馳道關聯的文學意象，都是此前南朝詩歌的馳道景觀中不曾出現的。馳道景觀中的文學意象面向了多種感官的細節呈現，也更加追求同類意象與眾不同的文辭表達。

比之南朝詩歌的馳道景觀，甚至是更早以前漢魏詩賦中的傳統帝京形象，唐人詩歌京內馳道景觀更為突出的特點，在於詩人觀察視點的多元化和具象化。馳道本身固然是體驗馳道景觀的主要場所，這也是南北朝以來涉及馳道意象的詩歌多描寫朝見途中景象的原因所在，然而唐人詩歌還是出現了許多不同的觀察馳道的創作場所，宮苑如芙蓉園、梨園、御園，私人園林如於長史山池、小苑，具有公共空間性質的城市觀覽地如慈恩寺等等。詩人在不同的觀察視點和創作場所對馳道形象旁觀或者是遙望，馳道的起點總是指向了帝王所在的皇宮，於是在主體空間、客體空間和客體延伸空間之間形成了空間對照、組合的多種可能，最終生成了這些詩歌中各不相同的帝京形象。

分散的觀察視點也揭示了唐長安城內文學空間的豐富多元局面，對於帝京文學形象來說這是非常重要的。當馳道景觀擺脫了漢魏詩賦中傳統馳道形象壯麗且肅穆格調的規約，不同時代、地域的帝京文學形象能夠呈現不同的馳道景觀時，詩歌所形成的個人都城印象才真正在自覺地釋放。

身處京外的人在回憶、擬想京中景象時，也往往以通向皇居的馳道作為帝京空間的象徵，如杜甫《傷春五首》其三:「煙塵昏御道，耆舊把天衣。」〔註97〕劉禹錫《武陵書懷五十韻》:「曉燭羅馳道，朝陽闢帝昏。」〔註98〕章八

〔註94〕《全唐詩》卷二七七，第 3151 頁。
〔註95〕《全唐詩》卷二八八，第 3287 頁。
〔註96〕《全唐詩》卷二八八，第 3291 頁。
〔註97〕《全唐詩》卷二二八，第 2471 頁。
〔註98〕《全唐詩》卷三六二，第 4088 頁。

元《寄都官劉員外》:「鳴驂馳道上,寒日直廬中。」﹝註99﹞在這些詩中,馳道成為京外人士觀察帝王所居的方式。

唐人賦文中的馳道意象,則明顯受到了南北朝以來詩歌中的都城馳道形象的影響,如顏真卿《象魏賦》云:「覆瑤草於輦路,接青槐於馳道。」﹝註100﹞高蓋《花萼樓賦》云:「望馳道而通禁林,走建章而抵長樂。」﹝註101﹞杜甫《有事於南郊賦》云:「馳道端而如砥。」﹝註102﹞黎逢《象魏賦》云:「夾馳道其如髮。」﹝註103﹞對比前文所舉的南朝詩歌描寫的都城馳道,如「馳道直如髮」(鮑照《代陸平原君子有所思行》)、「青槐紛馳道」(謝朓《永明樂》)、「雙闕指馳道」(江淹《雜詩》)等,就可以發現,唐人賦文組織馳道意象的方式,與南朝詩對於都城馳道的描繪基本相同,甚至只是將詩句增入一二字而成對仗,由此一例,亦可見唐代賦文創作對詩歌技巧的吸收。

洛陽在唐朝屬於陪都,尤其是在天寶以前唐朝皇帝曾出於政治、經濟等多種原因,多次巡幸洛陽長期居住。唐人詩文在描述洛陽時也會使用到馳道意象,但並不是太多,這裡順帶舉出,如鄭世翼《登北邙還望京洛》:「青槐夾馳道,迢迢修且曠。」﹝註104﹞蘇頲《題壽安王主簿池館》:「洛邑通馳道,韓郊在屬城。」﹝註105﹞駱賓王《和李明府》:「馳道臨層掖,津門對小平。」﹝註106﹞賈登《上陽宮賦》云:「俯馳道而將半,臨御溝而對出。」﹝註107﹞相較而言,在馳道意象涵蓋的地域空間裏作為帝京的長安顯然最具有主導優勢。

(三)京外馳道

文學中的空間形象相較於現實空間的變貌往往存在著一定的滯後性,秦漢作為京外馳道的發明鼎盛期,秦漢馳道的集權象徵有著深刻的政治意義,但在文學中並沒有太多地涉及。魏晉南北朝馳道所指示的地理空間,已開始從帝國轉向了帝京,這一階段詩賦作品中出現的馳道意象,也主要集中在帝京形象

﹝註99﹞ 《全唐詩》卷二八一,第 3192 頁。
﹝註100﹞ 《全唐文》卷三三六,第 3400 頁。
﹝註101﹞ 《全唐文》卷三九五,第 4031 頁。
﹝註102﹞ 〔唐〕杜甫著、仇兆鰲注:《杜詩詳注》卷二四,中華書局,1979 年 10 月,第 2156 頁。
﹝註103﹞ 《全唐文》卷四八二,第 4921 頁。
﹝註104﹞ 《全唐詩》卷三八,第 489 頁。
﹝註105﹞ 《全唐詩》卷七三,第 800 頁。
﹝註106﹞ 《全唐詩》卷七九,第 853 頁。
﹝註107﹞ 《全唐文》卷四〇〇,第 4089 頁。

的塑造上。儘管馳道伴隨著統一王朝時代的開啟而出現，京外馳道的形象在漫長的文學流變過程中卻是陌生的。隋唐時代一統格局的回歸以及長久安定繁榮，再次促成了京外馳道的復興。唐詩中的京外馳道大多和帝王巡幸有著直接關聯，如虞世南《發營逢雨應詔》：「油雲陰御道，膏雨潤公田。」〔註108〕蘇頲《奉和聖製登太行山中言志應制》：「北山東入海，馳道上連天。」〔註109〕張說《奉和聖製初入秦川路寒食應制》：「昨從分陝山南口，馳道依依漸花柳。」〔註110〕馬懷素《奉和聖製春日幸望春宮應制》：「搖風細柳縈馳道，映日輕花出禁林。」〔註111〕武平一《奉和幸新豐溫泉宮應制》：「雄戟交馳道，清笳度國門。」〔註112〕張九齡《奉和聖製途次陝州作》：「馳道當河陝，陳詩問國風。」又《和姚令公從幸溫湯喜雪》：「瑞色鋪馳道，花文拂彩旒。」又《奉和聖製同二相南出雀鼠谷》：「舞詠先馳道，恩華及從臣。」〔註113〕李白《遊泰山六首》其一：「四月上泰山，石屏御道開。」〔註114〕蕭華《扈從回鑾應制》：「仍開舊馳道，不記昔回鑾。」〔註115〕這些詩歌都是作於扈從帝王巡幸途中，京外馳道上的不同地域景象的展現使得帝王威儀和帝國氣勢得到了彰顯。

　　京外馳道並不只是出現在圍繞著帝王的宮廷文人群的文學創作中，馳道意象同樣也進入到權力階層外圍文人的創作視域裏，如儲光羲《奉真觀》：「真門迴向北，馳道直向西。」〔註116〕王昌齡《宿灞上寄侍御璵弟》：「半夜馳道喧，五侯擁軒蓋。」〔註117〕皇甫冉《東郊迎春》：「句陳霜騎肅，御道雨師清。」〔註118〕韋應物《四禪精舍登覽悲舊寄朝宗巨川兄弟》：「溫泉有佳氣，馳道指京城。」〔註119〕又《酬鄭戶曹驪山感懷》：「小臣職前驅，馳道出灞亭。」〔註120〕鄭審《奉使巡檢兩京路種果樹事畢入秦因詠》：「入逕迷馳

〔註108〕《全唐詩》卷三六，第473頁。
〔註109〕《全唐詩》卷七四，第809頁。
〔註110〕《全唐詩》卷八六，第938頁。
〔註111〕《全唐詩》卷九三，第1009頁。
〔註112〕《全唐詩》卷一〇二，第1084頁。
〔註113〕《全唐詩》卷四八，第580、581、595頁。
〔註114〕《全唐詩》卷一七九，第1823頁。
〔註115〕《全唐詩》卷二五八，第2881頁。
〔註116〕《全唐詩》卷一三九，第1419頁。
〔註117〕《全唐詩》卷一四〇，第1425頁。
〔註118〕《全唐詩》卷二五〇，第2832頁。
〔註119〕《全唐詩》卷一八七，第1910頁。
〔註120〕《全唐詩》卷一九〇，第1943頁。

道，分行接禁闈。」〔註121〕京外馳道成為連接京外世界與帝王、帝京、帝國的精神空間紐帶，在這些詩歌中，馳道意象承載的帝京形象處在了被抒情主體觀察、體味的客體位置，詩人在對京外馳道接通帝王所居的空間想像中，流露出了他們對帝京懷有的依戀和嚮往，馳道意象的象徵內涵又被更深一層拓展。

（四）故都的馳道

漢長安城帝京形象的文學描述，在漢魏南北朝樂府中代表了一類固定題材，因為漢、唐長安之間同名異地的空間關係，唐詩中的長安往往時空交疊，其空間內涵往往是有雙重指向的，從而形成了古今空間疊加的虛實相生效果。如崔顥《相逢行》：「玉戶臨馳道，朱門近御溝。」〔註122〕王昌齡《青樓曲》：「馳道楊花滿御溝，紅妝縵縟上青樓。」〔註123〕韋應物《長安道》：「寶馬橫來下建章，香車卻轉避馳道。」〔註124〕李益《漢宮少年行》：「平明走馬絕馳道，呼鷹挾彈通繚垣。」〔註125〕李巖《少年行》：「馳道春風起，陪遊出建章。」〔註126〕林寬《少年行》：「柳煙侵御道，門映夾城開。」〔註127〕馳道兩側的御溝旁近鄰著玉戶、朱門、青樓之類的宅邸，這種空間格局不可能存在於漢長安城中，顯然是對唐長安帝京景象的再現。詩人將現實長安加之以復古形象的創作手法在延續樂府創作傳統的同時，又為帝京文學形象增添了多重色彩。

而唐人詩歌中關於故都馳道形象更引人注意的，是對歷史空間變幻引發的感懷。如皮日休《題潼關蘭若》：「昔時馳道洪波上，今日宸居紫氣西。」〔註128〕李白《月夜金陵懷古》：「綠水絕馳道，青松摧古丘。」〔註129〕曹松《南朝》：「三籬蓋馳道，風烈一無取。」〔註130〕故都馳道意象在詠史感懷詩歌中的運用，代表了唐人詩歌創作在開拓詩性空間方面的又一創造。

〔註121〕《全唐詩》卷三一一，第3515頁。
〔註122〕《全唐詩》卷一三〇，第1329頁。
〔註123〕《全唐詩》卷一四三，第1445頁。
〔註124〕《全唐詩》卷一九四，第1998頁。
〔註125〕《全唐詩》卷二八二，第3213頁。
〔註126〕《全唐詩》卷一四五，第1466頁。
〔註127〕《全唐詩》卷六〇六，第7002頁。
〔註128〕《全唐詩》卷六一三，第7066頁。
〔註129〕《全唐詩》卷一八五，第1888頁。
〔註130〕《全唐詩》卷七一七，第8239頁。

第三節　長安大道連狹斜──傳統街道模式下的人際關係異象

一、大道、狹斜在都城空間布局中的作用

前文在考辨歷史文獻和考古實測的基礎上，已經總結出漢、唐長安城街道格局影響下的不同城市面貌：漢長安城內由八條馳道將城市區隔出十一個區域，武帝以後的長安城宮殿區佔有五個區域，實際面積占全城近三分之二強。漢長安城中東、西兩市各占一區，剩下四區為民居閭里，四個區域散間於宮殿區和市區中，近鄰宮殿區的坊里（如戚里）中聚集著王公顯宦的宅邸。《三輔黃圖》卷二引《三輔舊事》云「長安城中八街九陌」〔註131〕，卻並沒有列舉具體的八街、九陌。考古發掘的結果，漢長安城中的八街均已確認了名稱、位置和形制，而關於「九陌」目前還存有較大爭議〔註132〕，但也基本形成了九陌是漢長安城通往城外的街道的共識。總之，漢長安城的街道格局主要是由馳道構成主幹道相交形成的以宮殿區為主體的街區，環繞、連通各宮殿區的城內大街體現了漢長安城以宮廷生活為主的城市生活面貌。

唐長安城的街道制度已大不同於漢長安城，此一問題前兩節亦有考述，不復贅述。在街道格局方面，漢、唐長安城表現出諸多差異性。唐長安城由三十八條縱橫大街貫穿於宮城、皇城、外郭城之間，並在外郭城形成棋盤式的街道網絡。唐長安城的主幹道並不像漢長安城中的八街一樣體現馳道的統一規格，三十八條大道按照形制和功能又分為三種規格。而唐長安城街道格局更為突出的特點，在於垂直相交在外郭城大道將其區隔為一百零八坊里，這些坊里的實際面積占全城近八分之七，支撐起了唐長安城的主要空間。在坊里之內又有十字街將坊內分成四區，四區內又有里巷穿插。唐長安城的宮城固然佔據著城市的核心位置，宮廷生活聚焦城市生活最重要的部分，但外郭城中的坊里生活已然成為唐長安城城市生活難以忽略的存在。外郭城中區隔坊里的縱橫大道以及穿插其中的交錯曲巷，構成了唐長安城街道形象中非常普遍的一面。

〔註131〕《三輔黃圖校釋》卷二，第103頁。

〔註132〕參見孟凡人《漢長安城形制布局中的幾個問題》（中國社會科學院考古研究所漢唐與邊疆考古研究編委會編《漢唐與邊疆考古》第一輯，科學出版社，1994年8月，第48～66頁）；王社教《漢長安城八街九陌》（《文博》，1999年第1期，第25～28頁）等。

圖 4-4　唐長安城坊內布局圖解

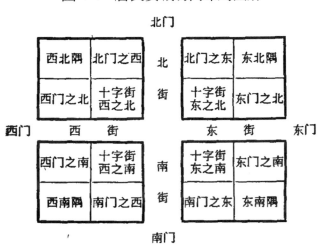

《考古》，1978 年第 6 期〔註 133〕

　　不管都城街道的寬度、長度存在著怎樣的形制差異，能夠分成幾種等級或規格，漢、唐長安城中的街道，從視覺上都可以分成兩類：都城中的主幹道及其次級街道──被主幹道區隔的單元區域內的里巷。而都城區域內的建築布局決定了這兩種街道的組合方式。單純從實際空間佔用比重看，漢長安城的區域內建築以宮室為主，唐長安城的區域內建築則以民居、寺觀等建築為主。於是在漢、唐長安城中就出現了截然不同的日常街景：漢長安城是馳道縱橫，馳道總是通往或者環繞著宮殿區，漢長安城最常見的街景是宮室建築；而唐長安城是大道與里巷交錯，儘管有少數大道通往宮城（如六街），但所有大道都是貫穿著一個又一個十字街口，唐長安城最常見的街景則是坊里中的民居建築。

　　因此，在對漢、唐長安城街道格局有所瞭解的基礎上，我們就可以很清楚地發現，盧照鄰《長安古意》描繪的漢長安城「長安大道連狹斜」〔註 134〕的城市印象，實際上並不是在漢長安城隨處可遇的街頭景象，但卻是唐長安城中最普遍的街景。大道連狹斜的街道意象在唐人詩歌中具有相當的普遍性，而有趣的是，唐詩中大道連狹斜的都城空間意象常常包裹著漢長安城的形象。

　　回歸到唐人的時空考慮，他們未必能夠意識到眼下的長安與漢的長安有多大區別，因為漢長安城被包圍在唐禁苑中，一般唐人即使通過歷史文獻中

〔註 133〕宿白：《隋唐長安城和洛陽城》，《考古》，1978 年第 6 期，第 410 頁。
〔註 134〕《全唐詩》卷四一，第 518 頁。

記載的漢長安城形象，也很難得出與上述分析相近的漢、唐長安城格局差異性的理解。唐人詩文往往以唐長安城的景象擬想歷史和文學記憶中的漢長安城形象，至少在唐人的感覺空間中漢長安的街道與唐長安的街道是一脈相承的。在「長安大道連狹斜」這一類時空交疊的文學空間中，所謂「長安古意」實則是夾帶了唐長安的新景和唐人的新意。隨著漢、唐長安城街道格局的改變街景也發生著變化，文學中呈現的這些街道景象內含著帝京文學形象轉變的意義。

　　蔓延向私人生活空間的里巷揭開了帝京壯麗的表象，深入到普通人的日常生活體驗，身處此中的文人產生的心理微變，則反映出不同時空下帝京社會中人際關係趨於複雜以及由複雜導致的城市疏離感傾向。漢、唐長安城大道與狹斜文學意象流變的過程細膩地展現了這些真切可感的帝京體驗。

二、大道、狹斜的文學形象流變及文人的帝京疏離感

　　東漢京都賦對於長安城街道的描述比較全面地展現了漢長安城的街道格局及街景細節。如班固《兩都賦》云：「披三條之廣路，立十二之通門。內則街衢洞達，閭閻且千。九市開場，貨別隧分。人不得顧，車不得旋。闐城溢郭，旁流百廛。」〔註135〕張衡《二京賦》云：「徒觀其城郭之制，則旁開三門，參塗夷庭。方軌十二，街衢相經。廛里端直，甍宇齊平。北闕甲第，當道直啟。」〔註136〕漢長安城中的大道即秦漢時期鼎盛的三股式馳道，班固和張衡均描繪出馳道穿城門而入城內縱橫相交形成的都城骨架，同時閭里和東、西兩市的次級街道里巷也都是端直交錯的網絡布局。東、西兩市內的街道由於往來車馬民眾頻繁而常常出現擁擠堵塞的現象，在文人的筆下這又成為長安街景的特有印象。《三輔黃圖》卷二曰：「長安閭里一百六十，室居櫛比，門巷修直。」〔註137〕亦可印證《兩都賦》和《二京賦》中對於閭里街巷的細節描述。

　　漢魏南北朝樂府中漢長安的大道與里巷形象往往是獨立出現在不同的題材中，如專表現大道的《長安道》和專表現里巷的《長安有狹斜行》。長安街道形象由京都賦中的整體格局轉向漢魏六朝樂府中的個別類型，這固然體現了賦與詩的文體差異，但也說明在這些作者的印象中漢長安城的大道與里巷

〔註135〕《文選》卷一，第 7 頁。
〔註136〕《文選》卷一，第 61 頁。
〔註137〕《三輔黃圖校釋》卷二，第 106 頁。

本就屬於不同風格的街景。而這一點推測是符合前文對漢長安城街道布局分析後得出的結論，漢長安城中大道的街景必然與宮室有關，里巷的街景則往往侷限在閭里和東、西兩市的民居生活空間內。

　　南朝文人多無長安生活的經歷，以南朝版圖遠離長安的現實因素考慮，南朝樂府中漢長安街道的形象應該是受到了東漢京都賦以及現已亡佚的樂府古辭的影響。當然，南朝文人在塑造漢長安城的形象時也會受到的現實空間環境的誘導。因此，在討論漢長安城大道和里巷的文學形象時將會審慎地對待南朝樂府專寫漢長安城的作品，盡可能考慮到南朝都城建康與漢長安城都城制度存在的差異性。

　　《樂府詩集》引唐人吳兢《樂府解題》云：「漢橫吹曲，二十八解，李延年造。魏、晉已來，唯傳十曲：一曰《黃鵠》，二曰《隴頭》……十曰《望行人》。後又有《關山月》、《洛陽道》、《長安道》、《梅花落》……八曲，合十八曲。」〔註138〕則《長安道》本為漢橫吹曲中題目，至魏、晉時一度失傳。現存的早期《長安道》皆出自南朝帝王及其宮廷文人之手，這些作品在長安道街景中呈現的意象都比較一致，詩歌在空間結構的安排上也多相似，表現出這一題材創作的共同套路。如梁簡文帝詩：

　　　神象開隴右，陸海實西秦。金槌抵長樂，複道向宜春。落花依
　度幰，垂柳拂行人。金張及許史，夜夜尚留賓。〔註139〕
庾肩吾詩：

　　　桂宮延複道，黃山開廣路。遠聽平陵鐘，遙識新豐樹。合殿生
　光彩，離宮起煙霧。日落歌吹回，塵飛車馬度。〔註140〕
陳後主詩：

　　　建章通未央，長樂屬明光。大道移甲第，甲第玉為堂。遊蕩新
　豐里，戲馬渭橋傍。當壚晚留客，夜夜苦紅妝。〔註141〕
　　此外梁元帝、顧野王、阮卓、蕭賁、徐陵、陳暄、江總、王褒等人的《長安道》，皆是以連接宮殿的馳道、複道為長安道表現對象，而且馳道往往通向貴戚居住的甲第或是長安城以外的離宮，道上往來的行人與車馬渲染出長安城皇家及其寵臣的喧鬧生活。值得注意的是，顧野王的《長安道》更是將大道

〔註138〕《樂府詩集》卷二一，第311頁。
〔註139〕《樂府詩集》卷二三，第343頁。
〔註140〕《樂府詩集》卷二三，第344頁。
〔註141〕《樂府詩集》卷二三，第344頁。

與狹斜統合在了完整意象中：

> 鳳樓臨廣路，仙掌入煙霞。章臺京兆馬，逸陌富平車。東門疏
> 廣餞，北闕董賢家。渭橋縱觀罷，安能訪狹斜。〔註142〕

　　只是南朝文人的《長安道》中像這樣在單篇作品中呈現出漢長安城大道與里巷的空間構圖還非常少見。不過，在南朝文人的《長安道》中也確實頻繁地出現了大道以外的街景，比如酒壚、妓館一類只會在閭里出現的曲巷場景。總之，在南朝帝王及其宮廷文人的筆下，漢長安城大道的街景表現的基本都是權貴相交、縱樂暢飲的生活。

　　《長安有狹斜行》則本是專寫漢長安城中閭里街巷景象的。《樂府詩集》謂：「《相逢行》，一曰《相逢狹路間行》，亦曰《長安有狹斜行》。」〔註143〕則這三題皆為同一題材的樂府。《樂府詩集》所錄古辭曰：

> 相逢狹路間，道隘不容車。不知何年少，夾轂問君家。君家誠
> 易知，易知復難忘。黃金為君門，白玉為君堂。堂上置樽酒，作使
> 邯鄲倡。中庭生桂樹，華燈何煌煌。兄弟兩三人，中子為侍郎；五
> 日一來歸，道上自生光；黃金絡馬頭，觀者盈道傍。入門時左顧，
> 但見雙鴛鴦；鴛鴦七十二，羅列自成行。音聲何嘈嘈，鶴鳴東西廂。
> 大婦織綺羅，中婦織流黃；小婦無所為，挾瑟上高堂：「丈人且安坐，
> 調絲方未央。」〔註144〕

　　《相逢狹路間行》和《長安有狹斜行》也皆以狹路相逢、探問家世為敘述內容，這一題材表現的閭里街巷生活仍然是以權貴為主角的上層社會的生活。不管是《長安道》中的大道，還是《長安有狹斜行》中的曲巷，漢樂府中漢長安城的街景總是呈現的權宦貴族的生活空間，這當然是和漢長安城的實際情況相吻合的。

　　隋唐文人的《長安道》其街景展現的漢長安形象則從空間構圖以及詩歌情調上發生著漸變。隋何妥詩：

> 長安狹斜路，縱橫四達分。車輪鳴鳳轄，箭服耀魚文。五陵多
> 任俠，輕騎自連群。少年皆重氣，誰識故將軍。〔註145〕

何妥詩中的長安道已不再是直通宮殿的馳道形象，而是閭里的狹斜形象。

〔註142〕《樂府詩集》卷二三，第 344 頁。
〔註143〕《樂府詩集》卷三四，第 508 頁。
〔註144〕《樂府詩集》卷三四，第 508 頁。
〔註145〕《樂府詩集》卷二三，第 346 頁。

出現於狹斜的是任俠少年，而不再是夜夜笙歌的權貴。何妥塑造的《長安道》街景完全脫離了南朝文人的《長安道》一味表現權貴結交的套路。不過，《長安道》更多的變化是在唐人作品中顯現的。

沈佺期詩：

> 秦地平如掌，層城出雲漢。樓閣九衢春，車馬千門旦。綠槐開復合，紅塵聚還散。日晚鬪雞回，經過狹斜看。〔註146〕

崔顥詩：

> 長安甲第高入雲，誰家居住霍將軍。日晚朝回擁賓從，路傍揖拜何紛紛。莫言炙手手可熱，須臾火盡灰亦滅。莫言貧賤即可欺，人生富貴自有時。一朝天子賜眼色，世事悠悠應始知。〔註147〕

皇甫冉詩：

> 長安九城路，戚里五侯家。結束趨平樂，聯翩抵狹斜。高樓臨遠水，複道出繁花。唯見相如宅，蓬門度歲華。〔註148〕

以上詩歌中都沒有出現宮殿建築，其街景主要是表現戚里甲第，宮廷的形象幾乎從唐人的《長安道》中消失了。而崔顥和皇甫冉的詩則揭露出長安生活中充斥的名利富貴不過是虛榮的表象。至如顧況的《長安道》云：「長安道，人無衣，馬無草，何不歸來山中老。」〔註149〕帝京繁華喧囂的形象已經蕩然無存，僅剩下窮困底層的痛苦呻吟。這些批判視角中的長安道景象真實反映了唐長安城坊里空間中底層民眾的生活狀態。

唐人詩歌通過塑造帝京形象表達對帝京浮華批判的同時，也流露出了個人與帝京關係的疏離。底層庶士或是一般文士在日夜喧囂的帝京體驗到的卻是幾近絕望的孤寂，諸如「樓前相望不相知，陌上相逢詎相識」（盧照鄰《長安古意》）〔註150〕；「家家朱門開，得見不得入」（孟郊《長安道》）〔註151〕；「各自有身事，不相知姓名」（薛能《長安道》）〔註152〕等。在底層文人的眼中，唐長安城街道上人與人的關係是淡漠的，漢長安城街道上那種結交相親的

〔註146〕《全唐詩》卷九五，第 1020 頁。
〔註147〕《樂府詩集》卷二三，第 346 頁。
〔註148〕《全唐詩》卷二四九，第 2794 頁。
〔註149〕《樂府詩集》卷二三，第 346 頁。
〔註150〕《全唐詩》卷四一，第 518 頁。
〔註151〕《樂府詩集》卷二三，第 346 頁。
〔註152〕《樂府詩集》卷二三，第 347 頁。

場面已經徹底消失。但不管是漢長安城還是唐長安城，決定人情關係的都歸結於權勢名利，唐人詩歌對於帝京疏離感的抒寫具有穿透時空的深刻性。

　　唐人詩歌中流露出的帝京疏離感不僅表現在居住空間的隔離，唐長安城中的日常娛樂空間也存在著等級化的空間隔離。如杜牧《街西長句》云：

　　　　碧池新漲浴嬌鴉，分鎖長安富貴家。遊騎偶同人鬥酒，名園相倚杏交花。銀鞦騕褭嘶宛馬，繡鞅璁瓏走鈿車。一曲將軍何處笛，連雲芳草日初斜。〔註153〕

　　「街西」一般指朱雀街以西長安縣所領之境，韋述《兩京新記》即是以街東、街西為座標分述外郭城諸坊里，如其云：「朱雀街西第二街，北當皇城南面之含光門，街西從北第一曰太平坊。」〔註154〕又裴士淹《白牡丹》詩曰：「長安年少惜春殘，爭認慈恩紫牡丹。」〔註155〕雖是以牡丹喻女子，亦可想見長安城街西盛遊的景象，如此才構成情景可堪對照的比喻。杜牧描繪的行人騎馬斗酒賞花的歡鬧場面，一如樂府中漢長安城街景的喧囂、恣意。然而，名園美景「分鎖長安富貴家」的階層分隔感卻是唐人獨有的唐長安帝京體驗，這種城市等級分化後產生的階層隔離感是唐以前帝京文學不曾表現過的。

　　不同於漢長安城坊里有限的空間，唐長安城廣闊的外郭城中散佈著私家園林，杜牧生活時代的唐長安城街西私人園林眾多，如宣義坊內有王稷亭子和李逢吉宅內園林，興化坊的裴度宅內有興化池亭，安業坊程懷直宅內園林「有池榭林木之勝」〔註156〕。據李浩《唐代園林別業考錄》所輯錄的唐長安城內私家園林就有六十餘座〔註157〕。這些長安城中私家園林的擁有者都是名臣顯宦、王公貴戚，平民百姓自然不能進出。唐人詩歌呈現的居住空間、娛樂空間的封閉性最終導向了個人對於帝京的疏離感。

〔註153〕《全唐詩》卷五二一，第5955頁。
〔註154〕《兩京新記》卷三，第26頁。
〔註155〕《全唐詩》卷一二四，第1232頁。
〔註156〕《唐兩京城坊考》卷四，第95頁。
〔註157〕參見李浩：《唐代園林別業考錄》，上海古籍出版社，2005年10月，第3～27頁。

結　語

　　秦的咸陽和漢的長安在都城空間的結構布局上突出體現了帝王個人對於空間的絕對支配權力，宮殿區為主體的都城格局直接影響了此後文學中的長安形象，以帝王視角展現皇居壯麗的創作傾向基本貫穿了唐以前長安文學形象的塑造。帝王的視角和宮室壯麗的審美風格也形成了東漢京都賦為代表的帝京題材創作的主要內容。

　　不管是蕭何營造未央宮時追求的「非壯麗無以重威」〔註1〕，還是班固、張衡在京都賦中鋪排炫飾以「盛稱長安舊制」〔註2〕，在漢長安城的時代，現實中帝京的營建或是文學中帝京的塑造都是為了彰顯帝王威儀。帝京文學中的長安形象與現實的都城空間有著非常緊密的配合，分別從實體與精神兩個層面展現了帝京作為皇居的政治意義，同時也形成了兩種層面上的盛世文化象徵。

　　京都賦以及長安生活題材的樂府詩中，漢長安城的形象體現了帝王為核心的權貴階層喧嘩奢逸的帝京生活，尤其是《兩都賦》、《二京賦》等作品塑造的長安城延伸至離宮別苑的宏麗奇偉形象表現出了秦漢時期皇居空間的外向擴張特質。

　　伴隨王朝代換，漢以後的長安政治地位和城市面貌皆經歷了數次劇變，已經不復漢長安城時代的輝煌。但西漢長安的文學形象在魏晉南北朝的帝京文學中作為帝京形象的典型依然富有藝術表現力，南朝詩歌中的長安馳道意象集中體現了文學空間的延續性在一定程度上超越了現實空間的隔斷。南朝

〔註1〕　《史記》卷八《高祖本紀》，第386頁。
〔註2〕　《兩都賦序》，《文選》卷一，第4頁。

文人書寫故都長安或是借長安描繪南朝都城的詩篇筆墨較多地放在了帶有生活氣息的都市繁華景象，實際上包含著與京都賦中定型的長安壯麗形象不同的風格特徵。

　　唐長安帝京文學創作所處的環境正是在都城空間變革與帝京文學轉型的交結處，漢、唐長安城特殊的空間關係為長安文學空間注入了多層次的時空內涵，而帝京文學演變至六朝也給唐長安帝京文學形象的塑造留下深刻影響，最終在唐人有關帝京題材的詩歌創作中完成了帝京文學形象的空間轉向和文體轉向。漢、唐長安城皇居空間和民居空間比重的反差促使了帝京文學空間的表現重心由宮廷的空間轉向宮城、皇城、坊里等多層生活空間，對帝京內部豐富性和多元化的文學表現取代了傳統帝京形象的單一風格。

　　從京都賦到帝京詩歌，長安的文學形象已從帝王視角的宮廷創作轉變為宮廷內外不同階層文人帝京體驗的個人化抒寫，帝京形象也因個人體驗的代入而呈現出複雜的多面。不論是以《帝京篇》為典型的對帝京整體形象的塑造，還是與長安城有關的各種文學意象的運用，漢、唐長安的空間形象既是融合在唐人筆下的帝京中，又顯現出了新舊都城制度下不同的帝京生存體驗。初唐長安的帝京文學形象正是在對傳統的回應中實現的自我重塑。

　　都城作為社會文明和人類活動的產物，同時又是帝京文學表現的主要對象，都城的空間形態對帝京文學的風貌特質產生了最為直接的影響，這也構成了漢、唐兩個長安文學形象同中有異的現實因素。然而，帝京文學與都城空間的發展並不總是保持著同步的變化趨勢，這一點在漢、唐長安都城空間形態與帝京文學的關係中表現得尤為明顯。

　　帝京文學並沒有伴隨著漢長安城創造的城市文明同時綻放出帝京繁華的輝煌，長安形象在帝京文學中的定型滯後於長安城本身的城市發展。相對於帝京長安以外帝王活動的離宮別苑等空間形象，漢長安城的文學形象在西漢文學以賦為代表的宮廷創作中無疑是缺失的。而在唐長安城中，帝京文學與空間的發展呈現出相互刺激的局面，伴隨著新型都城制度的完善與成熟，唐長安的帝京文學形象既保持著與漢長安在空間與文學上的關聯，也展現出不同於以往的多元化風格，這在唐人有關帝京題材的創作中得到了豐富地呈現。

　　因此，都城空間的文學意義固然值得關注與發掘，可是文學與空間的互動關係又非環境決定論所能解釋，帝京文學的繁榮與否也不獨是都城空間成熟程度一端所能決定的。本書試圖在紛繁複雜的文學創作背景中從空間的文學

意義的角度探索一種理解唐長安帝京文學的可能，並不是希望製造帝京文學
形象與都城空間形態的簡單對應，其實正是文學中的長安和歷史中的長安存
在著的差異性反映出了文學創造的藝術價值，對這一問題的把握依然有待更
為具體地深入長安城內部空間的細部考察。

參考文獻

一、著作類

A

1. 〔美〕Arthur F. Wright（芮沃壽）：*Symbolism and Function: Reflections on Changan and Other Great Cities*, the Journal of Asian Studies, Vol.24, No.4 (Aug. 1965).

B

1. 白居易撰，顧學頡校點：《白居易集》，北京：中華書局，1979 年。
2. 白居易撰，朱金城箋校：《白居易集箋校》，上海：上海古籍出版社，1988 年。
3. 班固：《漢書》，北京：中華書局，1962 年。
4. 班固：《白虎通德論》，北京：商務印書館，1937 年。
5. 卞孝萱：《元稹年譜》，濟南：齊魯書社，1980 年。
6. 畢沅：《關中勝蹟圖志》，西安：三秦出版社，2004 年。

C

1. 曹勝高：《漢賦與漢代制度：以都城、校獵、禮儀為例》，北京：北京大學出版社，2006 年。
2. 岑參撰，陳鐵民、侯忠義校注：《岑參集校注》，上海：上海古籍出版社，2004 年。
3. 岑仲勉：《唐人行第錄（外三種）》，北京：中華書局，2004 年。

4. 晁公武撰，孫猛校證：《郡齋讀書志校證》，上海：上海古籍出版社，1990年。

5. 陳伯海主編：《唐詩匯評》，杭州：浙江教育出版社，1995年。

6. 陳長安主編：《隋唐五代墓誌彙編‧洛陽卷》，天津：天津古籍出版社，1991年。

7. 陳尚君：《陳尚君自選集》，桂林：廣西師範大學出版社，2000年。

8. 陳尚君輯校：《全唐詩補編》，北京：中華書局，1992年。

9. 陳尚君：《唐代文學叢考》，北京：中國社會科學出版社，1997年。

10. 陳尚君編：《唐五代文作者索引》，北京：中華書局，2010年。

11. 陳壽撰，裴松之注：《三國志》，北京：中華書局，1982年。

12. 陳寅恪：《金明館叢稿二編》，北京：生活‧讀書‧新知三聯書店，2001年。

13. 陳寅恪：《元白詩箋證稿》，北京：生活‧讀書‧新知三聯書店，2001年。

14. 陳寅恪：《隋唐制度淵源略論稿》，北京：生活‧讀書‧新知三聯書店，2001年。

15. 陳振孫：《直齋書錄解題》，上海：上海古籍出版社，1987年。

16. 陳直：《三輔黃圖校證》，西安：陝西人民出版社，1980年。

17. 程大昌：《雍錄》，北京：中華書局，2002年。

18. 褚亞平等：《地名學基礎教程》，北京：測匯出版社，2009年。

19. 〔英〕崔瑞德編，中國社會科學院歷史研究所西方漢學研究課題組譯：《劍橋中國隋唐史》，北京：中國社會科學出版社，1990年。

D

1. 戴偉華：《地域文化與唐代詩歌》，北京：北中華書局，2006年。

2. 戴震：《考工記圖》，北京：商務印書館，1955年。

3. 董誥等編：《全唐文》，上海：上海古籍出版社，1990年。

4. 董其昌：《戲鴻堂法帖》，北京：中國書店，1989年。

5. 杜甫撰，仇兆鰲注：《杜詩詳注》，北京：中華書局，1979年。

6. 杜牧：《樊川文集》，上海：上海古籍出版社，1978年。

7. 杜牧撰，馮集梧注：《樊川詩集注》，上海：上海古籍出版社，1978年。

8. 杜佑：《通典》，北京：中華書局，1988年。

9. 杜曉勤：《初盛唐詩歌的文化闡釋》，北京：東方出版社，1997年。

10. 杜曉勤：《隋唐五代文學研究》，北京：北京出版社，2001年。

11. 杜審言撰，徐定祥注：《杜審言詩注》，上海：上海古籍出版社，1982 年。

F

1. 范曄撰，李賢等注：《後漢書》，北京：中華書局，1965 年。

2. 范祖禹：《唐鑒》，上海：上海古籍出版社，1984 年。

3. 房玄齡等編：《晉書》，北京：中華書局，1974 年。

4. 費長房：《歷代三寶紀》，《中華大藏經》，北京：中華書局，1992 年。

5. 封演撰，趙貞信校注：《封氏聞見記校注》，北京：中華書局，2005 年。

6. 傅璇琮：《唐代詩人叢考》，北京：中華書局，1980 年。

7. 傅璇琮編撰：《唐人選唐詩新編》，西安：陝西人民教育出版社，1996 年。

8. 傅璇琮主編：《唐才子傳校箋》，北京：中華書局，1987～1995 年。

9. 傅璇琮主編：《唐五代文學編年史》，瀋陽：遼海出版社，1998 年。

10. 傅璇琮：《唐代科舉與文學》，西安：陝西人民出版社，2003 年。

11. 傅熹年主編：《中國古代建築史》第二卷《三國、兩晉、南北朝、隋唐、五代建築》（第二版），北京：中國建築工業出版社，2009 年。

G

1. 葛洪：《西京雜記》，西安：三秦出版社，2005 年。

2. 葛曉音：《漢唐文學的嬗變》，北京：北京大學出版社，1990 年。

3. 葛曉音：《詩國高潮與盛唐文化》，北京：北京大學出版社，1998 年。

4. 〔日〕宮崎市定著，劉永新、韓潤棠譯《東洋樸素主義的民族與文明主義的社會》，北京：商務印書館，1962 年。

5. 〔日〕谷川道雄著，李濟滄譯：《隋唐帝國形成史論》，上海：上海古籍出版社，2004 年。

6. 顧頡剛、史念海：《中國疆域沿革史》，北京：商務印書館，1999 年。

7. 顧建國：《張九齡年譜》，北京：中國社會科學出版社，2005 年。

8. 顧況撰，王啟興、張虹注：《顧況詩注》，上海：上海古籍出版社，1994 年。

9. 郭茂倩編：《樂府詩集》，北京：中華書局，1979 年。

H

1. 韓愈撰，馬其昶校注：《韓昌黎文集校注》，上海：上海古籍出版社，1987 年。

2. 韓理洲：《唐文考辨初編·謝偃文考》，西安：陝西人民出版社，1992 年。

3. 何清谷：《三輔黃圖校釋》，北京：中華書局，2005 年。

4. 洪邁：《容齋隨筆》，上海：上海古籍出版社，1978 年。

5. 胡可先：《唐詩發展的地域因緣和空間形態》，北京：中國社會科學出版社，2010 年。

6. 黃盛璋：《歷史地理論集》，北京：人民出版社，1982 年。

J

1.〔日〕加藤繁撰，吳傑譯：《中國經濟史考證》（全三卷），北京：商務印書館，1959 年。

2. 計有功：《唐詩紀事》，上海：上海古籍出版社，2008 年。

3. 景淨：《景教流行中國碑頌並序》，《大正新修大藏經》第 54 卷，臺北：佛陀教育基金會出版部，1990 年。

K

1.〔美〕凱文‧林奇著，項秉仁譯：《城市意象》，北京：中國建築工業出版社，1990 年。

2. 康騈：《劇談錄》，上海：古典文學出版社，1958 年。

3. 孔穎達：《禮記正義》，北京：中華書局，1975 年。

L

1. 雷從雲、陳紹棣、林秀貞：《中國宮殿史》（修訂本），天津：百花文藝出版社，2008 年。

2. 李白撰，王琦注：《李太白全集》，中華書局，1977 年。

3. 李百藥：《北齊書》，北京：中華書局，1972 年。

4. 李德裕撰，傅璇琮、周建國校箋：《李德裕文集校箋》，石家莊：河北教育出版社，2000 年。

5. 李昉等編：《文苑英華》，北京：中華書局，1966 年。

6. 李昉等編：《太平御覽》，北京：中華書局，1960 年。

7. 李昉等編：《太平廣記》，北京：中華書局，1961 年。

8. 李浩：《唐代三大地域文學士族研究》，北京：中華書局，2008 年。

9. 李浩：《唐代園林別業考錄》，上海：上海古籍出版社，2005 年.

10. 李好文：《長安志圖》，清經訓堂叢書本。

11. 李林甫等：《唐六典》，北京：中華書局，1992 年。

12. 李吉甫：《元和郡縣圖志》，北京：中華書局，1983 年。

13. 李匡乂：《資暇集》，叢書集成初編本，北京：中華書局，1985 年。

14. 李嶠撰，徐定祥注：《李嶠詩注》，上海：上海古籍出版社，1995 年。

15. 李泰撰，賀次君輯校：《括地志輯校》，北京：中華書局，1980 年。

16. 李商隱著，馮浩箋注：《玉谿生詩集箋注》，上海：上海古籍出版社，1979 年。

17. 李商隱著，馮浩詳注，錢振倫、錢振常箋注：《樊南文集》，上海：上海古籍出版社，1988 年。

18. 李希泌主編：《唐大詔令集補編》，上海：上海古籍出版社，2003 年。

19. 李孝聰主編：《地域結構運作空間》，上海：上海辭書出版社，2003 年。

20. 李延壽：《北史》，北京：中華書局，1974 年。

21. 酈道元：《水經注》，上海：上海古籍出版社，1990 年。

22. 令狐德棻等：《周書》，北京：中華書局，1971 年。

23. 劉安：《淮南子》，北京：中華書局，1998 年。

24. 劉俊文：《唐律疏議箋解》，北京：中華書局，1996 年。

25. 劉慶柱輯注：《關中記輯注》，西安：三秦出版社，2006 年。

26. 劉慶柱、李毓芳：《漢長安城》，北京：文物出版社，2003 年。

27. 劉餗：《隋唐嘉話》，北京：中華書局，1979 年。

28. 劉肅：《大唐新語》，北京：中華書局，1984 年。

29. 劉勰著，黃叔琳等注：《文心雕龍輯注》，北京：中華書局，1957 年。

30. 劉歆：《西京雜記》，《漢魏六朝筆記小說大觀》，上海：上海古籍出版社，1999 年。

31. 劉昫等：《舊唐書》，北京：中華書局，1975 年。

32. 劉學鍇、余恕誠：《李商隱文編年校注》，北京：中華書局，2002 年。

33. 劉敘傑主編：《中國古代建築史》（第一卷），北京：中國建築工業出版社，2003 年。

34. 劉義慶撰，徐震堮校箋：《世說新語校箋》，北京：中華書局，1984 年。

35. 劉義慶撰，余嘉錫箋疏：《世說新語箋疏》，北京：中華書局，2007 年。

36. 劉禹錫：《劉禹錫集》，北京：中華書局，1990 年。

37. 劉知幾：《史通》，上海：上海古籍出版社，1997 年。

38. 劉知幾撰，浦起龍釋：《史通通釋》，上海：上海古籍出版社，1978 年。

39. 柳宗元：《柳河東集》，上海：上海古籍出版社，2008 年。

40. 盧照鄰著，李雲逸校注：《盧照鄰集校注》，北京：中華書局，1998 年。

41. 盧照鄰撰，祝尚書箋注：《盧照鄰集箋注》，上海：上海古籍出版社，1994 年。

42. 逯欽立輯校：《先秦漢魏晉南北朝詩》，北京：中華書局，1983 年。

43. 駱賓王著，陳熙晉箋注：《駱臨海集箋注》，上海：上海古籍出版社，1985 年。

44. 駱天驤：《類編長安志》，西安：三秦出版社，2006 年。

45. 〔美〕理查德‧利罕著，吳子楓譯：《文學中的城市：知識與文化的歷史》，上海：上海人民出版社，2009 年。

M

1. 〔英〕邁克‧克朗著，楊淑華、宋慧敏譯：《文化地理學》，南京：南京大學出版社，2005 年。

2. 毛亨傳、鄭玄箋，孔穎達疏：《毛詩正義》，北京：北京大學出版社，1999 年。

3. 〔日〕妹尾達彥：《長安の都市計劃》，東京：講談社，2001 年。

4. 孟棨：《本事詩》，上海：古典文學出版社，1957 年。

O

1. 歐陽詢：《藝文類聚》，上海：上海古籍出版社，1982 年。

2. 歐陽修、宋祁：《新唐書》，北京：中華書局，1975 年。

P

1. 彭定求等編：《全唐詩》，北京：中華書局，1960 年。

2. 彭慶生：《初唐詩歌繫年考》，北京：北京大學出版社，2012 年。

Q

1. 錢大昕：《廿二史考異》，上海：上海古籍出版社，2004 年。

2. 錢穆：《國史大綱》（修訂本），北京：商務印書館，1994 年。

3. 錢穆：《中國歷史精神》，臺北：聯經出版社，1998 年。

4. 權德輿：《權德輿詩文集》，上海：上海古籍出版事業公司，2008 年。

R

1. 榮新江：《隋唐長安：性別、記憶及其他》，上海：復旦大學出版社，2010 年。

S

1. 桑世昌：《蘭亭考》，北京：中華書局，1985 年。

2. 陝西省考古研究所編著：《秦都咸陽考古報告》，北京：科學出版社，2004 年。

3. 沈約：《宋書》，北京：中華書局，1974 年。

4. 史念海主編：《西安歷史地圖集》，西安：西安地圖出版社，1996 年。

5. 史念海主編：《唐史論叢》第七集，西安：陝西師範大學出版社，1998 年。

6. 司馬遷：《史記》，北京：中華書局，1982 年。

7. 司馬光主編：《資治通鑒》，北京：中華書局，1956 年。

8. 蘇鶚：《蘇氏演義》，上海：商務印書館，1956 年。

9. 孫光憲：《北夢瑣言》，北京：中華書局，2002 年。

10. 宋敏求：《唐大詔令集》，北京：中華書局，2008 年。

11. 宋敏求：《長安志》，北京：中華書局，1990 年。

12. 宋敏求：《春明退朝錄》，北京：中華書局，1980 年。

13. 〔美〕斯蒂芬·歐文著，鄭學勤譯：《追憶：中國古典文學中的往事再現》，上海：上海古籍出版社，1999 年。

T

1. 陶敏：《全唐詩人名匯考》，瀋陽：遼海出版社，2006 年。

2. 陶敏、傅璇琮：《唐五代文學編年史》，瀋陽：遼海出版社，1998 年。

V

1. 〔美〕Victor Xiong（熊存瑞）：*Sui-Tang Chang'an: a Study in the Urban History of Medieval China*, the University of Michigan, 2000.

W

1. 汪籛：《汪籛隋唐史論稿》，北京：中國社會科學出版社，1981 年。

2. 王勃著，蔣清翊注：《王子安集注》，上海：上海古籍出版社，1995 年。

3. 王讜撰，周勳初校證：《唐語林校證》，北京：中華書局，1987 年。

4. 王定保：《唐摭言》，上海：古典文學出版社，1957 年。

5. 王溥：《唐會要》，上海：上海古籍出版社，2006 年。

6. 王建撰，尹占華校注：《王建集校注》，成都：巴蜀書社，2006 年。

7. 王績：《王無功文集》，上海：上海古籍出版社，1987 年。

8. 王鳴盛：《十七史商榷》，北京：商務印書館，1959 年。

9. 王欽若等編：《冊府元龜》，北京：中華書局，1960 年。

10. 王世貞著，羅仲鼎校注：《藝苑卮言校注》，濟南：齊魯書社，1992 年。

11. 王仁裕：《開元天寶遺事》，《開元天寶遺事十種》本，上海：上海古籍出版社，1985 年。

12. 王社教：《漢長安城》，西安：西安出版社，2009 年。

13. 王維撰，趙殿成箋注：《王右丞集箋注》，上海：上海古籍出版社，1984 年。

14. 王學理：《咸陽帝都記》，西安：三秦出版社，1999 年。

15. 王應麟：《玉海》，南京：江蘇古籍出版社、上海書店，1987 年。

16. 王運熙、楊明：《隋唐五代文學批評史》，上海：上海古籍出版社，1994 年。

17. 魏收：《魏書》，北京：中華書局，1974 年。

18. 魏徵、令狐德棻：《隋書》，北京：中華書局，1973 年。

19. 韋述撰，辛德勇輯校：《兩京新記輯校》，西安：三秦出版社，2006 年。

20. 溫大雅：《大唐創業起居注》，上海：上海古籍出版社，1983 年。

21. 〔美〕巫鴻著，李清泉、鄭岩譯：《中國古代藝術與建築中的「紀念碑性」》，上海：上海人民出版社，2009 年。

22. 吳兢：《貞觀政要》，上海：上海古籍出版社，1978 年。

23. 吳鋼主編：《隋唐五代墓誌彙編·陝西卷》，天津：天津古籍出版社，1991 年。

24. 武復興等編：《唐代詩人詠長安》（上編），西安：陝西人民出版社，1982 年。

25. 武復興等編：《唐代詩人詠長安》（下編），西安：陝西人民出版社，1983 年。

X

1. 夏承燾：《月輪山詞論集》，《夏承燾集》第二冊，杭州：浙江古籍出版社、浙江教育出版社，1997 年。

2. 蕭統編，李善注：《文選》，上海：上海古籍出版社，1986 年。

3. 蕭子顯：《南齊書》，北京：中華書局，1972 年。

4. 肖愛玲：《隋唐長安城》，西安：西安出版社，2008 年。

5. 辛德勇：《隋唐兩京叢考》，西安：三秦出版社，2006 年。

6. 徐堅：《初學記》，中華書局，1962 年。

7. 徐師曾：《文體明辨序說》，北京：人民文學出版社，1962 年。

8. 徐松：《登科記考》，北京：中華書局，1984 年。

9. 徐松撰，張穆校補：《唐兩京城坊考》，北京：中華書局，1985 年。

10. 徐松撰，李健超增訂：《增訂唐兩京城坊考（修訂版）》，西安：三秦出版社，2006 年。

11. 徐松撰，孟二冬補正：《登科記考補正》，北京：北京燕山出版社，2003 年。

12. 徐增：《而菴說唐詩》，《四庫全書存目叢書》集部第 396 冊，濟南：齊魯書社，1997 年。

13. 許總：《唐詩史》第一編，南京：江蘇教育出版社，1994 年。

Y

1. 嚴耕望：《唐代交通圖考》，上海：上海古籍出版社，2007 年。

2. 嚴可均輯：《全上古三代秦漢三國六朝文》，北京：中華書局，1958 年。

3. 閻琦：《唐詩與長安》，西安：西安出版社，2003 年。

4. 楊炯：《楊炯集》，北京：中華書局，1980 年。

5. 楊鴻年：《隋唐兩京坊里譜》，上海：上海古籍出版社，1999 年。

6. 楊鴻年：《隋唐兩京考》，武漢：武漢大學出版社，2005 年。

7. 楊鴻年：《宮殿考古通論》，北京：紫禁城出版社，2001 年。

8. 楊衒之撰，周祖謨校釋：《洛陽伽藍記校釋》，北京：中華書局，2010 年。

9. 楊守敬：《隋書地理志考證》，上海：上海古籍出版社，1995 年。

10. 姚薇元：《北朝胡姓考》，北京：中華書局，1962 年。

11. 永瑢等編：《四庫全書總目》，北京：中華書局，1965 年。

12. 余恕誠、吳懷東：《唐詩與其他文體之關係》，北京：中華書局，2012 年。

13. 庾信撰，倪璠注：《庾子山集注》，北京：中華書局，1980 年。

14. 袁樞：《通鑒紀事本末》，北京：中華書局，1964 年。

15. 元稹：《元稹集》，北京：中華書局，1982 年。

16. 樂史：《太平寰宇記》，北京：中華書局，2007 年。

17. 〔美〕宇文所安著，賈晉華譯：《初唐詩》，北京：生活・讀書・新知三聯書店，2004 年。

Z

1. 張九成撰，聶崇義集注：《析城鄭氏家塾重校三禮圖》，《四部叢刊三編》，上海：商務印書館，1935 年。

2. 張說：《張說之集》，《四部叢刊初編》，上海：上海書店，1989 年。

3. 張鷟：《朝野僉載》，北京：中華書局，1979 年。

4. 張志烈：《初唐四傑年譜》，成都：巴蜀書社，1993 年。

5. 張忱石編：《全唐詩作者索引》，北京：中華書局，1983 年。

6. 長孫無忌等：《唐律疏議》，北京：中華書局，1983 年。

7. 趙力光編：《西安碑林名碑精粹：大秦景教流行中國碑》，上海：上海古籍出版社，2012 年。

8. 趙璘：《因話錄》，上海：上海古籍出版社，1979 年。

9. 趙令畤：《侯鯖錄》，北京：中華書局，2002 年。

10. 趙明誠：《金石錄》，北京：文物出版社，1982 年。

11. 趙彥衛：《雲麓漫鈔》，北京：中華書局，1996 年 8 月。

12. 趙翼：《廿二史劄記》，商務印書館，1958 年。

13. 鄭樵：《通志略·金石略》，上海古籍出版社，1990 年。

14. 鄭玄注，賈公彥疏：《周禮注疏》，上海：上海古籍出版社，2010 年。

15. 中國古都學會編：《中國古都研究》，浙江人民出版社，1985 年。

16. 中國歷史博物館編：《簡明中國歷史圖冊》，第四冊《封建社會秦漢》，天津：天津人民美術出版社，1979 年。

17. 中國社會科學院考古研究所：《漢長安城未央宮——1980～1989 年考古發掘報告》，北京：中國大百科全書出版社，1996 年。

18. 中國社會科學院考古研究所漢長安城工作隊、西安市漢長安城遺址保管所編：《漢長安城遺址研究》，北京：科學出版社，2006 年。

19. 中國社會科學院考古研究所、陝西省考古研究院、西安市文物保護考古所編：《漢長安城考古與漢文化：漢長安城與漢文化——紀念漢長安城考古五十週年國際學術研討會論文集》，北京：科學出版社，2008 年。

20. 中國文物研究所等編：《新中國出土墓誌·陝西〔壹〕》，北京：文物出版社，2000 年。

21. 中國文物研究所等編：《新中國出土墓誌·陝西〔貳〕》，北京：文物出版社，2003 年。

22. 鍾惺：《唐詩歸》，杭州：浙江大學藏明萬曆刻本。

23. 周紹良主編：《全唐文新編》，長春：吉林文史出版社，1999～2000 年。

24. 周紹良主編：《唐代墓誌彙編》，上海：上海古籍出版社，1992 年。

25. 朱長文：《墨池編》卷六，《景印文淵閣四庫全書》，臺北：臺灣商務印書館，1986 年。

26. 左丘明傳，杜預注，孔穎達正義：《春秋左傳正義》，《十三經注疏》，北京：北京大學出版社，1999 年。

27. 撰人未詳：《宣和書譜》，北京：中華書局，1985 年。

二、論文類

1. 党順民：《西安同墓出土長安、文信錢》，《中國錢幣》，1994 年第 2 期。

2. 傅璇琮：《論唐代進士的出身及唐代科舉取士中寒士與子弟之爭》，《中華文史論叢》，上海：上海古籍出版社，1984 年第 2 輯。

3. 傅熹年：《隋、唐長安、洛陽城規劃手法的探討》，《文物》，1995 年第 3 期。

4.〔日〕宮崎市定：《漢代の里制と唐代の坊制》，《東洋史研究》，1962 年第 21 卷。

5. 古方、丁曉雷：《西安北郊漢墓發掘報告》，《考古學報》，1991 年。

6. 韓昇、張達志：《〈唐大詔令集〉補訂》，上海社會科學院《傳統中國研究集刊》，2006 年第 1 輯。

7. 禾子（譚其驤）：《唐稱長安為西京不始於天寶元年》，《歷史地理》，1987 年第 5 輯。

8. 賀梓城：《唐長安城歷史與唐人生活習俗》，陝西省文物事業管理局編《陝西省文傳考古科研成果彙報會論文選集》，1981 年。

9. 侯寧彬：《西安地區漢代墓葬的分布》，《考古與文物》，2004 年第 5 期。

10. 胡謙盈：《豐鎬地區儲水道的踏查——兼論周都豐鎬位置》，《考古》，1963 年第 4 期。

11. 胡謙盈：《漢昆明池及其有關遺存踏察記》，《考古與文物》，1980 年第 1 期。

12. 黃展岳：《漢長安城南郊禮制建築的位置及其有關問題》，《考古》，1960 年第 9 期。

13.〔新〕Heng Chye Kiang（王才強）：*Cities of aristocrats and bureaucrats: the development of medieval Chinese cityscapes*, Singapore University Press, 1999.

14. 李令福：《隋唐長安城六爻地形及其對城市建設的影響》,《陝西師範大學學報》, 2010 年第 4 期。

15. 李南暉《唐人所見國史考索》,《論衡》第 4 輯, 廣州：中山大學出版社, 2006 年。

16. 梁江、孫暉：《唐長安城市布局與坊里形態的新解》,《城市規劃》, 2003 年第 1 期。

17. 林曉潔：《中唐文人官員的「長安印象」及其塑造》,《唐研究》第十五卷, 北京：北京大學出版社, 2009 年。

18. 劉慶柱、李毓芳：《秦漢上林苑考古發現與研究》, 中國社會科學院考古研究所、廣州市文物考古研究所編《西漢南越國考古與漢文化》, 北京：科學出版社, 2010 年。

19. 劉慶柱：《秦咸陽城布局形制及其相關問題》,《文博》, 1990 年第 5 期。

20. 劉慶柱：《漢長安城的考古發現及相關問題研究──紀念漢長安城考古工作四十年》,《考古》, 1996 年第 10 期。

21. 劉慶柱：《中國古代宮城考古學研究的幾個問題》,《文物》, 1998 年第 3 期。

22. 劉慶柱：《秦漢考古學五十年》,《考古》, 1999 年第 9 期。

23. 劉慶柱：《中國古代都城遺址布局形制的考古發現所反映的社會形態變化研究》,《考古學報》, 2006 年第 3 期。

24. 劉慶柱、李毓芳：《漢長安城考古的回顧與瞻望──紀念漢長安城考古半個世紀》,《考古》, 2006 年第 10 期。

25. 劉振東：《西漢長安城的沿革與形制布局變化》,《漢代考古與漢文化國際學術研討會論文集》, 濟南：齊魯書社, 2006 年。

26. 駱祥發：《駱賓王簡譜》,《浙江師範學院學報》, 1984 年第 2 期。

27. 梁江、孫暉：《唐長安城市布局與坊里形態的新解》,《城市規劃》, 2003 年第 1 期。

28. 馬得志：《唐長安城發掘新收穫》,《考古》, 1987 年第 4 期。

29.〔日〕妹尾達彥：《唐代後期的長安與傳奇小說──以〈李娃傳〉的分析

為中心》，《日本中青年學者論中國史·六朝隋唐卷》，上海：上海古籍出版社，1995 年。

30. 〔日〕妹尾達彥：《韋述的〈兩京新記〉與八世紀前葉的長安》，《唐研究》第九卷，北京：北京大學出版社，2003 年。

31. 〔日〕妹尾達彥：《9 世紀的轉型——以白居易為例》，《唐研究》第十一卷，北京：北京大學出版社，2005 年。

32. 孟凡人：《漢長安城形制布局中的幾個問題》，中國社會科學院考古研究所漢唐與邊疆考古研究編委會編《漢唐與邊疆考古》第一輯，科學出版社，1994 年。

33. 〔日〕那波利貞：《支那首都計劃史上より考察した為唐の長安城》，《桑原博士還曆紀念東洋史論叢》，東京：弘文堂書房，1931 年。

34. 寧欣：《文本的闡釋與城市的舞臺——唐宋筆記小說中的城市商業與商人》，《唐研究》第十五卷，北京：北京大學出版社，2009 年。

35. 寧欣：《詩與街——從白居易「歌鐘十二街」談起》，《中國歷史文物》，2005 年第 5 期。

36. 牛致功：《溫大雅與〈大唐創業起居注〉》，《史學史研究》，1983 年。

37. 牛致功：《關於〈大唐創業起居注〉中的幾個問題》，中國唐史研究會編《唐史研究會論文集》，西安：陝西人民出版社，1983 年。

38. 仇鹿鳴：《「攀附先世」與「偽冒士籍」——以渤海高氏為中心的研究》，《歷史研究》，2008 年。

39. 榮新江：《關於隋唐長安研究的幾點思考》，《唐研究》第九卷，北京：北京大學出版社，2003 年。

40. 榮新江：《高樓對紫陌——唐長安城的甲第及其象徵意義》，《中華文史論叢》，2009 年第 4 期。

41. 陝西省文物管理委員會：《唐長安城地基初步探測》，《考古學報》，1958 年第 3 期。

42. 陝西省社會科學院考古研究所渭水隊：《秦都咸陽故城遺址的調查和試掘》，《考古》，1962 年第 6 期。

43. 陝西省考古研究院秦漢考古研究部：《陝西秦漢考古五十年綜述》，《考古與文物》，2008 年第 6 期。

44. 史念海：《〈周禮·考工記·匠人營國〉的撰述淵源》，《傳統文化與現代

化》，1998 年第 3 期。

45. 史念海、史先智：《長安和洛陽》，《唐史論叢》第七輯，西安：陝西師範大學出版社，1998 年。

46. 史念海、史先智：《論十六國和南北朝時期長安城中的小城、子城和皇城》，《中國歷史地理論叢》，1997 年第 1 期。

47. 宿白：《隋唐長安城和洛陽城》，《考古》，1978 年第 6 期。

48. 宋大川：《〈大唐創業起居注〉成書年代考》，《史學史研究》，1985 年。

49. 唐金裕：《西安西郊漢代建築遺址發掘報告》，《考古學報》，1959 年第 2 期。

50. 陶敏：《〈全唐詩‧殷堯藩集〉考辨》，《唐代文學研究》第三輯，桂林：廣西師範大學出版社，1992 年。

51. 佟培基：《初唐詩重出詩甄辨》，《中國語言文學論文集》第二輯，1985 年。

52.〔美〕Victor Xiong（熊存瑞）：*Re-evaluation of the Naba-Chen Theory on the Exoticism of Daxing Cheng, the First Sui Capital*, Papers on Far Eastern History, v35, 1987.

53. 王社教：《西漢上林苑的範圍及其相關問題》，《中國歷史地理論叢》，1995 年第 3 期。

54. 王社教：《漢長安城八街九陌》，《文博》，1999 年第 1 期。

55. 王學理：《秦都咸陽考古的回顧與研究述略》，《秦都咸陽與秦文化研究——秦文化研究會論文集》，2001 年 10 月。

56. 王學理：《從秦咸陽到漢長安的城制重疊》，《文博》，2007 年第 5 期。

57. 王增斌：《駱賓王繫年考》，《唐代文學學會第四屆學術討論會論文集》，1989 年。

58. 王仲殊：《漢長安城考古工作的初步收穫》，《考古通訊》，1957 年第 5 期。

59. 王仲殊：《漢長安城考古工作收穫續記——宣平城門的發掘》，《考古通訊》，1958 年第 4 期。

60. 王仲殊：《中國古代都城概說》，《考古》，1982 年第 5 期。

61. 魏景波：《唐代長安與文學》，復旦大學博士學位論文，2003 年。

62. 吳宗國：《科舉制與唐代高級官吏的選拔》，《北京大學學報》，1982 年第 1 期。

63. 西安市文物保護考古所：《西安曲江翠竹園西漢壁畫墓發掘簡報》,《文物》,2010 年第 2 期。

64. 辛德勇：《〈冥報記〉報應故事中的隋唐西京影像》,《清華大學學報》,2007 年第 3 期。

65. 徐進、張蘊：《西安南郊曲江池墓葬清理簡報》,《考古與文物》,1987 年。

66. 徐俊：《敦煌本〈珠英集〉考補》,《文獻》,1992 年第 4 期。

67. 徐衛民：《秦漢園林特點瑣議》,《秦漢史論叢》第 6 輯,中國秦漢史研究會編,南昌：江西教育出版社,1994 年。

68. 徐衛民：《西漢上林苑宮殿臺觀考》,《文博》,1991 年第 4 期。

69. 徐衛民：《論秦都咸陽和漢都長安的關係》,《秦文化論叢》第 8 輯,西安：陝西人民出版社,2001 年。

70. 楊為剛：《唐代長安——洛陽文學地理與文學空間研究》,復旦大學博士學位論文,2009 年。

71. 中國科學院考古研究所資料室：《中國科學院考古研究所 1960 年田野工作的主要收穫》,《考古》,1961 年第 4 期。

72. 中國科學院考古研究所資料室：《中國科學院考古研究所一九六一年田野工作的主要收穫》,《考古》,1962 年第 5 期

73. 中國科學院考古研究所西安唐城發掘隊：《唐代長安城考古紀略》,《考古》,1963 年第 11 期。

74. 中國社會科學院考古研究所洛陽漢魏城隊：《漢魏洛陽故城城垣試掘》,《考古學報》,1998 年第 3 期。

75. 中國社會科學院考古研究所漢長安城工作隊：《西安市漢唐昆明池遺址的鑽探與試掘簡報》,《考古》,2006 年第 10 期。

76. 朱玉麒：《隋唐文學人物與長安坊里空間》,《唐研究》第九卷,北京：北京大學出版社,2003 年。